SINIR

Pegasus Yayınları: 1940
Gençlik: 383

Sınır
J.D. Horn
Özgün Adı: The Line

Yayın Koordinatörü: Berna Sirman
Editör: Çiçek Eriş
Düzelti: Sibel Yıldız
Sayfa Tasarımı: Ezgi Gültekin
Kapak Uygulama: Fatma Can

Baskı-Cilt: Alioğlu Matbaacılık
Sertifika No: 11946
Orta Mah. Fatin Rüştü Sok. No: 1/3-A
Bayrampaşa/İstanbul
Tel: 0212 612 95 59

1. Baskı: İstanbul, Temmuz 2018
ISBN: 978-605-299-518-1

Bu kitap Amerika'da 2014 yılında Amazon Publishing tarafından yayımlanmıştır.
www.apub.com

Yayıncı Sertifika No: 12177

Pegasus Yayıncılık Tic. San. Ltd. Şti.
Gümüşsuyu Mah. Osmanlı Sk. Alara Han
No: 11/9 Taksim / İSTANBUL
Tel: 0212 244 23 50 (pbx) Faks: 0212 244 23 46
www.pegasusyayinlari.com / info@pegasusyayinlari.com

pegasusyayinlari pegasusyayinevi pegasusyayinlari

J.D. HORN

SINIR

SAVANNAH CADILARI - 1

İngilizceden çeviren:
İrem Özdemir

PEGASUS YAYINLARI

Dokunduğu her yaşama sihir getiren Rich'e

BİR

"Pekâlâ, yakışıklı şeytanlar, hepiniz bu akşamki Yalancının Savannah Turu için toplandıysanız doğru yerdesiniz," dedim Selamlayan Kız heykelinin etrafında toplanan erkeklere bakarak. Masa başında geçirdikleri hayatları yüzünden tamamen körelecek kadar yaşlı olmasalar da onları Savannah sıcağında oradan oraya koşuşturmanın biraz riskli olacağı orta yaşlarda, dört beyazyakalı erkek vardı.

"Kötü haber, havanın sıcak olması," dedim sırt çantamı indirip içinden dört tane Yalancının Turu baskılı plastik bardak çıkarırken. Bardakları onlara uzatırken sırtımdan aşağı bir damla ter süzüldü. Kadınların terlemediğini düşünen biri varsa, hiç yaz mevsiminde Georgia'da bulunmamıştır. "İyi haber ise, yirmi bir yaşınızı geçmişseniz Savannah'nın tarihi alanında içki içmenin serbest olması." Grubun saçları tamamen beyazlamış son üyesinin önünde duraksadım. "Yirmi bir yaşını geçtiniz, değil mi?" Gülümsedim ve göz kırptım.

"En az iki katı," dedi arkadaşı ve güldü. Bardağı ona uzattım.

Sırt çantamdan büyük bir termosun içindeki cin toniği çıkardım. "Üzgünüm, buzlar biraz sulandırmış olabilir ama bir sonraki durağımız River Caddesi. Orada kendi zehrinizi kendiniz seçebilirsiniz." Bardaklarını doldurmadan önce sahilde kimse olmadığından emin olmak için etrafıma baktım. Yirmi birinci doğum günüme daha birkaç hafta vardı ve kimseye alkol servisi yapma yetkim yoktu. Bundan önce sorun yaşamamıştım ancak yasaları bir polis memurunun yanında çiğneyerek şansımı zorlamak istemiyordum. Boş termosu çantama koydum ve çantayı omzuma savurdum. Çantanın ağırlığı gömleğimi çekiştirince adamların bu görüntünün keyfini çıkardıklarını fark ettim. Dokunmadıkları sürece bakabilirlerdi. İçimden saydım: Beş, dört, üç, iki, bir. Yeterli. Bakışlarını yukarı kaldırmaları için parmağımla yüzümü işaret ettim.

"Tanıştığımıza çok memnun oldum. Benim adım Mercy Taylor. Savannah yerlisiyim. Siz değerli beyefendileri kasabada dolaştırıp, biraz sarhoş edip size sevgili evimin insanları hakkında karanlık ve şeytani yalanlar anlatacağım. Anlatacak birçok ilgi çekici ve gerçek hikâyesi olan bir şehir hakkında neden yalanlar uydurduğumu sorabilirsiniz." Adamlardan en şişman olanına baktım ve duraksadım. "Haydi, sorun... "

Gülümsedi. "Evet, neden yalanlar uyduruyorsunuz?"

"Neden olduğunu söyleyeyim. Öncelikle, Savannah hakkında duyacağınız çoğu 'gerçek,'" olayın ironisini vurgulamak için uzatarak söylemiştim, "o olayları yaşayanların bile tanıyamayacağı kadar abartılarak anlatılıyor. Açıkçası, daha on iki yaşıma geldiğimde aynı hikâyeleri tekrar tekrar dinlemekten ölümüne sıkılmıştım. Bir yaz günü sevgili dayım Oliver'a bu yüzden söyleniyordum, o da sizin elinizde tuttuğunuz bardaklara benzeyen bir bardağı doldurdu ve uyduracağım her renkli yalan için bana bir dolar vereceğini söyleyerek onu gezdirmemi istedi." Tekrar duraksadım ve onlara çok ciddi bir şekilde baktım. "Sıra rehberinize bahşiş vermeye geldiğinde, lütfen Oliver'ın aileden olduğunu ve on iki yaşımdan bu yana, geçinmem için ihtiyacım olan paranın epeyce artmış olduğunu unutmayın."

Adamlar gülüştüler, ben de onlara eşlik ettim. "Ama dürüst olmak gerekirse, sanırım bu işi yapmamın asıl sebebi teyzem Iris'in gönüllü olarak katıldığı tarih topluluğunda benim hikâyelerimin gerçekmiş gibi tekrar tekrar anlatıldığını duymasının onu çok sinirlendiriyor olması. Örneğin bu güzel hanım hakkındaki hikâyem." Florence Martus heykelini işaret ettim. "Florence, Savannah'nın Selamlayan Kızı olarak bilinirdi. Kasabadaki herkesin size anlatacağı hikâye, genç Florence'ın kalbinin, geri döneceği ve onunla evleneceği sözünü verip giden bir denizci tarafından kırılması hakkında olacaktır. Florence, 1887 ila 1931 yılları arasında Savannah'ya yanaşan her gemiyi karşılamak için beklemiş, belki söz verip giden denizci bu gemilerden birindedir diye umarak. Kandırılmış masum bir kızın trajik hikâyesi, değil mi?"

"Öyle," dedi gruptakilerden biri. Gözlüğü ve seyrek saçlarıyla hoş biriydi.

"Pekâlâ," dedim hıhlayarak, "bir kadının sadece bir erkeği beklediği için kırk dört yıl boyunca gemileri selamlayacağına inanmamı mı bekliyorsunuz? Siz erkekler kendinizi nasıl göklere çıkaracağınızı iyi biliyorsunuz." Gözlerimi devirdim ve adamların hepsi gülmeye başladı.

"O halde gerçekte ne olmuş, diye merak ederken buldum kendimi ve şu sonuca vardım: Savannah'nın Selamlayan Kızı Florence Martus, kaçak mal taşımacılığı işine bulaşmıştı ve bu gemi selamlama alışkanlığı, kaçakçılara bilgi vermek için kullandığı bir yöntemdi. Düşünsenize. Selamlamak için salladığı önlüğün rengi ve farklı sallama şekilleriyle oluşturduğu kod, kaçakçıların nerede, ne zaman ve kiminle işlerini görecekleriyle ilgili her türlü bilgiyi vermek için oldukça gelişmiş bir koddu. Bu kadın, köleden esrara aklınıza gelebilecek her şeyin taşımacılığını yapan, dünyanın en büyük ve en uzun süreli karaborsa çetesinin merkezindeydi. Hatta içki yasağı döneminde, ülkedeki romun yarısı limana Florence tarafından alınıyordu. Kalbi kırık mıydı? Olabilir. Ama kabarık bir banka hesabı olduğu kesin." Yanındaki köpeği gösterdim. "Bahse girerim, köpeği bile evde pırlantalar içinde geziyordur."

"Şimdi, hepiniz Bayan Florence'a veda edip beni takip ederseniz, River Caddesi'ne gideceğiz ve orada sizi tadabileceğiniz en ölümcül donmuş karışımların birkaçıyla tanıştıracağım." Döndüm ve pamuk ticaretinin artık tahttan çekilerek yerini şehrin ekonomisini besleyen turist barları ve restoranlarına bıraktığı yere yöneldim.

"Kaldırım taşlarına dikkat edin," diyerek uyardım grubu eski, çakıltaşı yola yaklaşırken. "Epey kişinin ölümüne sebep oldular. Sadece insanlar onlara takılıp düştükleri için değil. Savannah'nın düello yapılan zamanlarında tabanca kullanmaya parası yetmeyenler bu taşları silah olarak kullanırmış. Burada çoğu tartışma iyi hedeflenmiş bir gülle ya da sapan atışıyla sonlandırılmış."

River Caddesi'nin her zamanki sakinleri –esnaf, evsizler ve garsonlar– beni gördüklerinde el salladılar ve yanlarından geçerken bana ismimle seslendiler. Buranın yerlisi olduğumu söylerken yalan söylemiyordum. Ailem İç Savaş'tan kısa süre sonra Savannah'ya yerleşmişti. Kurucu ailelerden sayılmasak da şehrin dokusunun bir parçasıydık.

Grubu donmuş içecek barına götürdüm ve ben dışarıda bekledim. Beklerken rotamızı aklımda çizip standart yalan listemi gözden geçirdim. Grubu şehirde saat yönünün tersine gezdirecek, Factors Yolu'nun yukarısında durup onlara eski Wetter köşkünün demir işçiliğini gösterecektim. Daha sonra, Alberta Wetter'in akrabası Bayan Haig'in kayıp cesedinin, Bayan Haig'in kötü davrandığı bir mutfak kölesi tarafından aileye Noel arifesi yemeği olarak sunulduğunu iddia ettiğim şeytani teorimi grupla paylaşacaktım. Bundan sonra da adamları Bull Caddesi'ne götürecektim çünkü bu cadde, Georgia'nın en eski caddesi olmakla kalmayıp aynı zamanda Yalancının Turu için anlamlı bir isme sahip olan bir duraktı. Bu caddeyi geçip Juliet Gordon Low'un evinde duracak ve burada CIA'nin bir keresinde LSD'nin etkilerini geniş bir nüfus üzerinde test etmek için İzci Kız kurabiyelerini nasıl kullandığından bahsedecektim. O zamanlar UFO görenlerde bir artış olmuştu, değil mi?

Sömürge Mezarlığı'na varana kadar adamların ilgisini çekecek birkaç abartılı hikâye daha anlatacaktım. Orada da Nobel Jones'un ailesinin soyadlarını nasıl De Renne'e değiştirmeye karar verdiklerini anlatacaktım. Tabii ki bu hikâyenin bilinen öyküler arasında pek yeri yoktu ama tarihi Savannah'nın Boo Radley'si ve Jones soyunun hâlâ yaşayan kolunun atası olan uydurma karakter Rene Rondolier'ı yaratmak harika bir hikâye malzemesi oluşturuyordu. Yasak aşk, öldürülmüş iki çocuk, uydurma suçlamalar. Bu, insanların inanmak isteyeceği türden abartılı bir hikâyeydi. Hatta iki nefeste bir yalan söylediğimi tekrarladığım zamanlarda bile bana inanmak istiyorlardı. Ayrıca bu hikâyeyi duyunca Iris teyzem neredeyse felç geçirmişti, ben de bu yüzden yılda sadece birkaç kere anlatmaya çalışıyordum. Sömürge Mezarlığı'nın arka duvarından birkaç taş seçip bunlar hakkında konuşacak, sonra da grubu Korsan Evi'nde bırakacaktım. İsterlerse yemek yiyebilecek, isterlerse içmeye devam edebileceklerdi.

Adamlar bardan çıkarken onları karşılamak için en iyi gülümsememi takındım. "Bir kişilik daha yer var mı?" diye sordu yeni biri. Bu, orta yaşlı bir avukat ve şehir planlamacısı olan Tucker Perry'ydi. Sarı bukleleri, özensizce karıştırılmış gibi görünmelerini sağlamak için özenle düzeltilmişti ve ruhsuz ve donuk mavi bir çift gözü çevreliyorlardı. Teni güneşte yanmış golfçülerinki gibi parlıyor ve besin zincirinin en üstünde olduğuna inanan bir adamın samimiyetsizliğini taşıyordu. "Uzun zamandır senin tura katılmak istiyordum ama her zaman şu anki gibi boş olmuyorum."

"Çoktan tura başladık, belki başka zaman," dedim adamdan hoşlanmadığımı saklamaya çalışarak.

"Ah, haydi ama Mercy." Baştan çıkarıcı olduğunu sandığından şüphe etmediğim bir şekilde gözlerini kısarak gülümsedi. "İzin ver, size katılayım. Söz veriyorum, başınıza dert olmayacağım." Adamlar benden bir tepki bekleyerek kımıldanmaya başladılar. Tavrımı değiştirmedim ve Tucker bunu bir meydan okuma olarak algıladı. "Size o ürkünç hikâyelerden anlattı mı?" diye sorguladı adamları. "Hayalet hikâyelerinden bahsetmiyorum. Bu kızın, Mercy'nin, cadı olduğunu biliyorsunuz, değil mi? O ve ailesinin diğer bütün üyeleri cadı."

Herkes Taylor'ları tanırdı ve buraya yerleştiğimizden beri Savannah'dakilerin çoğu "cadı" kelimesinin tam ne anlama geldiğini pek anlayamasa da bizim cadı olduğumuzu kabul etmişti. Ailemin sosyetede kabul görecek kadar parası vardı ancak genelde bu kabul görme, yüzeysel bir seviyeden öteye geçememişti. Her zaman mesafeli tutulmuş, faydalı ancak tehlikeli insanlar olarak kabul edilmiştik; tıpkı bir nükleer güç santrali gibi. İnsanlar varlığımızdan yararlanmaktan hoşlanırlardı ancak bizi pek sık akıllarına getirmezlerdi.

Ancak soy ağacımda çok güçlü insanlar varken, bende o gücün zerresi yoktu. Şansıma, en az altı yüzyıl öncesine kadar izi sürülebilen cadı soyunun ilk işe yaramaz üyesi bendim. Iris teyzemin kocası dışında kimse bunu açıkça söylemese de ailem bu eksikliği talihsizlik, hatta doğuştan gelen bir sakatlık gibi görüyordu. Belki biraz abarttım. Belki kızıl saçlı oluşumla eşdeğer tutuyorlardı bu durumu... Pek istenen bir şey değildi ancak utanılacak bir durum da yoktu.

"Büyü gücüm olsaydı Bay Perry, emin olun ki onu sizi yok etmek için kullanırdım," diyerek gruptakileri güldürmeyi başardım.

Perry reddedilmekten hoşlanmamıştı, hele ki kendisine gülünmesinden hiç hoşlanmamıştı. "Ama gerçekten, Mercy, anlat onlara," dedi. Sonra adamlara döndü. "İnanın bana, teyzesi Ellen'la çok tuhaf bir yatak muhabbeti yapmışlığımız var."

"Sanırım tura devam etsek iyi olur," dedim Tucker'ın söylediğini duymazdan gelerek. "Belki başka bir zaman Bay Perry."

"Ah, çok isterim Bayan Taylor," dedi bana dokunmak üzere kolunu uzatırken. Hızla geri çekildim ve grubumdaki erkekler aramıza girerek koruyucu bir duvar oluşturdular. Adamların omuzlarının üzerinden, Perry'nin yapmacık bir gülümsemeyle ellerini teslim olurcasına kaldırdığını gördüm. Döndü ve River Caddesi'nin güneyine doğru yürümeye başladı ama sonra durdu ve tekrar bana seslendi.

"Mercy, Ellen'a hatırlat, onu bu akşam alacağım ve Tillandsia'ya gideceğiz. Sen ve Maisie'yi de yirmi bir yaşınızı doldurduğunuz zaman aramızda görmek isterim. Sizin kefiliniz olmayı çok isterim. Sonuçta beni Tillandsia'ya alan da annendi." Tucker'ın annemi ağzına alması midemi bulandırmıştı. Teyzemin onunla ilişkisi olduğunu bilmek bile yeterince kötüydü. Annemin de bir zamanlar bu adamla bir bağı olması olasılığınıysa kesinlikle düşünmek istemiyordum. Düşüncesi bile yüzüme yerleştirdiğim sahte gülücüğün yok olması için yeterliydi ve gruptakiler bunu fark ettiler.

"İyi misin?" diye sordu uzun olan. Benim yaşımda bir kızı olabileceğini fark ettim. "Senin için onunla ilgilenmemizi ister misin?"

"Ah, hayır, tabii ki hayır," dedim ve yapaylığı çok belli olmayan bir kahkaha atmayı başarabildim. Bu sahtelik oyununu fazla iyi oynamaya başlamıştım. "Yerel tatlarımızdan birini tattınız sadece."

"Bahsettiği Tillandsia neydi peki?" diye sordu şişman olan.

Tillandsia Kulübü çok eski, Savannah toplumunun hâlâ demir sanayicileri ve demir yolu baronu özentilerinden oluştuğu zamanlara ait bir kulüptü. Kulübün rütbelileri arasında senatörler, meclis üyeleri, valiler, bankerler, yargıçlar ve bunlara benzer diğer beyazyakalı hırsızlar vardı. Sosyal demokratlık Tillandsia'ya uğramamıştı. Bugün bile kulübe tek katılma şekli iyi bir mevkide olan bir üyenin size kefil olmasıydı. Kulübün üyeleri kulüpteki davranışları dışarı taşmadan ve toplumsal imajlarına leke bulaştırmadan iyi zaman geçirebilmek istiyorlardı. Tillandsia ailemin servetinin kapılarını açtığı az sayıda gruptan biriydi ve Ellen masa altından vücut ağırlığının iki katı kadar içki içebildiği için bu kulüp onun için biçilmiş kaftandı.

"Tillandsia bir çeşit yosun," dedim River Caddesi'nde durduğumuz yerden görünen ağaç kümesini işaret ederek. "Ayrıca teyzemin bahçecilik kulübünün adı." Bitkinin cinsi hakkında olmasa da kulübün içeriği hakkında yalan söylemiştim çünkü ancak bu şekilde adamları bu konudan uzaklaştırabilecektim. "Haydi, beyler, ileri!"

Rotamız bizi büyük taşlı bir yola ve engebeli basamakları olan bir merdivene ulaştıracaktı ve içtikleri alkol etkisini göstermeden adamları bu engellerden geçirmem gerektiğini düşünüyordum. Aceleyle grubu Eski Savannah Pamuk Borsası binası ve Bay Caddesi arasındaki ağaçlığa yönlendiririrken, alacalı altın sarısı ışığı içime çekip Savannah'nın varlığımı ele geçirmesine izin vererek Tucker Perry'yle ilgili her düşünceyi aklımdan çıkardım. Hayalet turlarından biri yanımızdan geçerken grubun rehberi, Moon River Birahanesi ve binanın üst katlarında dolaşan hayaletler hakkında konuşmasına devam ederken elini kaldırıp selam verdi. Kendi turumda bahsettiğim hayalet hikâyeleri sadece doğru olmadığını bildiğim hikâyelerdi. Özellikle de ürkütücüden çok komik hikâyelere dönüştürebildiğim hikâyeler. Sonuçta, turumun adı Yalancının Turu'ydu.

Gerçek şu ki Savannah'da sihir vardı ve bu sihir Taylor ailesinin de ötesinde bir sihir dünyasıydı. Bazen ailemin buraya gelme amacının bu ham enerjiyi işlemek, hatta kendileri için kullanmak isteyip istemediğini merak ederdim. Savannah'nın, son kullanma tarihleri mermere kazındıktan çok sonra bile insanları elinde tutma gücü vardı. Savannah'da hayalet görmeniz için cadı ya da medyum olmanıza gerek yoktu; sadece dikkatlice bakmanız yeterdi.

Turun kendiliğinden akıp gitmesine izin verdim. Adamlar ılık akşam havasında dışarıda olmaktan, damarlarında dolaşan biraz fazla kaçırılmış ancak yine de yasal sınırların içinde olan alkolle iş ve aile baskılarından kısa bir süre de olsa uzak kalmaktan memnunlardı. Hikâyelerim, Drayton Caddesi'nde adamlardan biri, "Yani bu gittiğimiz mezarlık *İyi ile Kötünün Bahçesinde Gece Yarısı* filmindeki mezarlık mı?" diye sorana kadar kesintiye uğramadan devam etmişti.

"Hayır, o Bonaventure," dedim annemin Bonaventure'da gömülü olduğu düşüncesini aklımdan hızla uzaklaştırarak. Yaşam ve ölüm, yaşam içinde ölüm. Bu ikisi Savannah'da sadece birbirinden ayrılmaz ikili değildi, tamamıyla ortaktı. Cadılar ölümsüz değildi; tıpkı çok güçlü bir cadı olan annem gibi ölümlüydüler. Yaşamları diğer herkesinki kadar kırılgandı. "Biz Sömürge Mezarlığı'nı ziyaret edeceğiz. Bonaventure hâlâ kullanılan bir mezarlık," dedim. "Sömürge Mezarlığı'na 1850'lerden beri kimse gömülmüyor. Orada yatan insanların sevdikleri bile uzun süre önce ölüp gitmiş."

Yüzüme zoraki bir gülümseme yerleştirdim ve Rene Rondolier hakkındaki hikâyeme başladım. Hikâyenin tam, dev ile Savannah güzelinin arasındaki yasak aşk kısmına geldiğimde Amerikan Devriminin Kızları Kartalı'nın altında duruyorduk. Günbatımına daha bir saat kadar vardı ancak Sömürge Mezarlığı bekçileri güneşi pek umursamadan kendi planlarına uyarlardı. "Kapılar birazdan kilitlenecek, o yüzden hızlıca girelim ve arka duvara doğru ilerleyelim," dedim ve grubu, mezar taşı dizili duvara doğru ilerletmeye başladım. Adamların geride kaldıklarını fark ettiğimde hâlâ konuşuyordum; dikkatleri mezarlığın orta tarafındaki gürültüye çevrilmişti.

Yaşlıca ama sağlıklı görünen, ten rengi neredeyse kahve kadar koyu olan bir kadın dizili birkaç anıt arasındaki boşluktan birkaç dakika önce içeri girdiğimiz kapıya doğru neredeyse yuvarlanarak ilerliyordu. Onu gördüğüm gibi tanıdım. Jilo Ana olarak bilinen, New Orleans'ın vudu büyüsünün Savannah karşılığı olan hudu yapan bir büyücüydü. İkisi arasındaki asıl fark, hudunun Afrika tanrılarından bağını koparmış olması ve sadece "benzer benzeri çeker" metodunu kullanan "sempatik" büyü uygulaması olarak kullanılmasıydı. "Sempatik" tabiri bana hep sadık eşleri ayartmak ve düşmanların ölümlerine sebep olmak için kullanılan bir büyü türü için fazla sıcak ve belirsiz bir tabir gibi gelirdi. Zaman içinde hudu, "kök büyü" olarak –ki bu, köklerinin İncil'e dayandığı anlamına geliyor– kabul edilerek Protestan bir anlam da kazanmıştı. Bu büyüyü kullananlar ya da en azından iyi bir şekilde kullananlar "kök doktorları" olarak bilinirdi.

Jilo, acımasız ve çıkarcı bakan gözlerini gölgeleyen geniş kenarlı sarı şapkası ve üzerinden imparatorluğunu yönettiği katlanır sandalyesi ile Savannah'nın kök doktorlarının tartışmasız kraliçesiydi. Sadece yerli bir aptal ya da Savannah'ya yabancı olan biri Jilo'nun güçlü ve zorba bir hükümdar olduğundan şüphe duyabilirdi.

Çok daha genç bir kadın Jilo'ya yetişmek için acele ediyordu. Jilo'nun önüne geldiğinde el ve dizlerinin üzerine yığıldı. "Anne! Yalvarırım! Onu geri almak istiyorum," diye yarı inildeyip yarı çığlık atarak kollarını uzattı, kadını ayak bileğinden yakalamaya çalıştı.

Kararmaya başlayan havada bile Jilo'nun kıyafeti gözlerimi kamaştırmıştı; geniş nergis sarısı bir şapka takıyor ve muhtemelen bir zamanlar üstüne tam oturan ancak şimdi kemikli vücudundan sarkan canlı mor bir elbise giyiyordu. Kıyafeti, bir elinde baston olarak kullandığı parlak yeşil katlanan sandalyesine ve diğer elinde taşıdığı küçük kırmızı soğutucuya çarpıp duruyordu. Soğutucunun içinde olabilecek şeyleri düşündükçe ürperdim.

"Sence orada ne oluyor?" diye sordu grubumdakilerden biri onlara yaklaştığımda.

"Sanırım uzak durmamız gereken türden bir şey," diye cevapladım.

Jilo durup elindeki sandalyeyle kadına vurarak onun öfkeli ellerinden kurtulmayı başardı. "Jilo sana söyledi onu geri almak için çok geç olduğunu."

"Ama yanılmışım," diye haykırdı kadın, kaldırdığı kollarının arasına kafasını gömerek. "Beni hiç aldatmamış."

"Bu sen ve kocan arasında," diye hırıldadı Jilo ve mezarlığın kapısına doğru ağırca bir adım daha attı.

"Ama Anne, o ölecek!" Kadının sesindeki çaresizlik çok üzücüydü. Grubun uzun, babacan üyesi önüme geçerek tatsız olayla arama koruyucu bir bariyer koydu. Savannah'da bu küçük dramdan çok daha kötüsünü görmüştüm.

"Evet ya, ölecek," diye cevapladı Jilo. Sesi buz gibi soğuktu. "Jilo'ya bunun için bedel ödedin." Yaşlı kadın sırtını düzeltti, öksürmeye başladı, sonra eğilip yere tükürdü.

"Ama yanıldım! Çok üzgünüm." Kadın hıçkırıklar içinde çimenlere yüzüstü düştü.

"Bu Jilo'nun suçu değil. Şimdi, Jilo'nun sana yeni koca bulmasını istiyorsan, ona söyle. O buna yardımcı olabilir ama senin eski koca, onu ölmüş say. Ne kadar çabuk bu fikre alışırsan o kadar iyi." Jilo hiçbir şey olmamış gibi yoluna devam etti, biz onu sessizce izlerken kartalın altından geçip gitti.

"Bu gerçekten de garipti," dedi uzun adam alçak sesle. "Bu 'anne' para karşılığı adam mı öldürüyor?"

"Şu duvarın diğer tarafındaki polis karakolu, değil mi? Gidip şikâyet mi etsek?" diye sordu şişman olan. Kel kafasında ter damlaları belirmişti.

"Bu zaman kaybı olur," diye cevapladım. "Polis onun ne yaptığının farkında."

"Ve hiçbir şey yapmıyorlar mı?"

"Açıkçası, yapabilecekleri pek bir şey yok. Jilo Ana kiralık katil değil, büyücü."

"Bir cadı mı?" diye sordu uzun olan gülerek. Ağlayan kadın doğrulmuş, sarhoş gibi sendeleyerek çıkışa doğru ilerliyordu.

"Hayır, tam olarak bir cadı değil," dedim, "ancak cadı değilse de cadılığa en yakın her neyse o. O intikam, para ve *aşk* için büyü yapıyor... " Aniden beni rahatsız eden bir fikir gelmişti aklıma. Bu fikir beni gitmemem gereken bir yola sürükleyebilecek türdendi.

"Kolayca kandırılabilen insanlar için. O zavallı gibi," diyerek araya karıştı ekibimin en sessiz üyesi.

Adamlar birkaç saniye öylece durup hiçbir şey söylemeden bana baktılar. "Ah, anladım," dedi şişman olan aniden. "Hâlâ bize yalan söylüyorsun, değil mi?"

Onunla beraber güldüm. "Yakalandım," diyerek yalan söyledim. "Orada ne olduğuna dair en ufak fikrim yok." Saat başını haber veren St. John'un çan seslerini duydum. Saat sekiz olmuştu ve çalışanların her an gelip Sömürge Mezarlığı'nın kapılarını kilitlemek isteyeceklerini biliyordum. "Haydi, gidelim," dedim kapıya yönelerek. "Sizi Billy Bones'un hayaletiyle tanıştıracağım."

İKİ

"Mercy!" Sam'in pürüzlü fısıltısı ağustosböceğinin sesi gibi tarlanın bir ucundan diğer ucuna taşındı. Bu karanlıkta, bu uzaklıktan bile yaşlı adamı tanımıştım. Aceleyle bu tarafa doğru yürürken, ay ışığı saçlarındaki beyazları ve belirgin topallamasını iyice ortaya çıkarmıştı. "Mercy, burada olmaman gerektiğini biliyorsun. Gündüz bile burada olmamalısın, hele ki gece hiç," dedi yanıma geldiğinde.

"Sorun değil Sam… " diye karşı çıktım ama sözümü kesti.

"Hayır, bu büyük bir sorun. Burada sadece eğlence olsun diye sana tecavüz edip öldürecek adamlar –hatta kadınlar– var."

"Evden sadece birkaç kilometre uzaklıktayım Sam," dedim.

"Ve koca bir dünya mesafedesin. Normandy Caddesi senin bildiğin Savannah'ya benzemez. Bu konuda dediklerime güvensen iyi edersin," dedi kırışmış elini omzuma koymak için uzatarak. "Bir Taylor olduğun için güvende olduğunu sanıyorsun, biliyorum ama buradaki insanlar hayvandan farksız. Kendi imzalarını atmak için seni tuhaf bir şekilde öldürmek isteyebilirler." Duraksadı. "İzin ver seni eve götüreyim. Küçüklüğünden beri seni tanıyorum. Sana bir şey olmasını görmek bu yaşlı adamı öldürür." Ona zaten öldüğünü, cesedinin üç ay önce tıp fakültesine verildiğini söyleme cesaretim yoktu. Sam, Savannah'nın ağına takılmış ruhlardan biriydi.

"İş için buradayım Sam," dedim ona, uzattığı elinin içinden kolayca geçerek. Ter ve alkol kokusu neredeyse gözlerimi yaşartacaktı. Ölümünden sonra bile bu evsiz adama ancak ters yönden esen rüzgârda katlanılabiliyordu.

"Buralarda ne gibi bir işin olabilir?" diye sordu. "Gecenin bu saatinde kiminle görüşmen gerekiyor?"

"Jilo Ana'yla görüşmeye geldim," diye cevapladım.

Parlak gözleri zayıf suratından fırladı. Ağzı, diş etlerini ve geriye kalan birkaç dişi ortaya çıkaracak şekilde açıldı. "Kızım, senin Jilo'yla herhangi bir işin olamaz. Ginny teyzen senin gecenin bu saatinde juju doktoruyla konuşmak için buralara geldiğini bilse canlı canlı yüzer derini."

Büyük teyzem Ginny birden fazla şekilde ailemizin güçlerinin merkezindeydi ve üstüne üstlük bir de çekilmez bir zorbaydı. "Beni buraya yollayan Ginny'ydi zaten." Sam'e yalan söylemek istememiştim ama söylemesem durumu Ginny'ye bildirmek isteyebilirdi ve bu da korkunç olurdu. Ginny'nin benden daha çok nefret ettiği biri varsa, o da Jilo'ydu. Sam'in iyiliğimi düşünerek Ginny'ye gitmeyi kafasına koyması riskini alamazdım.

"Doğruyu mu söylüyorsun?" diye sordu gözlerini kısarak. Başımı sallayarak onayladım ve o da derin bir nefes aldı. Hayaletlerin nefes aldığını kim bilebilirdi... "Ginny teyzenin anlaması gerek. Artık hiçbir şey eskisi gibi değil. Ben gençken sizin aileye saygı duyulurdu. Herkes size elini sürmemesi gerektiğini bilirdi. Şimdiki gençler hiçbir şeye saygı duymuyor ve hiçbir şeyden korkmuyor."

"Jilo'dan korkuyorlar," dedim.

"Çünkü Jilo onlarla kendi yöntemleriyle ilgileniyor. Bir çete üyesi ona karşı geldi mi ölüyor ya da daha kötüsü oluyor. Açıkçası sizinkiler onları en son korkuttuğundan beri uzun zaman geçti. Herkes sizin ailenin pısırık olduğunu düşünüyor."

"O halde yakında öyle olmadığını öğrenecekler," diyerek blöf yaptım. "Ginny'nin beni buraya Jilo'yla gizli bir konuşma yapmam için göndermesinin sebebi de bu." Bir anlığına duraksayıp ekledim: "Seninle bu konu hakkında konuştuğumu duysa bana kızardı."

"Burada olduğundan Ginny'nin haberi olduğuna, onun korumasında olduğuna yemin et."

"Yemin ederim," diyerek güvence verdim.

"O zaman seni işinle baş başa bırakayım ama kendine dikkat et," dedi. Döndü ve az önce geldiğim tarafa gitti. Boş tarlanın karşısına sessizce geçmesini ve Randolph Caddesi'ndeki ışıklardan birinin altında kaybolmasını izledim. Bisikletimi çalmayı düşünen biri olursa diye dikkat çekmemesi için uzun çimenlerin arasına yatırdım.

Önümde Normandy Caddesi'nin başlangıcı uzanıyordu. Bu cadde tam olarak bir cadde sayılmazdı, en azından artık bir cadde bile değildi. Zaman işini yapmış, burayı sadece bir cadde kalıntısına çevirmişti. Yer yer dikenli yabani otlar bürümüş caddede eski tren rayları kesişiyordu ancak başka bir şey yoktu.

Sam beni haklı olarak uyarmaya çalışmıştı. Buraya çok uzak olmayan bir yerde, mezarlığın kuzeyinde ve golf sahasının batısında kalan yerde evsizlerin konakladığı bir kamp vardı. Ama benim gittiğim yer orası değildi. Buranın biraz ilerisinde Normandy Caddesi uzun süre önce ismi unutulmuş, belki de hiçbir zaman ismi olmamış dar bir yolla kesişiyordu. Jilo mesleğinin ticari tarafını Sömürge Park Mezarlığı'nda yapıyordu ama sanatını bu dört yol üzerinde icra ediyordu.

Derin bir nefes aldım ve Baptist kilisesinin otoparkı ve boş arazinin arasında geçit görevi gören çalılığa daldım. Ayağıma değen bitkiler sanki bileklerimi tırmalayarak bana akıllı davranıp geri dönmem için yalvarıyordu. Öyleyse de onları duymazdan gelip yola devam ettim. Bir bira şişesine takıldım ve çantamda getirdiğim el fenerini yakmayı aklımdan geçirdim. Ama sonra önümü görmemi kolaylaştıracak herhangi bir şeyin görülmemi de kolaylaştıracağını düşündüm. Yolumu görmem için ay ışığı yetmek zorundaydı.

Bir şey kesindi: Burası kaybedecek hiçbir şeyi olmayanlar içindi. Kaybedecek çok şeyim olduğunu hatırlayınca yavaş ve dikkatlice, kıpırdama sesi olursa diye dinleyerek yürümeye devam ettim. Jilo Ana'yı bulmayı umduğum yere yaklaştıkça bir şeyin varlığını hissettim. Benimle birlikte hareket ediyor, ben durunca duruyordu. Varlık hem zeki hem de vahşi gibiydi. Aniden boş bir cam şişe boşluktan önüme düştü, ayağımın dibinde parçalara ayrıldı. Küçük bir kız gibi çığlık atıp kaçmamak için çok çabaladım ve sonunda sakin kalmayı başarabildim.

"Herkes bu dörtyolun Jilo Ana'ya ait olduğunu bilir," dedi karanlıktan bir ses. "Senin gibi kıymetli, küçük beyaz bir kız buraları eşelemeden önce iki kere düşünmeli. Bulacağı şeyden hoşlanmayabilir."

Çalılıklara göz gezdirdim. Tehdidi hissediyor ancak hiçbir şey göremiyordum. "Anne, sen misin? Seni görmeye geldim," diye seslendim sesin geldiği yöne doğru. "Yardımına ihtiyacım var."

Gevrek kahkahası ayak sesinden önce geldi. "Jilo yardımının siz Taylor'lara layık olmadığını sanıyordu," dedi ağaçların arkasından çıkıp ay ışığının aydınlattığı yola gelirken. "Jilo seni tanıdı. Senin kim olduğunu biliyor. Sen Mercy Taylor'sın."

Jilo Ana, bu sefer çoğunlukla siyahlar içinde, başına sarılı koyu renkli ancak ne renk olduğu seçilmeyen bir eşarpla önümde duruyordu. Yamru yumru ellerinin birinde eski doktor çantalarını andıran yıpranmış deri bir çanta, diğerinde kıpırdayan bir çuval tutuyordu. Çantayı yere koydu ama çuvalı sıkıca tutmaya devam etti. "Jilo'dan nasıl bir yardım istiyorsun ki?" diye sordu gözlerini bana dikirp etrafımda saat yönünün tersine dönerken. "Çünkü Jilo'nun Taylor'lardan birine etmek isteyeceği tek yardım, onları erkenden mezara sokmaktır."

Onunla birlikte ben de dönüyordum; ona arkamı dönmemeye kararlıydım. "Benim için bir büyü yapmanı istiyorum, Anne. Bedelini ödeyebilirim," dedim ama o boş elini sallamaya başladı. Kahkahalara boğuldu ve göğsü şişip inerek hırıldamaya başlamıştı, ta ki öksürüp balgam çıkarıncaya kadar. "Soylu ve güçlü bir Taylor cadısı, Jilo Ana'yı juju yapması için mi tutmak istiyor?" Kelimeleri soluk soluğa, daha da fazla balgam çıkararak söylemişti. Tekrar öksürdü, sonra nefes alabildi. "Jilo'ya söyle şimdi," dedi gözleri zarar verme arzusuyla yanarak, "kimi lanetlemek istiyorsun?"

"Ben... ben," diye kekeledim. "Ben kimseyi lanetlemek istemiyorum."

"O zaman sen... sen... sen ne yapmak istiyorsun?" diyerek benimle alay etti. Gökyüzüne baktı. "Ay karanlığa gömülecek. O kızıl kafanı buralara sokup Jilo'yu arıyorsun. Hem de gece yarısından sonra. Kimseyi lanetlemek istemiyorsan, ne yaptığından haberin yok." Duraksadı. "O yüzden şimdi Jilo'ya söyle. Onun dörtyolunda ne yapıyorsun?"

"Seni görmeye geldim. Benim için bir büyü yapmanı istiyorum. Sana karşılığını verebilirim," diye tekrarladım dediklerimi. Burada, gecenin köründe, bilmediğim bir yerde, Savannah'nın en meşgul kök doktorunun önünde dururken yanaklarımın utançtan yanmaya başladığını hissettim. Kadının gözlerine bakamıyordum. Bakışlarım ayaklarının yanındaki pis yere takılmıştı. "Bir çocuk var," diye başladım.

"Tabii ki bir çocuk var," dedi "Senin yaşında bir kız Jilo'ya geldiyse hep bir çocuk vardır. Gördüm onu. Kız kardeşinin son zamanlarda parmağında oynattığı şu güzel genç. Ona âşıksın, değil mi? Onu kız kardeşinden çalmak için Anne'nin sana yardım etmesini istiyorsun. Anne'nin sana bir aşk büyüsü yapmasını istiyorsun," dedi "aşk" kelimesini ahlaksız bir anlama gelene dek uzatıp söyleyerek. "Küçük kızın kaşımak istediği yerleri var." Jilo boş eliyle kasığını ovdu ve tekrar gülmeye başladı. Kulak tırmalayan sesi yakınlardaki bir ağacın dalında oturan baykuşu korkutup kaçırdı.

Yaşlı kadın haklıydı. Kız kardeşimin erkek arkadaşı Jackson'ı seviyordum, hatta tarif edemeyeceğim kadar çok... Kız kardeşim onu altı ay önce evimize getirdiği andan beri seviyordum. Tek bir bakışıyla kalbim hızlanıyor, vücudum alev alev yanmaya başlıyordu ve kız kardeşime dokunuşlarını bile kıskanıyordum. Kız kardeşimi ne kadar da çok kıskanıyordum. Ama onu seviyordum da.

"Hayır. Evet. Demek istediğim," diye kekeledim ama ben açıklayamadan lafımı kesti.

"Şimdi Jilo kendi kendine soruyor, neden bu küçük güzel kız kendi işini kendi halletmiyor? O küçük narin elleri kirletmek mi istemiyor? Öte yandan," diye devam etti Jilo, "sen ailenin diğer üyeleri gibi değilsin, değil mi? Kız kardeşinin adı ne?" diye sordu.

"Maisie," diye yanıtladım.

İsmi hatırladığını başını hafifçe sallayarak belirtti. "İkiniz arasında tüm güce sahip olan o, değil mi? Bu, tıpkı Anne gibi kendi işini kendin halletmen gerektiği anlamına geliyor."

Doğruydu, ikizim Maisie aklına esen her mucizeyi gerçekleştirme yetisine sahipti. Bense parmaklarımı kullanmadan bir kalemi bile kımıldatamıyordum. İkimizin arasında Maisie genetik piyangoyu kazanmıştı, bunu inkâr etmenin bir anlamı yoktu. Sarı saçları ve derin bakışlı mavi gözlerinin yanında bir de cadı güçlerine sahipti. "Doğru," dedim. "Ben sahip değilim. Doğuştan cadı değilim."

Bana iyice yaklaştı, o kadar yakınımdaydı ki ekşi nefesini hissediyordum. "Jilo da doğuştan cadı değildi ama güce sahip olmadığını mı sanıyorsun?" diye sordu gözlerini bana dikerek. O an fark ettim ki gözleri siyahtı; irisleriyle gözbebekleri birleşmiş, gözleri derin, alevli çukurlara dönüşmüştü. "Sana ne yapabileceğini göstermesini mi istiyorsun?"

"Hayır," diye cevapladım hızla. Sesimdeki korku onu yatıştırdı. Gülümsedi. "En azından güce nasıl erişebileceğini biliyorsun. Bense bilmiyorum."

"Kızım, ailen sana hiçbir şey öğretmedi mi?"

"Onlar bana gücün onu kolayca kendine çekebileceğin bir şey olmadığını öğrettiler. Aksine. Gerçek bir cadı güçten beslenerek ortaya çıkar. Gücü ödünç alıp kullananlar gerçek cadı değildir. Zaman zaman gücü çalabilirler ancak elle tutulan güç bir süre sonra hızla elden kaçıp gider."

"Ah, aynı bizim Ginny Taylor gibi konuştun. Hiç şüphe yok," dedi. Boğumlu elini, eli yumruk atmaya can atıyormuş gibi sıktı ve bıraktı.

"Bunların doğru olmadığını mı söylüyorsun?" dedim geriye bir adım atıp.

"Hayır, hayır. Gayet doğru. Yaşlı teyzen sana yalan söylememiş. Ama tüm hikâyeyi anlatmamış. Bir şeye sahip olmadığın onu çalman gerektiği anlamına gelmiyor. Zaman zaman o şeyi ödünç almaman için seni durduran hiçbir şey yok. Ayrıca Jilo hiçbir zaman kendisinin cadı olduğunu iddia etmedi."

"Ama büyü yapabiliyorsun..." diye başladım.

"Tabii ki Anne nasıl büyü yapılacağını biliyor. Büyü yapabilmek için cadı olmak zorunda değilsin. Sadece büyüyü yapman biraz daha uzun sürer. Ve bunun için birkaç kurban vermeye istekli olmalısın." Elindeki çuvalı önümde salladı ve çuvalın içindeki yaratık çılgınca kıvranmaya başlayınca tekrar kahkaha attı. "Aslında senin gibi bir kızın birkaç numara öğrenmesi gayet kolay. O halde ailen neden Jilo'nun kendisine öğrettiği gibi, sana bir şeyler öğretmedi?" Cevabımı beklemedi. "Jilo sana neden olduğunu söylesin. Jilo gücü ödünç almak zorunda olduğu için Jilo'yu küçük görüyorlar. Senin Jilo gibi olmandansa cahil olmanı tercih ederler."

Dediklerinin doğru olduğunu düşündüğüm için hiçbir şey söylemedim. Ailem, özellikle büyük teyzem Ginny, dörtyolun yaşlı kadınını küçümsüyordu. Jilo da sessiz kalmıştı; onunla tartışmamı beklercesine eğilmişti.

Sessizlik üstüme üstüme gelmeye başlamıştı. "Ginny senin yaptığın büyünün tehlikeli olduğunu söylüyor. Çizgiyi zayıflattığını söylüyor."

"Ah, Jilo Ginny'nin değerli çizgisi hakkında anlatıp durduklarını duydu," dedi rahatlayarak. "Canavarların Jilo'nun yatağının altından çıkıp onu yemelerini engelleyen şeyin çizgi olduğunu duydu Jilo." Kendi kendine güldü. "Ama Jilo iblis hikâyelerinden korkacak bir kız değil."

"Onlar gerçek, bunu biliyorsun, değil mi?" diye sordum, onu küçümseyerek konuştuğumu düşünmemesi için sesimi ayarlayarak.

"Tabii ki gerçek," diye sertçe karşılık verdi. "Jilo bunu biliyor. Ama onları dünyamızın dışında tutmak Jilo'nun sorunu değil, seninkilerin sorunu."

Yaşlı kadının, çizginin ne olduğu veya nasıl ortaya çıktığına dair ne kadar bilgisi olduğunu merak ediyordum. Muhtemelen benim bildiğimden fazlasını bilmiyordu. Çizginin yaratılışının detayları güçle doğmayanlardan sıkıca saklanan bir sırdı. Hakkında hiçbir şey bilmiyor ya da hikâyeyi sadece kaba hatlarıyla biliyorduk. Tek bildiğim, bizim gerçekliğimizi bir zamanlar ona egemen yaratıklardan kurtaranların, benim ailemdekiler gibi cadılar olduğuydu. Din bu yaratıklara "iblis" diyordu, bilimse "boyutlararası varlıklar" ismi takabilirdi. Ama ne derseniz deyin, dünyamıza gelmişlerdi. Bizi kendilerine köle yapmışlardı.

Hayvanmışız gibi bizimle beslenmişlerdi. İnsanların evrimiyle oynamışlar, hatta cadılarınkiyle daha da çok oynamışlardı. Ama kendi yarattıklarını hafife almışlardı. Ve sonunda isyan etmiştik.

Cadılar büyülerini kullanarak yaşadığımız frekansı değiştirmişlerdi. Tıpkı radyoda duymak istemediğiniz bir şarkıyı değiştirmek için radyo istasyonunu değiştirdiğimiz gibi, onlar da dünyamızı iblislerin erişiminin dışına taşımıştı. Dünyanın enerjisini korkutucu şeylerin dünyamıza girmesini engelleyecek kadar değiştirmişlerdi. Tabii bizi kötülüklerden kurtaran cadılar, gerçekliğimizde varlığını sürdürebilecek sihirli varlıkları seçememişlerdi. İblislerden kurtulmak için tek boynuzlu atları da kaybetmiştik. Çoğu sihirli yaratık bu büyük enerji değişimiyle dünyada kalamamıştı. İblislerin yeni doğan bebeklere düşkünlüğünü düşününce, bunun adil bir değiş tokuş olduğu sonucuna varmıştım.

Dünyamız tehlikeden kurtulduğu zaman cadılar çizgiyi, yani eski efendilerimizin dünyamıza geçmesini engelleyen bir güvenlik ağı oluşturmuştu. Çizgiyi ayakta tutan cadılara bağlayıcı denirdi ve sadece bu bağlayıcılar çizginin nasıl oluşturulduğunu ve nasıl yok edilebileceğini bilirlerdi. Başlangıçta on üç bağlayıcı vardı ve her biri bir cadı ailesinin üyesiydi. Ancak daha sonra ailelerden üçü isyanda yer almaktan pişmanlık duymuştu. Artık çizgi, geriye kalan on birleşmiş ailenin bağlayıcıları tarafından korunuyordu.

Ginny tanıdığım tek bağlayıcıydı. Bağlayıcı olmanın beraberinde ne gibi sorumluluklar getirdiğini bilmiyordum ama bunun Ginny'yi, ailesi yanında olmasına rağmen yalnız ve acımasız yaptığını biliyordum.

"Frekansımızı değiştirdiklerinde dünya, büyüsünün çoğunu kaybetti," dedi Jilo. "Senin ailen gibi cadı olanlar. Bizim için çok yüce bir şey yapmışlar gibi davranıyorlar. Ama tek yaptıkları dünyada kalan büyünün hepsini kendilerine almak oldu. Kendilerini kral ilan ettikleri bir krallık inşa ettiler ve geri kalan herkese istediklerini yapabiliyorlar. Jilo'nun da cadılar ona bir iyilik yapmış gibi davranması gerekiyor."

Yorumuna katılmıyordum ama Jilo bana karşılık verme şansı tanımamıştı. Çoktan konuyu değiştirmişti. "Jilo şimdi Ginny'nin yüzünü görmeyi nasıl da isterdi. Senin burada, Jilo Ana'nın önünde durup kız kardeşinin sevgilisini çalmak için yardım istediğini gördüğü zamanki yüzünü." Kıkırdadı, sonra yere tükürdü.

"Anlamıyorsun. Jackson'ı Maisie'den almak istemiyorum," dedim. "Başka bir çocuk var. Adı Peter. O benim... Onun benim için ne olduğundan pek emin değilim. Maisie dışında sahip olduğum en yakın arkadaş o. Harika biri. Kusursuz. Erkek arkadaşım olmalı. Beni seviyor ve senden beni ona âşık etmeni istiyorum."

Jilo'nun keyifli çığlığı karanlığı delip geçti. Gece kuşları ötmeyi bıraktı, hatta böcekler bile merak içinde sessizliğe gömüldü. Ayın hafifçe aydınlattığı gecede bile, Jilo'nun gözlerinden akan yaşları görebiliyordum. Kendini toparlaması birkaç dakika aldı. Kanımın yüzüme hücum ettiğini hissedebiliyordum; utanç öfkeye dönüşüyordu. "Anne'nin aşk büyüsünü sana yapmasını mı istiyorsun?" Kuşku içinde başını salladı. "Büyülerin nasıl çalıştığı hakkında hiçbir fikrin yok, değil mi?" diye sordu ama sesindeki keskinlik yerini şefkat gibi bir hisse bırakmıştı.

Onun sevecenliği, alaycılığından daha farklı şekilde etkilemişti beni. "Özür dilerim," dedim hızla geri çekilerek. "Zamanını boşa harcamamalıydım. Büyüyü yapamayacağının farkına varamadım."

"O kadar çabuk değil, küçükhanım. Jilo istediğin büyüyü yapamayacağını söylemedi. Sadece bedelini anlamadığını söyledi."

"Sana bedelini ödeyebileceğimi söylemiştim," diye karşılık verdim.

"Tanrım. Jilo paradan bahsetmiyor. Jilo mojodan bahsediyor." Zaten bilmem gereken bir şeyi açıklamasını istercesine bakıyordu. "İnsanlar aşk büyüsü için Jilo'ya geldiklerinde içlerinde yanan ateşle gelirler. İstedikleri kişi için yanarak gelirler ve Jilo da büyüyü yapmak için o ateşi kullanır. Sen Jilo'ya bir adamı severek gelip seni başka bir adama âşık etmesini istiyorsun. Bu içindeki suçluluk duygusundan başka bir şey değil. Birini sevmenin suçluluğu. Diğerini sevmemenin suçluluğu. Jilo suçluluk duygusunu intikam için kullanabilir ama kesinlikle âşık etmek için kullanamaz."

"O halde benim için bu büyüyü yapmanın bedeli ne?"

"Kan," diye karşılık verdi hemen. "Bedeli kan!"

"Benim için bir hayvana zarar vermene izin veremem," dedim suçluluk içinde elindeki çuvala bakarak.

"Jilo'nun çuvalındaki tavuktan daha fazla kan gerek," diye cevapladı.

"Benim kanımı kullanabilirsin." Maisie'nin Jackson'ı ne kadar çok sevdiğini ve Peter'ın bana ne kadar bağlı olduğunu bilirken Jackson'a hislerimi devam ettiremezdim. Hislerim gerçek olsa da tehlikeli ve yıkıcıydı. Beni içten içe yakıp kavuruyorlardı. Bir şekilde duygularımı kontrol etmeli, onların beni kontrol etmesine izin vermemeliydim. Bunu yapmak için kendimde yeterli gücü bulabilsem buraya gelip Jilo'ya kanımı vermezdim ama konu Jackson'a gelince hiçbir gücüm yoktu.

Jilo tekrar başını salladı. "Sendeki bütün kanı kullanmam gerekir. Bu yüzden büyünün sana yararı olmaz."

"Kimseye zarar veremem," dedim durumumun ümitsiz olduğunun farkına vararak.

"Mercy. Bizim gibiler, senin ve benim gibiler, güce sahip olmak istiyorsa bir şeylerden fedakârlık etmeli. Kız kardeşini seviyorsun, değil mi?"

"Evet, tabii ki seviyorum. Burada olma sebebim o," diye karşılık verdim.

"Jilo da kız kardeşini severdi. Jilo onu dünyadaki her şeyden çok severdi. Üzerinde durduğumuz bu dörtyol; bu dört yolun altına gömdü Jilo onu. Onu kesti ve tam buraya, o güzel minik ayaklarının altındaki toprağa gömdü. Kanı ve ruhu toprağa aksın diye kız kardeşi hâlâ nefes alırken gömdü Jilo onu. O yüzden bu dörtyol ve onun sınırları içindeki güç Jilo'ya ait."

"Bunu yapamam. Burada olmamalıyım," dedim. Başım dönmeye başlamıştı. Bir dakika daha bu kadının yanında kalma düşüncesi bile midemin altüst etmişti.

"Bizim gibiler gücü kendimize çekebileceğimiz bir yara açmalıyız. Kurban vermeye istekli değilsen hiçbir zaman gücü tadamazsın. Jilo mojoyu kız kardeşinden aldı. Ayaklarının altındaki kız kardeşin Maisie ile neler yapabileceğini düşünsene." Durdu ve dudaklarındaki tükürükleri yalarken pis bir gülümsemeyle bana baktı. "Kız kardeşim, o artık kurumak üzere. Ama Maisie. Onunla kendine sonsuza kadar güç çekebilirsin."

"Ben gidiyorum," dedim ondan çok kendimi düşünerek. Ben onun gibi değildim ve asla onun gibi de olmayacağım. Uzaklaşmaya başladım.

"Jilo sana o büyüyü yapacak."

Durdum ve ona döndüm. "Kararımı değiştirdim. Yardımını istemiyorum. Buraya geldiğimi unut."

"Artık çok geç," diye cevap verdi. "Çoktan istedin."

"Sana hiçbir şey vermeyeceğim. Sana ödeme yapmayacağım."

"Jilo için bunun bir önemi yok, küçük kız. Sadece neler olacağını çok merak ettiği için yapacak bunu."

Koşmamak için kendimi tutarak tekrar yürümeye başladım. Jilo'nun blöf yapması için Tanrı'ya ve tüm atalarıma dua ettim. İstediğim şeyi, bu dörtyola gelme sebebim olan şeyi elde etmem artık bir lanet olacaktı çünkü artık biliyordum ki bu iş cinayetten besleniyordu.

"Ginny'ye selamlarımı ilet," diye bağırdı arkamdan. Kulak tırmalayan kahkahaları balgam dolu öksürükleriyle karışıyordu yine.

ÜÇ

Büyük teyzem Ginny gündoğumundan kısa süre sonra, mesajını Iris teyzem aracılığıyla ulaştırarak beni çağırttı. Ginny benimle olabildiğince az ilgilendiği için bunun bir sorun anlamına geldiğini biliyordum. Sam hikâyeme inanmamış olmalıydı. Ya da inanmıştı ama yine de Ginny'yle görüşmüştü.

"Konunun ne olduğunu hiç bilmiyorum," dedi Iris kocası Connor'ın kahvesini tazelerken. "Ama senin bir şeyler bildiğini düşünüyorum."

"Neler peşindeydin?" diye sordu Connor iri cüssesiyle sandalyede kıpırdanarak. Önündeki uzun pankek kulesinin arkasından sert bir bakış attı.

"Hiçbir şey peşinde değildim," diye yanıtladım bardağıma meyve suyu koyarken. Masum görünmek ve Jilo'yu düşünmemek için elimden geleni yapıyordum.

"Gerçekleri şimdi söylesen iyi olur, tatlım," dedi Iris elimden sürahiyi alarak. "O zaman Ginny'ye karşı seni savunabilirim."

Aniden sinirlenerek, "Beni savunmana ihtiyacım yok," dedim. "Ginny'den de onun bu ailedeki herkese patronluk taslamasından da sıkıldım. Birinin ona karşı gelmesinin vakti geldi."

Connor güldü ve sandalyesine yaslandı. "O halde, sana iyi şanslar. Ama kıçını kıtır kıtır doğradığında ağlayarak gelme sakın."

"Saat dokuzda orada olmanı istiyor," dedi Iris başını sinirle sallayarak. "Geç kalma."

Kapıyı çarptığımı duyma hazzını onlara yaşatmak istemediğim için sessizce dışarı çıktım. Ginny benimle dokuzda görüşmek istiyordu. Pekâlâ. Görünüşe bakılırsa Jilo Ana'ya neden gittiğime dair bir bilgisi yoksa da gittiğim haberini almıştı. Öfkelendiğimden ve gittiğimde bana cehennemi yaşatacağından şüphem yoktu.

Daha çok vaktim vardı, bu nedenle en azından idamıma manzaralı yoldan gitmenin iyi olacağını düşündüm. Garajdan bisikletimi aldım ve Ginny'nin evinin tam ters istikametindeki nehre doğru yola koyuldum. Columbia Meydanı'na kadar pedal çevirdim ve Davenport evinin önünde durdum. Ev, Savannah'nın resmi olarak lanetli kabul edilen yerlerinden biriydi ve laneti eşsizdi çünkü evin hayalet sakini bir kediydi. Küçüklüğümden beri burayı bir şey hakkında endişelendiğim zaman bir barometre gibi kullanırdım. Her şey yoluna girecekse yaşlı kedinin hayaletinin pencereden dışarı baktığını görürdüm. Kediyi görmemişsem... işler istediğim gibi gitmeyecek anlamına gelirdi. Meydanda pencereleri izleyerek on dakika bekledim. "Pisipisi, hadi," diye çağırdım onu yumuşak bir sesle ama sonra vazgeçtim. Ginny elinden geleni ardına koymasın, diye düşündüm. Yirmi yıldır hayatımı yönetmeye çabalıyordu. Artık buna izin vermeyecektim. Bugün özgürlüğümü ilan ettiğim gün olacaktı.

St. John kilisesinin çanları, Savannah'nın "iş başlama saati"nin geldiğini bildirdi. Çanlar sekiz kere çalmıştı. Birden Peter'ın, birazdan ekibiyle bir apartmanı yenilediği, Chatham Meydanı'nın biraz dışındaki şantiyeye geleceğini hatırladım. Onu görmeliydim. Jilo'nun sözünü –daha çok bir tehdide benzeyen sözünü– tutup tutmadığını öğrenmeliydim. Ona gittiğim için kendimden nefret ediyordum ve Ginny'nin kuşkusuz benim için tasarladığı azarın tek bir tesellisi vardı: Jilo'nun yoluma koyduğu herhangi bir büyü varsa, Ginny bunu tamamen etkisiz hale getiremese de büyük ölçüde zayıflatabilirdi.

Daha ne yaptığımın farkına bile varamadan bisikletime atlamıştım. Ginny teyzemin evinin biraz ilerisinde olan Peter'ın çalıştığı şantiyeye gidiyordum. Calhoun Meydanı ve sonra da bir grup emeklinin Mercer Evi'nin fotoğraflarını çekmekle meşgul olduğu Monterey Meydanı'ndan zikzak çizerek geçip Taylor Caddesi'ne vardım. Ginny'nin evinin uzağından geçtim çünkü yaşlı kadın sabah yürüyüşündeyse, beni bisikletim üzerinde görmesini istemiyordum. Herkesin görebileceği bir yerde azarlanmak istemiyordum. Ve daha da önemlisi, hiçbir şeyin Peter'ı görmemi engellemesini istemiyordum. Jilo'nun büyüsünü yapıp yapmadığını bilmek zorundaydım.

Onu uzaktan seçtim; açık kızıl saçlarını gözden kaçırmak pek mümkün değildi. Günün giderek artan sıcaklığında gömleğini çoktan çıkarmıştı ve hafif çilli ve dik omuzlarına attığı birkaç çuvalı taşıyarak yürüyordu. Bisikletimden inip onu izledim. Bana arkası dönüktü. Yıpranmış kot pantolonu trafiği durduracak şekilde sarmıştı bacaklarını.

Aklımdaki Jackson'ı önümde duran bu adamla kıyasladım. Neredeyse aynı boydaydılar ve benzer vücut yapısına sahiplerdi; bir kavgada hangisinin hangisini alt edebileceğinden emin değildim. Bunun dışında pek birbirlerine benzemiyorlardı. Jackson'ın kıvırcık sarı saçları ve ideal hatlara sahip bir yüzü vardı; müzede mermerden oyulmuş görebileceğiniz bir yüz. Peter'ın ise ateş gibi kızıl saçları vardı ve Kelt tarzı yüz hatları güçlü bir çeneyle çerçevelenmişti. Diğer her yeri gibi Jackson'ın gözleri de kusursuzdu; peygamberçiçeğinin delip geçen mavisiydi. Peter'ın gözlerinin renkleri birbirinden farklıydı; biri kraliyet mavisi, diğeri ise neredeyse zümrüt rengindeydi.

Jackson gördüğüm, fiziksel ideale en yakın kişiydi ama gerçek şu ki Peter'ın ilginç kusurları onu kendi fiziksel ideal anlayışıma daha yakın yapıyordu. Onu izlemek güzeldi. Ve onu seviyordum, gerçekten seviyordum. Sadece Jackson'ı sevdiğim şekilde sevmiyordum. Kalbimde ona karşı yeni bir tutku hissetmemiştim. Aynı anda hem rahatlamış hem de hayal kırıklığına uğramış hissediyordum.

Peter izlendiğini hissetmiş gibi bana döndü. Ona görünmeden kaçıp gitmemin bir yolu yoktu artık, bu nedenle elimi kaldırıp salladım. "Dikkatini dağıtmak istemedim," diye seslendim. Çimentoyu yere indirdi ve bana doğru yürümeye başladı. Güneş ışığı teninde parıldıyordu.

Peter'ı kendimi bildim bileli tanıyordum. Jackson, Savannah'ya yeni gelmişti. Ama Peter'a baktığımda kıymetli ve sevdiğim birini, Jackson'a baktığımda doğduğumdan beri eksik olan bir parçamı görüyordum. Neden böyleydi, bilmiyordum ve bu durum sinirimi bozuyordu. Peter'ı istemeyi istiyordum. Ama isteyemiyordum.

"İstediğin her an dikkatimi dağıtabilirsin," dedi kocaman gülümsemesiyle.

"Hayır, ustabaşıyla sorun yaşamanı istemem," diye karşılık verdim bilinçsizce bisikletimi ikimizin arasına getirerek.

"O daha gelmedi. Isle of Hope'taki başka bir projeye teklif vermeye gitti," diye cevapladı Peter dudaklarıma küçük bir öpücük kondurmak için bisikletimin üzerinden eğilirken.

"Buralardan geçiyordum," dedim geri çekilerek. "Ginny beni kraliyet mahkemesine çağırttı."

"Eyvah," diyerek gülümsedi. "Bu sefer ne yaptın?"

Suçsuzluğumu savunmaya başlayacaktım ama detaylara inmemenin en iyisi olacağına karar verdim. "Söyleyemeyeceğim bir şey... " diye başladım.

"Ama Ginny'nin söylenebileceği bir şey," diye devam etti Peter.

Güldüm ve o da büyük, kaba elini benimkinin üzerine koydu. Peter'la olmakla yanlış yapmadığımı kendime söyledim. Sonra vicdanım araya girdi ve Jackson'la ilk tanışan ben olsaydım, Jackson bana Maisie'ye baktığı gibi bakmış olsaydı Peter'dan çoktan ayrılmış olur muydum, diye düşündüm. Gerçekten hak ettiği aşkı bulması için Peter'dan ayrılmalı mıydım?

"Annemle babam bu akşam bara gitmemizi istiyor," dedi Peter ahlaki ikilemimi bölerek. Ailesi, Magh Meall meyhanesinin sahipleriydi ve mekânı kendileri işletiyorlardı. Bar, nehrin yanında, Factors Yolu'nun hain kaldırım taşlarının birkaç sokak ötesinde, duvarda oyulmuş bir boşluktan başka bir şey değildi. Barın adı cennet çayırının İrlandaca karşılığıydı ama barın varlığının tek belirteci nehre doğru gururla sallanan İrlanda bayrağıydı. Yani barın ismini aldığı yerin efsanesi gibi, orayı bulmak için de üstün bir çaba göstermeniz ya da denizde kaybolup sadece Tanrı'nın gönderdiği bir esintiyle oraya gidebilen insanlardan olmanız gerekiyordu. Buğdaydan yapılan, ballı, özel siyah birası ve yerli yeteneklerin çaldığı küçük sahnesi Magh Meall'ı hem turistler hem de yerli halk arasında popüler yapmıştı ve bazı sıcak gecelerde açılışından itfaiyecilerin gelişine kadar sadece ayakta duracak yer bulabiliyordunuz. "Bu akşam sahneye çıkacak çocuklar onlarla çalmamı istediler. Onlara sadece sen istersen katılabileceğimi söyledim." Peter doğuştan müzisyendi. Gitar, keman, aklınıza ne gelirse çalardı; telli enstrümansa Peter adeta konuştururdu.

Onaylarcasına başımı salladım ve beni tekrar öptü. Bu sefer öpücüğün daha uzun sürmesine izin verdim. Geri çekildiğinde bisikletime atladım ve pedalları çevirmeye başladım. Omzumun üstünden baktığımda, ona vermeyi dilediğim türden bir aşk pırıltısıyla beni izliyordu.

Ginny'nin evine ulaşmam sadece birkaç dakika sürdü. Bildim bileli yalnız yaşıyordu. Her zaman ailenin diğer üyelerine aile olmanın önemi hakkında ders verirdi ama bizimle çok vakit geçirmek istemiyordu, yani Maisie dışındakilerle. Kız kardeşim çocukluğunun, ailemizin diğer üyelerinin paylaştığı evde geçirdiği kadarını, Ginny'nin evindeki odasında geçirmişti.

Bisikletimi, Ginny'nin ön bahçesinin tamamına gölge vermek için henüz yeterince büyümemiş meşeye yasladım. Kapının aralık olduğunu ve Ginny'nin sıcağı engellemek için güneşlikleri çekmediğini görünce şaşırdım. Ginny eve klima taktırmak istemiyor, evi dayanılabilir sıcaklıkta tutmayı, biraz kasvetli de olsa sabah güneşinin eve girmesini engelleyerek sağlamayı tercih ediyordu. Sonunda birkaç yaz önce direnmekten vazgeçip eve vantilatör alınmasını kabul etmişti ama o da sadece Maisie ısrar ettiği içindi.

Basamakları tırmanıp kapıyı tıklattım. "Ginny teyze," diye bağırdım ama cevap yoktu. Kapıyı sonuna kadar açtım ve içeri adım attım. "Ginny teyze, benim, Mercy. Ben geldim. Hatta biraz erken bile geldim," diye bağırdım dar girişten.

Bu boş girişte çok vakit geçirmiştim. Maisie ve ben küçükken, okul yaz tatiline girdiğinde Ginny, kız kardeşime cadılığın gerekliliklerini öğretme konusunda ısrar ederdi. Bağımsızlık Günü pikniği gibi, ailemizle çıkıp kutladığımız birkaç gün dışında, Anma Günü'nden İşçi Bayramı'na kadar Maisie'yi gözünün önünden ayırmazdı. Maisie'yle oynamaya geldiğimde Ginny kız kardeşimin dersleri bitene kadar beni koridordaki bir sandalyede oturtarak bekletirdi. O sandalye hâlâ holde, duvardaki boşluğun tam karşısında nöbetçi gibi duruyordu. Ginny'nin duvardaki o boşluğu sadece benim bekleyişlerimi daha acı verici hale getirmek için boş bıraktığına bahse girerdim.

Birkaç kere yanımda kitap getirmeyi denemiştim ama Ginny onaylamadıklarını benden hep alırdı; yani hepsini. Bir şeyler çizmek için kâğıt kalem getirmeyi denediğimde de "Sende yetenek yok, boşuna kâğıt ziyan etme," diyerek çizimlerimi yırtardı. Bu yüzden o dik arkalıklı, hasırdan oturma yeri olan sandalyede, kendi hayal gücüm dışında bana eşlik edecek hiçbir şey olmadan otururdum. Şimdi turlarımda anlattığım o korkunç hikâyelerin çoğunu uydurmaya başladığım yer işte o girişti.

İçeriye birkaç adım daha attım. Sağda Ginny'nin nadiren kullandığı yemek odası vardı. Solda ise, içindeki mobilyaların antikalığından, ancak bir salon olabileceğini düşündüğüm bir oda vardı. Eve tamamen sessizlik hâkimdi.

Bir atsineğinin vızıltısı dışında sessizdi ev. Büyük teyzem Ginny'nin ucuzluk mağazasından edindiği saatin betona vuran matkaptan daha gürültülü saniye sesleri dışında.

Beklenmedik bir koku burnumu sızlattı. Metalik olduğu kesindi ama kesinlikle yanlış bir kokuydu. Kan kokusu olduğunu anladığımda her şey bir anda yavaşladı. Bakırımsı kokuyu izleyerek salona girdim. Duvarda kan damlaları vardı. Hâlâ kırmızılardı ama yeni yeni kahverengiye dönmeye başlıyorlardı.

Ginny'nin cesedi yerdeydi, kafatası yarılmıştı. Nabzına bakmadım. Gerek yoktu zaten. Ginny hareketsiz, sessiz ve dehşet vericiydi. Öldüğünü biliyordum. Kafatasının tepesi cesedinden on beş santim ötede duruyordu. Yaşlı kadından nefret ediyordum ama onu burada bu şekilde görmek... Belli ki "nefret" kelimesinin ne anlama geldiğini bilmiyordum. Önümde uzanan bu görüntü, nefretin resmiydi. Birini öldürmenin daha nazik şekilleri vardı. Bunu yapan kimse, yaptığı şeyden keyif almıştı.

Oda dalgalanmaya başladı ve karanlığın beni içine çekmesini istedim. Ama her şeyden çok, Ginny'nin ölümünün *olabilecek* ama asla gerçekleşmeyecek şeyler denizinin içine çekilmesini isterdim, ah hem de nasıl. Biri çığlık atıyordu. Bunun kendim olduğunu fark ettim ve çığlık atmaya devam ettim.

Mantıklı tarafım çığlık atmayı kesmemi söylüyordu. Yardım çağırmamı. Ona defolup gitmesini söyledim ve gökyüzünden bile duyulduğumdan emin olana dek çığlık atmaya devam ettim. Ancak o zaman telefonuma uzanabildim.

DÖRT

"Bizi arayarak en iyisini yaptın, tatlım," dedi Iris teyzem beni güzel kokulu göğsüne bastırırken. "Polisten önce bizi arayarak iyi ettin. Şerif ve aptal adamları tüm evde dolanıp burayı düşünceleriyle kirletselerdi odadaki enerjiye asla odaklanamayabilirdik."

"Ginny de burada epey karanlık işler çevirmişti," diye homurdandı Connor. Iris beni bıraktı ve Connor'a betonu bile parçalara ayırabilecek bir bakış attı.

"Olan oldu. Şimdi, burada işimiz bitene kadar insanların işimize burunlarını sokmamaları için çevreye saklama büyüsü yerleştirmeliyiz." Saklama büyüsü nesneleri görünmez ya da sesleri duyulmaz yapmıyordu; sadece insanların saklamak istediğiniz şeyi görmezden gelmesini sağlıyordu. Sessizce saklama büyüsünü yapmaya koyuldular. Yaptıkları hareketlerle havayı boyamaya çalışır gibi görünüyorlardı.

"Bunu kim yapmış olabilir?" diye fısıldadım. Kimsenin Ginny'ye zarar vermek isteyebileceğini düşünmezdim. Bunu "kim savunmasız bir kadına zarar vermek isteyebilir" anlamında söylemiyordum. "Kim bütün korumalarını aşıp ejderhayı öldürmeye yeltenmiş olabilir" anlamında söylüyordum. Kanımın donduğunu, damarlarımda akmadığını hissediyordum. Bu, Jilo'nun benim adıma vereceğini söylediği kurban olabilir miydi?

"Biz de bunu öğrenmeye çalışıyoruz, kızım," dedi Connor. "Ama orada durup düşüncelerini bu kadar yüksek sesle yansıtarak pek yardımcı olmuyorsun. Şimdi çık git buradan da işimize bakalım." Sağ eliyle büyük göbeğini saran kemeri düzeltirken sol elindeki sarkaç ani hareketler yapıp durmaya başladı.

"Connor!" diye çıkıştı Iris. "Zavallı kız zaten yeteri kadar sarsıldı."

"Ve titreşimleri odayı oradan oraya sallıyor. Haydi kızım. Neler olduğunu keşfetmemizi imkânsız hale getirmeden önce git buradan," dedi dikkatini sallanan sarkacına vererek. Sarkaç Connor'ın güçle olan bağlantısıydı, her ne kadar bu zayıf bir bağ olsa da. Çoğu gerçek cadının birkaç ortak yeteneği vardı, neredeyse hepsi odaklandığı zaman cadı olmayanların düşüncelerini okuyabiliyor ve çoğu dokunmadan eşyaları hareket ettirebiliyordu. Ama cadılar bir ya da iki konuda bilhassa yetenekliydi. Connor çoğu konuda zayıf olsa da sarkacını kullanarak, kaybettiği gözlükten kaybolmuş bir çocuğa kadar, neredeyse her şeyin izini sürebilirdi. Cinayet silahını aradığını biliyordum, sormama gerek yoktu.

"Haydi tatlım. Enişten haklı. Biraz hava almak sana da iyi gelecek. Bütün bunları görmemeliydin."

Dışarı çıktım ve ben doğmadan çok önce de büyük teyzem Ginny'nin verandasında duran, eski, gıcırdayan ahşap koltuğa oturdum. Dakikalar içinde Savannah'nın sıcağı ayak bileklerimden baldırlarıma tırmanmaya başladı. Yavaşça ama emin bir şekilde, kadim şafakların tecrübesiyle beni ele geçirdi.

Güneşin bacağımda oluşturduğu iz yukarı çıkıyordu; Savannah'nın gündönümü sabahı yakınlardaki bir evin rüzgârgülünün gölgesini üzerime düşürüyordu. Koltuğa yaslandım ve sıcağa, kan kokusuna ve verandadan acımasız tıklamasını duyabildiğim Ginny'nin saatinin sesine teslim oldum. Koltuğun bacaklarımın altında gıcırdaması itiraz ve haz duyguları arasında yok oldu. Aklıma korkunç bir düşünce geldi: Tenimi ısıtan sıcaklık, pencereden içeri yansıyıp Ginny'nin cesedini de ısıtarak çürümesini hızlandırıyordu. Düşünceyi kafamdan attım ve bacağımın arkasında oluşan küçük ter damlasına odaklandım. Neler olduğunu düşünmemeye, Iris teyzem ve Connor eniştemin olan biteni anlamaları için gerekli enerjiyi düşüncelerimle bozmamaya çalışıyordum.

Açık pencereden Iris teyzemin, "Yapabileceği bir şey yokmuş. Eğitimli değil," dediğini duydum. Sesi onu duymamı istiyormuş gibi süzüldü camdan.

"Öğretecek bir şey yok," diye homurdandı Connor cevap olarak. Pencerenin ardından ona bir bakış attım. Maisie ve beni o ve Iris yetiştirmişti. Taylor kabilesinin en küçük kadın üyesi olan annem Emily, bizi doğururken ölmüştü ve babamızın kim olduğunu kimseye söylemeyi uygun görmemişti. Bana zerre kadar babalık gösterseydi, yüzünü güneşe dönen çiçekler gibi ben de Connor'a yüzümü dönerdim. Ama böyle bir şey hiç olmamıştı. Hatta ben altı yaşındayken bana "Hüsran" lakabını takmıştı. Lakap aklımdan geçtiği anda bakışlarımız kesişti ve bir an ifadesinde pişmanlığa benzer bir duygu sezdim. Dudağının seğirmesinde mi yoksa elindeki sarkaca çevirdiği gözlerinde mi okumuştum pişmanlığı? O bakış bir an oradaydı, sonra yok oldu. Bakışlarını sarkaca çevirdi. Görünürde gelişigüzel bir şekilde odada geziniyor, elindeki sarkaç hareket ediyor ya da duruyordu. "Buraya kız kardeşi yerine ilk Maisie'nin gelmemiş olması büyük şanssızlık."

Maisie doğumundan beri onun gözdesiydi. Bu dünyaya o kadar büyük bir güçle gelmişti ki doğumunun diğer cadı ailelere duyurulmasına bile gerek kalmamıştı; herkesin radarına girmişti kolayca. Bense zayıf bir anda, evrenin sonradan aklına gelen bir düşünce gibi doğmuştum. Çoğu kişi annemin ölümüne üzüldüğü kadar benim doğumuma şaşırmıştı.

"Zavallı kızı da biraz düşünmelisin. Bu şok etkisi yaratmış. Ginny'ye olanların ötesinde bir durum olduğunu biliyor. Çizginin hasar görmüş olabileceğini biliyor."

"Onu suçlamıyorum, hayatım. Ben kendimi suçluyorum. Ona gerçek bir baba gibi davransaydım ve elinden tutup her şeyi açıklasaydım..." diyerek yerindi Connor. "Mercy iyi bir kız," dedi. "Bizi arayarak en iyisini yaptı." Sesinin çatallaştığını duymak beni şaşırtmıştı. İlk kez bana şefkatle yaklaştığını görüyordum. "Ama şimdi, Ginny'ye bunu kimin yaptığını bulmamız için sadece birkaç dakikamız kaldı. Mercy'nin Ginny'yi bulduğu zaman yaşadığı korku, burada olup biten her şeyi neredeyse tamamen silecek kadar güçlüymüş. Geriye ne kadar iz kaldıysa hepsini yakalamamız gerek, sonra da çizginin etkisini sürdürdüğünden emin olmalıyız. Odaklanmalısın. İşimiz bittiğinde Oliver'ı arayacağım ve eve gitmesini söyleyeceğim. Sen de o sırada aileyi bir araya toplamaya başlayabilirsin."

Connor görüşümden çıkmıştı ama ağır adımlarının, evin zemin katında yürürken çıkardığı sesleri duyabiliyordum. Sonra üst kata çıkarken gevşek merdiven basamağı gıcırdadı. Cesedin yanına diz çökmüş Iris teyzeme çevirdim dikkatimi. Hâlâ yok olmamış enerjileri aramak için sessizce ve yavaşça sallanmaya başlamıştı. Üzüntüsüne boyun eğerken, sessizliği hıçkırıklara dönüştü. Bu yaşıma gelene kadar, sık sık Ginny'nin ölmesini istemiştim. İsteğim kabul olmasına rağmen şimdi onun ölümünün neye benzediğini gördüğümde, kanım onunkini çağırıyor ve adalet istiyordu. Sanırım her şeye rağmen, o yine de ailedendi.

"Silah burada değil," dedi odaya dönen Connor yenilgiye uğramış bir sesle. Gürültülü bir şekilde koltuklardan birine çöktüğünü duydum.

Iris teyzem cevap vermedi. Connor'ın konuştuğunun farkında bile değil gibi görünüyordu. Hıçkırıkları durmuştu ama Ginny'nin cesedi üzerinde sallanmaya devam ediyordu.

Ruh ölçümü Iris teyzemin uzmanlık alanıydı. Herhangi bir nesneyi alıp onun kime ait olduğunu ya da nesneyle kimin temas ettiğini söyleyebilirdi. Çok harika bir güç değildi ama kökeni belirsiz antika eşyalarla dolu bu şehirde çok kullanışlıydı. Connor cinayet silahını bulmayı başarabilseydi, Iris'in onu kimin kullandığını bulma şansı epey yüksekti. Cinayet silahını tutmak onu şiddetli bir enerjiye maruz bırakırdı ama o olmadığı sürece cinayeti işleyeni bulmak için Ginny'ye dokunmaktan başka şansı olmazdı fakat bu daha kötüydü. Kendisini bu kadar büyük bir karanlık enerjiye maruz bırakması çok tehlikeliydi. Ölen sıradan bir insan olduğunda bile bir kapı açılır ve kapının ardında kalması gereken bazı şeyler bir şekilde içeri girebilirdi. Cinayetse işleri daha da kötüleştiriyor, daha karanlık şeyleri içeri davet ediyordu. Büyük teyze Ginny gibi birinin katledilmesi kapıyı yerinden sökebilirdi. Ve işlere hiçbir şekilde yardım edemediğimin farkındaydım.

"Enerji geri çekiliyor," dedi Iris teyzem gözlerini açıp dimdik oturarak. "Ya şimdi ya hiç."

"Kızım," deyip beni yerimden zıplatarak bağırdı Connor. "Kız kardeşine ulaşmaya çalış. Geliyor muymuş öğrenmeye çalış. Sonra Ellen'a ulaşmayı tekrar dene."

"Aradığımızda Maisie'nin telefonu sesli mesaja geçti," diye cevapladı Iris teyze. "Yani o çocukla beraber ve telefonunu açmayacak. Ellen'ın geceyi nerede geçirdiğini tahmin bile etmek istemiyorum ama muhtemelen hâlâ uyuyordur ya da bize yardımcı olamayacak kadar akşamdan kalmadır. Bunu şu anda yapmalıyız." Seçeneklerini ölçüp biçercesine duraksadı ve sonra bana seslendi. "Mercy, tatlım, içeri gel."

"Ah, asla olmaz," diyerek itiraz etti Connor.

"Ya şimdi ya hiç!" diyerek kesti Iris onun lafını. "Kimseyi avlamak için vaktimiz yok ve senin saçmalıklarına ayıracak vaktim asla yok." Derin bir nefes alıp kendini toparladı. "Haydi, Mercy, sana yardım edeceğim." Verandadaki salıncak ayağa kalkınca Yunan korosu gibi şakıdı. Iris tedirginliğimi hissetmişti. "Korkma."

Yerdeki cesede bakmamaya çalışarak içeri girdim. Kürekkemiklerim arasında soğuyan ter sırtımdan aşağı süzüldü.

"Daha önce bunların hiçbirini görmediğini biliyorum tatlım ama merak etme, başaracaksın."

"Tamam," diye karşılık verdim ama dizlerim her an çözülecekmiş gibi hissediyordum ve odadaki çürük kokusu başımı döndürüyordu. "Ne yapacağım?"

"Siz daha küçükken Peter ve arkadaşlarıyla kimsenin aradan geçmemesi için ellerinizi birbirine kenetleyerek oynadığınız oyunu hatırlıyor musun?" Hafifçe gülümsedi. Oyunu oynayışımızın anısı bir anlığına da olsa burnunun ucundaki dehşetten uzaklaştırmıştı onu. "Yapacağımız şey tıpkı o oyuna benziyor. Belirli bir miktar enerji çağıracağım ama kendimi enerjiye açtığım zaman içeri girmeye çalışacak başka güçler ortaya çıkabilir. Burada durup ben ve Connor'la el ele tutuşmanı istiyorum sadece. İçindeki güç, iç ışığın, kötülüklerin içeri girmesini engelleyecek." Yanında durdum ve küçük, soğuk elini tuttum. Connor yaklaşıp diğer elimi pençesine aldı. "Pekâlâ. Güzel." Rahatlatıcı bir şekilde gülümsedi ve gözlerini kapadı. "Bazı şeyler görebilirsin. Onlar seni korkutmasın. Onlar sadece gölge. Zihnini gerçek bir şeye odakla. Sevdiğin bir şeye. Seni güvende hissettiren bir şeye."

Zihnim rulet çarkı gibi dönmeye başladı; insanlar, mekânlar ve diğer şeyler arasında gidip geliyordu ama beni yeterince rahatlatacak hiçbir şey bulamıyordu. Annem ben onu daha hiç tanıyamadan ölmüştü. Babamın kim olduğunu bilmiyordum. Iris teyze elinden gelen en iyi şekilde bizi yetiştirmeye çalışmıştı ama Connor onunla ilişkimize leke sürmüştü. Oliver amcam hediyeler getirmekte ve renkli hikâyeler anlatmakta çok iyiydi ama Savannah'da çok az vakit geçirmişti ve bana yuvamı hatırlatmıyordu. Ellen teyzem benimle paylaşabildiği her şeyi paylaşmıştı ama onun makyaj sırları ve eskiden fethettiği gönüllerin hikâyeleri, viski kokulu nefesinden ayrışmazdı. Peter vardı ama ilişkimiz hakkındaki kafa karışıklığım onun bana rahatlık vermesini engelliyordu ve Jackson da bende suçluluk duygusu uyandırıyordu. Sonunda, sadece Maisie vardı elimde. Farklılıklarımıza ve ona karşı her zaman hissettiğim kıskançlığa rağmen, bu dünyada bana güvende olduğumu ve sevildiğimi hissettiren tek kişi oydu.

"İhtiyacın olanı buldun mu?" diye sordu Iris teyzem.

"Evet," diye cevapladım soluk soluğa.

"Güzel. Şimdi ona odaklan. Onu aklının ve kalbinin en üstünde tut. Kalbin ve aklının eşit ölçüde odaklanmasına izin ver." Diz çöktü, boştaki elini Ginny'nin cesedine koydu. Elimi daha sıkı tutmaya başladı ve aniden odaya tuhaf bir balıkgözü merceğiyle bakıyormuşum gibi hissettim; bana yakın nesneler gözlerime büyük görünenlerken odadaki diğer her şey kenarlara itilmiş gibiydi. Gölgeler oluşmaya, tehditkâr bir şekilde yaklaşarak gözümü karartmaya başladı. "Odaklan, Mercy," diye emretti Iris teyzem ve odaklanmaya çalıştım. Dümdüz karşıya baktım ve Maisie'yi düşündüm. Ama suratı aklımda şekillenmeye başladığı gibi mavi bir yıldırım odayı vurdu ve sonra her şey karanlığa gömüldü.

BEŞ

Bir parçam, bütün bu olanlarla yüzleşmezsem hiç yaşanmamış olacakmış gibi gözlerimi kapalı tutmak istiyordu. Koluma bir şey takılı olduğunu hissedebiliyordum ve üzerinde yattığım yatağın kendi yatağım olmadığını biliyordum. Bu ikisi bana hastanede olduğumu anlatmak için yeterliydi. Birkaç dakika kıpırdamadan yattım. Parçaları birleştirmeye çalışıyordum ama tek hatırlayabildiğim kan, mavi bir ışık ve karanlıktı. Yanımda tıkırtılar duydum. Gelişigüzel tıkırtılar değildi bunlar; birinin cep telefonu tuşlarına beceriklilikle basışının sesiydi. Dünya üzerinde telefonu böyle kullanabilen tek bir kişi tanıyordum.

"Oliver dayı," dedim. Ağzımın çok kuru olduğunu hissettim.

"Hey, merhaba küçük havuçlu çöreğim," dedi yıllardır kullandığı lakapla seslenerek. "Tekrar aramıza katılmak için kendini mi hazırlıyorsun?" Ben gözlerimi açarken yanıma geldi ve hemşire çağırma düğmesine bastı.

Pencereden süzülen ışık yüzünden gözlerimi kırptım. Saatin öğleden sonra olduğunu tahmin ediyordum ama hangi gün olduğundan emin değildim. Oliver'ın San Francisco'dan Savannah'ya gelmesi bir gün kadar sürmüş olmalıydı. Söylediği birkaç kelimeden, güneyli aksanının sesine yavaş yavaş yerleşmeye başladığını fark etmiştim. Batı yakasındayken hiç aksanı yoktu.

Savannah'da bir hafta geçirdikten sonraysa tam bir Güneyli oluyordu. Bu aşamanın daha başlarındaydı, bu nedenle birkaç gündür uyuduğumu tahmin ediyordum.

"Üç gün, aslına bakarsan," dedi aklımı okuyarak. Bunu yapabilmesi pek hoşuma gitmiyordu. Ailemin diğer üyeleri üzerinde bu yeteneği geçerli değildi; sadece benim gibi cadı olmayanlara etki ediyordu. Annemin kardeşlerinin en küçüğü olan Oliver telepati gücü en yüksek kardeşti ama en güçlü yanı etki altına alma ve ikna etmeydi; insanların onun istediği şeyi görmelerini, inanmalarını istediği şeye inanmalarını, hissetmelerini istediği şeyi hissetmelerini sağlamak. Halkla ilişkilerde başarılı olması doğaldı. Birçok kalp kırdığına da şüphe yoktu.

"Düşündüğün şeylerden pek hoşlanmadım," dedi. "Ben zaten yetenekliyim."

"Hiçbir şey demedim," dedim. Oturmaya çalıştım ama ne kadar güçsüz olduğumu fark edince vazgeçtim.

"Yavaş ol," dedi. Bir hemşire yoyo gibi içeri girip doktoru çağıracağını söyleyerek çıktı. "O ipli bol paça pantolonu dolduran genç ve sarışın olanı çağırın," diye bağırdı Oliver dayı, hemşirenin arkasından. Üç gündür komada olmama rağmen yüzüm kızardı. Dayım gözlerini kısarak bana baktı. "Kıpkırmızı oldun," dedi. Başta sağlığımla ilgili bir sorun olduğu için endişelenmiş gibiydi ama sonra düşüncelerimi okumuş olacak ki gülmeye başladı. "Canım benim, hâlâ bakiresin. Iris'in bahsettiği, hayatı uçlarda yaşadığın hikâyeler buraya kadarmış."

Utançtan kızgınlığa hızla geçiş yaptım. "Beni okumayı kes ve neler olduğunu anlatmaya başla."

Gülümsedi ve saçlarımı parmaklarıyla taradı. Kızgınlığım aniden yok oldu ve rahatladığımı hissettim. Beni etkisi altına aldığını biliyordum ama karşı koyamayacak kadar yorgundum. Karşı koymayı isteyemeyecek kadar.

Pürüzsüz, sakin yüzüne baktım. Kırklarına yaklaştığını biliyordum ama yanımda ayakta duran bu adam yirmi beşin üstünde, benden çok büyük olamazdı. Gördüğümün ne kadarının gerçek ne kadarının sihir olduğunu merak ediyordum. Zamanın neler yaptığını dünyaya gösterip göstermeme seçeneğinin olması nasıl bir histi? Oliver dayım beni bu düşünceden de uzaklaştırdı ve yeni bir rahatlık dalgası ele geçirdi beni.

"Neler oldu?" diye düşünceli bir şekilde tekrar etti sorduğum soruyu. "Pekâlâ havuçlu çöreğim. Hani bir fırtına sırasında bazen bir güç dalgalanması olur ve sigorta kutusundaki şalterlerden birinin atmasına sebep olur ya," başımı salladım anladığımı anlatmak için, "işte sen de, tatlım, o atan şalterlerden biri oldun." Bir anlığına ifadesine rahatsızlık –hayır, öfke– çöktü. "Aptal Iris ve Connor. Seni asla zemin olarak kullanmamalıydılar. Bu, tıpkı bir çocuğu kokpite oturtmak ve ondan uçağı indirmesini istemek gibi. Seni çocuk olarak gördüğüm için söylemiyorum," diye ekledi, söylediklerine alındım mı diye düşüncelerimi okurken, alındığıma dair bir iz bulursa silmeye hazır bir şekilde.

Ginny'nin evinde olan şeyler parça parça aklıma gelmeye ve birbiriyle bağlantılanmaya başlamıştı. "İhtiyaçları olan şeyi alabildiler mi? Iris teyzem Ginny'yi kimin öldürdüğünü bulabildi mi?"

"Hayır, tatlım. Korkarım kütük gibi devrilmişsin. Hiçbir şey öğrenemediler. Kimin yaptığını bulmak için hayatını tehlikeye atmakla büyük aptallık ettiler. İşi polise bırakmaları gerekiyordu. Bulsalardı ne yapacaklardı ki zaten? Connor elinde tüfekle katilin peşine mi düşecekti? Ya da Macbeth'i oynayıp katili ölüm büyüsüyle mi öldüreceklerdi? Şimdi ellerinde hiçbir şey yok ve sonunda polisi aradıklarında suç mahalli öyle ihlal edilmişti ki katil suçunu itiraf bile etse tutuklanmazdı."

"Özür dilerim," diye başladım ama doktor geldiği için devam edemedim. Doktor ellili yaşlarda yakışıklı bir adamdı. Oliver'ın gelmesini istediği genç sarışın değildi ama Oliver'ın çok da hayal kırıklığı yaşadığını düşünmüyordum.

"Aramıza hoş geldin, Mercy," dedi doktor ve Oliver dayıma soğuk bir bakış attı. "Oliver," derken gözlerimi muayene etmek için kalem ışığını çıkardı. Oliver'ın adını söyleyiş şeklinden ikisinin geçmişi olduğunu anlamıştım. Sanırım Oliver dayımın neredeyse her yerde bir geçmişi vardı.

"Seni gördüğüme sevindim, Michael. Ya da sana Doktor Bey diye mi seslenmeliyim?" diye sordu Oliver.

"Bana hiçbir şekilde seslenmemeni tercih ederim." Yüzü buzdan bir maske gibiydi; hiçbir duygu belirtisi yoktu. Çok iyi bir poker oyuncusu olmalıydı. Bu Doktor Michael'ı sevmiştim. Nabzıma baktı, hasta çizelgemi kontrol etti ve sanki benimle işinin bittiğini açıklar gibi başını salladı.

"Siz Taylor'larla ilgilendiğim zamanlardan öğrendiğim bir şey varsa o da hastalıklarınıza neyin sebep olduğunu ve onları neyin tedavi ettiğini alsa çözemeyeceğimdir," dedi. "Bir gece daha burada kalmanı isteyeceğim ama bu sadece hastaneye dava açılmasını önlemek için. Birkaç test daha yapıp faturanızı kabartabilirim ama sen bir Taylor'sın ve bir Taylor uyandıysa, o Taylor yaşayacak demektir. Ginny için ailenize sabır diliyorum. Büyükannemin iyi arkadaşıydı." Çizelgeyi ayağımın ucundaki askısına astı ve Oliver'la göz göze gelmemek için çabalayarak odadan çıktı.

"Sanırım bu kadar," diyerek kıkırdadı Oliver. Doktorun sağlığım hakkında söyledikleri için mi yoksa ikisi arasında geçmişte yaşananlar için mi söylemişti, emin olamıyordum. "Uyandığını haber vermek için kız kardeşini arasam iyi olur. Yarım saat öncesine kadar yanında oturuyordu. Ama sonunda güzel sevgilisinin onu buradan götürmesini sağladım."

"Jackson," dedim Oliver'a ismini hatırlatmak için. "Jackson," diye tekrarladım. Onun düşüncesi bile baştan aşağı hoş bir sıcaklığın beni ele geçirmesine sebep oldu.

"Hmm!" diye sesli bir şekilde araya girdi Oliver. "Bu çocuk için başımız biraz belaya girecekmiş gibi görünüyor. Bu arada, şu çiçekler var ya, şu büyük buket," dedi ve başıyla büyük gül buketini işaret etti, "onu Peter gönderdi. Öğle yemeği molasında getirdiğini söyledi Maisie. Muhtemelen bir haftalık harçlığını onlara harcamıştır."

Gözlerimi kapayıp uyuyormuş gibi yaptım. Bir telepatı kandırmak hiç kolay değildi ama Oliver bu seferlik kanmış gibi yaptı. Birkaç dakika içinde yaptığım numara gerçeğe dönüştü ve uykuya daldım.

Uyandığımda saat gece yarısı civarlarında olmalıydı. İlk düşüncem odaya bir hemşirenin geldiğiydi ama bakışlarım netleştiğinde kalbim duracak gibi oldu. Odadaki hemşire değildi. Jackson başımda duruyordu. İşaretparmağını yanağıma sürdü ve diğer elinin işaretparmağını dudaklarına tutarak sessiz olmamı söyledi.

"Seni korkutmak istemedim," diye fısıldadı boğuk sesiyle. "Sadece nasıl olduğuna bakmak istedim." Loş floresan ışıkta bile ne kadar hoş göründüğüne şaşırmıştım. Sarı bukleleri ışıldıyor, gözleri açık mavi parlıyordu. Sanki gittiği her yere yaz havasından bir parça götürüyordu.

"Buraya nasıl girdin?" diye sordum. "Ziyaret saatleri çoktan bitmedi mi?" Bağlı olduğum monitör onun bende yaptığı etkiye şahitlik ediyordu; kalbim hızla atıyordu. Onun kız kardeşime ait olduğunu biliyordum, onu sevmemin yanlış olduğunu biliyordum. Ama sonuçta bu zararsızdı. Maisie'yle asla yarışamazdım ve Jackson ona tapıyordu. Sonunda ikisi evlenecekti ve güzel, melek gibi bebekleri olacaktı ve Jackson'a olan sevgim hiçbir şeye engel olmayacaktı. Hislerimi kendime saklarsam kimse fark etmezdi. Asla davet etmediğim bu hislerin zaman içinde yok olmasını umut ediyordum. Oliver dayımın yanında daha dikkatli olmayı kendime hatırlatmalıydım.

"Kendime göre yöntemlerim var," diye cevapladı ışıldayan gözlerle. "Oliver iyi olduğunu söyledi ama kendim görmek istedim."

"Maisie nasıl?"

"Onu merak etme. Evde dinleniyor. Ailenin büyük bir problemi var ve görünen o ki Maisie işlerin merkezinde. Günün çoğunu Iris ve Connor'la geçirdi, sonra da onu erkenden yatağına gönderdiler. Neler olduğuyla ilgili hiçbir şey söylemiyorlar. Connor akşam yemeği bittiği gibi her zamanki cana yakın tavrıyla evden gitmemi istedi. Maisie her şeyi yarın açıklayacağını söyledi. Ginny'nin ölümüyle zarar gören bir "çizgi"den bahsediyorlar."

"Birinin onun yerine geçmesi gerekecek," dedim durumun farkına vararak, hemen ardındansa ağzımdan çıkan kelimelerden pişman oldum. Maisie'nin onunla ne paylaştığını bilmiyordum ama benim onunla bir şey paylaşmamam gerektiğini biliyordum. "Sen dediklerime bakma," dedim olduğumdan daha şaşkın gibi davranarak. "Sanırım aklım hâlâ biraz bulanık."

Gülümsedi ve elimi tuttu. "Sanırım ailenin bu ürkütücü tarafına er ya da geç alışacağım," dedi, "ama itiraf etmeliyim ki biraz normal şeyler duymaya ihtiyacım vardı ve seni düşünmeye başladım."

Aniden geri çekilip elimi elinden çektim. Ailemde normal olmak pek iltifat kabul edilmezdi ve şüphesiz ki Jackson'ın beni tarif etmek için kullandığını duymak istediğim bir kelime değildi.

"Özür dilerim," dedi nazikçe. "Seni rahatsız etmemeliyim. Sadece nasıl olduğuna bakmak istemiştim. Şimdi gözlerini kapa ve uyumana devam et," dedi, ben de dediğini yaptım. Dudaklarını alnıma değidirdiğini hissettim; ebeveyninin hasta çocuğunu öpmesi gibi. Sonra dudakları tereddütle, hızla benimkilere değdi. Gözlerim açıldı ama o çoktan gitmişti.

ALTI

Hastaneden taburcu olduktan sonraki tüm günümü yatakta geçirdim ama en azından kendi yatağımdaydım. Sonraki sabah erkenden uyandığımda toparlandığımı hissediyor, dışarı çıkmak için sabırsızlanıyordum. Kaçmadan önce, Iris'in ilgisinden kurtulmak için cep telefonumu komodinin üzerine bıraktım. Önceki yıllarda evden kaçtığım zamanlar işime yaramıştı; pencereden çıkıp parmaklıklardan indim ve kendimi nemli ama güzel bir günde, özgür bir halde buldum.

Nereye gideceğimi düşünmeden, otomatik pilotta gibi Savannah'yı dolaşmaya başladım. Kendimi Chippewa Meydanı'nda buldum ve Gallery'den kendime bir kahve alıp parka gittim. Evsizlerin eğreti evler olarak kullandıkları fazlaca büyümüş açelyalar yeni budanmıştı. Her ne kadar gerekli olduğunu bilsem de budanmasa daha iyi olur diye düşünüyordum. Chippewa'nın harabeye benzeyen halini seviyordum; o halinde tanıdık, hatta rahatlatıcı bir şeyler barındırıyordu.

Bankların hepsi ya kameraya en iyi Forrest Gump taklitlerini yapmaya çalışan turistler ya da şehir yetkililerinin meydandan atmak istediği evsizlerle doluydu. En sevdiğim ağacın gölgesine bıraktım kendimi. Etrafımdaki her konuşmayı gizlice dinleyerek

Ginny'yi ve yaşadığı şiddeti düşünmemeye çalıştım. Kahvemi içtim ve Presbiteryen kilisesinin çan kulesini izledim.

Melek gibi bir kız gülerek yanımdan geçti ve babası onu yakalayıp kaldırdı. Dikkatimi dağıtan bu görüntü tatlı acı bir his bıraktı bende. Tanrım, kızın babasıyla ilişkisini şu anda bile öyle kıskanıyordum ki. Keşke annem, babamızın kim olduğunu açıklasaydı; o zaman Maisie'yle ben de böyle günler geçirebilirdik. Annemin bu bilgiyi paylaşmamak için iyi bir sebebi olduğunu biliyordum tabii ama paylaşmasını kesinlikle çok isterdim.

"Burada olacağını biliyordum," diye seslendi Ellen teyzem arkamdan. "Küçükken, seni hiçbir yerde bulamadığımız zamanlar hep burada, şu yaşlı beyefendinin gölgesinde bulabileceğimi biliyordum." Bir anlığına Oglethorpe'un heykelini selamlıyormuş gibi geldi ama sadece gözlerini güneşe karşı korumaya çalıştığını fark ettim. "Güneş artık iyice yakmaya başladı." Çimene oturup bana katılmaya yeltendi ama sonra vazgeçti. "Tatlım, korkarım kendi başıma yerden asilce kalkabilme yaşımı geçtim ama daha gururumun senin yardımını kabul etmeme izin vereceği bir yaşa da gelmedim. Haydi, kalk ve biraz benimle yürü."

Ona gülümsedim. Gözleri berrak, sesi sakindi ve aylardır hiç olmadığı kadar kendinde gibi görünüyordu. Yüzü zindeydi. Sarı saçlarına yeni gölge yaptırmıştı. Tırnaklarına kusursuz bir şekilde manikür yapılmıştı ve ellerinin hafif titreyişi daha günün ilk içkisini içmediğini gösteriyordu. Ginny'nin ölümü önceden tasarlanmamış bir aile toplantısına sebep olmuştu ve evimiz sadece Taylor ailesinin bütün üyeleriyle değil, Savannah Taylor'larının biraz küçümseyici bir tabir olan "kuzenler" olarak adlandırdığı MacGregor'lar, Ryan'lar ve Duval'lar ile tıka basa doluydu. Ellen'ın bu büyük aile önünde iyi görünmek için mi yoksa ev, içkilerin olduğu vitrini gizlice yağmalayamayacağı kadar kalabalık olduğu için mi içkiden uzak durduğunu merak ediyordum.

Acımasız ışık ve on yıldan uzun süredir alkol kullanmasına rağmen Ellen teyzem hâlâ çok güzeldi. Taylor ailesinin diğer kadın üyelerinden daha güzeldi, tabii Maisie hariç. Ayağa kalktım ve kot pantolonumdaki çimenleri, tozu toprağı silkeledim. Kolunu uzattı, ben de onu geri çevirmedim. "Toplantının en kötü anını kaçırdın," diye başladı parkın McDonough Caddesi tarafına yöneldiğimizde. "Kuzenlerin Ginny'nin ölümünü çok önemsemiş gibi yaptıkları kısmını." Kendini suçlu hissetmiş gibiydi. "Böyle konuşmamalıyım."

"Sorun değil. Benden nefret ediyordu. İtiraf etmem gerekirse ölümü hayatımda doldurulmayacak bir boşluk yaratmayacak," dedim. Gerçekte ise bu söylediklerime kendim de inanmamıştım; Ginny ve yaşadığı şeylerle ilgili hissettiklerimin üstesinden gelebilecek miydim, emin değildim.

"Bu çok kötü. Biliyorum, daha duyarlı olmalıyım ama Ginny sadece sana karşı kötü değildi. 1984'ten beri kimseye tek bir iyi sözcük bile sarf etmemişti. Ölene dek yaşlı, acımasız ve öfkeliydi." Ellen kendini durdurdu.

"Ama nasıl bu hale geldi?" diye sordum. "Kendi ailesine karşı çok sorumluluğu olduğunu biliyorum ama ailesinden kimseyi gerçekten istediğini düşünmüyorum. Onu bu denli katı yapan şeyin ne olduğunu merak ediyorum."

"Benim bir teorim var. Sadece teori ama doğru olabilir," diyerek başladı Ellen. "Ginny hoş bir kadındı ama güzel diyebileceğimiz türden bir kadın değildi ve peşinde pek erkek yoktu. Akıllıydı ama kurnaz bir akıllılıktı bu. Dâhi değildi. Senin sahip olduğun o müthiş hayal gücünden yoksun olduğu da kesindi. Onu dış dünyaya davet eden büyük bir güç yoktu, bu nedenle bağlayıcı olarak seçilmek ona büyük bir amaç edinme ve kabul görme şansı verdi. Ama bu gücü, ufkunu genişletmek için kullanacağına kendini dünyaya kapadı ve dünyası küçüldükçe kendisini olduğundan daha büyük ve önemli görmeye başladı.

Kendini güneş gibi görüyor, hayatımızı onun etrafında dönerek geçirmemizi bekliyordu." Bir turist otobüsü yanımızda durunca Ellen konuşmayı bıraktı. Otobüsün gelişi onun açıksözlü konuşmasını durdurmuştu. "Ne kadar güzel bir ikiliyiz böyle, ölünün arkasından bu denli kötü konuşuyoruz," diye sözlerini bitirdi. Alnı kırıştı ve kollarını önünde bağladı.

"Polis naaşını cenaze için zamanında verebilecek mi?" diye sordum onu kendi düşüncelerinden uzaklaştırmak için.

"Bilmiyorum, tatlım. Oliver çabalıyor ama korkarım Ginny'yi toprağa verebilmemiz için birkaç gün ya da birkaç hafta beklememiz gerekebilir." Duraksadı. "Sana bir özür borcum var Mercy. Yaralandığında sana yardım edemedim."

"Olanlar senin hatan değildi, Ellen teyze."

"Ama bir bakıma öyleydi," derken gözleri dolmaya başladı. "Iris aradığında bana ulaşamadı. Yani sen Ginny'yi bulduktan sonra. Neden evde olmadığımı, neden kimsenin nerede olduğumu bilmediğini biliyorsundur. Ben bile nerede olduğumu bilmiyordum. Sızmış olmasaydım telefonuma cevap verebilirdim. Alkolü bırakacağım. Biliyorum, daha önce de denedim... Ama bu sefer kesin bırakacağım." Bana kararlı gözlerle baktı. "Gerçekten, bu sefer yapacağım tatlım. Duyuyor musun beni?"

Ümitsizce ona inanmak istedim. Kendi iyiliği için. Gülümsedim ve ona sarılmaya çalıştım ama beni geri itti.

"Daha bitirmedim," dedi. Kararlılığı alnında çizgiler oluşturuyordu. Çatık kaşları masmavi gözlerini öne çıkarıyor, olduklarından daha büyük gösteriyordu. "Sana yardım edemedim. Anlıyor musun? Seni iyileştirmeye çalıştım. Iris ve Connor seni hastaneye götürmeden önce bana getirdiler. Kolay olması gerekiyordu. Sarsıntı geçirmiştin ama daha genç, güçlü ve sağlıklısın ve bu yüzden seni iyileştirebilmem gerekiyordu. Ama onun yerine seni öldürebilirdim." Gözyaşları yanaklarından akıyordu.

"O kadar kötü yaralanmadım!" diye bağırdım. "Sadece biraz afallamıştım."

"Günlerce bilinçsiz yattın," dedi Ellen.

Doğruydu, beni iyileştirmek onun için kolay olmalıydı. Annemin üç kardeşi arasında, beni en çok Ellen'ın yeteneği etkiliyordu. Onun kanamaları durdurup kalp atışlarını düzenlediğini görmüştüm. Bir keresinde birisini ölümün eşiğinden döndürdüğüne şahit olmuştum. Sonrasında birkaç gün korkudan yanına gidememiştim. Ölüm ve yaşam arasındaki eşikte çok vakit geçirdiği için ölümün dikkatini çekmiş olabilirdi çünkü bir hafta sonra kendi oğlu ve kocası bir trafik kazasında ölmüştü. Son zamanlarda vaktinin çoğunu elinde sert içki dolu soğuk bir kadehle güneşten kaçarak geçiriyordu.

"Bana ne olduğunu bilmiyorum. Bugünlerde dizdeki bir çiziği bile iyileştiremiyorum," diye devam etti. "Ben ruhunun yerini teyit edene kadar bütün bir günü hastanede geçirdin. Ruhunu bulduktan sonra bile seni komadan çıkarmak için Maisie'nin yardımına ihtiyacım oldu. Ama bekle ve gör; kendimi toparlayacağım. Kimse inanmasa da sen bana inan, olur mu tatlım?"

"Sana inanıyorum." Bu sefer onu kollarım arasına alınca bana karşı koymadı. Güçlerini kullanmasına engel olan tek şeyin alkol olmadığını düşünüyordum ama Ellen'dan desteğimi çekmem için iyi bir zaman değildi.

"Benimle eve gelir misin?" diye sordu. "Bir avuç akbabayla tek başıma yüzleşmek istemiyorum." Birkaç adım daha attık ve yine durdu. "Sence ne istiyordu? Ginny neden seni görmek istemişti?"

"Doğrusu," diyerek yalan söyledim, "hiçbir fikrim yok." Perry'den sapıp eve doğru yürümeye başladık.

İnsanlar, neredeyse utanç verici büyüklükte ancak yine de güzel olan, sokağın büyük kısmını işgal eden Viktorya tarzı evimizin önünden değil, karşı kaldırımdan geçmeyi tercih ederlerdi. Belki saygı ve korkudan belki de bir buçuk yüzyıldır bu şekilde geçen insanlar yolda bir tür psişik oluk açtıkları içindi. Bu nedenle ön merdivende bir yabancı oturduğunu görmek bizim için tamamen yeni bir deneyimdi.

"Adam Cook! Gerçi artık Dedektif Cook, değil mi?" diye sordu Ellen adama. Bir polis. Buraya beni sorgulamaya geldiğini biliyordum, sormama gerek yoktu. Bu konuşmayı yapmayı bekliyordum ama Ginny'nin cesedini bulduğum sabahı tekrar yaşamak zorunda kalmadan polisin katili bulacağını ummuştum. Gerçekçi değildi, biliyorum. Ama bu, benim ne ilk ne de son aptal iyimserliğime kanmamdı.

"Evet, hanımefendi. Doğru," dedi polis ayağa kalkıp Ellen'ın elini sıkarken. "Hatırladığınız için teşekkür ederim. Sizi tekrar gördüğüme sevindim." Merdivenden indiğinde bile ikimizden çok daha uzundu. Afrika-Amerikalı, Kızılderili ve Kafkas genleri, yakışıklı yüz hatlarında kendini belli ediyordu. Geniş bir alın, düz bir burun ve neredeyse tarçın rengi bir ten göze hitap edecek şekilde bir araya gelmişti.

"Oliver sizi gördüğüne çok sevinecek," dedi Ellen. "Kapı eşiğinde kaldığınızı söylemeyin bana! Kapıyı çaldığınızda kimse açmadı mı?"

"Ah, hayır hanımefendi. Açtılar. Kibarca içeride beklememi teklif ettiler ama doğrusu içeride çok..." Söyleyeceği kelimeyi aradı bir süre. "'Faaliyet' vardı, ben de burada bekleyip sabah havasının keyfini çıkarmanın daha iyi olacağını düşündüm. Oliver Kaliforniya'ya dönmeden onu ziyaret etmek istiyordum ama şimdi işim için buradayım." Zeki, ela gözlerini bana çevirdi. "Bayan Taylor," dedi. "Sağlığınıza kavuştuğunuzu görmek çok güzel. Siz hâlâ baygınken hastaneye gelmiştim ve itiraf etmeliyim, bu kadar çabuk iyileşmenizden etkilendim."

"Ee, biz Taylor'lar dayanıklı insanlarız," diye cevapladı Ellen benim yerime.

"Evet, bunu kendi tecrübelerimden biliyorum," dedi ama dudaklarında utanç dolu bir gülümseme oluştu ve hızla konuyu değiştirdi. "Bayan Taylor, olayla ilgili benimle konuşmaya hazır hissediyor musunuz?"

Mahcubiyetinin dayımla olan geçmişiyle ilgili olduğunu düşündüm. Görünüşe göre Dedektif Cook, Oliver'ın kalbini fethettiklerinden biriydi. İkisini bir arada düşününce neredeyse yüzüm kızarmıştı.

"Tabii," diye cevapladım. İlginçtir ki korkuyla beklediğim bu konuşmanın birazdan bitecek olması beni rahatlatmıştı. Belki de hikâyemi dedektife anlatmak, olanları kâbuslarımdan defetmek için yeterli olacaktı. "Çok yardımcı olabileceğimi söyleyemem ama elimden geleni yapacağım."

"Pekâlâ," dedi gülümseyerek. Beni rahatlatmaya çalışıyordu belli ki.

"O halde içeri gelmeniz için ısrar etmem gerek," diye araya girdi Ellen. Çattığı kaşları gücendiğini ele veriyordu. "Biz bu tür mevzuları kapı ağzında konuşmayız."

"Evet, efendim. Tabii ki. Düşüncesizliğim için özür dilerim," diye karşılık verdi Cook.

Ellen bizi eve alırken gözüme Maisie takıldı. Eski, beyaz bir yazlık elbise giyiyordu ve altın rengi saçlarını özensiz bir topuz yapmıştı ama bu kadar gelişigüzel giyinmesine rağmen Savannah'nın gördüğü en nefes kesici güzelliklerden biriydi. Belli belirsiz tavanı işaret ediyordu. Beni çok da gizli olmayan gizli buluşma yerimize, evin en üst katının arka köşesindeki çamaşır dolabına çağırdığını anlamıştım.

Ellen, Dedektif Cook ile beni kütüphaneye götürdü ve orayı işgal etmiş aile üyelerini odadan kovdu. Cook bir an durup odayı inceledi. Odanın batı duvarı, çok eski, deri kaplı kitaplarla dolu, tavana ulaşan uzun raflarla kaplanmıştı, doğu duvarını ise evin yan verandasına açılan iki Fransız kapısı işgal ediyordu. Kuzey duvarında çok seyrek yaktığımız aşırı büyük bir şömine vardı. Şömine rafının üstüne büyükannemin resmi asılıydı. Güzel bir odaydı ama burada o kadar uzun zaman geçirmiştim ki farkına varmayı bırakmıştım. Cook'un duyduğu hayranlık benim de odayı yeni gözlerle görmeme sebep olmuştu.

"Iris ve Connor'ı çağırsam iyi olur," dedi Ellen. "Mercy'nin unuttuklarını onlar tamamlar."

"Hayır, lüzum yok," dedi Cook sert bir şekilde. "Bayan Taylor'la yalnız görüşmek istiyorum, sizin için de sakıncası yoksa," dedi onay almak için bana bakarak. "Doğru anladıysam yakında yirmi bir yaşına basacaksınız ve sadece normal, resmi olmayan bir konuşma yapacağız. Kesinlikle teyzenize, yani büyükteyzenize yapılan saldırının şüphelisi değilsiniz." Kullanabildiği en yumuşak terimleri kullanıyordu: olay, saldırı.

"Saldırıdan çok 'acımasız bir cinayet' diyebiliriz. Ve evet, yetişkin gözetimi olmadan ne gördüğümü anlatabilirim," diye cevapladım. Ellen'ın gözleri gereğinden fazla bir bilgi vermemem için beni uyardı. Nasıl gereğinden fazla bilgi verebilirdim ki? Ginny'yi kimin öldürdüğünü bilmiyordum. Hatta beni vurup karanlığa gömen şeyin bile ne olduğundan emin değildim. "Sorun değil, Ellen teyze. İdare ederim."

"En azından size içecek bir şeyler ikram etmeme izin verin, dedektif. Çaya ne dersiniz?"

"Hayır, teşekkürler hanımefendi. Çok zamanınızı almak istemiyorum. Aile olarak zor zamanlardan geçiyorsunuz, özellikle siz, Bayan Taylor."

"Pekâlâ, o zaman. Fikrinizi değiştirirseniz seslenirsiniz," dedi Ellen teyze ve kapıyı sessizce kapayarak gitti.

"Bu, kulağının bizde olacağını söyleme şekli," diyerek şaka yaptım ve kuzenlerimin birkaçının gerçekten de güçlerini kullanarak konuşmamızı dinleyebileceğinin farkına vardım. Çoğu cadının bilinçlerini bir yere –hatta dünyanın diğer ucundaki bir yere bile– yönlendirip orada olan olaylara tanıklık etme yeteneği vardı. Kütüphanede olanları dinlemeleri onlar için çok zahmetsiz bir şeydi. Ellen teyzemin şu anda bunun için birilerini topladığından kuşkulanıyordum.

Dedektif Cook gülümsedi. "Oturalım mı? Gerçekten çok vaktinizi almayacağım ama maratona hazırlanıyorum ve açıkçası yorgun bacaklarım tükenmiş durumda ve ayaklarıma kara sular inmiş halde."

"Tabii ki, oturabiliriz." Berjere oturdum ve karşısındaki kanepeyi işaret ettim.

Cook işaretimi görmezden geldi ve oturduğum koltuğun tam karşısına bir iskemle çekip tam önüme oturdu. Yakından bu sabah tıraş ettiği sakalının tekrar özgürlüğünü ilan etmeye başlayan gölgesini görebiliyordum. Dış görüntüsü ve her hareketi Oliver dayımın çekici bulduğu türden bir erkeksiliği yansıtıyordu. Cook bana eğildi ve konuşmaya başladı: "Ben burada, Savannah'da büyüdüm. Bu evden üç kilometre bile uzakta değildi büyüdüğüm ev. Ailenle biraz tanışmışlığım vardır. Hatta gençken dayınla zaman zaman görüşürdük. Sizin kendinize ait yöntemleriniz olduğunu biliyorum ama sormak zorundayım." Beni daha iyi görmek istercesine oturduğu yerde doğruldu. "Yaşlı teyzenin evine giriyorsun. Onu yerde öldürülmüş halde buluyorsun ve ilk yaptığın şey teyzen," küçük siyah bir not defteri açtı, "Iris'i aramak. Önce polisi ya da ambulansı araman gerektiğini düşünmedin mi?"

"Öldüğünü görebiliyordum, bu nedenle ambulansı aramadım."

"Ah, o halde tıbbi eğitimin var. Ailenle konuşmamızdan senin sadece öğrenci olduğun bilgisini aldım. Savannah Sanat ve Tasarım Üniversitesi'nden birkaç ders alman seni birinin tıbbi müdahaleye ihtiyacı olmadığına karar verebilecek biri olarak vasıflandırabilir mi?" Aniden öfkelenmesi beni şaşırtmıştı, o da kuşkusuz bunun farkındaydı.

"Hayır," dedim hemen öfkelenerek. "Kafatasının tepesinin odanın diğer ucunda olması, beyninin kafatasından taşmış görüntüsü vasıflandırabilir."

Cook rahatlamış gibi görünmeye çalışarak biraz geri çekildi. "Özür dilerim. İstediğimden daha sert konuştum. Olay yerini ne kadar bozduğunu düşününce kendime hâkim olamadım."

"Hiçbir şeye dokunmadım," diye cevap verdim.

"Ellerinle dokunmamış olabilirsin ama cesedin üzerine bayılmışsın. Asıl olduğu yerden yarım metre öteye itmişsin ve cesedin üzerinde saçının ve kıyafetinin lifleri vardı."

"Üzgünüm. Fark etmedim," diye homurdandım niye böyle konuştuğunu anlayarak. Bana bundan kimsenin bahsetmediğine inanamıyordum ama yine de hiç öğrenmemiş olmayı tercih ederdim.

"Pekâlâ. Şimdi hayatın gerçeklerinden konuşalım, Bayan Taylor. Büyük teyzenin ölümüyle bir alakan olduğunu gerçekten hiç ama hiç düşünmüyorum." Tekrar bana doğru eğildi ve kararlı gözlerle gözlerime baktı. "Gerçekten," diye tekrarladı. "Ama eminim çoğu vakada katilin, öldürülen kişinin bir tanıdığı olduğunu biliyorsundur. Ve çoğu zaman bu kişi kurbanın ailesinden biri oluyor." Duraksadı.

"Bence yaşlı kadına bunu yapan kişi ondan nefret ediyordu," dedi. "Onu öldürmek için üç darbe gerekmiş. Teyzen çetin cevizmiş. Ama son darbe, senin de şahit olduğun gibi kafasının tepesini uçurmuş." İyice eğildi ve kısık sesle sordu: "Onu pek sevmiyordun, değil mi?"

"Evet. Ama nefret de etmiyordum. Tam olarak nefret ettiğimi söyleyemem. Fakat öldürecek kadar nefret etmiyordum."

"Ondan neden nefret ediyordun?" diye sordu söylediklerimi duymazdan gelerek.

"Önemi var mı? Ona asla zarar vermezdim."

"Sana inanıyorum. Gerçekten," dedi. "Ama sende nefret uyandırıyorsa, ailenin diğer üyelerinde de uyandırıyor olabilir. Belki seninle aynı sebeplerden bir başkası da ondan nefret ediyordu. Ve bu sebepleri benimle paylaşman onun katilini bulmama yardımcı olabilir." Sözlerine devam etmekte tereddüt etti. "Siz Taylor'ların işlerin nasıl yürüdüğüne dair kendi düşünceleri var ama adalete inanıyorsun, değil mi?"

"Tabii ki inanıyorum. Ginny öldürülmeyi hak etmemişti; özellikle de o şekilde öldürülmeyi."

"O halde söyle bana, ondan neden nefret ediyordun?"

Karşı koymaktan vazgeçtim ve hayatım boyunca biriyle paylaşmayı beklediğim gerçeği söyledim. "Ginny'den nefret ediyordum," diye cevapladım, "çünkü bana varlığım hataymış gibi hissettiriyordu. Yaşamaya hakkım yokmuş gibi."

"Devam et."

"Annem beni doğururken ölmüş. Bir kız kardeşim olduğunu biliyorsun. Maisie," dedim. Siyah defterine bir kez daha baktı. "Ginny Maisie'yi çok severdi. Beni ise pek sevmezdi. İkimizi birden doğurmak zorunda kalmasaydı annemin hayatta kalabileceğini düşünürdü." Gözlerimden yaşlar gelmeye başlamıştı ve söylediklerim ağzımdan göğsümü parçalayarak çıkarken acı içinde iç çektim.

"Ve seni buna inandırdı, öyle mi?" diye sordu. Elime dokunmak için kolunu uzattı ama son anda bunun iyi bir fikir olmadığını düşünmüş olacak, kibarca çekti.

"Evet, sanırım öyle." Ve bunun gerçekten doğru olduğunu fark ettim. Buna inanıyordum ve hep inanmıştım. Gözyaşlarımı sildim ve kendimi toparlamaya çalıştım.

"Ama haksızdı. Ginny Taylor'ın daha birçok konuda da haksız olduğunu düşünüyorum," dedi ceket cebinden bir peçete çıkarıp uzatırken.

"Gerçekten mi, ne gibi?"

"Kapı ve pencerelerini kilitlememesinin iyi bir fikir olduğu gibi. Sen oraya gittiğinde kapı kilitli değildi, değil mi?"

Tekrar gerildiğimi hissettim. "Evet. Ginny teyzem kapılarını hiç kilitlemezdi. Buna ihtiyacı yok..." diye başladım ama Ginny'nin kötüleri nasıl uzakta tutabildiğini düşündüğünü ona anlatırsam işleri daha da zorlaştıracağımı fark ettim. Cook gülümsedi ve kararsız tavrımın üzerinde durmadı. Ailemi yıllardır tanıyordu zaten.

"Yani Ginny'nin kapılarını kilitlemediği ailen tarafından bilinen bir şeydi."

"Evet, bunu herkes bilirdi. Kuru temizlemeci, market alışverişini getiren çocuk. Herkes bilirdi, sadece ailemdekiler değil."

"Anlıyorum," dedi Cook hızla siyah defterini açıp kapayarak. "Peki, neden polisten önce Iris teyzeni aradın? Birini korumaya mı çalışıyordun? Connor eniştеn gibi birini yani. O büyük, kolay sinirlenebilen bir adam. Bu yönüyle tanınıyor, değil mi?"

"Connor eniştemin," enişte kelimesini söylemekte zorlanmıştım, "Ginny'nin ölümüyle bir alakası yok."

"Emin misin? Kanıt sunabilir misin?"

"Onu kahvaltıda gördüm. Tüm sabah Iris'le olduğundan eminim. Henüz sormadıysanız Iris'e sorabilirsiniz ama onun bunu asla yapmayacağından eminim."

"Ginny'den ona kalacak miras için de mi yapmaz?"

"Ginny ona miras falan bırakmadı," diyerek kahkahayla gülmeye başladım. "Ginny, aramızda mirasa layık tek insanın Maisie'nin olduğunu düşündüğünü apaçık söylemişti. Öldüğünde her şeyi Maisie'ye bırakacağını söylemediği bir Şükran Günü yemeğimiz olmadı." Fazla bilgi verdiğimin farkına vardım.

"Vakit ayırdığınız için teşekkür ederim, Bayan Taylor." Aniden ve sert bir hareketle ayağa kalktı. "Kendim çıkarım." Gülümsedi ve beni oyuna geldiğim hissiyle baş başa bırakarak odadan çıktı.

YEDİ

"Mercy! Mercy!" dedi arkamdan heyecanlı bir ses. Korkudan yerimden fırlayacaktım ama sonra arkama döndüm ve Wren'in köşede durduğunu gördüm.

"Sen deminden beri burada mıydın?" diye sordum.

"Evet," diye cevapladı yere bakarak. "Sadece sana bunu göstermek istemiştim," dedi yeni bir oyuncak göstererek. Bu seferki mavi bir kamyonetti.

"Geldiğini haber vermeden odaya girmemelisin," dedim sert bir tavır takınmaya çalışarak. Ama her zaman, ben doğmadan önce bile çocuk olmuş olan küçük bir çocuğa nasıl kızabilirdim ki? Bir zamanlar birlikte oyun oynadığım bir çocuğa, aslında çocuk olmayan bir çocuğa nasıl kızabilirdim? Wren'le muhatapken onun gerçek olmadığını, Oliver dayımın hayali arkadaşı olduğunu unutmak çok kolaydı. Ama Oliver kadar güç sahibi genç bir cadı kendisine bir oyun arkadaşı yarattıysa, o oyun arkadaşı kendine ait bir yaşam kazanırdı. Wren her ne kadar gerçek gibi görünse de gerçekte sadece düşünsel bir varlıktı. Öyle iyi hayal edilerek şekillendirilmiş bir enerjiydi ki oluşan hayal, onu kafasında tasarlayan varlıktan ayrılamaz hale gelmişti.

Wren dizüstü çöküp kamyoneti bana doğru itmeye başladı. Ayaklarımı kasis gibi düşünerek kamyoneti üzerlerinden geçiriyordu. Bir süre sonra oynamayı bıraktı ve bana baktı. "O adamı sevmedim," dedi gerçek bir çocuk gibi konuyu değiştirmeye çalışarak.

"Ben de pek sevdiğimi söyleyemeyeceğim," dedim. Elimi başına koydum. Ilık, parlayan buklelerini gerçekmiş gibi hissettim. Bütün bu yıllardan ve oynadığımız oyunlardan sonra bunun beni neden hâlâ şaşırttığını bilmiyordum ama yine de şaşırtıyordu. Sokakta üç tekerli bisikletini sürerken ya da annesinin paçasını çekiştirirken görebileceğiniz herhangi bir çocuk –altı yaşındaki normal bir çocuk– gibi görünse de Wren esrarengiz bir varlıktı; onda bu dünyaya ait olmayan bir şeyler vardı. Ve bunun onun dış görünüşünde bir iz bırakmamış olması doğru gelmiyordu.

Iris, Oliver ergenliğe girdiğinde Wren'in yok olduğunu söylemişti. Aile onun tamamen yok olduğunu sanmıştı ama görünüşe bakılırsa sadece uyku haline geçmişti ve başka bir çocuğun onu uyandırmasını bekliyordu. Bu çocuk Ellen'ın oğlu Paul olmuştu. Maisie ve ben doğduğumuzda Wren ailenin kabullendiği, büyümeyen, ilk can bulduğu halinden öteye gitmeyen bir parçasıydı.

"Benim kamyonetim Peter'ınkinden güzel," dedi Wren.

"Bunu nereden biliyorsun?" diye sordum keyifli bir şekilde.

"Onun kamyonetini gördüm. Onunki eski."

"Evet ama onunki gerçek," dedim sözler ağzımdan çıktığı gibi pişman olarak. Ayağa kalktı ve kamyoneti odanın uzak köşesine fırlattı.

Kapı açıldı ve Ellen kafasını aralıktan içeri soktu.

"Ellen!" diye bağırdı Wren ve saniyeler önce tek ilgilendiği şey olan kamyoneti tamamen unutarak ona koştu. Ellen odaya girip Wren'in önünde dizüstü çöktü. Çocuğa sarılıp alnını öptü.

Ginny sık sık o "yaratığın" eritilip huzura kavuşturulması gerektiğini söylerdi. Ailenin görevi çizgiyi korumaktı, onu gitar teli gibi çekiştirmek değil. Ama Ellen'ın oğlu Paul öldüğünde,

Ellen Wren'e çok bağlanmıştı. Kimse, Ginny bile, Ellen'ın kollarından bir çocuğu daha söküp almaya cesaret edememişti, bu nedenle Ginny'nin kabalığına rağmen ailede Wren'in "hayatta" tutulması için sözsüz bir anlaşma vardı. Ellen'ın gücünü azaltan şeylerin, bir illüzyona tutunma ihtiyacı ve aşırı alkol kullanımının birleşimi olduğunu düşünüyordum. Wren'in hayat enerjisini bir yerden karşılaması gerekiyordu; artık Wren'e ihtiyacı olmayan Maisie'den enerji çekebildiğinden şüpheliydim ve benim de ona verecek enerjim yoktu.

"Topumu bulamıyorum," dedi Ellen'a. Altdudağının komik bir şekilde aşağı sarkışı Ellen'ı güldürdü ve ona daha da sıkı sarılmasını sağladı. Teyzeme yaptıkları konusunda endişeliydim ve onun burada bizimle olmasının doğal olmadığını biliyordum ama elimden bir şey gelmiyordu. Gerçek bir çocuğa duyacağım gibi ona da şefkat duyuyordum.

"Endişelenme bebeğim," dedi Ellen. "Bulamazsak Connor'a söylerim, sarkacıyla bulur onu." Bana baktı. "Ve sen, genç bayan, Adam için endişelenme. Yakında yanlış kapıyı çaldığının farkına varacaktır."

"Ginny'nin parası için aramızdan birinin bunu yaptığını düşünüyor," dedim.

"Ginny teyzenin kendine ait parası yoktu. Ailenin geri kalanı gibi aylığını bankadaki emanet hesabından alıyordu. Tıpkı Maisie ile senin de doğum gününüzde almaya başlayacağınız gibi. Zavallı Ginny'nin ölümünden kimse parasal olarak faydalanmayacak. Onun verebileceği şey para değildi, bilgiydi."

Uzanıp elimi tuttu. "O dedektif yanılıyor. Ginny'ye zarar veren kişi yakın veya uzaktan akrabamız değildi. Kötü niyetli bir cadı ona yaklaşmaya yeltenseydi Ginny tehlikeyi bir kilometre öteden sezerdi." Ellen söylediklerini ölçüp tartıyordu. "Güçle doğanlar, titreşim gibi bir imzaya sahiptir. Bizim gibi birine yaklaştığımızda," gözlerini çevirdi, belki de beni bunların dışında tutmak zorunda olduğu için suçlu hissediyordu, "yaklaştığımız kişinin titreşimi bizimkiyle ya eşzamanlı titremeye devam eder ya da kara tahtaya sürtülen çiviler gibi bir his verir." Elimi bıraktı ve dikkatini Wren'e çevirdi. "Öfke dolu bir cadı ona yaklaşıyor olsaydı Ginny bunu sezerdi."

"Ama bir cadının ona yaklaştığını sezebiliyorsa neden normal bir insanın yaklaştığını sezemiyordu? Bu büyük bir kör nokta gibi geliyor kulağa," dedim ve cadı olmayanlar için "normal" kelimesini kullandığım için pişmanlık hissettim.

"'Normal' yerine 'sıradan' desek daha iyi olur," diye düzeltti beni Ellen ama buna çok da üzgün olmadığını görebiliyordum. "Ginny'ye zarar veren her kimse, sıradan biri. Ama kesinlikle normal değil. Katilin akli dengesinin bozuk olabileceğini düşünüyorum. Delirmiş insanların dolunay zamanı nasıl kolay heyecanlanabildiğini biliyorsun."

"Tabii biliyorum. Deli tabirini kullanma sebebimiz bu," dedim.

"Kesinlikle. Rencide edici tabirim için özür dilerim ama aklını kaçırmış bir insan çizgiye yaklaştığında da benzer bir şey oluyor. Titreşim onların normalde olduklarından daha da dengesizleşmelerine sebep oluyor. Ve Ginny merkez noktasıydı, çizginin bizim korumamız gereken kısmının bağlayıcısıydı. Bu nedenle fazla yükleme oluşuyor." Duraksadı. "Ginny'nin tehdidi fark etmemesinin sebebinin, durumu kontrol edebileceğini düşünmesi olduğunu zannediyorum. Ona saldıran kişinin gücünü ya da deliliğini hafife aldığını düşünüyorum. Her ne olduysa, katil aileden biri değil."

"Evet, biliyorum ama Dedektif Cook'u tersine inandırmayı başarabildiğimi sanmıyorum."

"Endişe etme. Biraz peşinden koşar ama sonra bırakır. O açık fikirli biri. Açık derken, benim içine girip bakabileceğim gibi bir açıklıktan bahsediyorum." Elini Wren'in başına koydu.

"Ne gördün?" diye sordum.

Wren'in sarı buklelerini okşadı. Alnındaki kasların gevşediğini görebiliyordum. Wren onu rahatlatıyordu. "Komşulardan biri Ginny'nin öldürüldüğü sabah bahçesinde genç bir adam görmüşler. Anladığım kadarıyla siyahi bir genç. Nasıl göründüğünü tam çıkaramadım; sadece Adam'ın aklındaki görüntünün nasıl olduğunu biliyorum. Tanıdığım kimseye benzemiyordu."

"Topum," dedi Wren sabırsızlanarak.

Ellen, Wren'in başını okşadı ve ayağa kalktı. "Pekâlâ, küçük adam," dedi elini tutarak. "Haydi gidip bulalım. En son nerede oynadığını hatırlıyor musun?"

"Dışarıda," diyerek cevapladı.

"O zaman aramaya oradan başlayalım," dedi Ellen ve Wren'le odadan çıktı.

Saniyeler sonra kuzenlerden biri olan Teague Ryan kapıdan başını soktu içeri. "Burada işin bitti mi?" diyerek çıkmamı emretti adeta. Teague kare çenesi ve geniş alnıyla lise mezuniyet balosunun kralı ve haber spikeri arasında bir görüntüye sahipti. Kendini beğenmişliği ise onu şımarık, altı yaşında bir çocuk ile Fransa Kralı XIV. Louis arasında bir yere koyuyordu.

"Evet," diye cevapladım. "Oda senin." Kapı eşiğinde öylece duruyor, geçmemi engelliyordu.

"İzninle," dedim ama kımıldamadı. Etrafından dolaşarak hole çıktım ama ben uzaklaşamadan uzanıp kolumdan tuttu. Kolumu sıkıca kavramış, canımı yakmıştı ama kendimi geri çekip kolumu bırakmasını sağlayabildim.

"Siz Savannah'lı Taylor'lar her şey kontrolünüzde sanıyorsunuz," dedi. Sert kuzeyli aksanı söylediklerini daha rahatsız edici hale getiriyordu. "Ama bu sefer sonuçların nasıl olacağından bu kadar emin olmamalısınız bence." Etrafımda daire çizerek geçmemi engelledi tekrar. "Siz zayıf ve şımarıksınız ama diğerleri, yani benim gibiler, sıkı çalışıyoruz ve gücümüzü geliştiriyoruz. Bence bu sefer çizgi sizin aileyi ezip geçecek. Nesillerdir geri kalanlarımız Taylor'ların dediklerini yapıp durduk ama Ginny bize patronluk taslayabilecek son kişiydi. Şimdi yetkiyi alma sırası bizde."

"Bana kalırsa hepiniz istediğiniz yetkiyi alabilirsiniz," dedim. Onu itip yürümeye başladım. Evin her tarafından bana doğru yöneldiğini hissettiğim ruhsal dokunaçlardan uzak durmaya çalışarak yürüdüm. Kuzenlerin aklımı okumaları çok kolaydı ve hepsi bunun farkındaydı. Düşüncelerimi gizlemesini umduğum, "Kendi işine bak!" mantrasına odaklanmaya çalıştım.

Merdivenlerden yukarı çıktım ve Maisie'nin beni beklediğini bildiğim çamaşır dolabına giden uzun koridora yöneldim. Konuşmaya başladığımız yaştan beri burayı gizli buluşma yerimiz olarak kullanıyorduk. Dolabın bir penceresi vardı ve aslında küçük bir yatak odası gibi kullanılabilecek kadar genişti. Belki bir zamanlar, evde yatılı hizmetçi bulundurmanın toplumca kabul edilebilir olduğu zamanlarda, odayı bir hizmetçi kullanmış olabilirdi. Zaman içinde sadece sırlarımızı paylaştığımız bir odadan fazlasına dönüşmüştü. Bir tapınak, bir kutsal mekân haline gelmişti. Ve şimdi kuzenlerle kaynayan bu evde, en azından sözde gizli bir konuşma yapabileceğimiz tek yerdi.

Aptalcaydı, biliyordum ama gelenek icabı gizli kapı tıklama kodumuzla kapıyı çaldım. Kapı sessizce açıldı ve elinde tuttuğu pastanın üzerindeki mumlarla yüzü aydınlanmış Maisie'yi gördüm.

"Doğum günümüz kutlu olsun," dedi gülümseyerek. Odaya girdim ve kapı arkamdan kendiliğinden kapandı. Maisie öyle güçlüydü ki muhtemelen kapıyı bilinçli bir çaba göstermeden kapayabilmişti.

"Ama doğum günümüze daha günler var," dedi.

"Evet, ama Ginny'nin yerine seçilirsem doğum günümüzü birlikte geçiremeyebiliriz. Başka bir bağlayıcı tarafından eğitilmek için uzakta olmam gerekecek. Ve yirmi birinci doğum günümüzü beraber kutlama fırsatını kaçırmak istemiyorum," dedi. "Şimdi gel ve benimle mumları üfle. Sana bir sürprizim var."

Güldüm. "Sürprizi çoktan yaptın bile."

"Bu," dedi, "daha iyi bir sürpriz."

Ona doğru yürüdüm mumlardan gelen sıcaklığı hissederek.

"Üç deyince," dedi ve saymaya başladılar. "Bir, iki, üç!" Nefesimizi çektik ve mumlara üfledik. Alevler mumların üzerinden fırlayıp havada dans etmeye başladı. Çoğu rengini korumasına rağmen bir tanesi gaz alevi mavisiydi. "Bunlar tekrar yaşayabileceğin yirmi bir anı," dedi Maisie. "Yani daha doğrusu yirmi anı ve bir dilek, ikimiz için dilediğim şey."

Sessiz bir şaşkınlıkla, alevlerin havada aşağı yukarı hareket etmelerini izleyerek durdum.

"Haydi!" diye teşvik etti beni Maisie. "Birine dokun!" Gözleri mavi mavi, coşkuyla parlıyordu.

Elimi kaldırdım ve en yakın aleve dikkatle dokundum. Dokunduğum gibi bir sıcaklık sardı beni ve aniden kendimi Maisie'yle, Forsyth Parkı'nda bir külah dondurmayı paylaşırken buldum. Arkamızda bir grup çocuk Savannah'ya özgü bir beysbol çeşidi olan yarı top oynuyorlardı. Hemen nerede olduğumuzu –ve ne zaman orada olduğumuzu– hatırlamıştım. 4 Temmuz Bağımsızlık Günü'ydü bu ve Maisie ile ben on yaşındaydık. Oliver dayım ziyarete gelmiş, o günün sabahı bize yeni bisikletler hediye etmişti ve o bisikletlerle parka gelmiştik. Birazdan ne olacağını kesin olarak biliyordum; Peter'la ilk defa tanışmak üzereydik. O da yarı top oynayan çocuklardan biriydi ve oynayan diğer çocukların istememesine rağmen bizi oyuna davet edecekti. Biz de oyuna katılacak ve hepsini haklayacaktık.

Bu, hayatımın en güzel Bağımsızlık Günü anısıydı ve bu anıyı tekrar yaşama şansım olmuştu. Oyunu kazandıktan sonra görüntü soldu. Küçük odamızda yetişkin Maisie'nin karşısında duruyordum yine. Gözlerimin dolduğunu hissettim. "Bu inanılmazdı," dedim. "Bunu nasıl yaptın?"

"Ginny'nin öğrettiği küçük bir numara sadece," diye cevapladı. "Bir sebeple hediyende ona da ufak bir yer vermek uygun gibi geldi," dedi Maisie ve gülümsedi ama gözleri yaşadığı kayıpla hissettiği acıyı ele veriyordu. Elindeki pasta yok olmuş, yerinde eski bir kavanoz kalmıştı. Parmağını kavanozun ağzında gezdirdi ve geriye kalan alevler kavanozun içine dolmaya başladı. Mavi olan hariç hepsi kavanoza girdi. "İstediğin zaman tadını çıkarabileceğin on dokuz tane anın daha var. Ama şimdi dileğime bakmanı istiyorum." Kavanozun kapağını kapayıp bana verdi. Bir süre içindeki ateşböceği gibi dans eden alevleri izledim. Onları boşa harcamayacaktım; onları birbirinden ayıracak, gerçekten mutlu bir anıya ihtiyacım olduğu günler için saklayacaktım. Hâlâ şaşkınlıktan sersem gibiydim. Kavanozu, eskidiği için dolaba kaldırılmış masaya koydum.

Yukarı baktım ve havada süzülen mavi aleve uzandım. Bu sefer tıpkı statik elektrik gibi yoğun bir kıvılcım hissetmiştim aleve dokunduğumda. Tekrar Forsyth'taydık ve mevsim yine yazdı. Ama Maisie sanki yirmili yaşların sonunda ya da otuzlu yaşların başında gibi görünüyordu. Yakınımızda çocuklar oyun oynuyordu; iki kusursuz sarışın çocuk ve itişip kakışan iki kızıl saçlı çocuk. Kızıl saçlı küçük çocukları görünce gururlandığımı hissettim. Bana çok benziyorlardı ama ikisinin de birbirinden farklı renkte gözleri vardı; biri mavi, biri yeşil. Maisie soğuk bir kadeh şarap doldurdu ve bir ses duyarak arkamı döndüm. Jackson ve Peter ellerinde soğuk biralarıyla, dumanı tüten bir ızgaranın yanında duruyorlardı. Yerde yanıma otururken, Maisie çocuklarımıza seslendi ve sonra yanağımı öptü.

Görüntü solduğunda Maisie karşımda duruyordu ve güzel yüzündeki gülümseme kaybolmuştu. "Senin düşüncelerini okumamak," dedi, "benim için çok zor. Birbirimize çok bağlıyız. Kafanın içinden uzak durmak istiyorum ama sen yoğun bir duygu yaşadığında bunu hissedebiliyorum. Buna karşı koyamıyorum."

Ona araba farlarına yakalanmış bir geyik gibi baktım.

"Jackson'a karşı nasıl hissettiğini biliyorum..."

"Çok üzgünüm," diye sözünü kestim.

Gülümseme dudaklarına geri gelmişti ve hızla yaklaşıp sarıldı bana. "Biliyorum. Gerçekten üzgün olduğunu biliyorum. Ve seni anladığımı bilmeni istiyorum. İnan bana, Jackson'ı neden sevdiğini anlayabilen biri varsa o da benim." Sarılmayı bırakmıştı ama elleriyle kollarımı sıkıyordu. "Yapabilsen hissettiklerini değiştirmeyi isteyeceğini biliyorum," dedi. Ve sonra sordu: "Jilo'ya gitme sebebin bu muydu?"

Bunu inkâr etmenin faydası yoktu; belli ki düşüncelerim benim olduğu kadar Maisie'nindi de. "Evet," dedim. "Peter'a karşı bir şeyler hissetmemi sağlayabilecek bir büyü istemiştim, tıpkı..."

"Jackson'a hissettiklerin gibi," diye cümlemi tamamladı Maisie. "Büyüyü yaptı mı?"

"Fikrimi değiştirdim. Ona büyüyü yapmamasını söyledim," dedim. "Ama bana yine de yapacağını söyledi."

"Bu hiç iyi değil," dedi Maisie. "Aşk büyüleri hemen her zaman geri teper. Yarattıkları hisler gerçek hisler değildir, sahtedir ve kolayca aşkla alakası olmayan tutkulara dönüşebilirler. Ben olsam bu kadar aptalca bir şeye asla kalkışmazdım. Peter'a karşı hissettiklerinde bir değişiklik oldu mu?"

"Hayır," diye cevapladım ama Ginny'nin cesedini bulduğumdan beri bastırdığım düşünce bir anda aklımda bitti. "Büyü için kan gerekeceğini söylemişti. Hem de çok miktarda kan." Vücudum titremeye başladı.

"Hiç o konuya girme," dedi Maisie. "Yaşlı yarasa seninle kafa buluyormuş. Aşk büyüsü için kan kullanılmaz. Jilo'nun, Ginny'nin ölümüyle bağlantısı olsa bile seninle ya da bu büyüyle bir ilgisi yok. Beni duyuyor musun?" Duyduğumu başımı sallayarak belirttim. Göğsümden büyük bir yük kalktığını hissetmiştim.

"Jilo'nun büyünün yapılışıyla ilgili tamamen blöf yaptığını düşünüyorum ama normalden farklı bir şey hissedersen bana söyle." Devam etmeden önce bir an duraksadı. "İşin kötüsü, o aptal gözlerini açıp gerçekleri görmeye başlasan bile, bir yanın her zaman hislerindeki değişimin Jilo'yla bir alakası olup olmadığını merak edecek. Ama şimdi o kadar ilerisini düşünmeyelim. Şimdilik Jilo'dan uzak dur. O tehlikeli biri. Ona bir daha gitme. Hiçbir şey için." Beni bıraktı ve odada volta atmaya başladı. Epey uzun bir süre sonra durdu ve bana baktı. "Her zaman sana imrenmişimdir, bunu biliyorsun, değil mi?"

"*Bana* mı imreniyordun?" Bu düşünce mantık dışı gelmişti. Tüm hayatımı onun gölgesinde geçirmiştim; onun kadar güzel değildim, güçsüzdüm ve muhtemelen onun kadar zeki de değildim.

"Evet. Senin özgürlüğüne imrendim. Sen Savannah'da dolaşıp kendine arkadaş edinirken Ginny beni yanında tutuyordu," dedi. "Hep benim bir gün onun yerine geçeceğimi düşünüyordu ve tüm hayatımı beni buna hazırlayarak harcamıştı. Bunu sorun etmiyordum ama bunun her zaman hayatımın ilerleyen dönemlerinde, hayatımı biraz olsun yaşayabildikten sonra gerçekleşeceğini düşünmüştüm. Hatta aile emanet hesabından payımızı almaya başladıktan sonra seninle dünyayı dolaşmayı bile hayal etmiştim."

"Bunu hâlâ yapabiliriz," dedim.

"Eğer bağlayıcı olursam yapamayız. Bağlayıcılar çizgiyi yerinde tutmakla görevliler ve ben de hayatımın geri kalanını bu şehirden uzaklaşmadan geçirmek zorunda kalacağım. Ama bunu sorun etmiyorum çünkü Jackson da benimle olacak." Tekrar turlamaya başladı. "Senin hayatında seni mutlu edebilecek daha çok olasılık var. Benim içinse sadece Jackson var." Durdu ve tekrar bana bakmak için döndü. "Peter'ın senin için doğru kişi olup olmadığını söyleyemem. Tek bildiğim sana taptığı; her zaman tapıyordu. Ama Jackson'ın beni sevdiğini söyleyebilirim. O beni seviyor."

"Sevdiğini biliyorum," diye onayladım ama beni duymazdan geldi.

"Gerçi senin bu konuda onun kafasını karıştırabileceğini seziyorum. Sen ona ne kadar yakın hissediyorsan o da sana o kadar yakın hissediyor."

"Sana sahipken beni nasıl isteyebilir ki?" diye sordum samimi bir şekilde.

Maisie bir an söyleyecek kelime bulamadı. Sonunda başını salladı ve gözlerini devirdi. "Mercy, sana dışarıdan bakanların seni nasıl gördüğüne dair hiçbir fikrin yok. Kendini Peter'ın seni gördüğü şekilde, Jackson'ın gördüğü şekilde görseydin bu soruyu sormazdın. Ama lütfen, aynı anda hem senden Jackson'ı bana bırakman için yalvarmamı hem de seni pohpohlamamı isteme."

"Özür dilerim," dedim hem bencil hem narsist hissederek. Bu sefer ben ona yaklaştım ve sarıldım.

Ona sarılmama izin verdi ama sonra kibarca itti. "O halde birbirimizi anlıyoruz, değil mi?"

"Evet, anlıyoruz," diye cevapladım. "Ve lütfen seni dünyadaki herkesten daha çok sevdiğimi ve sana asla bilerek zarar vermeyeceğimi bildiğine söz ver."

Gülümsedi ve evet der gibi başını salladı. "Bir sürprizim daha var ve benim için sevineceğini düşünüyorum. Sana bir şey söylememek için çok çabaladım." Gözlerinin içi gülerek gömleğinin yakasının altından bir zincir çıkardı ve ucundaki tek taş yüzüğü gösterdi. "Jackson ve ben evleniyoruz! Herkese söylemeye başlamak için uygun zamanı bekliyorduk ve ben sana söyleyerek başlamak istedim. Aile bir araya geldiğinde herkese duyuracaktık ama şu anki şartları düşününce..." Sesi canlılığını yitirmişti. Yüzüğün parlayan taşına bakarken tüm dikkatimin, tüm varlığımın kasılmaya başladığını hissettim. "Ee, bir şey söyle Mercy! Benim için sevindin mi?" Maisie'nin sesi üzgün bir hal almaya başlamıştı. Orada donakalmış, benden cevap bekliyordu.

Kendime gelmeye çalıştım. "Tabii ki! Tabii ki sevindim!" Onu tekrar kollarıma aldım. Onun için *gerçekten* sevinmiştim. Sevinmek zorundaydım. Sadece sevinmek zorundaydım.

Kapı gürültüyle çalındı. Kapıyı açtım ve Connor'ı elinde sarkacıyla eşiğin öbür tarafında dururken buldum. "Buldum seni," dedi arkamda duran Maisie'ye bakarak. "Teyzenler ve benim çekiliş hakkında seninle konuşmamız gerek."

"Mercy'ye de ihtiyacımız olacak," dedi Maisie. "O da çekilişin bir parçası olacak." Nişan yüzüğünü gizlice gömleğinin içine koyduğunu fark ettim.

"Mercy'nin bilmesi gereken tek şey," dedi Connor sanki ben orada değilmişim gibi, "elini bir poşetin içine sokacağı ve içinden beyaz bir tahta parçası çıkaracağı. Ama senin, Ginny'nin yerine geçecek kişi seçilme şansın yüksek. Ve bu, hayatında birçok değişiklik olacağı anlamına geliyor." Connor onu süzdü. "Birçok değişiklik."

Maisie'nin bakışları buğulanmıştı. "Seçilsem bile Ginny'nin yaptığı seçimleri yapmayacağım. Kendime ait bir hayatım olacak."

"Pekâlâ, kızım, ama sinirlenmeden önce işlerin nasıl sonuçlanacağını görelim. Ve Ginny'yi böyle hemen yargılama. Kendini onun yerinde bulabilirsin, evet. Ama ancak bu gerçekleştiği zaman onun gibi olmayacağın hakkında demeçler vermeye başlayabilirsin. Şimdi gel. Teyzenler bizi bekliyor."

Maisie bana son bir kez gülümsedi. "Doğum günümüz kutlu olsun, kardeşim," dedi ve odadan çıktı.

"Seni seviyorum," diye seslendim arkasından. Connor bana soğuk, dışlayıcı bir bakış atınca bana verdiği lakap geçti aklımdan: "Hüsran." Sonra Maisie'nin arkasından o da odadan çıktı. Dikkatimi Maisie'nin verdiği anı kavanozuna çevirdim. Kavanoz soğuktu ama gece lambası gibi aydınlatıyordu etrafı. Onu saklamak için odama götürdüm. Oyuncaklarımı ve çocukluğumdan kalma eşyaları bir gün kendi çocuklarım olursa diye –belki de Maisie'nin yarattığı kızıl saçlı afacanlar için– sakladığım kutuya koydum.

SEKİZ

Kuzenlerin meraklı beyinlerinin etrafımda dolaştıklarını hissettim. Bu nedenle "Girmek Yasak" işareti ve işareti anlamayacaklar için ortaparmağı havada bir yumruk görüntüsünü yerleştirdim zihnime. Zihnimde hissettiğim baskının hepsi bir anda yok oldu. Dışarı çıkmaya karar verdim. Öğle yemeği vakti yaklaşıyordu. Peter ve ekibinin Chatham Meydanı'nda mola verdiğini biliyordum, bu nedenle Parker Market'e uğrayıp yiyecek içecek alarak onunla sürpriz bir piknik yapmaya karar verdim. Peter'ın çalışma yerine en son gittiğimden sonra olanlar aklıma gelmeye başlamıştı ama bu düşünceyi zihnimden uzaklaştırdım. Sırt çantamı aldım, içindeki Yalancının Turu hediyelik eşyalarını yatağımın üstüne bıraktım. Ginny'nin cenazesinden sonra tekrar tur düzenlemek için çok vaktim olacaktı.

Aynada kendimi gördüm ve Ellen'ın öğrettiği birkaç numarayı kullanarak hafif bir makyaj yapmayı düşündüm. Elmacıkkemiklerimi ortaya çıkaran altın renkli ışığın altında hoş, hatta güzel görünüyordum. Maisie'nin yanımda olmaması şu anda işime yarıyordu. Onun yanında her zaman daha çirkin görünüyordum. Güzel görünmek için verdiğim çabanın dışarı adımımı attığım gibi eriyip gideceğini hatırlayınca yüzüme biraz nemlendirici ve güneş koruyucusu sürmekle yetindim. Makyaj, Savannah'da yaşayan bir kadını bir turistten ayırt etmek için en güvenilir işaretti. Sadece bir turist, fondöteninin 37 derece sıcaklıkta ve yüzde 98 nemli havada dayanabileceğini düşünecek kadar akılsız olabilirdi. Başka bir şeyin zaman kaybı olduğunu çok iyi bildiğim için saçımı atkuyruğu yaptım. Aşırıya kaçmadan, biraz açık giyinmenin oraya vardığımda ter içinde olacağım gerçeğini örteceğini umarak şortumu ve dar, kolsuz üstümü giydim. Sırt çantamı omzuma attım ve dışarı çıktım.

Günün bu saatinde Savannah sokaklarına adım atmak buhar banyosuna girmek gibiydi. Dakikasında, sırt çantamın sapının olduğu yerde ter oluşmaya başlamıştı. Bisikletimi buldum ve bindim. Bisikletin metalleri bacaklarımı yakıyordu.

Fakat bunaltıcı sıcağa rağmen aylardır hissetmediğim kadar özgür hissediyordum kendimi. Dünyanın yükü omuzlarımdan kalkmış gibiydi. Artık Jackson'a hislerimi Maisie'den saklamak zorunda değildim. Evet, ona âşıktım. Hayır, bu hislere göre davranmak zorunda değildim. Belki sadece aklım karışmıştı. Artık yoluma devam edebileceğimi umuyordum, Jilo'nun müdahalesi olsun ya da olmasın. Bunu kız kardeşime ve kesinlikle Peter'a borçluydum. Gerçek şuydu ki, bunu en çok kendime borçluydum. Maisie ve Peter hayatımda beni her zaman sevmiş iki insandı.

Marketten öğle yemeğimizi aldıktan sonra Chatham Meydanı'na olabildiğince hızlı varabilmek için bisikletimin pedallarını hızla çevirdim. Sadece hayatta kalabilmek için gerekli şeyleri görüyor, geri kalanını görmezden geliyordum. Meydana yaklaşınca bisikletimden indim ve Peter'ı görmek için bakınarak yürümeye başladım.

"Mercy!" Zayıf bir ses beni düşüncelerimden ayırdı beni. Meydanın en kuzey köşesine yaklaşıyordum ki yeni, kırmızı ve üstü açılan bir Mercedes yanımda durdu. "Mercy." Bu sefer ses daha yumuşak gelmişti; yarı selamlar, yarı teklif sunar gibi. İkisi arasındaki ince çizgide kalmış bir ses tonuydu bu. Araba durdu.

İçindeki Tucker Perry'ydi. Harika. "Nasılsın tatlım? Ginny için çok üzüldüm. Bütün bu olanlar çok korkunç."

"Teşekkürler, Bay Perry." Yürümeye devam ettim ama araba benimle, sinsi bir hayvan gibi hareket ediyordu.

"Daha iyi hissetmen için yapabileceğim bir şey olsaydı keşke; aklını diğer her şeyden uzaklaştırmak için." Sağ gözünün hafifçe kısılmasını sağlayan yamuk bir gülümseme vardı yüzünde. Birden duş alma ihtiyacı hissettim. Sevgili Ellen teyzemin Perry'nin dokunuşlarına boyun eğdiği düşüncesi ürpertmişti beni.

"Düşündüğün için teşekkür ederim." Zorlama bir şekilde gülümsedim. "Ama şimdi yoluma devam etmeliyim." Peter'ın, yüzünde korumacı bir bakışla meydanın karşısından bize doğru geldiğini görünce bir rahatlık çöktü üzerime. Üstüne bir şey giymemişti, tişörtünü sağ elinde taşıyordu.

"Seni bir dahaki Tillandsia toplantısına götürme teklifim hâlâ geçerli," dedi Tucker, Peter'ın geldiğini görünce. "Seni aramıza almak bir bakıma döngüyü tamamlamak gibi olacak. Annen bizimleyken her zaman çok eğlenirdi." Peter karşıya geçip yanıma geldi. "Biraz taze kan hiç fena olmazdı. İkinizi de aramızda görmeyi çok isteriz; seni ve şu genç adamı."

"Teşekkürler, Bay Perry ama geleceğimizi sanmıyorum," dedim daha fazlasını söylememek için dilimi ısırarak. Ona defolup gitmesini söylememek için kendimi zor tutuyordum.

"Her şey yolunda mı?" dedi Peter bakışlarını Tucker'a sabitleyerek.

"Bana her şey yolunda görünüyor." Tucker ikimizi de baştan aşağı süzdü ve tekrar aynı yamuk gülümsemesini yerleştirdi suratına. "Pekâlâ, ben artık gitsem iyi olacak. Fikrini değiştirirsen haber ver Mercy." Başka bir şey söylemeden hızla uzaklaştı.

"Bu neydi böyle?" diye sordu Peter Mercedes'in gözden kayboluşunu izlerken.

"Tillandsia," diye cevapladım. "Anlaşılan, Tucker gecelerimizi onunla içerek harcamak isteyeceğimizi düşünüyor."

"Bu konuda daha fazla yanılamazdı," dedi Peter ve yüzüme baktı. Eğildi ve bir öpücükle şaşırttı beni. "Buralarda ne işin var?"

Boş vermişlikten vazgeçmeye karar verdim. Burada, önümde, temiz kalpli, dürüst ve beni seven bir adam duruyordu. Onu başka herhangi birine bağlayan bir bağı yoktu. Artniyeti yoktu. "Seni özledim, bu nedenle de seni görmeye geldim. Bir sakıncası mı var?"

"Hiçbir sakıncası yok," diye cevapladı yüzü gülümsemesiyle aydınlanarak. "Gel benimle otur." Sağ eliyle bisikletimi idare ediyordu, sol eliyse belime koyarak kibarca meydana doğru yönlendirdi beni. Bir meşe ağacının gölgesine dikkatle bisikletimi yerleştirip yanına oturdu. "Biraz tozlan," dedi eliyle yere vurarak. Yiyecek dolu sırt çantamı dikkatle ikimizin arasına bıraktım. "Ginny'nin cenazesiyle ilgili haber var mı? İzin almaya çalışacağım ama patronum birkaç gün önceden haber vermem gerektiğini söyledi."

"Hayır, naaşı ne zaman bize verecekler bilmiyoruz."

"Tüm bunların nasıl olduğunu hâlâ anlayamıyorum," dedi. "Ve kimin yaptığını bulmak için neden ailenin hokus pokus yapmadığını da anlamıyorum." Ailemin güçlerini bu denli rahat kabul edebilmesi beni güldürdü. Birlikte büyümüştük ama ailemin kim olduğunu, neler yapabildiklerini her yönüyle bilmesine rağmen bir kere bile çoğu normal insanın yaptığı gibi bizden uzaklaşmamıştı.

"Ben de anlayamıyorum," dedim. "Birkaç hafta önce Ginny'ye herhangi bir şeyin zarar verebilmesinin imkânsız olduğunu düşünüyordum. Katilin izini sürmeye çalışıyorlar ama şimdiye kadar bir şey bulamadılar, ne ailem ne de polis."

Peter'ın çalışma arkadaşları da parka gelmişti ve etrafımızda dolaşıyorlardı. "Hey, Pete," diye seslendi aralarından biri. "Senin tatlın o mu?"

"Kahretsin, bende sadece puding var," diye bağırdı bir diğeri.

"Ben de tadına bakabilir miyim, Peter?" dedi içlerinden kısa ve zayıf olan.

"Onları görmezden gel. O serseriler seninle burada oturabilmek için her şeyi yaparlar. Onları suçlayamam," dedi ama Peter'ın adamlara bakışından, şanslarını zorladıklarını anlayabiliyordum. Sırt çantamı fark etti. "Bugün tur mu var?" diye sordu.

Çantamı açtım ve sandviçi çıkarıp ona verdim. "Sana öğle yemeği getirdim," dedim birden utanarak. Adamların attığı laflar yüzünden utanmış, kendimi korumasız ve hassas hissediyordum.

"Öğle yemeği ha?" Mutlulukla gülümsedi. "O halde bunu önceden planladın, öyle mi?"

"Evet, sanırım öyle." Masum bir mutluluk kaplamıştı yüzünü ve onun yüzünde gerçek aşkı görebiliyordum; o korkunç hudu yapaylığını değil. O da gerçek aşkı hak ediyordu ve kendimde o gerçek aşkı bulup ona vermekte kararlıydım. Aşkı bulamazsam da onu özgür bırakmak için yeterli gücü bulmalıydım kendimde. Jilo'ya gittiğim için kendime kızıyordum. Jilo düşüncesini aklımdan savdım ama bu sefer de eşdeğer iticilikte bir başka insana yöneldi düşüncelerim. Bu kişi Tucker'dı. "Tucker onu Tillandsia'ya bulaştıran kişinin annem olduğunu söyledi," dedim. "Belki de babamla tanıştığı yer orasıdır."

"Pekâlâ," dedi Peter. "Ne düşünüyorsun?"

"Tucker'ın beni kulübe alma teklifini kabul edersem bir şeyler öğrenebilirim diye düşünüyorum. Babamın kim olduğunu öğrenmeme yardımcı olur."

Bir süre sessiz kaldı. Yüzü çatışmalı düşüncelerden oluşan bir kaleydoskop gibiydi. "Dinle," dedi. "Bunun çok iyi bir fikir olduğunu düşünmüyorum."

"Neden?"

"Annen o kulüpteyken neler olduğunu bilmiyorum. Şu anda orada dönen şeylere benzemediğinden eminim, ama..." Duraksadı.

"Ama ne?"

"Barda konuşulanları duydum. Bugünlerde Tillandsia'da epey çılgınca şeyler dönüyor. Şu eş değiştirme kulüplerinden birine dönüşmüş duyduğuma göre." Suçluluk hissediyor gibi görünüyordu; sanki bana Noel Baba'nın gerçek olmadığını söylemek zorunda kalmış gibi. "Ellen'ı sevdiğimi biliyorsun ve onu yargılamak istemiyorum Mercy ancak Tillandsia sana uygun bir yer değil."

"Ama Tillandsia ile ilgili söylediklerin doğruysa ve annem o kulüpteyken de işler aynı şekilde yürümüşse, o halde o kulüpteki adamlardan herhangi biri babam olabilir; Tucker Perry bile.

"Mümkün değil," dedi Peter sandviçini yerken. "Maisie ve senin onun kızları olduğunuzu düşünseydi, Tucker size bu kadar sırnaşmazdı."

"Bundan emin misin?" diye sordum. "Çünkü ben o kadar emin değilim."

Peter'ın yüzü bembeyaz oldu ve sandviçini indirdi. "Sanırım iştahımı kaybettim." Sandviçi kâğıdına geri sardı. "Hayır, Tucker Perry bile o kadar sapık olamaz," dedi bir süre sonra beni ve muhtemelen kendisini ikna etmeye çalışarak. "Dinle. Tucker'la konuşabilirim. Tucker'la *konuşmalıyım*. Zaten konuşmak istiyordum ama sınırlarımı aşmak istememiştim."

"Hangi sınırları?" diye sordum.

"Seninle olan sınırlarımı," dedi. "Benim Tucker'a senin şeyin olarak kafa tutmamı ister miydin, emin olamadım."

"Benim neyim olarak?" diye üsteledim.

"Erkek arkadaşın olarak," dedi. Gözlerine gergin bir bakış yerleşmiş, alnında bir seğirme başlamıştı. "Senin beni böyle görüp görmediğinden emin değilim ama bir şeyler varsaymamam gerektiğini bilecek kadar iyi tanıyorum seni."

Gördüklerimi dikkatle inceledim; farklı renkteki gözlerinin içtenliğini, saçlarını ateşe veren güneşi, güçlülüğünü ve kibarlığını. Yine de uzun süre tereddüt ederek konuşamadım.

"Er ya da geç bir araya geleceğimizi düşünürdüm hep," dedi. "Ta ki Jackson bu şehre gelene dek." Ne diyeceğimi bilemiyordum. Maisie'nin düşüncelerimi okuduğunu biliyordum ama hissettiklerim, tanıdığım en normal insan olan Peter'a bile bu kadar net göründüyse, duygularımı gizlemekte berbattım. "İlk tercihin olmamaya aldırmıyorum, Mercy," dedi beni sessizlikten kurtararak. "Sonuçta beni seçtiğin sürece buna aldırmam."

Kalbimde bir kıpırtı hissettim ama bunun herhangi bir hudu sonucunda oluşmadığını biliyordum... bu kıpırtı, Peter'ın ne kadar iyi biri olduğunun farkına varmamla alakalıydı. Dizlerimin üzerinde yanına gittim ve kollarımı ona dolayarak onu öptüm. O da öpücüğüme karşılık verdi. Sanki beni içine çekmek ister gibi göğsüne bastırıyordu. Peter mükemmel bir insandı. İyi bir koca ve zamanı geldiğinde iyi bir baba olurdu. Sihirli bir tutku değil, ani bir huzur hissettim içimde büyüyen; ne olursa olsun ilişkimizi yürütebileceğimizi anlatan bir huzur.

Peter'ı öpmeyi bıraktım ve gözlerinin içine baktım. "Tucker'la erkek erkeğe bir konuşma yapman gerekiyor sanırım."

"Ah, tam da o dediğini yapacağım," dedi ve beni tekrar öpmeye başladı.

"Kendilerine bir oda bulmalarını söylerdim," dediğini duydum Peter'ın arkadaşlarından birinin diğerlerine, "ama işin gerçeği, izlemek hoşuma gidiyor."

DOKUZ

Sıcak bir gündü ve gittikçe daha da ısınıyordu. Bu nedenle özellikle siyah giyindiğim için, limuzinin klimalı olmasından memnundum. Ginny'nin gömüleceği Greenwich Mezarlığı'na gidiyorduk. Ginny ailenin geri kalanından uzak bir yerde, kendi başına gömülmekte ısrar etmişti. Hayatında ona bir dakika huzur vermediğimiz için, ölümün ona yalnızlık hakkı tanıyacağından emin olduğunu söylerdi. Savannah'da ölenlerin çoğunun aksine Ginny'nin ruhu Savannah'da kalmamıştı. Ruhu başka bir düzeye çıkmıştı ve her neredeyse mutluluk bulması için sessizce dua ettim.

Oliver, Iris ve Ellen naaşın olduğu araçtaydılar ve Connor, Maisie, Jackson ve ben ikinci araçta onları takip ediyorduk. Limuzinin camından kendi yansımama baktım ve dünyanın kendi görüntümün içinden geçip gidişini izledim. Dışarıda tramvaya binmek için sıra olmuş renkli gömlekli turistler vardı; içerideyse siyah kıyafetler, inciler ve kara kravatlar. Dışarıda, Forsyth Parkı'nda birkaç çocuk annelerinin önünden koşuyorlardı. Benim duyamadığım bir ses duyup bir anda durdular. İçeride, Connor'ın Jackson'a ondan bundan –hiçbiri önemli olmayan şeylerdi– bahsederek homurdanmasını dinlememek için elimden geleni yapıyordum. Kendi düşüncelerimi dinleyebilmek istiyordum ama

Connor'ın saçmasapan konuşmaları beynimin içini çirkin bir duvar kâğıdı gibi kaplamıştı.

En yakın akrabalarım tarafından çevrelenmiş olmama rağmen yalnız hissediyordum. Peter'ın burada benimle olmasını istiyordum ama ustabaşı ona net bir teklif sunmuştu: her zamanki gibi işe gelmek ya da bir daha gelmemek. Oliver'ın, ustabaşıyla görüşmesini önermiştim ama bu fikir Peter'ı gücendirmiş gibiydi. "Benim gibi insanlar, yani bizim gibiler bu tür numaralara bel bağlamaz. Biz istediğimizi dürüstçe elde ederiz." Böyle düşündüğü için ona saygı duymuştum ve burada olup tıpkı Jackson'ın kız kardeşimin elini tuttuğunu bildiğim gibi onun da benim elimi tutmasını istememe rağmen, Peter'ın böyle düşünmesinden memnundum.

Başımı içeri çevirdim ve gözlerim Maisie'ye takıldı. Aklının şu anda tek bir şeye odaklı olduğunu bilmek için zihnini okumaya gerek yoktu; yapılacak çekilişi düşünüyordu. Bu akşam yapılacaktı. Gözlerimi kapadım ve dua ettim içimden; bu sefer Maisie içindi. Gücün başka birine kalmasını diliyordum. O, bu sorumluluğu üstlenmek için hazır olduğunu düşünüyordu ama ben onun kendine ait bir yaşamı olmasını istiyordum. Çizgiye bağlı bir yaşam değil. Ve kalbimde ettiğim duanın karşılık bulacağına, Maisie'nin Ginny'nin bıraktığı ipleri ele alması yükünden en azından şimdilik kurtulacağına dair bir inanç hissettim aniden.

Jackson'ın bakışlarının ağırlığını hissettim üzerimde. Bakışlarımız kesiştiğinde kalbim çarpmaya başladı ve sıcaklık hızla yükseldi. İnsanlar gerçekten âşık olunan kişiye bakılınca keman sesi duyulduğunu söylediğinde şaka yaptıklarını sanırdım ama tellerin titreyişini duyduğuma yemin edebilirdim. Bakışlarımı çevirmeye çalıştım ama gözleri gözlerime kıskaç gibi kenetlenmişti. O gözlerdeki bakış özlem olabilir miydi? Maisie'nin haklı olup olmadığını merak ediyordum; gerçekten de ikimiz arasında mı kalmıştı? Hastanede yaşadığımız o anı vardı her şeyden önce... Bir anlığına kendimi kaybetmiştim; ona duyduğum arzuyla yanıyordum. Söndürmeye çalıştığım alev yeniden tutuşmuş içimde yanıyordu. Jackson'la Maisie'nin gerçekten el ele oturduklarını fark ettim. Düşüncelerimin hem kız kardeşime hem de Peter'a ihanet ettiğini fark ettiğimde karanlık ve kırmızı bir utanç kapladı içimi. Jackson'a ilgimin peşinden gitmeyecektim ve onu teşvik etmek için herhangi bir şey yapmayacaktım.

Suçluluk hissi bakışlarımı başka yöne çevirmeye zorlamıştı beni. İlgimi arabanın dışında gördüklerime çevirdim. Sevdiğim tarihi ve tuhaf Savannah, hızla tek katlı alışveriş merkezleri ve ucuzluk mağazalarının olduğu boş araziye bıraktı yerini. Mezarlığa giden yol Savannah'ya ait olamayacak kadar banliyöyü andırıyordu ve çok daha ünlü bir mezarlık olan, annem, büyükbaba ve büyükannemin de gömülü olduğu Bonaventure Mezarlığı'na yaklaştıkça kendimi evime yaklaşmış hissetmeye başlamıştım. Greenwich'e Bonaventure'ın yanından geçmeden gidilmiyordu. Sıcaklıklar azaldığı gibi bisikletimi alıp mezarları için, hatta Ginny'nin mezarı için çiçekler getirmeye kendime söz vermiştim.

Güneş en tepe noktaya ulaşmıştı, bu nedenle papaz bize acıyarak Ginny'ye bir yararı olmayacak duasını hızlıca okudu, sonra tabutun üstüne ilk toprağı serpti. Kalabalıktan uzaklaştım ve şoförün klimayı açık bıraktığını umarak arabaya döndüm.

Bekleyen limuzine birkaç metre kalmışken yaşlı bir adam yaklaştı. Yüzü tanıdıktı ama kim olduğunu çıkaramamıştım.

"Bayan Taylor, benimle gelmelisiniz."

Üç şey olduğum yerde donakalmama sebep olmuştu: adamın sakin tutumu, kibar konuşması ve gözlerindeki dehşet. Kalbim çılgınca çarpmaya başladı. Hayatım boyunca cadıların yanında olmuştum ve ona baktığım anda etki altında olduğunu anlamıştım ve onun üzerinden ben de etki altına alınmıştım. Teklifi bir teklif değildi ve ona boyun eğmekten başka şansım yoktu. Bu beni karşı koymaya çalışmaktan alıkoymamıştı. Ayağımı kaldırıp ve geri adım atmaya çabaladım. Ama ayağım bunun yerine ileri adım atmış, beni arabaya bir adım daha yaklaştırmıştı. Ailemden birinin beni takip edip neler olduğunu anladığını umarak arkama baktım ama kimse yoktu. Muhtemelen hepsi Ginny'nin mezarının etrafında toplanmıştı. Sadece bir grup hayalet avcısı görebiliyordum. Onlar da doğaüstü bir şey yakalayabilme umuduyla süslü mezar taşlarından birinin fotoğrafını çekiyorlardı, burunlarının dibinde olandan habersizlerdi.

Onlara seslenmeye çalıştım ama bunun yerine, "Teşekkürler, bir gezinti hiç de fena fikir değil," diye hayalet avcılarının duyabileceği kadar yüksek sesli bir şekilde bağırırken buldum kendimi. Gruptakilerin sarhoş olduğumu düşünmelerini sağlayacak kadar tuhaf bir şekilde birkaç adım attım. Birkaç saniye sonra tekrar ışıkta parlayan tozların fotoğraflarını çekmeye başlamışlardı.

Şoför arabanın yolcu koltuğuna oturmama yardımcı oldu, sonra bana doğru eğildi. "Bu kalıcı değil," dedi. Elini gözlerimin üzerine tuttu ve gözlerim karardı aniden. "Sadece gideceğimiz yere varana kadar. Şimdi kıpırdamadan beni bekleyin ve olay çıkarmayın."

Vücudumun gerildiğini hissedebiliyordum. Adrenalin yüzünden terlemiştim ve ter arabanın klimasıyla soğumuş, sırtımdan aşağı süzülmeye başlamıştı. Adam kemerimi bağladı ve kapıyı kapattı.

"Bütün bunlar için çok üzgünüm Bayan Taylor," dedi direksiyon başına geçtiğinde. "Eminim bunda benim de sizin gibi seçme şansım olmadığını anlayacaksınız. Jilo sizi gelmeye zorladığı gibi beni de sizi ona götürmeye zorladı." Arabasını yola çıkardı ve sağa döndü.

"Jilo benden ne istiyor? Beni nereye götürüyorsun?" diye sordum korkum öfkeme karışarak.

"Size bunu söylememe izin vermez, hanımefendi," dedi.

"O halde seni nereden tanıdığımı söyle," dedim. "Tanıdık geliyorsun."

"Beni tanımıyorsunuz," diye cevapladı. "Ama sanırım torunumla tanıştınız. O bir polis." Sesinde, bizi zoraki bir araya getiren koşulları aşan bir gurur vardı.

"Dedektif Cook torununuz mu?" diye sordum. Şimdi, bunu öğrenince çok benzediklerini görebiliyordum. Aynı sıcak tonlarda tene ve ela gözlere sahipti. Jilo oyununda Cook'un dedesini piyon olarak kullanırken kendine fazla güvenmiş olmalıydı.

"Evet, öyle."

"Dedektif Cook'u arayıp beni nereye götürdüğünü ona söyleyebilir misin?"

"Ah, Jilo Ana'nın bundan zeki olduğunu biliyorsunuz," diye cevapladı. "Size yardımcı olmayı her şeyden çok isterim ama çok sıkı kontrolü altındayım. Ve onun gücüne en az sizin kadar boyun eğmek zorundayım."

Döndüğümüz yerleri elimden geldiğince takip etmeye çalıştım, bir ya da iki kere geriye döndüğümüzden emindim. Tuhaf bir şekilde hiç durmamıştık. Dur tabelası, kırmızı ışık. Nereye gittiğimizi kestirmeye dair tüm umudumu kaybetmiştim.

Bana saatlerce durmadan ilerlemişiz gibi gelmişti. Sonra altımızdaki asfaltın yerini mıcır aldığını hissettim ve bir süre sonra nihayet yavaşladık ve durduk. Adam kapımı açtı. Araba, sıcakla ve ağustosböceklerinin sesleriyle doldu.

"Müsaadenizle," dedi elimi tutmak için uzanarak. Arabadan inmeme yardımcı oldu. Nerede olduğumuzu ele veren bir ses duyma ümidiyle dikkatle etrafı dinledim. Sadece böceklerin ve ayaklarımın altındaki çakıltaşlarının seslerini duyabiliyordum. "Buradan sonra yürümemiz gerekiyor ama uzak değil."

Birdenbire burada öleceğim hissine kapıldım. Beni öldürüp atacağı, vücudumun çürüyeceği bir çukura götürüyordu. Bunun böyle sonlanacağını düşünmemiştim. Belki bir zaman sonra, Connor o işe yaramaz sarkacıyla benden geriye kalanların yerini bulacaktı. Ama çoktan geç kalmış olacaktı. Ginny gibi ölmüş olacaktım.

"Beni öldüreceksin, değil mi?" dediğini duydum sahip çıkamadığım sesimin.

"Tanrım! Hayır, o güzel kızıl kafandaki tek bir tele bile zarar vermeyeceğim." Yolda yürümeye devam ettik. Zemin çakıltaşından kumlu toprağa dönüşmüştü ve ayakkabılarımın içine kum girmeye başlamıştı.

"Eğer sana zorla yaptırmazsa," diye cevapladım birkaç adım sonra.

"Bana bunu yaptıramaz. Ben otobüs şoförüyüm. Bana araç kullandırabilir çünkü doğal olarak yaptığım şey bu. Ama katil değilim. Sana zarar vermemi sağlayamaz."

"Ama bu, içinde katillik olan birinin orada beni beklemediği anlamına gelmiyor," dedim.

Bu dediğime hiçbir cevap veremeyişi bunun bir olasılık olduğunu düşündüğünü anlatmaya yetmişti. Birkaç dakika daha sessizce yürümeye devam ettik. "Ama sen bir Taylor'sın, kızım. Kendini korumak için yapabileceğin hiçbir şey yok mu?"

"Maalesef o konuda kısır sayılırım," dedim içinde bulunduğum duruma rağmen gülerek.

"O halde senin için dua edeceğim. Dualarım kabul olursa yarın güneşin doğuşunu görebileceksin," dedi ve durdu. "Geldik. Şimdi birkaç basamak çıkacağız." Beni bir verandaya çıkardı. Yüzüme bir böcek çarpınca korkumdan yerimde sıçradım. "Her şey yolunda, kızım. Cesur ol. Jilo buradan sonrasına yalnız devam etmeni istiyor." Tel kapının açıldığını duydum. Adam bana eşikten geçmem için yardım etti. Daha güçlü ve daha sert başka bir el beni içeri aldı ve bir odaya götürdü. Kapı arkamdan sertçe kapandı.

"Tekrar görmeye başlayabilirsin," dedi şeker tatlılığında bir ses. O anda görüşüm geri geldi ve vücudumun kontrolünü tekrar ele aldım. Oda, duvarlar ve yer aynı renkti; böcekleri ve pek dostane olmayan ruhları uzak tutmasıyla ünlü, "hayalet mavisi" olarak bilinen bir deniz mavisi tonuydu. Odanın ortasında bir sandalye vardı ve sandalyenin üzerindeyse çiçekleri kıskandıracak kadar göz alıcı mavi ve mor tonları içinde Jilo Ana oturuyordu. Kucağında, başını okşadıkça mırlayan üç bacaklı bir kedi oturuyordu. Gerçek bir hayalet mavisi oluşturmak için kullanılan tarifte bir kedinin sol arka bacağının külleri de vardı. Kedinin kayıp uzvuna neler olduğunu bildiğime dair bir his doğdu içimde.

"Beni neden buraya getirttin?" diye sordum. Jilo sorumu duymazlıktan geldi.

"Yaklaş," diye emretti.

"Senin büyülerini istemediğimi söylemiştim sana," diye karşı çıktım, ayaklarım Jilo'nun emrine uymasına rağmen. Ayaklarım beni Jilo'nun tahtına bir kol boyu kadar yaklaştırdı. "Daha en başında sana gelmemeliydim ve artık seninle herhangi bir işim kalmasını istemiyorum." Vücudumun Jilo'nun kontrolü altında olmasına karşın ellerimi yumruk yapacak kadar kontrol edebiliyordum. Gücünün izin verdiği kadar geri çektim kendimi.

Beni baştan aşağı yavaşça süzdü. "Jilo'nun seni neden buraya getirttiğini merak ediyorsun. Ve eminim buranın neresi olduğunu da merak ediyorsun ama bunlar asıl merak etmen gereken şeyler değil. Asıl kendine sorman gereken şey, seninkilerin neden kaçırılmaya karşı kendini korumayı sana öğretmedikleri. Sence neden kızım? Haydi, Jilo'ya cevap ver."

"Sanırım insanların benimle uğraşmayacak kadar akıllıca davranacaklarını düşündüler." Ses tonum beni şaşırtmıştı. Öfkeli çıkıyordu sesim... Hayır, tamamen tepem atmıştı. Jilo olanlardan keyif aldığını anlatan, derinden gelen dinç bir sesle güldü.

"Sorun değil, kızım. Kızgın olmalısın. Ama Anne'ye kızgın olmamalısın. O kendini beğenmiş ailene kızgın olmalısın. Seni korumasız bırakanlar onlar. Jilo değil." Odanın köşesinde gölgeler oluşmaya ve bana doğru gelmeye başladı. Bacaklarımdan yukarı çıkıyor, vahşi köpekler gibi her yanımı kokluyorlardı. İçgüdülerim bana kıpırdamamamı söylüyordu.

"Geri çekilin!" diye bağırdı Jilo ve gölgeler geri koşuşturup köşeye sindiler. Gri gölgeler bir araya gelerek tek bir siyah yığın oluşturdular.

"O şeyler neydi?" diye sordum, sonra düzelttim: "O şey?"

"Bu seni ilgilendirmez," diye cevapladı. "Yaşlı Ginny artık toprağın altında. Bu, Jilo'nun kazandığı anlamına geliyor." Zevk ve can çekişme arasındaki o kahkahasını attı.

"Onu sen mi öldürdün?" diye sordum.

Jilo kahkahasını keserek bana doğru eğildi. "Jilo senin için yaptığı büyü için kan gerektiğini söylemişti." Gözlerini iyice açıp kıkırdamaya başladı. Yaşlı kadının sözleriyle bacaklarım titremeye başlamıştı. Maisie aşk büyüsü için kana gerek olmadığına beni ikna etmiş olmasaydı bayılabilirdim. Kahkahalarından nefessiz kalmıştı ve kendini toparlaması biraz sürdü. "Belki Jilo yaşlı kadını öldürdü belki de öldürmedi. Bunu öğrenmek için ne kurban etmek istersin?" diye sordu. Kucağındaki kedi, olmayan bacağını esnetiyor, yalıyordu. "Seni kasabada dolaşıp insanlara yalanlarını anlatırken gördüm. Sen yalanla para kazanıyorsun. Jilo senden gerçek için bedel istiyor."

Benden bir şey istediğini anlayınca rahatladım. Ona sunabilecek bir şeyimin olması onun dörtyoluna gömülmeme şansımı artırıyordu. "Hiç param yok. En azından şimdilik. Doğum günümden sonra olacak. Yaşamama izin verirsen. Benim ve Dedektif Cook'un dedesinin yaşamasına. Bizi öldürmezsen bana gelen paranın hepsini sana vermeyi kabul ederim."

"Jilo'nun senin kirli Taylor parana ihtiyacı yok, kızım," dedi iğrenmiş bir şekilde. "Ve Henry'nin senin ona edeceğin yardıma hiç ihtiyacı yok."

"O halde neden bana zarar vermek istiyorsun?" diye sordum.

"Jilo'nun sana zarar vermek gibi bir amacı yok. Jilo'nun senin için daha iyi planları var. Onun sana her şeyi öğretmesi için ona izin vermeni istiyor. Ginny'nin sana öğretmesi gerekeni öğretmesine izin vermeni."

"Peki ya istemiyorsam?"

"O zaman Jilo'nun sandığı kadar akıllı değilsin." Duraksadı. "Ve artık onun koruması altında olmayacaksın." Odanın köşesindeki gölge tekrar bana yaklaşmaya başlamıştı ama Jilo elini kaldırdı ve gölge durdu. "Aileni tanıyorum," dedi. "Onların sırlarını, senden saklamamaları gerekenleri biliyorum. Jilo'ya geldiğin her sefer, bir gerçeği öğrenmiş olarak ayrılacaksın yanından. Gerçeğin ne kadarıyla başa çıkabileceksin göreceğiz."

"Ama bunu neden yapıyorsun? Neden büyü yapabilmemi ya da ailemin sırlarını öğrenmemi önemsiyorsun?"

"Çünkü kızım, onlara zarar vermek istiyorum. Onlara hiçbir ölümün veremeyeceği kadar zarar vermek istiyorum. Senin güzel yeşil gözlerinden parlayan nefretteki yansımada kendilerini görmelerini istiyorum. Bir kere onları Jilo'nun tanıdığı gibi tanısan bunu neden istediğimi bilirdin." Nefret alnında ve ağzının kenarlarında kırışıklıklar oluşturdu. Dudaklarını ıslık çalar gibi büzdü.

"Onlara zarar vermek istemiyorum. Ne yaptıkları umurumda değil," dedim.

"Bunu ne yaptıkları hakkında hiçbir fikrin olmadığı için söylüyorsun. Sadece Jilo'ya değil, sana ne yaptıkları hakkında hiçbir fikrin yok. Bana gel, bir dahaki sefere kendi isteğinle bana gel, o zaman Jilo sevgili Ginny'ne ne olduğunu söyleyecek. Jilo senin ona ne olduğunu neden önemsediğini bilmiyor ama sana gerçeği söyleyecek. O yaşlı kadın seni hiç önemsemiyordu, orası kesin. Karar senin. Öğrenmek istiyorsan Jilo'ya geleceksin.

"Şimdi Jilo'nun niyetinin iyi olduğunu anlaman için sana bedelsiz bir gerçek söyleyecek. Git o eşcinsel amcana neden torunumun nehre yürüdüğünü ve bir daha çıkmadığını sor." Lafı biter bitmez parmağını şıklattı ve oda karanlığa gömüldü. Ellerimi duvara sürerek kapıyı aradım ve parmaklarımın ışık düğmesine değdiğini hissettim. Işığı açtığımda şaşkınlıktan neredeyse yere düşüyordum. Sandalye gitmişti ve oda artık deniz mavisi değildi. Büyüdüğüm evin üst katındaki çamaşır dolabında, Maisie'yle sırlarımızı paylaştığımız odadaydım. Jilo demek istediğini açıkça anlatmıştı. Evimize, çocukluğumun kalbine erişebiliyorsa, ihtiyacı olan her türlü güce sahipti; ödünç alınmış ya da değil.

ON

Yatak odama doğru koşarken alt kattan gelen sesleri duydum. Muhtemelen saatlerdir ortalıkta değildim ama görünüşe göre cenaze sonrası yemeği tüm hızıyla devam ediyordu. Arkamdan kapıyı kilitledim; bu, Jilo'yu evden uzak tutmak için yeterli olmayacaktı ama en azından kuzenlerimin özelime saygı göstermelerini sağlayabilirdi. Gözüme parlayan dijital saatim takıldı ve sesli bir şekilde iç çektim. Mezarlıkta Adam'ın dedesini gördüğümden beri sadece bir saat geçmişti. Jilo'nun büyüsü mü zamanı büküp kısaltmıştı yoksa korkudan zaman algım mı bozulmuştu, karar verememiştim.

Cenaze için giydiğim kıyafetleri çıkardım, onları yakmak için kendime söz verdim ve hayatımda hissetmediğim kadar yorgun hissederek yatağımın kenarına oturdum. Jilo'nun bana hazırladığı küçük büyü şovu için hayat enerjimden biraz ödünç alıp almadığını merak ediyordum. Birkaç dakika yatıp dinlenmek istiyordum ve bu isteğime karşı koyamayacak kadar yorgundum. Yatağın üstünde kıvrıldım ve gözlerimi yumdum.

Saniyeler sonra gözlerimi açtım ama yanımdaki saat tam iki saat geçtiğini gösteriyordu. Tenimde hafif bir sızlama hissettim. Aklım karışmıştı ve biraz midem bulanıyordu. Görüş alanımdaki nesneler aynı anda birçok yerdeymiş gibi görünüyordu; aynı nesneden birkaç tanesi üst üste binmiş gibiydi. Jilo kesinlikle zamanı hafifçe esnetmişti; bitkinliğim ve aklımın karışıklığı da zamanın etrafımda eski haline dönmesinin belirtisiydi. Ailemin her zaman dediğine göre, zamanı bu şekilde idare etmek Jilo'nun yapabileceklerinin çok ötesinde bir şeydi ama o bu kuvveti başka bir yerden kendine çekmişti belli ki. Belki de evde olmayışımın fark edilmemesi için yapmıştı bunu ama neler yapabileceğini bana göstermeye çalışmış olması daha muhtemeldi. Bazen büyüden gerçekten nefret ediyordum; özellikle büyü yapılan kişi olduğum zaman.

Geniş bir kalabalığın alt kattan gelen konuşma seslerini hâlâ duyabiliyordum. Cenazeyle ilgisi olmayan çoğu kişi şüphesiz şimdiye kadar bir bahane bulup evlerinin yolunu tutmuşlardı ama kuzenler Ginny'nin yerine geçecek kişi, yani yeni bağlayıcı seçilmeden gitmeyeceklerdi. Kaçacak bir yer bulmak istiyordum ve Jilo'nun evime doğrudan ulaşabildiğini görünce Savannah sokaklarında, odamda olacağım kadar güvende olacağım kanısına vardım. Peter'ı ziyaret etmeyi düşündüm ama daha birkaç saat boyunca işleri bitmemiş olacaktı ve onu patronuyla sıkıntıya sokmak istemiyordum.

Bugünü mümkün olduğunca normal bir güne dönüştürmek istiyordum. Saat ikiyi biraz geçmişti; bir süre dışarı çıkmak ve Ginny'nin yerine geçecek kişiyi belirleyecek çekilişe yetişmek için yeterli vaktim vardı. Aile toplantısından kaçmak için pencere kaçış rotamı izleyebilirdim.

Yataktan dışarı yuvarlandım ve aynaya gittim. Saçım uyuduğum yerde karman çorman hale gelmişti, bu nedenle en kötü görünen yerlerini düzelttim ve atkuyruğu yaptım. Bu geceki merasim için daha özenli giyinmem gerekiyordu ama şimdilik üzerime eski bit tişört geçirdim ve rahat bir şort giydim.

Pencereyi açtığım gibi sıcak odaya doldu. Derin bir nefes aldım ve kafamı pencereden çıkararak sıcağa bıraktım kendimi.

Bir fırının içine tırmanıyormuş gibi hissediyordum. Sağ elimle çardağa tutundum ve sağ bacağımı dışarı çıkardım. Ayağımı sağlam bir şekilde bastığımda arkama yaslandım ve geri geldiğimde aynı şekilde içeri girebilmem için pencerede parmaklarımın girebileceği kadar boşluk bırakacak şekilde pencereyi kapadım. Begonvil açık tenime sürtmüştü ama küçüklüğümde yaptığım alıştırmalar işime yaradı ve tek bir çizik bile almadan yere indim. Evin önünde birkaç kişinin konuştuğunu duyuyordum, bu nedenle misafirlerin ben ve garaj arasında olmadıklarından emin olmak için bahçeye göz gezdirdim. Görünürde kimse yoktu, bunun üzerine bisikletimi almak için eğilerek garaja gittim.

Sıcaklık o kadar yoğundu ki ısı dalgaları sadece asfalttan değil çim fıskiyelerimizin erişemediği kumlu topraktan bile yükseliyordu. Bisikletimi alıp yola çıkmak üzereydim ki görüş alanımda tuhaf bir şey olduğunu hissettim. Dikkatimi gri, çakıllı toprağa çevirdim ve gördüğüm şeyi yanlış algıladığımı fark ettim. Yer sıcaklığı yansıtmıyordu, nabız gibi atıyordu. Mantığım merakımın önüne geçmeden önce, ayaklarım daha yakından bakmam için ilerlemeye karar vermişti.

Toprak yüzeyinin altında bir kalp atıyormuş gibi zonkluyordu ve ben bu görüntüyü izlerken yerdeki tanecikler birbirlerine bağlanmaya başlamıştı. Başta sadece beş küçük tepecik vardı; sanki beş karınca yuvası gittikçe yükseliyordu. Ama saniyeler içinde tepecikler büyümüş, yerlerinde belirgin bir insan şekli oluşmaya başlamıştı. Ciğerlerimde bir çığlık oluşmaya başlamıştı ama çığlık dudaklarımdan sessiz bir "aaaa" gibi çıktı. Ağzım denizden çıkmış, susuz kalmış bir balık gibi açılıp kapandı. Önümde yerden çıkan bir el bana doğru uzanmaya başlamıştı. Hayır, o el yerin altından çıkmıyordu, tozlu topraktan şekilleniyordu. Gözlerimin önünde bir bilek, sonra da bir kol oluşuyor, güneşe doğru uzanıyordu. Hareket edemiyordum. Bir omuz ve ani bir hareketle kabaca yontulmuş bir baş ve boyun çıktı yerden. Geldiği toprak kadar gri olan yaratığın teni pürüzsüzdü ve güneşte parlıyordu. Sonra büyük kehribar rengi kedi gözleri gibi ruhsuz ve damarlı gözlerini açtı.

Sonunda sesim geri gelmişti. Ciğerlerim yırtılana kadar çığlık attım. Yere düştüm. Gözümün önünde hayat bulan bu yaratıktan sürünerek kaçmaya çalıştım. Arkamdan birinin bana sarılıp beni yerden kaldırdığını hissettim. Çığlık attım ve ellerimle arkamdakine çılgınca vurmaya başladım.

"Mercy, benim," dedi Jackson kulağıma doğru. "Tuttum seni. Tuttum seni." Küçük bir çocukmuşum gibi beni kaldırdı. "O şey ne öyle?" dedi geri çekilirken.

"Bilmiyorum. Bilmiyorum." Ağlayarak başımı Jackson'ın boynu ve omzunun arasına gömdüm. Nabzını tenimde hissedebiliyordum ve kokusu beni sakinleştiriyordu. Biri yanımıza geldiğinde başımı kaldırıp baktım.

Kuzenler tıpkı sel gibi evden ve ön verandadan akıp yanımıza gelmeye, önümüzde durmaya başlamıştı. Yaratık tamamen şekil bulmuştu ve ortama uyum sağlamaya çalışır gibi birkaç kararsız adım atması gerekmişti. Ona can veren yerde bir oyuk oluşmuştu. Kuzenler biz ve yaratık arasına bir duvar örseler de yaratığı görebiliyordum. Yaklaşık iki metre boyundaydı.

"Olur şey değil!" dediğini duydum Connor'ın ve kuzenleri iterek grubun ön tarafına geçmeye çalıştığını gördüm. "Bunların varlığı hakkında hikâyeler duymuştum ama hiç görebileceğimi düşünmemiştim." Yaratığa doğru yürüdü ve ona dokundu.

"O ne?" Beni sıkıca kollarında tutan Jackson'ın Connor'a soruyu sorarken göğsü gürledi.

"Bir golem," diye cevap verdiğini duydum Maisie'nin. Gözlerim onu aradı ve gördüğümde ifadesinin soğukluğu beni şaşırttı. "Hareketsiz maddeden yapılmış hareketli bir vücut." Bize yaklaştı. "Artık kız kardeşimi bırakabilirsin; o güvende." Jackson sadece bir an tereddüt etti. Yüzündeki ifadeden, Maisie'nin bu tereddüdü bir kenara not ettiği ve buna hoşuna gitmeyen anlamlar yüklediği anlaşılıyordu. Jackson nazikçe indirdi beni. Dizlerim hâlâ titriyordu ama Maisie'nin gözlerini nasıl kısarak baktığını düşününce, destek almak için Jackson'a tutunmamam gerektiğini biliyordum.

"Ödümü kopardı," dedim açıklamaya, hatta özür dilemeye kalkışarak. "Aniden yerden yükselmeye başladı."

Kuzenler Connor'a katılarak yaratığı hayranlıkla izlemeye başlamışlardı ve artık bizimle ilgilenmiyorlardı. "Pekâlâ, demek o bir golem," dedi Jackson, Maisie'ye biraz tiz bir sesle. Onun da korktuğunu anlayabiliyordum. "Burada ne işi var?"

"Aileler," diye cevap verdi Maisie. Jackson'ın ses tonunu duyunca omuzları düşmüştü. Merasime katılamayacak diğer dokuz cadı ailesinden bahsettiğini anlamıştım. "Aileler, temsilcilerinin enerjilerinden oluşan bu golemi yarattılar. Tek bir vücut görüyorsunuz ama bu vücudun içinde dokuz varlık var. Ailelerin kura çekimine tanık edecek bireyleri."

"Bu şeyin geleceğini biliyor muydun?" diye sordum.

"Bir saat kadar önce öğrendik," diye yanıtladı sabırsızlıkla. "Seni uyarmak için odana geldim ama kapın kilitliydi ve cevap vermedin. Kulaklıkların kulağında saklanmaya çalışıyorsun diye düşünüm." Jackson'a baktı. "Seni de hiçbir yerde bulamadım."

"Ne? Atina'dan gelen kuzeninle verandada bira içiyordum. Futboldan konuşuyorduk."

Maisie Jackson'ı baştan aşağı süzdü. "Biraz bana destek versen fena olmazdı. En çok da bugün." Bana keskin, hızlı bir bakış attı. "Bu ikiniz için de geçerli. İkinize de ulaşamıyorum, sonra buraya geliyorum ve ikinizi ucuz aşk romanlarının kapağı gibi buluyorum." Arkasını döndü ve sinirle eve yürümeye başladı.

Jackson hemen arkasından onu izledi. "Bebeğim, yapma böyle," diye arkasından bağırdığını duydum. Bu sırada golem eve gitmeye başlayınca etrafındaki grup kıpırdandı.

Duvarı arkama alarak uzaklaştım. Yaratığın hareketleri ilk başta aksak ve hantaldı ama birkaç adım sonra neredeyse insan gibi yürümeye başlamıştı. Yüz ve vücut hatlarının birkaç dakika öncesine göre belirginleştiğini fark ettim. Artık kabaca yontulmuş bir heykel gibi görünmüyordu. Tuhaf rengi dışında uzaktan gerçek bir insanla karıştırılabilirdi. Büyük ve çıplak bir insanla. Yaratığın anatomik olarak tam bir insana benzememeşini diledim ama kuzenler etrafını boşalttıkça bugün hiçbir şeyin beklediğim gibi gitmediğini fark ettim. Ten rengi zeytin rengine dönüşüyordu ve bir sebeple yeni gerçekçi ten rengi çıplaklığını daha da göze batar hale getiriyordu.

Gözlerimi yaratıktan alamıyordum. Bakışlarımı yaratığın üst kısmına çevirip yüzünü inceledim. Çok güzeldi. Bu yüzü gördüğüm gibi tanımıştım; Bernini'nin *Davut* heykelinin aynısıydı. Yaratığın şekilli kafatasında koyu renk kaşlar oluşmuştu ve kafa derisi kıvırcık siyah saçlarla dolmaya başlamıştı. Bir noktadan sonra yaratığı cinsiyetsiz bir varlıktan çok erkek olarak düşünürken buldum kendimi. Yine de, ona yakın olma fikri hoşuma gitmiyordu. Birkaç dakika daha geçtiğinde gözlerini bana dikti ve bana doğru birkaç emin adım attı. Yaratığın metamorfozuyla kendinden geçmiş kuzenler etrafımızda toplaştı.

"Sen Emily'nin kızısın," dedi. Sesi bir anda birden fazla kişi konuşuyormuş gibiydi. Bariton, tenor, soprano ve bas sesleri tuhaf bir ses dalgasında buluşmuştu.

"Kızlarından biriyim," diye cevapladım, sırtımı duvara daha da yaslayarak. "Ama siz muhtemelen kız kardeşimi arıyorsunuz."

Bana daha da yaklaştı ve gözlerinin içindeki kehribar renginin azalmaya, etraflarında beyazların oluşmaya başladığını fark ettim. Gözlerindeki dalgalar birleşerek daha normal görünümlü bir gözbebeğine dönüşmüştü. Bu gözler beni baştan aşağı süzdü. "Sence kıyafetin yas tutmak için uygun mu?" diye sordu çok katmanlı ses.

O anda tüm korkum yok oldu ve dünyada her şeyden çok istediğim şey onun yeni oluşmuş testislerini tekmelemekti. "Sence senin kıyafetin yas tutmak için uygun bir kıyafet mi?" diye tekrar ettim, parmağımla göğsünü dürterek. Teni sıcaktı. Çok sıcaktı. Hızla elimi geri çektim.

"Değil, haklısın," dedi ve etrafındaki boşluk pırıldamaya başladı. İyi dikilmiş, düğmeli koyu renk bir takım elbise sardı vücudunu. İçinde de temiz, ütülü bir gömlek ve güzel bir şekilde bağlanmış bir kravat vardı. Dakikalar içinde Georgia toprağından, erkek mankene dönüşmüştü. "Lütfen merasime uygun bir şeyler giyin. Ginny'nin hatırasına saygı gösterecek ve onun yerine geçecek kişiyi seçmede oynayacağınız role uygun bir şeyler. Sizi içeride bekliyoruz."

"Bunun yerine cehennemin dibini boylamaya ne dersin?" diye çıkıştım ellerimi belime koyarak.

Golem olduğu yerde durmasına rağmen içinden sesler bu sefer koro halinde değil daha çok öfkeli bir tartışma olarak çıkıyordu. Bir an golemin eski haline dönmeye başladığını düşündüm. Ama sonra sesler durdu. "Seni korkuttuğumuz için bize kızgınsın," dedi –dediler– birleşmiş ve anlaşılır bariton ses tonuyla. "Niyetimiz bu değildi. Haberin olmadan gelişimize tanıklık etmen talihsizlik oldu."

"Şimdi de uygunsuz davranışların için özür dilemen gerekiyor, küçükhanım," diye emretti Connor yanımıza gelerek.

Ailelerin, bu sözcü aracılığıyla söylediklerinin özre en yakın sözcükler olduğunun farkına vardım. Söylediklerimden pişman değildim ama onlara istediklerini vermenin işleri kolaylatacağını biliyordum. "Haklısın. Özür dilerim," dedim, *bugün iki kere çok korktuğum ve bir vücuda tek kişinin sığabileceğini düşündüğüm için özür dilerim*, diye içimden geçirerek. Özrümün kabul olunduğuna dair tek bir kelime etmeden golem arkasını döndü ve evin ön kapısına yöneldi.

"Onun dediğini yap... daha uygun bir şeyler giy üstüne," diye bağırdı Connor beni iterek önüme geçerken. "Sonra mutfağa gelip aramıza katıl."

ON BİR

Kıyafet değişimi isteklerini görmezden geldim. Ukala bir çamur pastasının bana patronluk taslamasına izin vermeyecektim. Mutfağa girdiğimde yaratık ve ailem üzerine bir sürü taş dizdikleri masanın etrafında oturuyorlardı. Taşlar domino taşları boyutundaydı ve biri hariç hepsi beyazdı. Farklı olan kırmızıya boyanmıştı. Maisie temkinli bir şekilde parmağını kırmızı taşa sürtüyordu. Yaptığı işe kendini kaptırmıştı ama aynı zamanda dikkatliydi, sanki taşın onu bir şekilde şaşırtmasını bekliyordu. Kuzenlerin hiçbiri bize katılmamıştı ve Jackson da ortalarda görünmüyordu. Kasıtlı olarak dışarıda tutulmasaydı şimdi Maisie'nin dibinde olurdu. Onu kimin buraya almadığını merak ediyordum; ailenin geri kalanı mı yoksa Maisie miydi bunu yapan?

Yaratık beni duygusuz gözlerle süzdü. "Küstah biri," dedi boş kalan son sandalyeye oturduğumda. Sesi başta beş farklı ton arasında gidip geliyordu ama sonra bir tanesinde uzlaşmış gibiydi.

"Kesinlikle öyle," dedi Connor.

"Onu sevmemizin sebebi de bu," dedi Oliver beni kendine çekip yanağıma bir öpücük kondurarak. "Yoğun bir gün geçiriyorsun, ha?" diye sordu.

"Tahmin bile edemezsin," diye cevapladım, ona Jilo'nun sorusunu ne zaman sormalıyım ya da sormamalı mıyım, diye düşünerek. Misafirimize döndüm. "Size nasıl hitap etmemiz gerekiyor bu arada?"

"Vücudun ismi yok," diye cevapladı. "Vücut sadece bir kabuk." Vahim bir problem üzerinde düşünürcesine bana baktı. "Çocuk sizin yöntemlerinize yabancı," dedi yaratık, ben orada değilmişim gibi hakkımda konuşarak. "Onu neden eğitmediniz?" Jilo'nun söylediklerini duyduğumda kalbim daha hızlı çarpmaya başladı.

"O güç sahibi değil," diye belirtti Connor bu cümle her şeyi açıklıyormuş gibi.

"Ginny böyle istedi," diye ekledi Iris. Sesinde bir ciddiyet vardı. "Bunun ne kadar mantıklı olduğundan hep şüpheliydim ama Ginny'nin kararı kesindi. Ben de teyzemin çizgiyi korumaya olan kararlılığını hiçbir zaman sorgulamadım."

Maisie'ye baktım. Yüzünde anlaşılmaz bir ifade vardı. Yüreğim ezilerek Maisie'nin de diğerleri gibi, Ginny'nin komplosunun bir parçası olduğunun farkına vardım. "Ginny beni eğitti," diyerek başladı. "Tüm gücün bana ait olduğunu söyledi ve bu yüzden tüm yük benim omuzlarımdaydı." Başını kaldırarak bana baktı. "Hiçbir zaman kullanamayacağın bilgilerin yükünü sana yüklemenin adil olmayacağını söyledi."

"Onu karanlıkta bırakmakla tehlikeye attınız," dedi golem. Bu öylesine bir yorum muydu yoksa Jilo'yla yaptığım görüşmeler hakkında bilgisi mi vardı, bilemiyordum.

"Doğru," dedi Oliver. "Ama Mercy'nin, güçle doğmadığı için, sırlarımızı öğrenmemesi gerektiğine karar vermişti Ginny. Mercy'nin bildiği şeyleri bize ihanet etmek için kullanmaya zorlanabileceğinden endişeliydi."

"Ya da ihanet etmeyi seçmesinden endişeliydi," dedi Connor.

"Asla aileme isteyerek ihanet etmem," diye konuşmaya başladım ama golem sözümü kesti.

"O halde onu savunmasız bırakmayı mı tercih ettiniz?" diye sordu.

"Hayır, savunmasız değil," dedi Ellen, onaylamaları için odadaki herkese, hatta bana bile bakarak. "Ginny onun için koruma büyüleri yaptı."

"Ama Ginny öldü ve onunla birlikte büyü de yok oldu," diye yanıtladı yaratık. "Hanginiz büyüyü yenilediniz?" Masaya utanç dolu bir sessizlik çöktü. Ellen elimi tuttu. Iris'in yanağından bir damla gözyaşı süzüldü.

Oliver suçlu bir bakış attı bana. "Özür dilerim havuçlu çöreğim."

"O büyülerin bir işe yarayıp yaramadığından emin değilim zaten," diye cevap verdim. "Ginny'ye yardımı dokunmadığı kesin."

"Ginny kendine bu tür büyüler yapmamıştı," dedi Iris. "Gelen tehlikelere kendisinin karşı çıkabileceğini düşünürdü."

"Büyüleri yenileyip güçlendireceğiz," dedi golem.

Maisie goleme döndü. "Tüm hayatımı zamanı geldiğinde Ginny'nin yerini alabilmek için onunla geçirdim. Bağlayıcı olmak için hazırım ve kız kardeşimi her zaman koruyacağım," dedi.

"Gücü seçmiş olabilirsin," diye cevapladı yaratık, "ama bu akşamki çekilişe kadar gücün seni seçip seçmediğini bilemeyeceğiz." Maisie şaşkınlığını gizleyemedi; ondan başkasının seçilebileceği ihtimalini hiç düşünmediği açıktı. Ellen'a döndü. "Ginny'nin bu hatasını düzeltme işi senin. Ona öğreteceksin."

"Tabii ki," diye yanıtladı Oliver Ellen'ın yerine. "Hepimiz öğreteceğiz. Ve buna şu an başlamamız en iyisi," dedi bana dönerek. "Çekilişin temellerini zaten biliyorsun. Aynı kandan olan herkes sırayla birer taş çekecek," dedi eliyle masanın üzerindeki taşları göstererek. "Tabii ki Connor çekilişe katılmayacak ama siz ikiniz katılacaksınız." Connor'a anlamlı bir bakış attı. Connor'ın, Ginny'nin beni eğitimsiz bırakma kararını desteklediğini biliyordum ve Oliver'ın yaşlı adama haddini bildirmekten keyif aldığını görebiliyordum. Herhangi birimiz bu fırsatı nadiren ele geçirirdik. Connor sandalyesini gürültüyle geri itti ve kendisine kahve almak için ayağa kalktı.

"Ama güç neye göre belirli bir kişiyi seçiyor?" diye sordum. "Yani neden Duval'lardan biri yerine bizden birini seçsin?"

Golemin fikrini söylemesini bekledim ama sessiz kaldı.

"Neden belirli bir kişinin seçildiğini kimsenin bildiğini sanmıyorum," diye cevapladı Iriş bir süre sessiz kaldıktan sonra. Belli ki dokuz ailenin temsilcisi golemin fikrini söylemesini beklemişti. "Gücün Ginny'yi seçme sebebinin, onun tüm hayatını bağlayıcılık görevine adamaya istekli olduğunu bilmesi olduğunu zannediyorum. Hayatının tek amacı gerçekten görevini yerine getirmekti ve başka bir bağlayıcının bu görevi onun kadar sadakatle yaptığından şüpheliyim. Ancak güç, bağlayıcıyı hangi sebeplerle seçiyorsa seçsin, nesillerdir Savannah'nın Taylor'larından birini seçtiği bir gerçek. Bu nedenle gücün bu masadakilerden birini seçeceğini rahatlıkla söyleyebiliriz."

"Hepimizin hatırlaması gereken önemli bir başka şey de," Ellen *hepimiz* demişti ama gözlerini açıkça Maisie'ye dikmişti, "Ginny'yi, bir bağlayıcının hayatını nasıl yaşaması gerektiğinin mükemmel bir örneği olarak düşünmek zorunda olmadığımız. Bağlayıcı olmak Ginny'nin tüm hayatıydı. O kendisini hayatın geri kalanından koparmayı seçti ve kendi tercihleri onu hırçınlaştırdı. Bazı cadı ailelerin bağlayıcıları, etraflarındaki dünyayla bağlarını koparmıyor. Kariyere, çocuklara ve bir insanın yaşamdan isteyeceği her şeye sahipler."

"Tabii," dedi Iris erkek kardeşine dönerken, "Oliver seçilirse buraya taşınması gerekir. Sonunda."

"O halde o köprüye kadar gelirsek yakalım onu," diye cevapladı Oliver kısaca.

"Maisie'ye tam olarak gerçeği söylemiyorsunuz," dedi Connor sandalyesine yaslanarak. "Kariyerleri, çocukları ve pırıl pırıl hayatları olan bu bağlayıcılar bu kariyerlere ve çocuklara A, gitmeleri gereken yere gitme özgürlüğü sağlayan bir kariyer seçerek ve B, kendileri gibi birileriyle evlenerek sahip olmuşlardır. Çizgiyi koruma yükünü paylaşabilecekleri bir cadıyla." Maisie'ye baktı. "Daha düğününüz bitmeden Jackson'ın sigortası atar. Diğer cadı soylarından biriyle evlenmen gerekecek."

"Doğru," dedi golem. "Maisie seçilirse çocuk evlilik için uygun olmaz."

Maisie telaşlı gözlerle bana baktı. Bağlayıcı olmanın Jackson'la hayalini kurduğu geleceği etkileyeceği düşüncesi hiç aklından geçmemişti.

"Peki ya sen bunu istemiyorsan?" diye sordum Maisie için. "Ya sen seçilmek istemiyorsan?" Maisie seçilmek için kendini hazırlıyordu ama bunu gerçekten istemediğinden emindim. Hayatını istediği gibi yaşama özgürlüğüne sahip olmak istiyordu. Jackson'ı istiyordu. Oliver bana, sonra Maisie'ye baktı. Gözlerini Maisie'nin tişörtünün altından görünen yüzüğe sabitlemişti. Kahretsin, yine aklımı okuyordu! Sessizce bir şey söylememesi için yalvardım.

"O halde hiç şansın yok," dedi Connor.

"Bir yıldırımı ikna edemezsin ya da bir kasırgayla pazarlık edemezsin," dedi Iris. "Güç doğal bir olaydır; onu cadılar yaratmadı. Sadece biz cadılar, onunla işbirliği yapmanın bir yolunu bulduk. Dışarıdan bakınca gücün, cadıların kontrol ettiği bir şeymiş gibi göründüğünü biliyorum ama sanırım çoğunlukla o bizi kontrol ediyor." Başını salladı. "Bazen onun arkasında bir bilinç, bir akıl varmış gibi geliyor; bazense sadece bir akıntıdan ibaretmiş gibi. Her iki türlü de varlığı inkâr edilemez."

"O halde," dedi Oliver, "daha fazla beklemeden işlerin nasıl sonuçlanacağını görelim."

Beklenmedik bir anda yeni bir düşünce geldi aklıma. "Ya bu işin iki kişi arasında paylaşılabilmesi mümkünse?" diye sordum bir çıkar yol bulmayı isteyerek.

"Bu bir 'iş' değil," diye düzeltti beni Iris. "Bu bir görev. Bir çağrı."

"Bunun ötesinde," diye ekledi Ellen, "bir grup insan çok uzun süre çizgiyi yerinde tutabilecek kadar ortak bir odağa sahip olamaz."

"Ama Connor az önce başka cadılarla evlenen bağlayıcıların görevi paylaşabileceklerini söyledi," diye karşı çıktım.

"Evet ama sadece bir günlüğüne ya da en fazla bir haftalığına paylaşabilirler. Kısa zamanlarda ama kalıcı değil. Ve sadece tam anlamıyla eşzamanlı hale geldiklerinde işe yarıyor. Tıpkı ikizler gibi..." Olduğu yerde donakaldı.

Hepimiz onun ne düşündüğünü biliyorduk ama Connor bile onun sözlerini tamamlayacak kadar katı yürekli değildi. "Peki ya ben güce sahip olsaydım?" diye sordum Ellen'a, sözlerine devam etmesi için zorlayarak.

"O zaman, kim bilir, ikiniz bu görevi başarıyla paylaşabilirdiniz. Ama açıkça görülebildiği gibi, bu mümkün değil."

"Mercy, bu senin suçun değil." Bu sözlerin Connor'dan geldiğini duymak beni şaşırtmıştı. "İçindeki gücü sen seçemezdin, tıpkı Maisie'nin güce sahip olup olmamayı seçemediği gibi. Kim seçilirse seçilsin, torbadan taşı çektiğinde çekilişteki görevin tamamlanmış olacak," dedi Connor ama her zamanki küçümseyen ses tonuyla söylememişti. "Ve tek bilmen gereken de bu."

Masaya sessizlik hâkimdi. "Ne yani, kıza yalan mı söylüyorum?" diye çıkıştı Connor.

"Hayır, yalan söylemiyorsun," diye cevapladı Iris sakince.

"Dinle, kızım." Connor bana baktı. "Senin gibi bir kızın isteyebileceği en iyi enişte değildim, biliyorum. Huysuz, yaşlı bir adam olduğumu da biliyorum. Ve evet, seni bunun gibi olaylara dahil etmemeye çalışıyorum. Ama olayların dışında tutulabilecek tek kişi sen olduğun için yapıyorum bunu. Olaylara karışmak zorunda olmayan tek kişi olduğun için. Kız kardeşine bak. İkinizle de dışarıda ebelemece oynamayı istemediğimi mi sanıyorsun? İkinizin de dünyayla tanışmanızı, bu saçmalığın dışında yaşamanızı sağlamak istemediğimi mi sanıyorsun? Candan biri olmayabilirim, sabırlı da olmayabilirim ama bu senin için en iyisini istemediğim anlamına gelmiyor. Bu belaya şu anda olduğundan daha fazla bulaşmak zorunda kalmadığın için şükret."

"Bu onun doğuştan gelen hakkı," dedi golem soğuk bir tavırla. "Senin bu konu hakkında söz söylemeye hakkın yok." Connor ve yaratık birbirine baktı. Eniştemin yüzü sinirden kıpkırmızı olmuştu ve neredeyse havaya uçacak halde olduğunu biliyordum. Yan kapıdaki yüksek tıklama sesi, yerimde zıplamama ve anın gerginliğinin dağılmasına sebep oldu. Oliver hızla ayağa kalktı ve biz daha gözlerimizi kırpmadan kapıyı açtı.

ON İKİ

"Adam," dedi Oliver ve geri çekildi. Kapıda Dedektif Cook duruyordu.

"Rahatsızlık verdiğim için özür dilerim," dedi Cook. "Ama bir haberim var."

"İçeri gel," diye karşılık verdi Oliver. Kısa bir an Oliver'ın gözleri dedektifinkilere kilitlendi. Aralarında pişmanlık, gurur ve arzuyla dolu, neredeyse elektrik yüklü bir akım geçti. Oliver, Cook'a benim Jackson'a baktığım gibi bakıyordu. Bakışında suçluluk ve arzu birbiriyle savaşıyordu.

"Merhaba," diye yarı sorgulayarak goleme baktı. Golemin görünüşünde olağanüstü bir şey olmadığından Cook onu alışılmadık ama doğal biri gibi karşılamıştı. "Ah, sakıncası yoksa yakın aile üyeleriyle konuşmam gereken bir mevzu var."

"Bir sakıncası yok, Dedektif Cook," dedi Iris, golem için dedektifin ismini belirterek. "Bu, ailemizin çok yakın bir dostu ve onun yanında istediğiniz her şeyi söyleyebilirsiniz."

"Pekâlâ," diye cevapladı Cook. "Tanıştığımıza memnun oldum..."

"Clay," diye araya girdim. "Emmet Clay."

"Bay Clay," dedi Adam. Goleme baktım. Dudağının kenarının sinsi bir gülüşle yukarı kıvrıldığını görmek beni şaşırtmıştı.

Emmet espri anlayışımı beğenmiş görünüyordu ve ben de ona bir isim taktığım için mutluydum.

"Merhaba dedektif," diye karşılık verdi golem.

"Bizi tutuklamaya mı geldiniz polis bey?" dedi Connor sözcükleri uzatarak. Sandalyesini geriye itip ellerini etkileyici büyüklükteki göbeğinin üzerine koydu. Kavga etmek için yer arıyordu ve şu anda kiminle kavga edeceğini umursamaz bir haldeydi.

"Hayır. Kesinlikle hayır." Cook bana baktı ve samimi gözleri pişmanlıkla doldu. "Geçen gün üzerinize geldiğim için çok üzgünüm. Dediğim gibi, bu gibi vakalarda genellikle aile üyelerinden biri suça karışmış oluyor."

"Peki ya bu vakada?" diye sordu Maisie. Sesinde küçüklüğümüzden beri duymadığım bir direnç vardı.

"Bu vakada böyle bir durum yok, Bayan Taylor. Aslına bakarsanız, birini tutukladığımı size haber vermek için geldim."

"Katili yakaladınız mı?" diye sordu Ellen sesinde umut ve rahatlamayla.

"Öyle olduğuna inanıyorum. Şansımız yaver gitti açıkçası. Ginny'nin evinin birkaç sokak ötesinde bir hırsızlık olmuş. Bir polis çalıntı birkaç mal satmaya çalışan bir genci yakalamış. Şüphelinin arabasını aradığında ise havluya sarılı bir levye bulmuş. Hem levyede hem de havluda kan lekesi ve kemik kalıntıları varmış."

"Ginny'nin kanı mı?" diye sordu Maisie sandalyesine çökerek. Sesindeki direnç yavaşça sönmüştü.

"Evet. Kısa süre önce laboratuvardan sonuçlar geldi. Sonuçları beklerken birkaç gün bunu herkesten gizli tuttum. Şüpheli olay yerinde hiçbir parmak izi bırakmamıştı ama onu levyesini yanında taşırken bulduk. Onu görünce hayalet görmüş gibi çığlık atmaya başladı. Tutuklayan polisin önünde kendinden geçti ve acilen hastaneye kaldırılması gerekti."

"Bir şey mi kullanıyormuş? Kristal meth gibi?" diye sordu Connor masaya yaslanarak. "Lanet meth bağımlıları sürekli başa bela oluyor."

"Hayır, beyefendi. Testlerde herhangi bir madde kullanmadığı ortaya çıktı ama çok korkmuş görünüyordu. Sonuçları görene kadar psikiyatrik kısıtlama altına almak zorunda kaldık."

"Bu kısıtlamaların sadece yetmiş iki saatliğine işe yaradığını sanıyordum," dedim.

"Oliver dayının ne kadar ikna edici olabildiğini biliyorsun. Yargıcı, kuralları biraz esnetmesi için ikna etti."

"Bundan haberin var mıydı Oliver?" diye sordu Connor.

"Evet. Mercy'yi üzdüğü için Adam'ı fırçalamaya gitmiştim. Tam da o sırada bu genci tutuklayıp getirmişlerdi. O alçak herifin katil olup olmadığını kesin olarak öğrenene kadar onu parmaklıkların arkasında tutmayı ayarlayabilirim diye Yargıç Matthews'u ziyarete gittim."

"Ve bunu bizimle paylaşmamanın sebebi neydi?" diye devam eti Connor.

"Bunun sebebi sen ve Iris'in dedektifin vakasına yeterince zarar vermiş olmanızdı. Ne kadar az şey bilirseniz o kadar az zarar verirsiniz diye düşündüm."

İkili birbirine, hurdalık kapısında yabancıları karşılayan köpeklerin sevecenliği ve inceliğiyle baktı. Connor başını çevirip Cook'a baktı. "Cinayeti işleyen kimmiş peki?"

Cook siyah defterini açtı. "Adı Martell Burke. İsim size tanıdık geliyor mu?"

"Hiç duymadım," diye cevapladı Iris. "Sen duydun mu?" diye kocasına sordu. Connor sandalyesini geri itip omuzlarını silkerek cevapladı.

Ellen ismi bir yüzle bağdaştırmaya çalışırken hafifçe kaşlarını çatmıştı. "Hayır," diye cevapladı birkaç dakikalık sessizlikten sonra. "Sanırım tanıdık biri değil."

"Hayır," diye destekledim Ellen'ı. "Bana da tanıdık gelmiyor."

Maisie hiçbir şey söylemedi ama Cook onu zorlamamıştı. "Tanıdık gelmesini beklemiyordum," diye devam etti. "Kuzeyde büyümüş, birkaç ay önce Savannah'ya gelmiş. Gençlik yıllarına uzanan uzun bir sicil kaydı var ama çoğunlukla küçük suçlar. Şiddet içeren hiçbir şey yok," diye ekledi Cook.

"Belki de Ginny'nin evine, kimi karşısına aldığını bilmeden girmeye kalkışmıştır," dedi Maisie.

"İşlerin ilginç hale geldiği yer de burası. Burke buralara yabancı olabilir ama tanıdıkları var. Köklü tanıdıkları." Cook duraksadı. "Eminim hepiniz Jilo Wills'in kim olduğunu biliyorsunuzdur."

"Jilo Ana," dedi Ellen derin bir nefes vererek.

Jilo'nun ondan istediğim büyüyü yapacağına dair verdiği sözü hatırladığımda kanım çekildi. Dörtyola gittiğimden beri Peter'a karşı hislerimde bir değişiklik olmamıştı ama Maisie, Ginny'nin ölümünün benimle alakası olmadığı güvencesini vermesine rağmen kendimi kötü hissetmeye başlamıştım. Kendi düşüncelerimin bana ihanet etmeyeceğini umarak diğerlerinin söylediklerine odaklanmaya zorladım kendimi. Cinayet işlenmeden önceki gece Jilo'yla olduğumu onlara söylemeliydim ama söyleyemedim, en azından şimdilik bunu yapamazdım. Maisie'ye baktım ama gözleri bana sessiz kalmam için işaret ediyordu.

"Doğru. Martell, Jilo Ana'nın torununun oğlu. Yani görünen o ki, bu olanlar sadece ters gitmiş bir hırsızlıktan ibaret değil."

"Jilo'nun neden Ginny'ye zarar vermek isteyebileceğini bilemiyorum," dedi Iris. "Ginny Jilo'nun işine hiç karışmazdı. Hatta onu ciddiye bile almıyordu."

"Ama bazıları için bu yeterli bir sebep olabilir," diye fikrini öne sürdü Connor.

"Gururu incinmiş olabilir," dedi polis. "Haklı olabilirsiniz Bay Flynn."

"Onu sorguladınız mı? Neler olduğuna dair o ne diyor?" diye sordu Ellen.

"Ginny'nin evinde olduğunu kabul etti ama içeriye adımını bile atmadığına yemin ediyor. Ondan başka bir şey öğrenemedik."

"O halde onu Oliver'la biraz baş başa bırakın. Bu onu konuşturacaktır. Bu işe yaramazsa onunla benim ilgilenmeme izin verin," dedi Connor sandalyesinin arkalığına yaslanarak.

"Bunu çoktan önerdim," dedi Oliver. "Yani benim onu sorguladığım kısmı önerdim, senin bir işe yarayacağını sandığın kısmı değil. Dedektif Cook izin vermiyor." Tüm gözler Cook'a çevrildi.

"Dinleyin. Siz o 'büyülü' işlerinizi nasıl yapıyorsunuz, bilmiyorum ama bunun gerçek olduğunu biliyorum. Ben daha küçük bir çocukken büyükannem bana Taylor'lardan kurtulamıyorsam onlarla arkadaşlık kurmamın benim için en iyisi olacağını söylerdi. Oliver'ın bu adama yaklaşmasına izin veremem. İzin verirsem Oliver'ın onu sadece konuşması için değil, istediklerini söylemesi için etkisi altına alıp almadığından emin olamam."

"Bana güvenmediğini mi söylüyorsun Adam?" diye sordu Oliver.

"Size güvenemeyeceğimi söylüyorum ve neden olduğunu siz de biliyorsunuz."

Oliver ve Cook'un gözleri birbirine kenetlendi ve kimin bu sessizliği bozacağını beklerken uzun bir süre geçti. Cook daha fazla üstelemedi. "Burke, Anne'yle konuştuktan sonra neler olup bittiğini anlatacağını söylüyor ama onu bulamıyoruz. Son zamanlarda kimse onun Sömürge Mezarlığı'ndaki mekânına uğradığını görmemiş ve mezarlığa yaptığı ziyaretler dışında nerede olabileceği hakkında ipucu vermemekte her zaman çok iyi bir iş çıkarmıştır doğrusu."

"O istemezse onu bulamazsınız," dedi Iris.

"Olabilir," diye cevapladı Cook. "Ancak Bay Flynn'in onu bulmada bize yol gösterebileceğini umuyordum. Sizin ününüz," diye Connor'a hitap etti, "kayıp şeylerin izini sürme ününüz efsanevi ve onun bulunması sizin de menfaatinize olduğu için kayıt dışı bir soruşturma gerçekleştirmek isteyebilirsiniz diye düşünmüştüm."

Connor'ın övgüden koltukları kabarmıştı ama yanıtı temkinliydi. "Jilo güvenilmez bir hedef, dedektif. Denemek isterim ama bulunmak istemiyorsa onu bulmamın pek imkânı yok."

"Konuyla ilgili yapabileceğiniz her türlü yardıma açığım." Cook'un cümlesi çalan telefonla yarım kaldı. Telefonunu kılıfından çıkardı ve gözleri Oliver'a çevrildi. Oliver'a bakmamakta büyük zorluk yaşıyor gibi görünüyordu; gözleri onun görüntüsüne açmış gibi.

"Cook," diye yanıtladı telefonu. "Evet. Doğru. Şu anda ailenin yanındayım." Telefonu dinlerken verdiği tepki haberlerin kötü olduğunu gösteriyordu; burun delikleri büyümüş, gözleri sonuna kadar açılmıştı. "Ne yaptı? Bunu nasıl yapabildi? Pekâlâ. Umarım yapmışsındır. March'a söyle, oraya geldiğim gibi onunla konuşmak istiyorum." Telefonunu kapayıp bize baktı. "Martell Burke hücresinde ortadan yok olmuş. Kelimenin tam anlamıyla yok olmuş. Bana bunun nasıl olabileceğini derhal açıklamanızı istiyorum."

"Dedektif Cook," dedi Iris teyze kaşlarını kaldırarak. Yüzünde belirsiz bir gülümseme vardı. "Biz Ginny'nin katilinin adalete teslim edilmesini istiyoruz. Şüpheli kişiyi serbest bırakacağımızı ima etmiyorsunuzdur umarım."

"Hayır hanımefendi, onu serbest bırakacağınızı düşünmüyorum ama bir iki gün içinde cesedini bulmazsam iyi olur. Karakola dönmem gerekiyor ama iletişime geçmem gerekirse diye cenaze için buraya gelen akrabalarınızın isimlerini ve iletişim adreslerini toplayarak bana yardımcı olabilirsiniz."

Oliver'a soğuk ve keskin bir bakış attı. "Siz de sakın şehirden ayrılmayı aklınızdan geçirmeyin Bay Taylor. Şüpheliye zarar gelmiş halde bulursam ziyaret edeceğim ilk kişi siz olursunuz. Martell'in hızlı ve güvenli bir şekilde gözaltına geri dönmesi için dua etmenizi tavsiye ederim." Cook kapıdan hışımla çıkmadan önce gözlerini bir süre daha Oliver'a dikti.

"Onlar adamı bulana kadar hepimiz birbirimize göz kulak olmalıyız," dedi Connor tekdüze bir şekilde, Cook'un ayak sesleri uzaklaşırken.

"Ama bu Burke denen adam nasıl ortadan kayboldu?" diye sordu Ellen. "Tabii Anne bu işin arkasında değilse."

Connor güldü. "Anne bu tür bir işin altından kalkabilecek güçte değil."

"Görünüşe göre yanılıyorsun," diye cevapladı Emmet. "Adamı başka kimsenin özgür bırakmak gibi bir amacı olması pek mümkün değil."

Iris masayı iki eliyle yumruklayarak hepimizi şaşırttı. "Oliver. Adamın ortadan yok olmasıyla bir ilgin olmadığını söyle bana. Yemin et!"

Oliver omuzlarını silkip masum görünmeye çalışırken gözlerini sonuna kadar açtı. "Ben yapmadım Iris. Yemin ederim. Burke'e hiçbir şey yapmadım." Hepimiz sessizleştik ve devam etmesini bekledik. "Ya da," diye devam etti Oliver incinmiş gibi bir sesle, "kimseyi ikna etmeye çalışmadım, Burke de buna dahil. Gerçekten nerede olduğu ya da nasıl kaçtığı hakkında hiçbir fikrim yok. Anne onu oradan çekip almadıysa, nereye gittiğini bilmiyorum."

"Çok yazık." Connor kendi kendine güldü. "Sen yapsaydın sana daha çok saygı duyardım. Ama ne olduysa oldu ve ilgilenmemiz gereken daha önemli işler var. Cook'un Burke'ü yakalamaya çalışmasına izin verelim. Çekilişi gerçekleştirmeliyiz. O işi hallettiğimiz zaman dikkatimizi Burke'e verebiliriz."

"Connor haklı," dedi Iris. "Elimizdeki sorunla ilgilenmeliyiz. Bundan sonra dedektif hâlâ adamı yakalamamış olursa biz de gerekeni yaparız."

"Vay be. O halde siz meşaleleri yakın, ben de dirgenleri getireyim." Oliver sırıttı ama Iris'in ifadesi o an kardeşinin zırvalarıyla uğraşamayacağını söylüyordu.

"Adalete şans vereceğiz ama bu işin üstesinden gelemezlerse biz geliriz," diye cevapladı "biz" kelimesini Oliver'a, onun da bu öznenin parçası olduğunu bildirmek için vurgulayarak. "Ginny'nin yerdeki kanı adalet için haykırıyor ve ben, kendi adıma, bu çağrıyı görmezden gelmeyeceğim."

ON ÜÇ

Kabullenmem gereken çok konu vardı, bu nedenle ilk fırsatta izin isteyip yukarı çıktım. Dokuz aile Ginny'nin beni eğitmediğini duyduğunda şaşkına dönmüştü. Jilo Ana'yla aynı fikirde olduklarını bilseler ne düşünürlerdi, merak ediyordum.

Artık golemin başkası söylediği için değil, kendi isteğimle kıyafetlerimi değiştirdiğimi anlayacağı kadar zaman geçtiği için rahat, pamuklu bir elbise ve rahat ayakkabılar giydim. Saygısızlık gibi görülmeyecek, Ginny'nin anısı için gereğinden fazla açık olmayan güzel bir elbiseydi. Kuzenlerden biri tereddütle kapımı çaldı ve genç, kızıl saçlı ve beni görmek için sabırsızlanan bir adamın ziyaretime geldiğini söyledi. Aynada kendime hızla baktım ve merdivenlerden indim.

Yeni duş almış, kot pantolon ve beyaz bir tişört giymiş Peter mezarlığı anımsatan evimize ferah bir esinti getirmişti. Beni gördüğünde yüzü parladı ve beni incelerken boynundaki atardamarın belirginleştiğini fark ettim.

"Bugün yanında olamadığım için üzgünüm. Olabildiğince çabuk gelmeye çalıştım." Ona koştum ve yanağından öptüm. Onu gördüğüme sevinmeme rağmen daha fazlası için ne yer ne de zaman müsaitti. Hayal kırıklığına uğramış yüzü daha tutkulu bir karşılama beklediğini gösteriyordu ama bulduğuyla yetindi ve başımın üstüne nazik bir öpücük kondurdu.

"Bu küçük Peter Tierney mi?" dedi Oliver dayım kütüphaneden yanımıza gelirken. "Büyümüş, hem de gayet güzel büyümüş itiraf etmem gerekirse." Peter'a yapmacık bir şekilde göz kırptı.

"Erkek arkadaşımla flört etmeyi keser misin?" deyiverdim aniden. Ona bu şekilde hitap etmek tuhaftı... ama uygundu. Bir şekilde, yalnızca bir erkek arkadaştan fazlasıydı; erkek arkadaşlar gelip giderdi ama Peter gerçek bir dosttu, bir demirbaş, hayatımda olmasını her zaman isteyeceğim biriydi. Tutku değil, bilinçli bir karardı onu kendime ait görmemin sebebi. Ama erkek arkadaşım demem bile ona daha romantik bir gözle bakmama sebep olmuştu; sihirli sözler söylemişim gibi.

"Ah, Mercy." Oliver incinmiş numarası yapıyordu. "Sadece değerlendiriyorum, hatta iltifat ediyorum ama asla flört etmem."

"Endişelenmeyin, Bay Taylor." Peter güldü. "Eşcinsel olduğumu anlarsam, sizin sayenizde olur."

"Bu dediğini aklımda tutacağım," diye yanıtladı Oliver. "Ama bu kızı mutlu etmeni tercih ederim."

"İşte bunun için elimden gelenin en iyisini yapacağım efendim."

"Efendim." Oliver kıkırdadı ve uzaklaştı.

"Çok ileri gidebiliyor gerçekten," dedim başımı sallayarak.

"Ah, o kadar da kötü değil," diye karşılık verdi Peter. "Ve seni gerçekten seviyor." Kollarını bana sardı ve yüzünü saçlarıma gömdü. Derin bir nefes aldım ve kolları arasında rahat bıraktım kendimi.

"Evet, sevdiğini biliyorum," dedim. "En azından kendi yöntemleriyle seviyor."

Peter beni kolları arasında çevirdi. "Kulağa hoş geliyor, bana erkek arkadaşım demen."

"Benim de kulağıma hoş geldi doğrusu," diye karşılık verdim ve onu dudaklarından öpmek için parmak uçlarımda yükseldim.

Uzun süre öptükten sonra başımı göğsüne yasladım. Tişörtü yanağıma yumuşak bir şekilde sürtmüştü.

"Peter," diye bağırdığını duydum merdivenden inen Maisie'nin. Arkamı döndüğümde aşağı indiğini, arkasından da Jackson'ın takip ettiğini gördüm. Maisie cenaze için giydiği kıyafetleri çıkarmış, siyah bir kokteyl elbisesi giymişti. Yani gece için resmi bir şekilde giyinmeyi tercih etmişti. Onun yanında kıyafetlerime yeterince özenmemiş gibi görünecektim ama ne yaparsam yapayım, onun yanında her zaman için ikinci planda kalacaktım. Eski gri bir tişört ve kısa şortunu giyse bile şaşılacak derecede güzel görünürdü. Bu şekilde giyinmişken karşı cinse ilgi duyan herhangi bir erkeğin ona karşı koyması mümkün görünmüyordu. Kusursuz bir teni, küçük, düz bir burnu ve ruj sürmemiş olsa bile mükemmel görünen kalp şeklinde dudakları vardı. Bal rengi saçları açıktı ve bir an safir rengi gözlerinin üzerine düştüler. Saçlarını eliyle geri attı.

"Merhaba Maisie," diye karşılık verdi Peter. Onu gördüğünde verdiği tepkiyi görmek istemiyordum –her erkek gibi büyüleneceğini biliyordum– ama kendime engel olamadım. Peter'a baktım. Ve gözlerinde dürüst bir samimiyet dışında bir şey göremedim. Sonra bana baktı ve o zaman gözlerinde bir ateş gördüm. Bir şeyin başımdan topuklarıma kadar akın ettiğini hissettim ve beni tutmasaydı yere yığılabilirdim.

"Jackson. Seni görmek ne güzel," dedi Peter gözleri hâlâ bana kilitlenmiş halde. Jackson'ın adını duyduğumda başımı çevirdim. Güzel yüz hatları, Maisie ve Peter'ı birlikte yakalasa görmeyi beklediğim bir kıskançlık ve zor kontrol ettiği bir öfkeyle doluydu.

Maisie ifademde bir şey okuyunca Jackson'ın yüzünde gördüğüm şeyi yakalamak üzere tam zamanında baktı. Olanları fark etmemiş gibi davranarak hızla başını çevirdi ama onu iyi tanıyordum. Onu sıklıkla öfkeli görüyordum ve bu tür bir öfke, yani soğuk türden öfke en korkutucusuydu. "Peter, açsan mutfakta bir yığın yemek var," dedi kalan basamaklardan inerken. "Iris seni kovmadan önce acele edip biraz yesen iyi olur. Bu akşam aile meseleleri var ve Iris'in aile anlayışı epey kısıtlıdır."

"Seni bir süreliğine buradan çıkarabilmeyi umuyordum," dedi Peter bana. "Annem ve babam bu akşam onları görmemiz için bara uğrayıp uğrayamayacağımızı sordular."

"Asla olmaz, dostum," diye gürledi Jackson. "Duymadın mı? Katil dışarıda geziyor."

"Hayır, hiçbir şey duymadım. Neler oluyor?" diye sordu odadaki tek kişi benmişim gibi bana dönerek.

"Polisler, Ginny'yi öldürdüğünü düşündükleri bir adamı yakalamış," diye cevap verdi Jackson benim yerime. "Burke adında biri. Ama kaçmış."

"Bizimle daha işinin bitip bitmediğinden emin değiller," dedi Maisie. Ağzı hoşnutsuz bir şekilde kıvrılmıştı ve gözleri boş bir noktaya odaklanmıştı. Belki de geleceği görmeye, olabilecek tehlikeleri sezmeye çalışıyordu.

"Benimle alay ediyor olmalısınız," dedi Peter dikkatimi tekrar ona çekerek. "Nasıl kaçmış?"

"Dedektif Cook öylece yok olduğunu söyledi," diye cevapladım.

"Yok mu oldu?" diye sordu Peter. Başını hafifçe salladı. Kaldırdığı kaşları olaya duyduğu kuşkuyu ele veriyordu.

"Puf diye," diye yanıtladı Jackson. "Hücresinden yok olmuş. Jilo Ana hudu yapmış."

"Jilo Ana mı?" Peter bir açıklama yapmam için bana baktı.

"Burke onun torununun oğluymuş," diye cevapladım.

Bu açıklama ona yetmiş gibiydi ama kendim de bundan daha fazlasını duymak isterdim açıkçası. Jilo Ana'nın, Ginny'nin ölümünden sorumlu olup olmadığını öğrenene kadar hiçbir şeyden emin olamayacaktım. "Ama onu hapiste tutamıyorlarsa," diye başladı Peter, "onu nasıl bu evin dışında tutmayı planlıyorlar?"

"Ben de tam olarak böyle düşünüyorum," diye karşılık verdi Jackson. "O yüzden o herif yakalanana kadar burada kalacağım. Gözüm burada olup biten üzerinde olacak."

"Bunu Connor'a sorman gerekecek," dedim. "O ve Iris teyzemin kendilerine ait fikirleri olabilir..."

Maisie sözümü kesti. "Connor ve Iris izin verdi."

"Peki ya 'aile meselelerimiz'..."

"Bu konuda çok mutlu değiller ama onlara söyledik Mercy. Herkese söyledik." Maisie sol elini kaldırdı ve gururla boynunda taşıdığı, şu anda parmağında olan yüzüğü gösterdi.

"Tebrikler! İkinize de!" diye bağırdı Peter. Maisie için gerçekten sevindiğini biliyordum ama sanırım Jackson'ın artık resmen yoldan çekilmiş olmasına daha çok seviniyordu. Bunun ona ilişkimiz adına daha çok ümit verdiğini biliyordum. Beni bıraktı ve ileri doğru adım atarak Jackson'a elini uzattı.

Jackson geri çekildi ve kısık gözlerinin ardından ona baktı. Peter'ın elini şöyle bir sıkarken yüzünde en ufak bir samimiyet yoktu. "Teşekkürler," deyip Peter'ın elini bıraktı.

Jackson'ın hevessiz tavrını gördüğünde Maisie'nin yüzü donakalmıştı. "Evet, çok teşekkür ederim," dedi. "Artık gizlemek zorunda kalmadığımız için çok mutluyuz. Ginny'ye saygımızdan bir süre bekledikten sonra açıkladık ama bu iyi haberin aileye iyi geleceğini düşündük."

"İyi haber mi? Bence bu harika bir haber!" dedi Peter. Kollarını uzatıp Maisie'yi kucakladı. Maisie'nin neredeyse ayakları yerden kesilmişti. "Düğün ne zaman?" Peter'ın yüzü sevinçle parlıyordu.

"Daha konuşmadık," diye cevapladı Maisie. Peter'ın bu haberden aldığı keyiften biraz canı sıkılmış gibiydi.

"Bırak onu," dedi Jackson ama Peter onun sesindeki tehdidi fark etmemiş gibiydi. Hâlâ gülümserken Maisie'yi bıraktı ve beni kollarına alarak sağa sola hafifçe salladı. Jackson'ın ifadesindeki rahatsızlık nefrete dönüşmüştü. Jackson'ın çirkin görünebileceğini hiç düşünmemiştim ama çenesinin hatlarıyla gözlerindeki tiksinme birleşip onu değiştirmişti.

"Merhaba Peter," diye seslendiğini duydum Ellen'ın arkamızdan. Kütüphaneden bu tarafa doğru geliyordu.

"Ve güle güle Peter." Connor da Ellen'ın hemen arkasından onu takip ediyordu ve koca göbeği neredeyse Ellen'ı arkasından itiyordu. Iris başını sallayarak onun önüne geçti. "Kabalığa gerçekten hiç lüzum yok Connor," dedi ve Peter'a döndü. "Her zaman başımızın üstünde yerin var tatlım ama korkarım gelmek için yanlış bir zaman seçtin. Yarın seni akşam yemeğinde görmeyi çok isteriz ama bu akşam ailemizin ilgilenmesi gereken konular var. Eminim anlayışla karşılarsın."

"Evet. Anlıyorum ve özelinize karışmak istemem ama biraz önce Jackson bana şu Burke denen heriften bahsediyordu. Sizin için de sakıncası yoksa burada kalıp... bazı şeylere göz kulak olmak istiyorum." İçtenlikle bana baktı; ilgilendiği tek şey olduğumu açıkça belli ediyordu. "Bu akşam her neyle ilgilenmeniz gerekiyorsa burnumu sokmayacağıma söz veririm. Ayak altında dolaşmayacağım. Sadece bana ihtiyaç duyulursa diye buralarda olmak istiyorum." Durdu ve kolunu omzuma koydu. "Sanırım Mercy de kalmamı isteyecektir." Onaylamamı beklerken bana baktı ve onun gerçekten de yanımda olmasını istediğimi fark ettim. Evet, aklım karışıktı ama Peter'ın beni her zaman güvende hissettirdiğini –ve her zaman öyle hissettireceğini– biliyordum.

Jackson yanımıza geldi, saldıracak kadar yakın değildi ama uzak da değildi. "Bayan Flynn senden gitmeni istedi," dedi her kelimeyi bastırarak.

Peter'ın suratı kızarmıştı ve tek bir hareketle kolunu omzumdan çekip beni arkasına aldı. İkisinin arasından güvenle uzaklaşmıştım ve Peter'ın sıktığı yumruğunu açıp derin bir nefes alarak kendisini sakinleştirmesini izledim. Yaptığı her şeyi beni düşündüğü için yaptığını fark ettim, hatta kızışmış İrlandalı başını da benim için sakinleştirmişti. "Ben de ondan kararını tekrar düşünmesini istedim. Ginny'nin ölümü sebepsiz bir cinayetten daha fazlasıysa burada olup Mercy'nin güvenliğini sağlamaya yardımcı olmak isterim."

"Mercy için endişelenmene gerek yok evlat," diye lafa karıştı Connor. "Biz ona göz kulak oluruz. Kendi ailemizi korumak için kullandığımız yöntemler var."

"Ginny'yi koruyamadık," diye karşı çıktı Ellen. "Ve hiçbirimiz Mercy'nin koruma büyüsünü yenilemeyi aklımıza getiremedik. Peter'ın kalmasına izin verin. Mercy o yanındayken daha güvende hissedecektir."

"Ellen," diye karşılık verdi Iris. "Bunun bu gece için imkânsız olduğunu sen de biliyorsun. Yarın olabilir. Yarından sonra olur. Ama bu gece olmaz. Şimdi, sana söz veriyorum, genç adam, Mercy bu akşam olabildiğince güvende olacak. Sana bunun teminatını veriyorum," dedi ona rahatlatıcı bir şekilde gülümseyerek.

"Sadece..." Peter karşı çıkmaya başlamıştı ama Jackson ona doğru bir adım daha attı ve onu sıkıştırdı.

"Bayan Flynn gitmeni istedi."

"Jackson, buna hiç gerek yok," dedi Iris onu sakinleştirmeye çalışarak.

Jackson onu duymazdan geldi ve Peter'ı itti. "Git buradan," dedi. "Ben Mercy'ye göz kulak olurum. Onun sana ihtiyacı yok."

"Bana dokunma," diye uyardı onu Peter iyice gerilerek. "Ve Mercy'nin neye ihtiyacı olduğunu biliyormuş gibi yapma."

Jackson onu tekrar itti ama bu sefer Peter kendini hazırlamıştı ve yerinden oynamadı. "Gitmen gerektiğini söyledim," diye hırladı Jackson. Yüzü tekrar o çirkin ifadeye bürünmüştü.

"Son defa söylüyorum. Bana bir daha dokunma," diye hırladı Peter da.

"Çocuklar." Ellen gergin bir şekilde güldü. "Bırakın bu saçmalığı." Bir anda Jackson, Peter'a bir yumruk salladı. Peter içgüdüsel olarak yumruktan kaçtı ve Jackson'ın yumruğu Peter'ı aşıp hafifçe benim şakağıma sürtündü. Neredeyse hiçbir şey hissetmemiştim ama Peter ne olduğunu anlayınca vahşi bir adam gibi Jackson'a saldırdı. Ben daha gözümü bile kırpmadan Jackson'ın üzerine atlamış, onu yumruklamaya başlamıştı.

"Kesin şunu! Kesin!" Peter'ın arkasından tişörtünü çekerek bağırmaya başladı Maisie.

Birdenbire Oliver geri geldi. "Olduğunuz yerde kalın," diye emir verdi ve kavga eden ikili anında durdu. Gidip Peter'ı Jackson'ın üstünden almaya çalıştım ama kendimi de hareket edemezken buldum; gözümü bile kırpamıyordum. Tek yapabildiğim Peter'ın, Jackson'ın göğsünde oturduğu, yumruğunun donup kaldığı görüntüye odaklanmaktı. Maisie çocukların yanından uzaklaşırken kuzenler hep birlikte yanımıza gelmişlerdi ve çoğu biraz eğlence bulduğu için mutluydu.

"Burada neler oluyor?" diye sordu Oliver.

"Bir çift genç geyik, boynuz tokuşturuyor diyebilirim," dedi Connor.

Oliver bir açıklama yapmam umuduyla bana döndüğünde onun donma büyüsüne takıldığımı fark etti. "Sen hareket edebilirsin," dedi ve özgürce hareket edebilmeye başladım. Emmet'in kalabalığın tepesinden yüzünde hoşnutluk bir gülümsemeyle bizi izlediğini görmek beni şaşırttı.

"Mercy," dedi Iris. "Genç sevgilinin neden bu akşam burada kalamayacağını söylememin sebebini şimdi anlıyorsun, değil mi? Bu onun iyiliği için. Bu akşam işler onun anlayamayacağı biçimde şekillenebilir. O seni korumak istiyor ama senin onu koruman gerek. Çekilişte her şey yolunda gidebilir ama gitmeyebilir de. Gitmezse... neler olabileceğini kim bilir."

"Evet, anlıyorum," diye cevapladım.

"Güzel." Iris gülümsedi. "Başka herhangi bir zaman buraya gelmekte özgür."

"Jackson'ın bu konuyla ilgili başka düşünceleri olabilir." Connor sırıttı.

"Jackson demişken," diye devam etti Iris. "O da bu akşamki işin bir parçası olmak için yeteri kadar olgun olmadığını gösterdi." Maisie'nin karşı çıkmasını engellemek için elini kaldırdı. "Tek kelime söyleme. Kavgayı o başlattı ve işin doğrusu, onu kulağından tutup dışarı atmalıyım. Bunu yapmamamın tek sebebi parmağındaki o yüzük. Evden gitmek zorunda değil ama çekilişe katılamaz. Üzgünüm ama yumruklarıyla değil, konuşarak iletişim kurmayı öğrenmezse onun bu işlere dahil olması çok tehlikeli olur." Maisie karşılık vermedi. Sadece Jackson'a ve sonra kısılmış, öfkeli gözlerle bana baktı.

"Pekâlâ. O halde karar verildi," dedi Oliver. "Peter eve gidiyor ve Jackson bu geceyi dışarıda geçiriyor." Parmaklarını şaklattı ve ikili yere düştü. "Yeter," dedi Oliver onlara. Oliver'dan gözlerini ayırmadan, hâlâ onun etkisi altında, yavaşça hareket ediyorlardı. "Peter. Eve gitmek zorunda değilsin ama burada kalamazsın. Yarın, elinde sevgilin için güller ve geri kalanımız için bir şişe iyi bir viski –son derece iyi bir viski– ile akşam yemeğine geleceksin. İyi geceler." Tek bir kelime etmeden Peter ayağa kalktı ve gitti. O giderken Jackson'ın gözleri onu takip ediyordu. Gözlerinde içten içe yanan öfke hâlâ görülebiliyordu.

"Şimdi sıra sende," diye söze başladı Oliver.

"Bekle!" Maisie bağırdı. "Lütfen Oliver dayı, bırak onu. Ben onunla konuşurum." Oliver Iris'e baktı.

"Pekâlâ, küçükhanım," diye cevapladı Iris. "Ama bu akşam ayak altında dolaşmayacağından ve yarın akşamki yemeğe tutumunu değiştirmiş olarak geleceğinden emin ol." Oliver iç çekti ve parmaklarını ikinci kez şıklattı. Jackson, Oliver'ın büyüsü ve Peter'ın yumruklarının zehirli birleşiminden sersemlemiş halde başını salladı. Maisie yanına koşup diz çöktü. Daha çok yaralanmamış olduğunu görünce şaşırdım. Şakağım hafifçe zonkluyordu. Elimle yokladım. Biraz şişmeye başlamıştı. Jackson hareketimi izledi ve yüzü pişmanlıkla doldu.

"Mercy, çok özür dilerim, sana zarar vermek istememiştim. Sana asla zarar vermek istemem." Maisie Oliver onu büyülemiş gibi donup bana baktı. Hiçbir şey söylemedim.

"Evet, sadece onun erkek arkadaşını öldüresiye dövmek istedin," dedi Connor.

"Niyetinin ne olduğu önemli değil," dedi Ellen. "Mercy'ye zarar verdin ama o iyileşecek. Bununla ben ilgileneceğim. Ancak Maisie'ye yaptığın şeyler... işte onun için elimden bir şey gelmez."

Jackson dikkatini nişanlısına çevirdi. Konuşmaya başladı ama Maisie kalktı ve merdivenlerden yukarı koştu. Jackson ümitsizce onun kaçışını izledi; omuzları düşmüş, başı öne eğilmişti. Neredeyse duyulamayacak bir sesle küfretti.

"Tamir etmen gereken bir hasar var gibi görünüyor," dedi Iris. "Ama korkarım bu akşam bunu yapmak için uygun zaman değil. Maisie'nin aklı yeteri kadar dolu." Iris ona soğuk bir bakış attı. Sonra gözlerini bana, daha sonra yine Jackson'a çevirdi. "Bunun sebebi neydi?" diye sordu ona. "Kıskançlık mı? İkisine birden sahip olamazsın."

"İkisi arasında en iyisini seçtin zaten," diye ekledi Connor. "Şimdi neden işleri mahvetmeye çalışıyorsun?" Başka birinden gelseydi, bu sözler beni üzebilirdi. Connor'dan geldiği için çok üzmemişti. Bu sözler ondan beklemeyi öğrendiğim sözlerdi. Sanırım onun daha kibar, daha nazik halinin sonunu çoktan görmüştüm.

Iris kocasına zehirli bir bakış attı; bir şey söylemesine gerek yoktu, Connor susması gerektiğini anlamıştı. Jackson'a döndü. "Maisie'ye yüzüğünü verdin. Bu, kararını verdiğin anlamına geliyor, anladın mı?"

Jackson gözlerini yere çevirdi.

"Anladın mı?" diye sıkıştırdı Iris.

"Evet," diye cevapladı Peter.

"Ve gerçekten kararını vermediysen, bir an önce ve kesin olarak versen iyi olur," diye ekledi Oliver.

Jackson bana baktı. Yüzü kararını daha vermediği gerçeğini ele veriyordu. Yukarıda ağlayan kardeşimi düşündüm ve kararsızlığından mutluluk duyacak tarafımın uzun süre önce yok olduğunu fark ettim.

"Gösteri bitti," dedi Oliver drama seyretmek için toplanmış gruba. "Bir saat sonra, çekiliş için hepinizle burada görüşmek üzere."

ON DÖRT

Birkaç başıboş yerine bu sefer tüm klan merdivenlere olabildiğince yakın konuşlanmıştı. Kalabalığın önlerine geçemeyenler en azından olan biteni duysunlar diye girişin iki tarafındaki kütüphane ve salona açılan kapılar tamamen açılmıştı. Merdivenler ve sahanlık da kuzenlerle doluydu. Ailenin en büyük üyesi olarak Michael MacGregor törenin yöneticisi seçilmişti. Dikkat dağıtmaması için sarkacı durdurulmuş ayaklı duvar saatinin yanında oturuyordu. Neredeyse saat kadar uzun olan golem sessizce yöneticinin yanında duruyordu.

Michael hep girişkendi, bu nedenle töreni, "Hepiniz burada ne için toplandığımızı biliyorsunuz. İşi uzatmanın bir anlamı yok," diyerek başlatmasına hiçbirimiz şaşırmamıştık. Taşralı aksanını duyan bir yabancı onun biraz kalın kafalı olduğunu düşünebilirdi ama aklı jilet gibi keskindi. Biraz kaba olabilirdi ama o kabalık Ivy League'e girebilecek bir zekâyı maskeliyordu sadece. "Ginny'ye saygısızlık etmek istemem ama Tennessee'ye dönmeye hazırım."

"Alfabetik olarak gideceğimiz. Bu, geleneklerimizden biri değil," diye ekledi, "ama çekilişin nasıl sonuçlanacağını hepimiz biliyoruz diye düşündüğüm için bu şekilde daha heyecanlı olacağını düşündüm." Bu konuşması bazıları tarafından gülüşmeler ve onaylayan baş hareketleriyle, bazıları tarafındansa açıkça kızgın bakışlarla karşılanmıştı. Bağlayıcı nesillerdir Savannah Taylor'larından olmuştu ve grubun çoğu bu geleneğin bozulmayacağından oldukça emindi. Başkaları da, özellikle genç kuzenlerden bazıları, çizginin gücünü ellerine geçirmeye can atıyorlardı.

"Şimdi temsilcilerin öne çıkma zamanı. Duval ailesini kim temsil ediyor?" diye sordu yüksek sesle.

"Ben." İnce yapılı, üç çocuk babası Lionel elini kaldırıp öne çıktı. Ailenin Duval kolu, Katrina kasırgası New Orleans'ı vurduğunda egolarına büyük bir darbe almıştı. Çizginin onlardan birini seçmesi umuduyla kendilerini yeniden var etmek, ailenin itibarını tamir etmek istiyorlardı. Duval'leri seviyordum. Ailenin o kolunun Savannah'ya dönmesi güzel olabilirdi.

"Oğlum Micah, MacGregor'ları temsil etmek için seçildi," diye gururla belirtti Michael kendisinin daha genç bir versiyonu kalabalıktan sıyrılırken. Kimin seçildiği MacGregor'ların umurunda bile değildi. Sadece görevlerini yerine getiriyorlardı. Yapılması gereken şeyi yapmak için. "Sanırım Teague Ryan'ın sizin grubu temsil edeceği kulağıma gelmişti. Doğru mu?"

"Evet, doğru." Güneyli olmadığı çok iyi anlaşılan bir aksanla cevapladı Teague öne çıkıp MacGregor'ın elini sıkarak. Teague odayı gözden geçirdi. Açıkça meydan okur gibi ailemin her üyesinin gözlerinin içine baktı. İdareyi ele geçirme isteğinin yoğunluğu beni korkutuyordu. Çizginin, Teague'in önerdiği gibi ailemi es geçmesi için dua etsem de onu seçmemesi için de dua ediyordum. Gücü iyiye kullanacak bir adam değildi o.

"Taylor'lar adına buradayım. Yani 'köylü' Taylor'lar, burnu havada şehir Taylor'ları değil," dedi Abby. Ellen'ın yaşlarında, iri ama kibar bir kadındı. Doğruydu, Taylor'ların uzak akrabaları tavır ve kıyafetleri açısından epey taşralıydı. Ama biz onlara tepeden bakmıyorduk; en azından çok tepeden değil. Kadın yanından geçerken, Connor'ın gözleri ona kenetlenmişti. Kadının yorumu onu gerçek anlamda eğlendirmiş ve kıvrımlı hatlarının çekimine biraz fazla kendini kaptırmış gibiydi. Bunu Iris'ten ya da Iris'in ailesinden gizlemek gibi bir girişimde bulunmamıştı. Teyzem çok uzun zaman önce kocasının meraklı gözlerine alışmıştı ve Abby de Connor'ı fark edecek kadar umursamıyordu. Bu nedenle yan bakışları kimsenin endişelenmesine sebep olmamıştı.

"Savannah Taylor'larının temsilcisi kim?" diye sordu MacGregor.

"Bu onur bana ait," dedi Oliver sessiz kalıp onu onaylayan kız kardeşlerine bakarak.

"Pekâlâ. Haydi başlayalım. Torbada on üç taş var. Beş kişi çekecek ve kalabalıktaki gençler için söyleyeyim, kırmızı taş bu beş kişiden biri tarafından çekilecek. Çünkü kişi taşı değil, taş kişiyi seçer. Lionel," dedi torbayı Duval'lere uzatarak.

Lionel gözlerini kapayıp elini çekiliş için torba olarak kullanılan eski yastık kılıfına soktu. Taşlardan birini seçip çıkarınca omuzları düştü. Taşı MacGregor'a verdi. "Beyaz. Taş beyaz. Duval ailesi elendi," diye bağırdı MacGregor. Taşı torbanın içine attı ve oğluna uzatmadan önce biraz salladı. Micah torbaya uzandı ve benzer bir beyaz taş çıkardı, herkesin görmesi için havaya kaldırdı. Michael hafifçe güldü, omuzları gevşemişti. "Beyaz. Taş beyaz. MacGregor ailesi elendi," diye yüksek sesle bağırdı herkesin duyması için.

Maisie'yi görmek için odaya göz gezdirdim ve onun kütüphane kapılarının yanında, köşede durduğunu gördüm. Ginny'nin yastık kılıfındaki taşlardan daha beyaz görünüyordu. Ona içini rahatlatmak için gülümsedim ama fark etmedi. MacGregor keseyi Ryan'ların temsilcisine uzatmadan önce kuvvetlice sallarken, içindeki taşların birbirlerine çarptığını duyabiliyordum. Teague elini uzatıp bir taş çekti.

"Beyaz. Taş beyaz. Ryan ailesi elendi."

"Bekle," diye bağırdı Teague. "Tekrar çekmeliyim,"

"Üzgünüm evlat," dedi Michael. "Her aile tek bir kere çekebilir." Torbayı Teague'e uzattı, o da taşı geri koydu. Teague'den gelen öfke dolu hayal kırıklığı dalgası odada hissedilebiliyordu.

Taş torbaya geri konulduğu gibi Abby ileri atıldı ve elini torbanın içine hızla soktu. "Ben bu taşı çekmeden önce küçük bir bahse girmek ister misiniz?" diye sordu gülerek. Cevap alamayınca ekledi: "O halde hepiniz göründüğünüzden daha akıllısınız." Taşı hızla çekti. MacGregor konuşmaya başladı ama Abby sözünü kesti. "Evet, evet, hepimiz ne olduğunu biliyoruz. Beyaz ve kenar mahalle Taylor'ları elendi." Taşı kaygısızca torbaya geri attı ve taş yoldaşlarına yüksek sesle çarptı. "Ön hazırlıklar tamamlandı; şimdi asıl olaya geçelim."

MacGregor tekrar torbayı sağladı ve Oliver'a uzattı. Oliver manikürlü ellerini dikkatle torbanın içine soktu ve taşı çekti. "Kırmızı," dedi sessizce. MacGregor taşı ondan aldı ve kaldırdı. "Kırmızı. Taş kırmızı. Pek sürpriz olmadı ama Abby'nin tabiriyle 'ön hazırlıkları' tamamlamamız gerekiyordu." Taşı kılıfa koyup ve Oliver'a verdi. Kalabalığın ortasına dönerken Oliver'ın sırtına hafifçe vurdu. "Hepsi senin, kuzen."

Yastık kılıfını kaldıran Oliver topluluğa seslendi. "Çok tuhaf. Gücü elinizde hissedebiliyorsunuz." Odadakilere baktı. "Alınma Michael ama hem gelenek hem de gerilim tiyatrosuna küçük bir ara vereceğiz. Genellikle yaşlıdan gence doğru seçtiğimizi biliyorum ama burada hepimiz ne düşündüğümüzü biliyoruz ve bu ızdırabı Maisie için daha fazla uzatmak istemiyorum. Haydi, tatlım," dedi Maisie'ye. "Bitirelim şu işi."

"Yapamam," diye karşılık verdi Maisie. "Bunu yapamam."

"Tabii ki yapabilirsin," diye rahatlatmaya çalıştı Ellen onu.

"Mercy. Git kardeşine yardım et," diye seslendi Iris bana. Ben Maisie'ye, odanın öbür tarafına doğru yürürken kuzenler kenara çekilip yol açtılar. "İkiniz dünyaya beraber geldiniz, taşı beraber çekebilirsiniz."

"Bu işte yalnız değilsin. Sana söz veriyorum, kardeşim. Ne olursa olsun beraber yüzleşeceğiz olanlarla." Maisie'nin yüzünde bir ifade belirmişti; "senin için söylemesi kolay" der gibi bir bakış.

"Elimi tutmana ihtiyacım yok," dedi Maisie. Sesi neredeyse duyamayacağım kadar kısıktı. Omuzlarını geri attı ve çenesini kaldırdı. Oliver'a doğru yürürken neredeyse bir kraliçe edası vardı üzerinde. Onu hemen arkasından takip ediyordum, tıpkı yürümeye başladığım zamandan beri yaptığım gibi.

Bana kızgın olduğunu biliyordum ama bu iş bittikten sonra konuşup halledecektik. Jackson onu seviyordu. Belki biraz aklı karışmıştı ve Maisie'ye verdiği bağlılık sözü onu korkutmuştu. Bekârlığını biraz daha sürdürebilmesi için bir yoldu bu sadece. *Olan sadece buydu,* dedim kendime. Bunun gerçek mi yoksa sadece bu zor dönemi atlatmamıza yardımcı olması için kullandığım bir destek mi olduğu hakkında düşünmemeye çalışıyordum. Onlar evleneceklerdi, ben de Peter'la evlenecektim. Dördümüz hep beraber yaşlanacak ve bu evin verandasında oturup bugün olanları hatırlayıp gülecektik.

"Ama benim sana ihtiyacım var," dedim. "Elimi tutmana ihtiyacım var." Gözlerime baktı ve yüzündeki rahatsızlık yok oldu.

"Birlikte mi?" diye sordu sesi titreyerek.

"Birlikte," diye cevapladım ve elini tuttum. Oliver kılıfı bize uzattı. Hâlâ birbirimize tutunuyorduk ve boş ellerimizi kılıfa uzattık. Kendi taşlarımızı çekerken elini daha da sıkı tuttum. Çektiği taşı gördüğümde kalbim coşkuyla doldu. Beyazdı. O özgürdü.

Bir anda haykırdım ve onu kucakladım, olduğum yerde dans etmeye başladım. Oliver'ın keskin, "Mercy!" çığlığıyla donakaldım ve ciddiyetinden kafam karışmış halde ona bakmak için döndüm. İşte o zaman gördüm. Elimde tuttuğum taş *kırmızıydı.* Maisie'ye baktım ve gözlerindeki şaşkınlığın mutlak bir nefrete dönüştüğünü gördüğümde hayrete düştüm. Alnı kırışmıştı, açık ağzından dişleri görünüyordu. Elini elimden hızla çekti.

"Çivinin ucuna mıknatıs koyarsan çivi de mıknatısa dönüşür," diye duyurdu Connor buz kesilmiş sessizliğe. "İkiniz beraber çekmemeliydiniz ve el tutuşmamalıydınız."

"Bundan çok emin değilim," diye karşılık verdi Abby. "Güç istediği kişiyi seçer. Belki de durup bunu düşünmeliyiz. Bu bir işaret olabilir."

"Belki de çekilişi tekrar gerçekleştirmemiz için bir işarettir," diye bağırdı Teague odanın ön taraflarına doğru kalabalığı itip gelerek.

"Neden bu kadar kızgınsın?" diye fısıldadım Maisie'ye. "Bunu istemediğini sanıyordum."

Hızla geriye doğru birkaç adım atarak çekildi. Sonra ani bir hareketle saçlarını havalandırarak dönüp bana baktı. Ellerini pençe gibi kıvırmış, saldıracak gibi görünüyordu. Sanki bana tamamen yabancı birine bakıyormuş gibi hissettim. Doğumumdan öncesinden bile tanımadığım biri. "Çünkü o benim!" diye tısladı yüzüme. "Tüm hayatımı buna hazırlanarak geçirdim ben!"

Şaşkınlık içinde başımı salladım. Bağlayıcı olmak istemesinin tek sebebi, benim bağlaycı olabilme ihtimalimdi. Bunların hiçbiri, tanıdığımı sandığım kız kardeşimle bağdaşmıyordu. "Her zaman her şeye sahiptin. Ama bu sana yetmedi. Şimdi de erkek arkadaşımı istiyorsun. Benim yerime geçmek istiyorsun." Kelimeler ağzından kısık ama iğneleyici bir tıslamayla çıkıyordu.

"Hayır, Maisie," dedim. "Yanılıyorsun. Sadece senin mutlu olmanı istiyorum." Ona yaklaşmaya çalıştım ama tekrar geri çekildi.

"Bana dokunma!" diyerek uyardı beni. Sesi tokat gibi gelmişti. Olduğum yerde donakaldım.

"Daha önce çekilişin sonucunu hiç sorgulamadık," diye lafa girdi MacGregor tereddütle. "Görünüşte bunun biraz tuhaf olduğunu biliyorum ama..."

"Dinleyin," diye böldü MacGregor'ın sözünü Oliver. "Olanları rayına oturtmanın kolay bir yolu var. İkisi de tekrar taş çeksin ve bu sefer ayrı ayrı çeksinler."

"Destekliyorum." Connor küçük bir hareketle göbeğini içeri çekip göğsünü çıkararak yürümeye başladı.

"Ama sen bu kararın bir parçası olamazsın," diye karşı çıktı Abby. Connor'ın kadına olan hayranlığı kaybolmuştu.

"Ben de destekliyorum," dedi Iris, kocasının gölgesinden çıkarak. "Haydi kızlar, çekilişi tekrarlayalım."

Uzandım ve kırmızı taşı torbaya bıraktım. Tamamen serseme dönmüştüm. Taş yüzünden. Kız kardeşim yüzünden. Sadece bugünün sona ermesini istiyordum.

"Hayır," diye cevapladım. "Bu çok saçma. Ginny'nin yerine geçecek doğru insan olmadığımı hepimiz biliyoruz. Sadece formalite yüzünden buradayım." Maisie'ye yandan bir bakış attım, yüzünde içtenlik belirtisi bulmaya çalışarak. "Seni üzdüğüm için özür dilerim. Bunu istediğini düşünmemiştim. Belki güç de aynı şeyi düşündü. Ama artık bitti. O senin." Döndüm ve kapıya yöneldim ama Oliver beni durdurdu.

"Siz bir şeyler karıştırıyorsunuz," dedi Teague kalın parmağını dayıma sallayarak. "Gücün Savannah Taylor'larından vazgeçtiğini biliyorsunuz ama bunu saklamak için elinizden geleni yapıyorsunuz."

"Sakin ol, Teague," diye seslendi babası. Teague'in yüzünü hınç kapladı ama babasının dediğini yaptı.

Oliver başını iki yana salladı ve bana baktı. "Hayır, Mercy. Resmi olmalı. Seçimi kimsenin sorgulamasına izin veremeyiz. Bu, çizgiyi zayıflatır."

"Pekâlâ, Oliver dayı," dedi Maisie, sesinde daha önce hiç duymadığım bir tonla. Tatlı sesi soğuk bir tonla yer değiştirmişti. Her hecesinden zehir akıyor gibiydi. "Kimin bağlayıcı olacağı konusunda şüphe kalmamasını mı istiyorsunuz? Tamam, o zaman sizin için bunu kararlaştırmama izin verin."

Evin içi kaçıp kurtulmanın mümkün olmadığı bir gümlemeyle doldu; tıpkı suyun altında nefesinizi tutuyormuşsunuz ve nefes almak için yüzeye çıkmak istiyormuşsunuz gibi. Başımdaki zonklama ağustos fırtınasının gök gürültüleri kadar gürültülü hale gelmişti ve basınç dayanılmaz derecedeydi. Sanki başım eziliyormuş gibi hissediyordum.

Golem bile etkilenmişti. Yerde yatıyor, nöbet geçiriyormuş gibi kıvranıyordu. Maisie dışında herkes elleriyle kulaklarını tıkamıştı ama tıkanmış kulakla bile gümleme duyuluyor, gittikçe daha gürültülü hale geliyordu. Bunun dış bir kaynaktan gelmediğini fark ettim; hepimizin içinden geliyordu ses. Ellen çığlık attı ve yere düştü. Kulağından kan geldiğini görebiliyordum. Yanına koşmak istedim ama hareket edemiyordum, Maisie'de toplanmış çekim yüzünden yerimde donup kalmıştım.

"Maisie!" diye bağırdım kendi sesimi zorla duyarak. "Canımızı yakıyorsun! Durdur şunu!" Tanımadığım, asla göreceğimi düşünmediğim bir soğuklukla bana baktı. Canımızı yaktığını biliyordu ve acı çekmemizden keyif alıyordu. Hayır, sadece keyif almıyordu, bundan güç alıyordu.

Odayı ozon kokusu kapladı ve etrafımızda statik elektrik cızırdamaya başladı. Mavi elektrik tutamları bir kişiden öbürüne atlıyordu. Maisie havada süzülmeye başladığında tamamen sessizlik hâkim oldu odaya. Tavana doğru yükseldi. Aniden havadan taşlar düşmeye başladığında kısa süreli sessizlik kesildi. Taşlar çatıya vuruyor, betondan yağmur damlaları gibi pencereleri kırıp içeri düşüyorlardı.

Üstümüzde borular patladı, her yere su fışkırtmaya başladı ve bir buçuk asırlık evimizin temeli, ailemin yuvası, gümbürtüyle sallanmaya başladı. Oda temelden kurtulmuştu ve zorlanan kirişler çığlıklar atarak parçalanıyordu.

Maisie avuçlarını birleştirdi ve Oliver'a bir alev topu püskürttü. Oliver'ın elindeki yastık kılıfı alev aldı. Oliver kılıfı yere düşürdü, yanmış parmaklarının acısıyla bağırmaya başladı. Maisie son kalan taşı, kendi çektiği beyaz taşı havaya kaldırdı ve taş toza dönüştü.

Ve o anda her şey bitti. Taşlar yağmayı kesti. Ev tekrar tek parçaydı. Üstümüze yağan sular yok olmuştu ve Maisie önümüzde sessizce duruyordu. Oliver'ın hasar almamış, yanmamış ellerine baktığını gördüm. Hiçbir şey yaşanmamış gibiydi. Bizim gerçekliğimizde bunların hiçbirinin yaşanmadığını anladım. Maisie sadece neler olabileceğini gösteren bir pencere açmış ve sonra kapa düğmesine basmış gibi pencereyi kapamıştı. Olanların tek kurbanı, taşların olduğu yastık kılıfıydı ve şu anda Oliver'ın ayaklarının dibinde bir kül yığını olarak duruyordu.

"Kimsenin herhangi bir sorusu var mı?" diye sordu Maisie, gözleri zaferle parlıyordu, vücudu ise hâlâ yerden birkaç santimetre yukarıda süzülüyordu. Elektriksel bir güç gibiydi. Esrarlı bir alev. O kız kardeşim değildi. Ürkünç bir melekti. Dönüp ön kapıya doğru zorla gittim. Kapının kulpunu çevirdim ama kapı kıpırdamıyordu. Sanki kasasında sıkışmış ya da diğer taraftaki basınç farklılığından donup kalmıştı. Birkaç kere sert bir şekilde asıldım ama yerinden oynamadı. Sonra içime vahşi bir güç doldu ve kapıyı sonuna kadar açtım. Sıcak gecenin esintisi yüzüme dokundu ve koşarak uzaklaştım.

ON BEŞ

Trafiğe ya da yaya geçitlerine aldırış etmeden sokaklar boyunca koştum ve yorgunluğum adrenalinimin önüne geçtiğinde yürüdüm. Bilinçaltım kontrolü eline almış, beni güneye yönlendiriyordu. Bilincim ise hedefime kilitlenmişti; Sackville'e, Peter'ın birkaç yıl önce ailesinden ayrı yaşamaya başladığından beri kirada kaldığı eve yaklaşıyordum. Kendimi evin önünde bulduğumda içimde bir şeylerin değiştiğini fark ettim. Farklı bir kadın gibi hissediyordum. Küçük, ahşap evin basamaklarından çıktım ve kapıyı tıklattım.

Peter üzerinde sadece şort iç çamaşırıyla kapıyı açtı. Başta sadece gözlerini kırpabildi ama sonra ağzı şaşkınlıkla açıldı. "Ne oldu?" diye sordu beni geceden çekip içeri alırken. "İyi misin?"

Kapıda tökezleyip kollarına düştüm. Duvardaki aynada kendimi görünce neden bu kadar şaşırdığını anladım. Saçlarım Maisie'nin gücünden elektriklenmiş, dik dik olmuştu. Tenim ölü gibi bembeyazdı, hafif maviye dönmüştü. "Maisie'ye burada olduğumu söyleme," dedim. Sesim kulağıma nedense farklı gelmişti. "Hiçbirine söyleme."

"Kimseye bir şey söylemeyeceğim," dedi. Kollarımı tutarak bana baktı. Maisie'nin büyüsünün kokusunu alırcasına burun delikleri genişlemişti.

"Gel haydi," dedi beni nazikçe koltuğa yönlendirerek. "Neler olduğunu anlat. Konuş benimle."

"Konuşmak istemiyorum," dedim ve onu öptüm. Ve tekrar öptüm. Beni kendine çekerek sıkıca sardı ve temiz kokusunu içime çektim. Yüzümü göğsüne bastırıp öptüm. Dilim göğsüne değiyordu. "Sana ihtiyacım var." Kelimelerin ağzımdan ani bir ısrarla çıkışı beni şaşırtmıştı. "Seni seviyorum," dedim ve bu sözler gerçekti. O anda Peter'a hissettiklerim kuvvetli ve yoğun hislerdi ve Jackson'a hissettiklerim neredeyse unutmak üzere olduğum bir rüyadan artakalanlar gibiydi. Kollarımı boynuna doladım ve parmak uçlarımda yükseldim. Dilini ağzıma aldım. Sertleştiğini hissedebiliyordum.

"Dur, Mercy," dedi kontrolü sağlamaya çalışırken. "Ben de seni seviyorum. Tanrı biliyor ki seviyorum," dedi farklı renk gözlerini benimkilere kenetleyerek. "Bunu istiyorum. Tahmin edebileceğinden daha fazla istiyorum. Ama bir şeyler yanlış geliyor. Bunu hissedebiliyorum. Şimdi bunu yaparsak, yarın pişman olacaksın."

Gözlerine bakarak o nadir bulunan berraklık anlarından birini yaşadım. "Haklısın. Bir şeyler çok yanlış. Tahmin edemeyeceğin kadar çok şey yanlış hatta," dedim. "Ama bu... İkimiz. Bunun kadar doğru hiçbir şey olmayacak hayatımda." Onu tutkuyla öptüm ve sertliğini elledim. Ürperdi ve gözleri, dudaklarının soramadığı soruyu sordu. Evet der gibi başımı salladım ve beni kollarına alıp odasına, yatağına götürdü. Kibarca yatağa yatırdı ve dikkatle üstüme uzandı.

Kollarına yaslandı ve aç bir halde bana baktı. "Bu benim için çok anlamlı, Mercy. Bu bizim birbirimize ait olduğumuz anlamına geliyor. En ufak bir kuşkun varsa bunu yapmak istemem," dedi.

Güzel yüzüne baktım. "Kuşkum yok," dedim.

Eğilip beni tutkuyla öptü. "Senin dışında kimse olmadı," diye fısıldadı kulağıma. "Ben hiç," diye sessizce itiraf etti. "Ben seni bekledim..." dedi. "Seni istedim..." Uzandım ve dudaklarını kulağımdan dudaklarıma doğru çektim.

Sonrasında Peter uyurken, yanında, kolları arasında uzandım. Gözlerimi kapadım ve bugüne kadar yaşadığım en saf huzuru yaşadım. Uykuya dalmak üzereyken Jilo'nun etrafımda dans eden karanlık kıkırdamasının sesiyle rüyalarımdan alıkondum. O anda beni buraya getiren şeyin Jilo'nun büyüsü olduğunun farkına vardım.

Peter'ın yakınlığına rağmen, kalbim taşa dönüşüp karın boşluğuma yavaşça çökerken sessizce ve yalnız başıma yattım.

ON ALTI

"İyi misin?" diye sordu Peter evimin önünde durduğumuzda. "Onlarla yüzleşmeye hazır değilsen seni evime geri götürebilirim. Kendi başına takılıp keyfine bakabilirsin. İşten sonra birlikte buraya geliriz." Benim için hissettiği endişeye rağmen yüzü mutlulukla parlıyordu.

Teklifini düşündüm. "Hayır. Sanırım bir an önce bu işi halletmem daha iyi olacak. Kaçınılmazdan kaçmanın bir anlamı yok." Maisie'yle aramda ters gitmiş olan her neyse onu düzeltmeliydim. Sonra da Jilo'nun bana yaptığı büyünün dallanıp budaklanması ihtimalini düşünmeliydim.

"Seni seviyorum," dedi beni dudaklarımdan, alnımdan, gözkapaklarımdan öperek. "Seni bırakmak istemiyorum ama işe gitmeliyim."

"Ben de seni seviyorum," dedim. Bu doğruydu, her ne kadar sevginin tutkulu yanı büyüyle sağlanmış olsa da. Belki Peter'a hislerim sandığımdan daha derindi. Belki bu duruma büyü olmasa bile varacaktık. Beni tekrar öptü ve vücudumun buna karşılık verdiğini hissettim. Büyük bir iradeyle kapı koluna uzandım ve kamyonetinden indim. "Bu akşam görüşecek miyiz?"

"Hiç kimse ve hiçbir şey bunun önüne geçemez." Gülümsedi. Kapıyı kapattım, o da yoluna devam etti. Birkaç metre sonra yavaşladı ve arabasını kenara çekti. Arabadan inip geri koştu. Beni kollarına alıp uzun uzun, tutkulu bir şekilde öperken havaya kaldırıp çevirdi. "Seni seviyorum, Mercy Taylor. Çok seviyorum," dedi kamyonetine dönüp yola koyulmadan önce. Gözden kaybolana dek onu izledim, sonra kendimi olacaklara hazırladım.

Kapı kilitliydi ama ben daha zili çalamadan kilit tıkırdayarak kapı açıldı. Sanki içeride kimse yoktu. Başımı içeri uzatıp girişe göz gezdirdim ama orada da kimse yoktu. Kapının sihirle açıldığını anladım. Ginny'nin ölümünden beri ev ilk defa sessiz kalmıştı. Görünüşe göre kuzenler üst kata kaçmışlardı.

"Maisie gitti," dedi Wren arkamdan. Soluğum kesilerek arkama baktım.

"Bir gün beni korkudan öldüreceksin Wren!" dedim.

"Sana üzgün olduğunu söylememi istedi."

"Nereye gitti?" diye sordum. Bitkinliğim ve Maisie için duyduğum ani endişe, sesimin istediğimden daha yüksek çıkmasına sebep olmuştu.

"Başka bir bağlayıcıya çıraklık etmek için gitti," diye yanıtladı Iris, Wren'in arkasındaki gölgelerin arasında belirerek. "Ona duygularını kontrol etmeyi öğretebilecek çok güçlü bir cadının yanına gitti. Böylece dün geceki gibi bir olayla tekrar karşılaşmak zorunda kalmayacağız." Wren'e katlansa da ona sevgi beslemiyordu. Omzuna bir dokunuşla onu etkisiz hale getirdi ve sis gibi dağılmasına sebep oldu.

Iris sabahlığına sıkıca sarınıp beni kütüphaneye yönlendirdi. İki kişilik kanepeye oturdu ve yanındaki boşluğa hafifçe vurdu. İpucunu anlayıp yanına oturdum. "Seni gördüğüm için çok rahatladım. Dışarı koştuğunda..." Duraksadı. "Maisie hepimize kısa devre yaptırdı. Connor'ın seni bulmaya çalışmadan önce kendine gelmesi gerekti ve Peter'da olduğunu anlayınca seni orada bırakmamızın en doğrusu olduğunu düşündüm. En güvende olabileceğin yer orasıymış gibi geldi. Sana bir şey olsaydı..."

Gözünde bir damla gözyaşı belirmişti ve vücudu titredi. Bir süre sonra elimi eline aldı. "Maisie çok üzgün. Ve onu bağlanma olasılığından kurtaran tek şey, hissettiği gerçek pişmanlıktı."

"Bağlanma mı? Bunun hâlâ uygulandığını bilmiyordum," dedim. Bağlanma, bir cadının güçlerini kullanmasını ve çizgiyi etkilemesini engelleyen bir büyüydü.

"Uzun süredir uygulanmamış olması, uygulanmadığı ya da uygulanamayacağı anlamına gelmiyor," dedi Iris.

"Ama o bağlayıcıysa ve bağlanma büyüsü ona yapılırsa ne olur?" Sabah güneşi odayı delip geçiyordu. Iris kalktı ve ışığı kesmek için perdeleri kapayıp tekrar yanıma oturdu.

"Enerji onun kontrolünü eline alırdı. Onu bir hazne gibi kullanırdı ama bu da onun kız kardeşin olarak tanıdığımız yönünü tamamen yok ederdi. Aslına bakarsan, lobotomi yapılmış gibi olurdu."

"Bunu yapamazsınız!"

"Hayır, tatlım, yapamayız ama bu, diğer cadı ailelerinin de yapamayacağı anlamına gelmiyor," dedi Iris gergin bir şekilde evlilik yüzüğüyle oynarken. "Maisie'nin dün akşam yarattığı sarsıntı tüm dünyada hissedildi. Biz ona çizgi diyoruz ama o daha çok bir ağ gibi. Buradan çekiştirdiğinde tüm dünyadaki cadılar titreşimlerini hissederler." Gözümün içine baktı. "Maisie çok genç ama çok güçlü. Kendini nasıl kontrol edeceğini öğrenmesi gerek, bu nedenle onu eğitime gönderme kararı verildi."

"Onun bağlayıcı olmak istediğini düşünmemiştim. Dün gece neden o kadar öfkelendiğini anlayamıyorum. Özellikle de bu kadar açık bir hata üzerine."

Iris iç çekti. "Herkes için bu kadar açık bir hata değildi. Gücün, uzun zamandır uyguladığımız düzenin değişmesi gerektiğini söylediğini iddia edenler vardı. Böylesine ... beklenmedik bir seçim yaparak belki de gerçekten bir değişim yapılması gerektiğini söylüyordu bize."

"Sen ne düşünüyorsun?"

Iris biraz düşündü. "Dün akşamdan sonra ne düşünmem gerektiğini bilmiyorum, tatlım. Ancak şimdilik kendimizi şanslı kabul etmeliyiz. Güvendesin ve evdesin. Ve şu an uzakta olsa da Maisie'yi de birkaç hafta içinde sağ salim tekrar yanımızda göreceğiz. Eve döndüğünde sana ihtiyacı olacak."

"Beni yanında isteyip istemediğinden emin değilim. Bence bir süre uzakta olmak benim için en iyisi olacak," dedim Peter'ı benimle gelmeye ikna edebilir miyim diye düşünerek. Sadece ikimiz, Savannah'dan olabildiğince uzağa gidebilirdik. Her zaman Alaska'yı ziyaret etmek istemişti.

"Peki, ne kadar süreliğine?"

"Bilmiyorum. Sadece bir süre."

"Hayır," dedi Iris katı bir tavırla. "Kız kardeşinin sana ihtiyacı var. Hepimizin burada olmana ihtiyacı var."

"Ama dün gece bana bakışı," dedim. "Iris teyze, dün gece benden nefret ediyordu."

"Dün gece dün geceydi. O giderken aklındaki tek kişi sendin. Genç erkek arkadaşıyla ilgili tek bir kelime bile etmedi."

Tekrar suçluluk duygusunda boğulmaya başlamıştım. Birine itiraf etmem gerekiyordu. "Ayrılmam gerekmesinin sebebi kısmen Jackson'dan kaynaklı Iris teyze. Ona olan hislerimle alakalı kafam karışıktı ve onun da kafasının karışık olabileceğini düşünüyorum."

Iris'in gözlerindeki hayal kırıklığı delici bir hal almıştı. "Ah, anlıyorum," dedi. "Jackson'la aranızda olanların tek taraflı olduğunu sanıyordum ama sen de... ona karşı boş değilsin, öyle mi?"

"Hayır. Öyle bir şey değil. Sadece..."

"Sadece öyle bir ihtimal var. Senin de vicdanını dinleyip herkes için en iyi karar her neyse onu vermen gerek. Çizgi için bağlayıcılık yapmanın nasıl bir şey olduğunu daha iyi anlıyorsun artık. Ne kadar güzel bir bahçeye açılsa da bazı kapıları kapatman gerek tatlım."

"Kapıyı kapamaya çalışıyorum. Kapıyı kapattım. Bu nedenle uzak kalmak istiyorum," diye karşı çıktım.

"Hayır tatlım. Bu karar vermek değil, bu kaçmak. Tıpkı dün akşam korktuğun için kaçtığın gibi. Seçim yapmak ve sonrasında bunun sonuçlarıyla yaşamaktır karar vermek." Uzandı ve saçlarımı okşadı. "Annene sen daha çok benziyorsun." Annemin fotoğraflarından bunu biliyordum ama bunu duymak her zaman hoşuma giderdi. "Ve sanırım senin içinde düşündüğümden daha fazla Emily var."

"Nasıl yani?" diye sordum aniden savunmaya geçerek.

"Kız kardeşimin de başkalarının adamlarında gözü vardı. Birden fazla yanlış tercih yapmıştı ve tercihleri hiçbir zaman kimseye mutluluk getirmedi. Özellikle de kendisine. Üzgünüm tatlım. Annen hakkında böyle konuşmak istemezdim ama senin de onun yaptığı hataları yapmanı istemiyorum." Kollarımı istemeden kavuşturmuş, kalbim ve onun sözleri arasına kalkan gibi koymuştum. Annem hakkında bunları duymaktan hoşlanmıyordum. Tucker Perry'nin annemin Tillandsia'ya katılmasıyla alakalı söyledikleriyle çok uyuşuyordu bu sözler.

"Dinle kızım," diye devam etti. "Kalbinin gerçekte ne dediğine ve doğuştan kazandığın sağduyuya göre hareket edersen Jackson'ın senin için doğru erkek olmadığını göreceksin. Belki genç Peter doğru kişidir ya da değildir. Ama ben seni tanıyorum. Bu yolda Maisie'nin kalbini kırarsan mutluluğu bulamazsın. O senin için çok önemli."

Haklıydı. Dün gecenin çılgınlığına rağmen Maisie'yi, onun elinden hiçbir şeyini almayacak kadar çok seviyordum. Ve şimdi Peter'a aittim. Hareketlerimin kökeninde Jilo'nun büyüsü olsa da bunu isteyip Jilo'ya giden bendim. Peter'a zarar veremezdim.

Iris'e onunla yaşadıklarımı anlatmayı düşündüm, en azından genel hatlarıyla, ama Jilo'yla olan bağımı itiraf etmeye hazır değildim.

"Küçük kardeşimi çok severdim," dedi Iris. "Kusursuz değildi elbette ama onu sevdim. Ve o bana seni ve kardeşini verdi. Daha önce senden böyle bir şey istemedim ve umarım bir daha istemek zorunda kalmam ama şu an bunu istiyorum. Bizimle kal, Mercy. Burada işleri yoluna koyana dek kal. Bizim gibi güce sahip olmayabilirsin ama bizi bir arada tutma gücüne sahipsin."

Ona bakamadım. Evet, demek istiyordum ama ona tutamayacağım bir söz vermek istemiyordum.

"En azından bunu düşüneceğine ve gitmeden önce benimle tekrar konuşacağına dair bana söz ver. Gecenin ortasında ortadan kaybolmak yok. Bunun sözünü verebilirsin, değil mi?"

"Evet," diye yanıtladım uykusuz gecenin yorgunluğunu hissederek. Tartışmak için fazla yorgundum.

"Pekâlâ, o zaman," dedi Iris. "O halde Connor enişten uyanmadan odama gideyim. Tüm geceyi Peter'ın evinde geçirdiğini fark ederse sorularıyla beni rahat bırakmaz, ben de susması için ona yalan söylemek zorunda kalırım. Sen de yukarı çık ve üstünü değiştir. Haydi." Muzır bir şekilde vurdu bana.

Onu alnından öpmek için eğildiğimde gözlerinde sevgiyle bana baktı. Jilo'nun beni kandırmaya çalışıp çalışmadığından emin değildim ama beni büyüten bu kadının –ya da ailemdeki herhangi birinin– benim için en iyisi neyse onu yapmaya çalışmadığına inanamazdım. Iris süzülerek odadan ayrıldı, ben de peşinden merdivenlerden çıktım. Odama girip kapıyı yavaşça kapadım. Şafak sökmeye başlamıştı, bu nedenle yorganımın altına girmeden önce perdeleri çektim. Dakikalar içinde ölü gibi uyumaya başlamıştım.

ON YEDİ

Uyandığımda odada benim dışımda biri olduğunu anladım. Düşmanca gözlerin ağırlığını üzerimde hissediyordum ve korkuyla aniden yatağımda doğruldum.

"Buna hiç gerek yok," dedi Connor. "Benim." Sandalyeyi makyaj masamdan yatağımın ayakucuna çekmiş, uyumamı izliyordu. Sarkacının zinciri sağ elinde parmaklarının arasından sarkıyordu.

"Ne istiyorsun?" diye sordum.

"Hemen sinirlenme," dedi sarkacını aşağı salarken. "Seninle özel olarak konuşmak istedim."

"Ve bunun için öcü gibi, beni uyurken izlemeyi mi seçtin?" diye sordum. Connor arkasındaki panjuru içeriye biraz ışık girmesini sağlayacak kadar açmıştı. Işık arkasından geldiği için onu sadece bir siluet olarak görebiliyordum; yüz hatları gölgelenmişti. Odayı ışıkla doldurmak tehlike hissini dağıtmaya yardımcı olabilirdi ama içimden bir ses panjurları açmak için onun yanına giderek riske girmememi söylemişti. Uzandım ve abajurumun ışığını açtım.

Işık gözlerinde görmeyi asla ummadığım tuhaf bakışı ortaya çıkardı. Duyarlılıkla birleşmiş pişmanlık, karşımdaki adamın benim için ne anlama geldiğini sorgulatan bir şefkat vardı bu bakışlarda. "Tıpkı annene benziyorsun," dedi. "Biraz disiplin ona da iyi gelebilirdi," dedi. Alışkın olduğum sertlik gözlerine geri döndü.

Yastığı önüme çektim ve kucakladım. "Ne hakkında konuşmak istiyorsun?" diye sordum. Kırılganlığım yüzünden sesim tizleşmişti.

Gülümsedi. "Ginny'nin öldürüldüğü gün hakkında konuşmak istiyorum. O günle ilgili bir şey aklımı kurcalıyor," dedi oturduğu yerde hafifçe öne eğilerek. Ağırlığı altında sandalye gıcırdadı. "Bunu daha fazla irdelemeyecektim ama dün gece bağlayıcı taşını çektin."

Manalı bir şekilde duraksadı ama bir şey söylemedim.

"Durum şu ki o gün, sarkacımla Ginny'yi öldüren silahı bulmaya çalışırken, sarkaç bana tuhaf cevaplar verip durdu."

"Silahın orada olmadığını söylemiştin," dedim.

"Açıkçası o küçük bir yalandı," dedi ve sarkacını yavaşça sallayarak daireler çizmeye başladı. "Silahın yerini her sorduğumda sarkaç seni işaret etti." Ayağa kalkıp yatağıma yaklaştı.

"Ginny'nin ölümüyle alakam yok," dedim. "Ve şu anda odamdan çıkmanı istiyorum." Söyleyebileceklerini duymaktan korkuyordum.

"Bundan emin misin?" diye sordu. "Belki de bu anı, yani ikimizin yalnız olduğu bu anı, bildiğin her şeyi bana anlatarak değerlendirmek istersin."

"Sana söylediklerim haricinde bir şey bilmiyorum," dedim. "Şimdi lütfen odamdan çık."

İsteğimi görmezden geldi. "Ginny sana kızgındı. Sen de Ginny'ye kızgındın."

"Ona zarar vermedim," diye karşılık verdim.

Yatağa, yanıma oturdu. Kollarımı kendime daha sıkı doladım. "Ah, o konuda sana inanıyorum," dedi. "İşte orada işler iyice ilginç bir hal almaya başlıyor. Sarkaç senin hakkında o kadar ısrarcıydı ki ona Ginny'yi senin öldürüp öldürmediğini sordum." Gözlerimin içine derin derin baktı ve kahretsin ki gözlerimi kırptım. "Bana üzerine basa basa hayır, cevabını verdi." Aniden kalkınca yatak gıcırdadı.

İleri geri yürümeye başladı. "Aldığım mesaj senin kullanılan silah olduğundu, silahı kullanan kişi olduğun değil. Bunun ne anlama geldiği hakkında bir fikrin var mı?"

"Hayır. Oyuncağına sor."

"Sordum ve durumu aydınlatmak için sormaya devam edeceğim ama senin bana açılıp Ginny'yi bu kadar sinirlendirecek ne yaptığını söyleyeceğini ummuştum."

Ona dik dik baktım. "Kim bilir? Ginny her zaman sinirlenecek bir şey bulurdu."

"Bu doğru," diye bana hak verdi. "O alıngan, yaşlı bir kuştu." İleri geri yürümeyi bıraktı ve dönerek yüzüme baktı. "Dediğim gibi, bu konuyu irdelemeyi bırakıp nedenini, aklı karışık enerjilere bağlayabilirdim ama sen Ginny'nin yerine geçmek için seçildin."

"Bunun hata olduğunu sen söyledin," diye karşı çıktım.

"Ne dediğimi biliyorum ama sadece arkanı kollamaya çalışıyordum. Ve Maisie'ye yapılan haksızlığı düzeltmeye çalışıyordum. Neler karıştırıyorsun, bilmiyorum ama bir şekilde işler boyunu aştı," dedi bana parmağını sallayarak. "Kız kardeşin için ayrılmış şeyi kendine almaya çalışmamalıydın. Böyle devam edersen sonunda böcek gibi ezilirsin."

"Yeter. Seninle işimiz bitti," dedim ve tuttuğum yastığı odanın öbür tarafına fırlattım. Ayaklarımı yataktan indirip ayağa kalktım, vücudumun izin verdiği kadar esnedim. "Ben hiçbir şey yapmadım." Elimi uzattım ve onu sertçe göğsünden ittim. "Ve hiçbir şeyi kendime almaya çalışmadım." Onu tekrar ittim. "Hiçbir şeyi. Nokta." Yününe dik dik baktım. "Şimdi çık buradan!"

Geriye doğru bir adım attı. Gülümsüyordu ama gözlerinde bu gülümsemeyi destekleyecek bir içtenlik yoktu. Başka bir şey söylemedi; ifadesi her şeyi söylüyordu zaten. Bir suçum olduğunu biliyordu, daha ne olduğunu keşfedememiş olsa da. Jilo hakkında düşünmemeye çalıştım ama bir fili düşünmemeye çalıştığınızda gördüğünüz şey filin hortumu olur. Oliver hiçbir sorun yaşamadan aklımı okuyabilirdi ama neyse ki Connor zayıftı. Uzunca bir süre sonra dönüp odayı terk etti. Arkasından kapıyı kapadım, kilitledim, aceleyle pencereye gidip panjurları açtım ve içeri ışık girmesini sağladım.

ON SEKİZ

Birkaç dakika sonra kapım hafifçe tıklatıldı. "Her şey yolunda mı?" diye sordu Ellen. "Bağırdığını duydum."

"Kötü bir rüya gördüm. İyiyim," dedim sesim titreyerek ve ekledim: "Her şey yolunda." Tek parça olduğumu görebilmesi için kapıyı açtım.

"Pekâlâ." Bir an tereddüt etti. "Dinle. Ben de istersen dün gece hakkında konuşmak istiyorum. Dışarı çıkabiliriz. Biraz süsleniriz ve Gryphon'da sana güzel bir çay ısmarlarım."

"Harika olur ama önce duş almalıyım," dedim.

Ellen tam dün gece hakkında konuşmak isteyebileceğim kişiydi; çekiliş hakkında değil, Peter'la olanlar hakkında. Normal bir dünyada, bu sabah merdivenlerden aceleyle çıkıp olanları Maisie'ye anlatırdım. Onun yakınlarda olmamasının normalleşip normalleşmeyeceğini merak ediyordum.

"Odamda olacağım," dedi. "Hazır olduğunda gelip beni al."

Duş aldım ve Ellen'ın bana aldığı 1950'lerden kalma kokteyl elbisesini üstüme geçirdim. Saçlarımı açık bıraktım ve Iris'in on sekizinci yaş günümde hediye olarak verdiği inci kolyeyi taktım. Dolabımın derinliklerinden çıkardığım babetlerimi de giydikten sonra on iki yaşıma basıp Cadılar Bayramı için prenses kostümleri giymeyi bıraktığımdan beri hissetmediğim kadar kız gibi hissettim.

Ellen'ın kapısına geldiğimde içeriden Wren'in sesini duydum. Kapıyı tıklatıp Ellen'a hazır olup olmadığını soracaktım ki ikiliyi gizlice dinleme fırsatı daha çekici geldi. Kalın meşe kapının ardındaki sesleri duyabilmek için eğildim.

"Maisie seni korkuttu." Wren'in tiz sesi ahşap kapıdan zil sesi gibi net geliyordu.

"Evet, korkuttu," diye cevapladı Ellen. Onun sesi daha boğuk geliyordu.

"Beni de korkuttu," diye itiraf etti Wren ve peşinden gelen sessizlikte Ellen'ın rahatlasın diye ona sarıldığını hayal ettim.

"Kimsenin sana zarar vermesine izin vermem, bebeğim," dedi teselli edici bir biçimde.

"Seni seviyorum," dedi Wren ince sesiyle. Wren'in gerçek duygular hissedebilmesinin mümkün olup olmadığını merak ediyordum.

"Ben de seni seviyorum küçük adam." Dudağımı ısırdım; Ellen Paul'a "küçük adam" diye seslenirdi. Wren'e bu şekilde hitap etmesi kulağa pek sağlıklı bir hareket gibi gelmiyordu.

"Maisie kötü biri mi?"

"Tabii ki hayır, tatlım," dedi Ellen bu soruyu duyduğuna şaşırmış gibi. "O daha genç ve kafası karışık. Omuzlarına çok fazla sorumluluk bindi. Ama kötü değil, hem de hiç değil."

"Bence kötü. Mercy'nin hakkını çaldı." Bu yorumla iyice kulak kesildim. Kapıya daha da yaklaştım. "Güç onu istemedi, Mercy'yi istedi."

Gücün yaklaşık yirmi bir yıldır beni görmezden gelip şimdi beni seçebileceği düşüncesi gülünç gelmiş, kahkaha atmamak için kendimi zor tutmuştum. Gücün bir anda fikrini değiştirip beni mezuniyet balosunun kraliçesi olarak seçeceğinden kuşkuluydum.

Ellen birkaç saniyeliğine sessiz kaldı. "Maisie kötü değil," dedi konuşmayı özetlercesine. "O benim küçük yeğenim. Ama haklı olabilirsin. Dün gece ne olduğunu anlayamıyorum ama içimden bir ses, doğru kardeşin bağlayıcılık taşını çektiğini söylüyor. Bunu açıklayamıyorum ama olanlar Iris'in düşündüğü kadar yerli yerine oturmuş değil. Emily'yle alakalı hiçbir şey sıradan değildi, bu nedenle kızlarından da sıradanlık beklemiyorum."

"Neden elin öyle titriyor?" diyerek konuyu değiştirdi Wren, ben hâlâ teyzemin söyledikleriyle boğuşurken.

"Sinirler bebeğim, sadece sinirlerle alakalı," diye yanıtladı Ellen.

"İçki içebilseydin daha iyi hissederdin," dedi Wren. Ağzım açık kaldı.

"Hayır. Aileme, Mercy'ye verdiğim sözleri tutmalıyım."

"Kimseye söylemem. Sadece biraz içsen iyi gelir. Bu Maisie'nin suçu." Küçük pislik. O sadece Ellen'ın kendi düşüncelerine ses mi veriyordu yoksa Ellen'ın kendini toparlamasıyla, pilinin bitmesinden mi korkuyordu? Wren hakkında Iris ve Oliver'la konuşmalıydım, hem de hemen.

Wren'in önerisine boyun eğmesini engellemek umuduyla kapıyı tıklattım.

"Evet?" diye bağırdı Ellen.

"Benim," diye yanıtladım.

"Kapı açık," dedi. Kapı kulpunu çevirdim. Kapı açıldığında şifonyerinin önünde yalnız başına oturuyordu. "Neredeyse hazırım," dedi. Wren'in odada olduğunu ama saklandığını düşündüm. İçeri girip Ellen'ın arkasında durarak aynadaki yansımamıza baktım. Bana gülümsedi ve rujunu sürmeye devam etti. "Ne oldu tatlım?" diye sordu rujunu sürerken.

Ellerimi omzuna koydum ve eğilip onu yanağından öptüm. "Sana inandığımı söylemek istedim. Sana gerçekten inanıyorum."

Ruju dudağının üstüne taşırdı ve peçete almak için uzandı. Yorum yapmadan taşırdığı ruju sildi ve şaşkınlığını gizlemek için kullanarak tekrar sürdü. İşi bittiğinde döndü, yüzüme baktı ve anında konuyu değiştirdi. "Bugün farklı görünüyorsun," dedi.

Yanaklarımın kızardığını hissedebiliyordum; bu utanç değil, mutluluktu. Gülümsedim ve yatağının ucuna oturdum. "Dün gece," diye söze başladım. "Peter ve ben..."

Ellen aceleyle yanıma gelip beni kolları arasına almadan önce söyleyebildiklerim sadece bunlardı.

"Senin adına çok mutluyum!" dedi ama duraksadı ve bana hislerimi tartarcasına baktı. "Buna mutlu olmamız gerekiyor, değil mi?"

Gülümsedim ve evet dercesine başımı salladım. "Bugün böyle pırıldadığına şaşmamalı. Anlat bana... yani, her şeyi anlatma tabii ki," dedi hızla. "Ah, neyse, sadece bana âşık olduğunu söyle."

Benim adıma o kadar mutlu olmuş gibi görünüyordu ki Jilo'nun bahsini açamadım. "Evet," diye yanıtladım. "Âşığım."

"O halde Jackson'la aranızdaki mesele bir sonuca bağlandı," dedi Ellen kendi kendine. Sesli söylediğini fark edince omuz silkti. "Özür dilerim."

"Hayır, sorun değil. Haklısın. İlişkimizi açıklığa kavuşturmaya yardımcı olacak," dedim. "Ben onun gibi değilim, biliyorsun, değil mi?" Ellen bağlantıyı kuramamıştı. "Yani annem gibi değilim. Bilerek başkalarının sevgililerinin peşinde koşmuyorum."

"Tabii ki tatlım, öyle bir şey yapmadığını biliyorum!" dedi. "Kim sana Emily hakkında hikâyeler anlattı böyle?"

"Iris sevgili çalma geninin annemden bana geçtiğini düşündüğünü söyledi," dedim endişelerimi önemsememeye çalışarak.

"Kusura bakma ama Iris'in aptal ağzından çıkanlar hakkında tek bir fikri yok. Sen birçok yönden annene benziyorsun ama bu yönlerin hepsi iyi yönler." Kollarını etrafıma dolayıp sıktı.

"Tucker Perry onu Tillandsia'ya annemin soktuğunu söylüyor," dedim. Ellen beni bıraktı. Yüzündeki ifade telaşlıydı. "Tucker babam mı?"

"Tanrım, hayır!" dedi Ellen.

"O halde babamın kim olduğunu biliyor musun?"

"Üzgünüm tatlım. Bilmiyorum. Gerçekten bilmiyorum."

"Kim olduğunu tahmin edemeyeceğimiz kadar çok mu kişi olmuştu?"

"Üzgünüm. Emily'nin Tillandsia'nın bir parçası olduğu doğru. Ve hayatında birçok erkek olduğu da." Dudağını ısırdı ve kısık gözlerle bana baktı. "Sen Tucker'la ne zaman konuştun ki?"

"Son zamanlarda beni takip edip duruyor," diye cevapladım Ellen'ın gözlerinin içine bakıp Tucker'ın gözetleme huyunun onu kıskandırıp kıskandırmadığını görmeye çalışarak.

"Seni rahatsız ettiği için özür dilerim," dedi Ellen. Utanç içinde gözlerini çevirdi. "Ona Maisie ve senin kesinlikle yasak bölge olduğunuzu yoksa sonunun Wesley Espy gibi olacağını, cinsel organını yaka çiçeği gibi kullanmak zorunda kalacağını söylemiştim." Wesley bir yargıcın oğluydu ve gangsterlerin kız arkadaşlarına talihsiz bir düşkünlüğü vardı. Savannah kızlarının babaları, seksen yıldır onun hikâyesini mezuniyet balosunda kızlarının eşi olan çocuklara uyarıcı nitelikte bir hikâye olarak anlatırlardı. "Onunla bu gece görüşeceğim ve hizaya getireceğim."

"Peter da onu ziyaret etmeyi düşünüyor," dedim.

"Güzel. Ama o aşağılık herifin bunları benden de duyması gerekiyor."

"Onun sana dokunmasına nasıl izin verebiliyorsun?" Beynim sansürleyemeden önce kelimeler ağzımdan çıkmıştı bile.

Ellen şaşırmış ya da alınmış görünmüyordu. "İçmeyi bıraktığımdan beri aynı soruyu kendime sorup duruyorum. Şimdi onun senin aklını çelmeye çalıştığını öğrendiğime göre bana bir daha dokunmayacağının garantisini verebilirim." Bir an sessiz kaldı ve yüzündeki canlılık soldu. "Erik ve Paul öldüğünden beri doğru ile yanlışın ne olduğunu umursamaz olmuştum. Bana ne olduğu hiç umurumda değildi. Tucker da üzerime düşüyordu ve eğlenceli biriydi. Dikkatimi dağıtıp acımdan biraz uzaklaşmamı sağlamıştı."

"Bu konuyu açtığım için özür dilerim," dedim.

"Hayır, özür dileme. Bunu içimde tutmamam daha iyi oldu. Ginny'ye olanlardan sonra bunları düşünüp duruyordum." Ellen gözlerimin içine baktı. "Mercy, bu söyleyeceklerim çok korkunç gelecek kulağa ama Martell Burke denen adamı bulurlarsa ona madalya takmalarını umuyorum ve Jilo'ya da, eğer adamın bu suçu işlemesine sebep olan oysa." Bu sözleri beni hayrete düşürdü ama barajın kapakları açılmıştı bir kere ve Ellen'ın söyleyecekleri daha bitmemişti. "Erik olay yerinde hayatını kaybetmişti ama oğlum yaşıyordu. Ölmek üzereydi ama onu kurtarmak için yeterli kıvılcım vardı içinde. Yapabilirdim, bunu biliyorum. Ama Ginny beni durdurdu."

"Nasıl?" diye sordum. "Neden?"

"Sen daha küçüktün ama muhtemelen hatırlarsın. Erik ve Paul ölmeden bir hafta önce eski çiçekçi dükkânımın önünde bir genç adama araba çarpmıştı."

"Evet, hatırlıyorum..." diye yanıtladım ama o beni dinlemiyordu.

"Araba üzerinden geçmişti. Ezilmişti. Düşünmedim. Sadece harekete geçtim," dedi. "Ona koştum ve bu dünyada kalmasını sağladım." Gözlerini kaldırıp hayretle bana baktı. "Ölüme o kadar yaklaşmıştı ki Mercy, bahsettikleri o tüneli ve tünelin ucundaki ışığı gördüm. O ışıktan gelen sesleri duyabiliyordum. Ama sonra adam gözlerini açtı ve benden onu kurtarmamı istedi." Başını salladı ve bu hatıra onu başka bir yere götürürken gözlerini yumdu. "Bir şekilde dediğini yaptım. Onun en kötü yaralarını iyileştirmeye yetecek gücü topladım. Ambulans geldiğinde sadece bacaklarının ve kalçasının kırığı kalmıştı iyileşmeyen. Ginny küplere bindi. O çocuğu kurtararak doğanın dengesine zarar verdiğimi söyledi."

"Ama seni kendi oğlunu kurtarmandan nasıl alıkoyabildi?" diye sordum.

"O bir bağlayıcıydı ama bazen bağlayıcılığı Tanrı olmakla karıştırırdı. O gün yetkisini, güçlerimi köreltmek için kullandı. Sanki hortumumu bükmüş gibiydi. Gerçek şu ki güçlerim o günden beri gitgide azalıyor."

"Hayır, demek istediğim, Paul'un ölmesine nasıl izin verebildi?"

"Doğruyu söylemek gerekirse, sanırım ondan korkuyordu," dedi Ellen. "On esas aileyi biliyorsun, birbirine bağlı olan ve çizgiyi koruyan aileler. Ancak bunların dışında, pek bahsini açmadığımız üç aile daha var."

"Çizgiyi yaratmaya yardımcı olan ama sonra pişman olan üç aile."

"Ah, bu pişmanlıktan öte. Birden çok kez çizgiyi parçalamaya yeltendiler. Tüm sistemi çökertmeye."

"Ama bunu neden yapsınlar ki? Neden dünyayı iblislerin eline geri vermek istesinler?"

Ellen eğildi ve komodinin üzerinden oğlunun ve kocasının çerçeveli fotoğrafını aldı. Çerçeveyi elime verdi. "Çünkü gerçekliğimiz iblisler tarafından idare edildiği zamanlarda on üç ailenin hiyerarşide özel bir yeri vardı. İblisler kraldı ama on üç aile de lord gibiydi. Devrim demokratikleşmeye sebep oldu. Gerçekliğimizi iblislerin elinden aldığımızda ilk insanlardan beri var olan sosyal hiyerarşiyi de yeryüzünden sildik. Ve bu üç aile, patronlarından kurtuldukları için hoşnut olsa da altlarındaki insanların idaresini kaybetmek istemiyordu." Duraksadı. "Erik o ailelerden birinin üyesiydi."

"Erik enişte mi?" diye sordum, aklım ermiyordu. Neredeyse fotoğrafı elimden düşürecektim.

Fotoğrafı elimden aldı ve komodinine geri koydu. "Evet, ama ailesindekilere hiç benzemiyordu. Onlarla bağlantısını koparmış, ikimiz tanışmadan çok önce geri kalan on aileye katılmıştı."

"Ve Ginny, babası üç muhalif aileden birinden olduğu için Paul'den korkuyordu, öyle mi?"

"Hayır, Ginny o üç aile bizden ayrılırken söylenen bir kehanet yüzünden Paul'den korkuyordu. Paul doğduktan sonra Ginny, soyumuzun birbiriyle karışmasının on üç aileyi tekrar bir araya getirecek yetide bir cadı doğmasına sebep olacağının ön görüldüğünü öğrenmişti. Ginny kontrolünü kaybetmeye başlamadan önce hiçbirimiz bu kehaneti duymamıştık."

"Ginny'nin ailelerin birleşmesini istemediği için Paul'ü kurban ettiğini mi düşünüyorsun?" Uzandım ve yavaşça elini tutup kendime çektim.

Yatakta yanıma oturdu. "Ne istediğini kim bilir. Aileleri önemsediğinden bile emin değilim. Kendisininkini bastıracak bir ışık olmasını istemediğini düşünüyorum ve oğlumun yanında gölgede kalacağını biliyorum."

"Ginny'nin bu kazaya sebep olacak bir şey yapmış olabileceğini düşünüyor musun?" diye sordum, böyle bir şey düşündüğüme bile şaşırarak.

"Hayır," dedi Ellen. "Öyle düşünseydim yıllar önce onu kendim öldürürdüm." Öyle serinkanlı bir netlikle konuşmuştu ki söylediklerinden şüphe etmedim. "Ginny kendini bir aziz ya da önemli bir şehit gibi göstermeye çalışıyordu ama o zavallı, herkesi idare etmeye çalışan bir kadındı. Ve öldüğü için mutluyum, bu nedenle Jilo Ana'ya veya Ginny'yi öldüren her kimse ona minnettarım."

"Yani bunu Jilo'nun yapmış olabileceğini mi düşünüyorsun?" diye sordum. Jilo'nun Ginny'den nefret ettiğini –tüm Taylor'lardan nefret ettiğini– biliyordum. Ellen onaylamak için başını salladı. "Ama Jilo neden Ginny'den onu öldürecek kadar nefret ediyordu?"

Ellen üşüyormuş gibi kollarını önünde bağladı. "Ah, tatlım, Jilo gibi insanlar onlara kusur ettiğini düşündükleri insanların listesiyle dolaşırlar her zaman. Bütün bu yıllar boyunca birbirleriyle karşılaştıkları her sefer Jilo'nun onu öldürmek için yeteri kadar sebep edindiğinden eminim."

"Oliver'ın bir zamanlar onun ailesine yakın olduğunu duydum. Onun boğularak intihar eden torunuyla arkadaşmış," dedim soruma cevap bulmak için. Ellen'ın bana neler olduğunu anlatmasını, Oliver'a sormama gerek kalmamasını umuyordum.

"Grace'ten bahsediyorsun," dedi bir süre sonra. "Bu eski hikâyeyi nereden bulup çıkardın?"

"İnsanlar konuşuyorlar," diye cevapladım net bir şey söylememek için.

"Evet, o ve Grace aynı arkadaş grubuyla takılıyorlardı ama bu, Oliver'ın daha çok genç olduğu zamanlardı," dedi kaç yıl geçtiğini hesaplamaya çalışarak. "Adam Cook ve Oliver'ın arkadaş olduğu zamanlardı. Söylenenlere göre kız kürtaj olmuş ama sonra pişmanlık duymuş. Çok üzücü bir durumdu ama bizimle hiç alakası yoktu. Dayının, kızın hamile kalmasıyla alakası olmadığını söylememe gerek yoktur eminim," dedi sırıtarak.

"Oliver dayımın bununla bir alakası olmadığına eminim," dedim ve ben de gülümsedim. Oliver'ın karıncaya bile zarar vermeyeceğine, Grace'e olanlarla alakası olmadığına inanmak istiyordum. Son birkaç saatte olanlar yüzünden huzur bulabildiğim yerde olmak istiyordum.

"Son zamanlarda bu olayı çok düşünüyorum gerçi," dedi Ellen. "Ve Jilo'nun, Ginny'nin ölümüyle gerçekten ilgisi varsa, bu suçu işlemesinin sebebi intikam almak olmayabilir."

"Ne demek istiyorsun?"

"Jilo birçok kara büyü, kan büyüsü yapıyor. Ginny güçlü bir cadıydı. Jilo Ginny'nin kanından kendine büyük miktarda mojo çekebilirdi. Belki de yanlış düşünüyoruz. Belki de bu bir cinayet değil, bir kurbandı."

"Ama ne tür bir büyü bir insanın kurban edilmesini gerektirebilir ki?"

"Ah, tatlım, Jilo gibi büyücüler kandan nasıl enerji depolayacaklarını bilirler. Yeniden canlandırma gibi büyük bir şey için tüm enerjiyi tüketebilir ya da yıllara ayrıştırıp azar azar kullanarak para büyüsü, intikam büyüsü, aşk büyüsü yapabilir."

"Ama aşk büyüsü için kan kullanılmadığını sanıyordum." Bayılacak gibiydim. Ginny'nin ölümünün Jilo'dan yapmasını istediğim büyüyle kesinlikle alakalı olmadığını söyleyen Maisie'nin teminatını kabul etmeyi çok istemiştim.

"Ben tabii ki kullanmazdım. Zaten aşk büyülerine karışmak için çıldırmış ya da umutsuz olman gerek. Ama bu tür büyüler yapan cadılar bile asla kan kullanmaz. Ancak Jilo gibi gücü ödünç alarak kullanan kişiler için bazen kan tek yöntem olabiliyor. Ah, özür dilerim. Seni üzdüm." Ellen zoraki bir şekilde güldü. "Bu konu hakkında konuştuğumuz yeter. Halimize bak! Geçmiş geçmiştir. Tüm bu kadınsı güzelliğimiz ve zarafetimizi kötü anılar geçidinde gezinerek harcamamalıyız. Haydi, gidip çayımızı içelim."

"Özür dilerim. Bir anda kendimi kötü hissetmeye başladım. Başka bir zaman mı gitsek?"

Ellen bu sözlerimi endişeyle karşılamıştı. Avucunu alnıma koydu. Fiziksel bir hastalığım yoksa varmış gibi yapamazdım. "Tabii ki," dedi. "Üzgünüm. Teorilerimi kendime saklamalıydım."

"Hayır. Düşüncelerini paylaştığına memnunum. Sadece bunları sindirmek için biraz zamana ihtiyacım var."

Parmağını çenemde gezdirdi. "Yakında yaparız."

ON DOKUZ

Odama dönerken içimdeki erkek çocuk, üzerimdeki elbise ve incileri çıkarmak için can atıyordu. Şortumu giymek istiyordum. Bisikletimi bulmak. Hissettiğim mide bulantısı yok olana kadar bisiklet sürmek. Maisie bana yalan söylemişti ve ben de sorgulamadan tüm söylediklerini kabul etmiştim. Jilo'yu bulmam gerektiğinin şimdi farkına varmıştım. Ona gitmeli ve gerçekleri söylemesini istemeliydim. Ginny'nin kanının ellerimde olup olmadığını merak ederek yaşayamazdım. Sömürge Park Mezarlığı'yla başlayacaktım. Orada değilse dörtyola gidecektim. Oraya yalnız giderken kendimi güvende hissetmiyordum ama gerçeği öğrenmeden bir gece daha geçmesine izin veremezdim.

Çamaşır dolabının önünden geçerken kapısının arkamdan açıldığını duydum. Bakmak için arkamı döndüm. Dar aralıktan beni diğer tarafta bir dünyanın beklediğini anlatan hayaletimsi mavi bir ışık sızdığını görebiliyordum. Bu, Jilo'nun dünyasıydı. Bir şekilde onunla görüşmeye hazır olduğumu anlamıştı. Dalından koparılmak için yeterli olgunluğa gelmiş olduğumu. Benim hakkımda böylesine kişisel bir bilgiye sahip olduğu düşüncesi beni ürkütüyordu. Dalgalanan deniz mavisi ışığa doğru tereddütle yürüdüm. Jilo benimle ilgilenmesinin tek sebebinin aileme acı getirmek için beni kullanmak olduğunu açıkça göstermişti.

Onu sevmem için hâlâ elinden geleni yapmaya devam ediyor olabilirdi ya da belki bu fikirden vazgeçmiş ve B planına geçmişti. Ginny'nin ölümünün arkasında Jilo varsa şu anda kendi infazıma yürüyor olabilirdim.

Ama Ginny'ye ne olduğunu öğrenmek zorundaydım. Kapı sonuna kadar açıldı, içeriden gelen mavi renk güneşin altındaki bir yüzme havuzu gibi parıldıyordu ve daha fazla düşünmeden eşikten içeri adımımı attım. Kapı arkamdan kendiliğinden kapandı ve bir an nehirden yansıyan güneşin parlaklığıyla önümü göremez oldum. Burayı tanımıştım tabii. Nehrin Bonaventure Mezarlığı'yla buluştuğu kıvrımdı burası.

"Savannah," diye söze başladı Jilo bana bakmadan. "Bu lanet şehrin her yeri mezarlık. Komik olan şey, mezar taşları olmayan bir sürü cesedimizin ve cesedi olmayan mezar taşlarımızın olması." Kendi şakasına güldü ve sonunda dönerek yüzüme baktı.

Ona, büyüyü yapabilmek için Ginny'yi öldürüp öldürmediğini sormak için can atıyordum ama kelimeler ağzımdan çıkamadan kendisi bana bir soru sordu.

"Dayına, Grace'ime neler olduğunu sorabildin mi?" Eğildi ve yerden bir taş alıp onu kolayca parmaklarında çevirmeye başladı.

"Hayır," diye yanıtladım. "Doğru an daha gelmedi." Sonra "O mu yaptı? Ginny'yi Martell mi öldürdü?" kelimeleri çıktı ağzımdan.

"Hayır." Duraksadı ve taşı avucunda tuttu. "Martell'im Ginny'yi öldürmedi ve şu anda Jilo'nun bu konu hakkında söyleyecekleri bu kadar."

"Connor senin Martell'i kendi başına hapisten çıkarmaya gücünün yetmeyeceğini söyledi," diye baskı yaptım.

"Ah, öyle mi?" dedi ve tüm vücudu sallanarak güldü.

"Evet. Senin onu bir yerden başka yere taşımak için yeterli gücünün olmadığını düşünüyor."

"Ama sen bunun doğru olmadığını biliyorsun, değil mi?" diye sordu ruh hali neşeliden öfkeliye hızla geçerken, gözlerini kısarak. "Ah, sakın endişelenme tatlı küçük prenses," diye tısladı. "Ginny'yi senin küçük aşk büyün için öldürdüğünü düşündüğünü biliyor Jilo ama bu eller tertemiz. Jilo aptal değil. Güçten küçücük bir parça çalmanın bile bedeli varsa, bir bağlayıcıyı öldüren kişiye ne olacağını sanıyorsun? Jilo zaman zaman bir ya da iki cadıyla çatışmaya girebilir ama bu onun her lanet cadıyla kapıştığı anlamına gelmez. Ginny'yi öldürmek. Bunu her kim yaptıysa kendi idam hükmünü imzalamış demektir."

Ona inanmak istiyordum ama aynı zamanda Maisie'ye de inanmak istemiştim. Ailem Martell'in ortadan kaybolmasının, onun gücünün çok ötesinde olduğuna çok emindi. Bu büyüyü nasıl yaptığını çözebilirsem gücünün gerçek derinliğini de öğrenirdim. Kendi başına mucizeler gerçekleştirebiliyor muydu yoksa bana yalan mı söylüyordu? "Ama onu beni evden buraya taşıdığın gibi taşıdın. Gücü Ginny'den çekmiyorsan bunu yapmak için yeterli gücü nereden elde ediyorsun?" diye sordum.

Beni baştan aşağı süzdü. "Jilo sana söylerse bunu seninkilere yumurtlamayacağına dair sana güvenebilir mi?"

Yalan söylememi beklediğini biliyordum, bu nedenle onu şaşırtmaya çalışarak, "Tabii ki güvenmemelisin. Iris teyzemi gördüğüm gibi ona söylerim," diye karşılık verdim.

Sözlerimi kahkahayla karşıladı. "Haklısın kızım." Göz kırptı. "Ve bana doğruyu söylemen de iyi bir şey çünkü Jilo sana zaten yalan söyleyecekti. Bir gün ailenin yaptıklarını öğrendiğinde Jilo sana güvenmeye başlayabilecek. Ve sonra sana doğruyu söyleyecek. Ama şimdilik sana sadece küçük bir sır verecek. Bir şeyin başka bir şeyle aynı görünmesi o iki şeyin aynı olduğu anlamına gelmiyor."

"Ne demek istiyorsun?" diye sordum.

Taşı tekrar parmaklarında çevirmeye başladı; taşı her parmağının üstünden ve altından ustaca geçiriyor, sonra başlangıç yerine döndürüyordu. "Demek istediğim, Jilo'nun torununa yaptığı, sana yaptığıyla aynı şey değil. Martell'e tek yapmam gereken, etrafındaki ışığı bükerek kimsenin onu görmemesini sağlamaktı. Onlar kapıları açtığında kendisi dışarı çıktı."

"Onu görünmez mi yaptın?"

"Doğru ve bunu yapmak için güce ihtiyaç bile yok. Yani en azından o kadar büyük bir güce ihtiyaç yok. İşte böyle. Jilo iyi niyetinden, sana yeterli bilgi verdi. Ginny'nin öldürüldüğü gün hakkında Jilo'nun daha neler bildiğini öğrenmek istiyorsan bunun için küçük bir bedel ödemelisin. İlk dersin için hazır mısın?"

"Evet, hazırım." Gergin ve güvensiz hissediyordum ama kalbim sonunda sihre dokunabilme fikriyle hızla atmaya başlamıştı. Bir anda Jilo'ya yaptığım bu ziyaretle aldığım riski sorgularken buldum kendimi. Ginny'nin ölümü yüzünden suçluluk hissettiğime dair şüphe yoktu ama kendi kullanabileceğim sihre sahip olma fikri de baştan çıkarıcıydı.

Dudaklarında belli belirsiz bir gülümseme belirdi. Taşı bana doğrulttu. "Bu taşı görüyor musun?"

"Evet, görüyorum."

"Güzel. Şimdi ona iyice bak. Gözlerini ondan ayırma. Duydun mu?"

"Evet," diye yanıtladım.

"Bakıyor musun?"

"Evet," diye yanıt verdim tekrar.

"Güzel," diye karşılık verdi ve taşı bana fırlattı. Taş omzuma çarpıp yere düşünce acıyla bağırdım.

"Neden taşı bana attın?"

"Çünkü yapmak hoşuma gitti." Kahkahadan iki büklüm olmuştu.

"Burada durup bana taş atmana izin vermeyeceğim," dedim ve oradan ayrılmak üzere arkamı döndüm.

"Bekle kızım, hemen öyle sinirlenme. Sana taşla vurmadım." Kahkaha atmaya devam etti. "Ben sadece attım. Vurma işini kendin yaptın."

"Bu ne anlama geliyor?" diye sordum. Omzum görünür şekilde morarmaya başlamıştı. Jilo gülmeyi bıraktı ve dikkatlice; ürkmüş bir hayvana yaklaşıyormuş gibi bana doğru yürüdü; o an için bu, gerçekten çok da alakasız bir tabir değildi. Yavaşça kolunu uzattı ve kırışık elini omzuma sürttü. Hissettiğim acı yok oldu ve morartı gözlerimin önünde solup gitti.

"İşte böyle," dedi hafifçe omzuma vurarak. "Bunun anlamı şu ki Jilo taşı attığında seni hedefledi. Ama şimdi dur ve düşün. Kafanda olayı yavaşça tekrar oynat. Ne oldu?"

"Beni taşla vurdun," diye cevapladım kısaca.

"Hayır, iyice düşün. Jilo'yu elinde taşla gördün. Taşı sana attığını da gördün ama o taşı atarken sen ne düşünüyordun?"

Durdum ve olayı gözlerimin önüne getirdim. "Taşın bana çarpacağını düşündüm ve sonra taş bana çarptı."

"Bu doğru. Jilo taşı atarak enerjiyi yükledi ama bu, taşın sana çarpması gerektiği anlamına gelmiyor. Yere de düşebilirdi. Ta nehrin karşısına bile geçebilirdi. Taşı atana kadar güç Jilo'ya aitti. Taş elinden çıktığı anda güç de taşla beraber ondan ayrıldı. Enerjiyi alıp taşın sana çarpmasına neden olan sendin."

"Bekle. Yaralandığım için ben mi suçluyum? Ben yanlış bir şey yapmadım. Taşı atan sendin."

"Doğru ve yanlış hakkında konuşmak istiyorsan Pazar okuluna gideceksin. Bu doğru ve yanlışla alakalı bir durum değil. Biri sana zarar vermek istiyorsa yaptığı şey tabii ki yanlıştır. Ama sana saldırdığında enerjiyi sana yönlendirir. Güçlü bir enerjiyi.

Ve bu enerji sana aittir. Onu kendi amaçların için kullanmaksa senin hakkındır."

"Ama bu mağdur kişiyi suçlamaya girer," diye reddettim dediklerini. "Mağdurun, gönderilen enerjiyi aldığını, sonra o enerjiyle kendisine zarar verdiğini söylüyorsun."

"Beni dinlemiyorsun, kızım. Bunun hata yapmakla ilgisi yok. Bahsettiğin o mağdur kişi ona zarar vermeye çalışan kişinin niyetini kabullenmiş olur. Korktuğu için bunu kabullenir. Kabullenmek zorunda olmadığını bilmediği için kabullenir. Küçük şeylerle başlamalısın. Taşla başlayabilirsin, mermiyle değil," dedi ve kıkırdadı. "Bir mermiyi durdurmak için çok daha fazla enerji gerekir, senin de tahmin edebileceğin gibi. Ama kabullenmeliyim ki bu, sadece etrafındaki tehlikelerden haberdar olduğun zaman işe yarar. Biri sana gizlice yaklaşıyorsa bu ayrı bir durum. Ama tehlikenin geldiğini görüyorsan, o zaman enerjiyi kendi lehine çevirmek için vaktin olur."

"Peki ya birinin sana zarar vermek istediğini bilmiyorsan, o zaman ne olacak?"

"İşin sırrı dikkatini vermekte. Her zaman tetikte olup kör noktalara karşı gardını almalısın. Jilo bunu nasıl yapacağını gösterecek ama alıştırma yapmalısın. Bir gecede öğrenemezsin. İşte. İlk dersin buydu." Arkasını döndü ve nehri izlemeye başladı. "Üzgünüm, evinin yolunu kendin bulman gerekecek. Jilo'nun bugünlük sana harcayacak enerjisi kalmadı."

"Ama sana gelirsem Ginny hakkında bildiğin her şeyi söyleyeceğine söz vermiştin."

"Bu doğru olabilir ama bunları sana ne zaman söyleyeceğim hakkında bir söz vermedim. Martell'in hiçbir şey yapmadığını söyledim zaten, şimdi sen de evine git. Jilo'nun yalnız kalmaya ihtiyacı var."

"Bana söz verdin," dedim ayaklarım oldukları yere sabitlenmiş halde.

"Beni kızdırma, kızım!" diye tısladı Jilo. "Haydi, git!"

Ayaklarım kendiliğinden geriye yöneldi, sanki aklımdan daha bilinçlilerdi. Neler olduğunu daha kavrayamadan mezarlığın patikasına doğru hızlı birkaç adım atmıştım.

"Mercy!" diye seslendi Jilo ve tam zamanında arkama dönerek onun, tam kafama büyük nehir taşlarından birini attığını gördüm. İçimde bir öfke patlaması meydana geldiğini hissettim ve taş olduğu yerde, havada asılı kaldı. Bir an taşı havanın bir parçası gibi gördüm ama mantığım ana hava ve taşın farklı şeyler olduğunu söyledi. Taş önümde yere düştü. Sihir kullanmıştım. Gerçek sihir. Artık dışarıdan izleyen biri değildim. Güç ödünç alınmış bir güç olabilirdi ama kendimi iyi hissettiriyordu.

"Pekâlâ, sınavı geçtin," dedi Jilo neredeyse saygı olarak algılayabileceğim bir tavırla. "Ders için ve gerçekler için geldiğine inanıyorum. Gerçekleri öğrenmeden buradan gidebilirsin. Bu senin son şansın."

"Hayır," diye karşılık verdim, doğru seçimi yapıp yapmadığımı merak ederek. "Ginny'ye neler olduğunu söyle."

"Pekâlâ," dedi Jilo. Elinde küçük, ipli bir çanta belirdi. Elinden sarkan çantayı bana gösterdi. "Bunun ne olduğunu biliyor musun?" diye sordu.

"Sanırım juju çantalarından biri," dedim. Jilo büyü karışımlarıyla ünlüydü. "İçinde otlar, taşlar ve bunun gibi şeyler var, değil mi?"

"Toprak," diye yanıtladı. "Çantanın içinde toprak var." Elini şöyle bir salladı ve çanta onu nereden çektiyse oraya dönerek gözden kayboldu. "Yaşlı kadının bahçesinin toprağı."

"Neden sende Ginny'nin bahçesinin toprağı olsun ki?"

"Birbirine benzer şeyler birbirini çeker. Para büyüsü yapmak için Jilo'nun bankadan biraz toprak alıp jujusuna katması gerekir.

Aşk büyüsü yapıyorsa gençlerin arabalarını park ettiği yerden alır toprağı. Ölüm büyüsü yapıyorsa," duraksadı ve etrafa baktı, "mezarlıktan alır. Ama yaptığı büyü ne olursa olsun, her zaman yaşlı kadının bahçesinden bir tutam katması gerekir çünkü gücün bulunduğu yer orası. İşte bu sebepten Jilo'nun yaptığı büyü, onun işini yapmaya kalkışan diğer büyücülerinkinden daha etkili. Ama birinden bir şey aldığın zaman –yani benim Ginny'den aldığım gibi– bir şey vermek zorunda olduğunu da unutmamalısın yoksa aldığın şeyin gücü kaybolur."

"Ama bunun Ginny'nin öldürülmesiyle ne alakası var?"

"Jilo toprağı her yerden kendisi alır. Yani yaşlı kadının bahçesi dışında her yerden. O, Jilo'ya artık evine gelmesini istemediğini söylemişti ve Jilo da buna saygı göstermişti. Ama Jilo'nun toprağı alabilmesi için başkasını gönderemeyeceği konusunda asla bir şey söylememişti."

"Martell," diye araya girdim."

"Doğru. Martell'imi gönderdim," dedi başını sallayarak. "Güneş toprağa ilk değdiği anda toprağı kazabilmesi için gün doğarken gönderdim. Yaşlı kadının çığlık attığını duymuş. Pencereye tırmanmış ve içeri baktığında Ginny'ye bir levyeyle vurulduğunu görmüş. Ama işin garibi levyeyi tutan kimse yokmuş. En azından görünürde yokmuş."

"Yani biri ışığı bükerek görünmez olmuş, tıpkı senin Martell'e yaptığın gibi, öyle mi?" diye sordum olanları kavramaya çalışarak.

"Belki öyle. Belki değil. Bunu kendin çözmen gerekecek."

"Ama anlamadığım şey, Ginny'nin ona saldıran her neyse ondan kendini koruyabilecek güçte olmasına rağmen bir şey yapmamış olması. Bana söylediklerine göre, ona saldıran kişinin niyetini kabul etmiş olması gerekir."

Jilo gururlu bir öğretmen gibi gülümsedi. "İşte bu doğru, kızım. Şimdi büyük resmi görebiliyorsun. Yaşlı kadının, onu öldürmesini kabullenebileceği kim var? Sorman gereken soru bu." Ve bununla birlikte kendimi nehrin kenarında yalnız başıma dururken buldum; Jilo hiç oraya gelmemiş gibi yalnız. Mezarlığın patikasında yürümeye başladığımda hava bir köpeğin nefesi kadar sıcak ve nemliydi. Havada fırtına toplanıyordu ve kopmadan önce eve gidebilmeyi umuyordum.

YİRMİ

Gökyüzü olgun bir kavun rengine dönmüş, rüzgâr etrafımda dönmeye, sağanak yağmur beni dövmeye başlamıştı. Bir yıldırım gökyüzünü delip geçti, uzaktan gelen bir gök gürültüsü hemen onu takip etti. Sonra bulutlar yarıldı, hızlanan yıldırımlar damlaları kovalarken, yağmur bardaktan boşalırcasına yağmaya başladı. Şansım yaver gitmiş, demin Bonaventure'un kapısına bir grup ahmak turisti bırakmış boş taksiyi yakalayabilmiştim. Şoförü tanıyordum. Kadın taksimetreyi açmayı kabul etmedi. "Bay Oteli'nden birini almaya gidiyordum zaten; evin yolumun üstünde, geçerken bırakırım," dedi. "Ailenin geçirdiği zor günler için üzgünüm." Ona teşekkür ettim ve yola koyulmadan önce, iş sonrası içkisini ısmarlamak için ona zorla bir beşlik verdim.

Rüzgâr biraz dinmeye başladı ve gökyüzü şerbet renginden koyu bir metal rengine dönüştü. Rüzgâr hafiflemişti ama ben ön kapının basamaklarından çıkarken yağmur hâlâ hızla yağmaya devam ediyordu.

"Mercy." Jackson'ın sesini duyunca şaşırdım. Adımı duyana kadar onun orada olduğunun farkına varmamıştım. Sırılsıklamdı ve verandanın sütunlarından süzülen yağmurun altında titriyordu. Arabası görünürde yoktu. Fırtınada buraya yürümüş olmalıydı. "Seni bekliyordum. Konuşmalıyız."

"Tabii," diye yanıtladım. "Maisie hakkında mı?"

"Hayır. Bizim hakkımızda." Yıldırım sanki flaş patlarcasına çaktı. İçeri girmek istiyordum.

"'Biz' diye bir şey yok." Kendim ve doğa olaylarıyla arama bariyer koymak istiyordum. Nedenini bilmesem de kendim ve Jackson'la arama bariyer koymak istiyordum. Jilo'nun büyüsü böylesine etkili mi olmuştu? Gök gürültüsü yıldırımın hemen arkasından, bir saniye bile geçmeden duyuluyordu. Onu dışarıda öylece bırakamazdım. Uzandım ve kapıyı açmaya çalıştım.

"Kapı kilitli," dedi. "Birkaç kere kapıyı çaldım. Evde kimse yok."

Anahtarımı buldum ve kapıyı açtım. "Sana havlu vereyim," dedim ve loş antreye adım attım. Işıkları açmaya çalıştım ama açılmadılar. "Elektrik gitmiş galiba."

Jackson arkamdan içeri girdi ve kapıyı kapayarak bizi neredeyse tamamen karanlıkta bıraktı. Gözlerim yıldırımların ışıklarından kamaşmış, karanlığa alışmakta zorlanmıştı. Jackson'ın bana yaklaştığını, omzuma belli belirsiz dokunduğunu hissettim. Beni kendine çekti; başta nazikçe, daha sonra giderek artan bir ısrarla. Kendimi kurtarmaya çalıştım ama diğer elini de bana doğru uzattı ve ben daha ne olduğunu anlayamadan kendimi onun kolları arasında buldum. Islak tişörtünün altından sıcak tenini, benimkinin yanında küt küt atan kalbini hissedebiliyordum. Vücudum buna tepki vermeye başlamış, aramızda gitgide artan bir ateş oluşmuştu ama vücudumun iradesi azaldıkça bilincim kontrolü ele almıştı. Maisie'ye ihanet etmezdim… edemezdim. Onu itmek için ellerimi sert göğsüne, omuzlarına bastırdım ama dudakları benimkileri bulmuştu. Dili dudaklarımı zorla aralamış ve bir anda o eski hislerim her zamanki keskin ve sarhoş edici halleriyle geri gelmişti. Vicdanım beni terk etti. O benim olmalıydı.

Ancak bu düşünce bilincimi işgal etmiş olsa da vücudum kendini onun kollarından koparmak için gayret etmeye başlamıştı. Jilo'nun büyüsü duygularımla çatışıyor, Jackson'a olan tutkumu bastırıyordu. Ben hiçbir şey hissetmemeye başlayana dek hislerimin solmasını sağlıyordu. Peter'ın yüzü zihnimde canlanmaya başlamıştı ve onun için hissettiğim sıcak heyecan bir kez daha, tutuşturması için Jilo'ya sattığım ruhumda tutkuya dönüşmüştü.

"Dur," dedim, sonra daha kuvvetli bir şekilde tekrarladım. "*Dur.*"

Kollarını gevşetti ve onu ittim. Karanlıkta bile yüzündeki hayal kırıklığını görmekte zorlanmamıştım. "Senin de hissettiğini biliyorum," dedi. "Biliyorum..."

Çakan şimşeğin ışığı pencereden içeri süzülerek odayı aydınlattı. Jackson'ın arkasındaki duvarda kanlı bir leke vardı. Bir el izi. Vücuduma adrenalin doldu. Konuşmaya çalıştım ama sesim çıkmıyordu. Tek elimle göğsüne vurdum, diğer elimle de omzunun üstünden arkasını işaret ettim. Başta anlamayarak alnını kırıştırdı ama sonra arkasını döndü. Daha az parlaklıkta bir şimşek izi etrafı tekrar aydınlattı.

"Burada kal," dedi ve kullanabileceği bir silah bulmak için girişi gözleriyle taradı. Hiçbir şey yoktu.

"Mümkün değil," diye cevapladım elini tutmak için uzanarak. Bu sefer kendini çeken o oldu. "Geleceksen arkamda dur," dedi.

Onu kütüphaneye doğru takip ettim. Geniş omuzları yüzünden göremiyordum. Bir sehpaya çarptı. "Kahretsin," dedi fısıltıyla. "Hiçbir şey görmüyorum."

"Çalışma masasında," dedim "Connor en üst çekmecede bir el feneri bulundurur her zaman."

Jackson dikkatlice masaya gitti ve mümkün olduğunca az ses çıkararak çekmeceden feneri aradı. Bir süre sonra el fenerini çıkarıp ışığını açtı. Işık gözlerime gelince bir süreliğine bir şey görmemi engelledi. Döndü ve ışığı odada gezdirdi. "Hiçbir şey yok," dedi ve beni antreden oturma odasına yönlendirdi. Işıkla odayı aydınlattı, ben de arkasından çıkıp gördüklerimi kavramaya çalıştım. Burada bir boğuşma olmuştu, hem de kötü bir boğuşma. Şöminenin ocak süngüsü odanın ortasında duruyordu ve altındaki halı lekelenmişti.

"Dokunma," diyerek uyardı Jackson ben daha süngüyü almak için eğildiğimin farkına varmamışken. Bir adım geriye attım ve odada göz gezdirdim. Mobilyalar kenara itilmişti ve her yerde kırılmış kristal parçaları vardı; Iris'in en sevdiği vazosunun parçaları. Jackson ışığı yere tutunca odadan giriş salonunun duvarındaki el izine giden kan damlalarını aydınlattı. Şömineye gidip odun maşasını aldı. "Işığı al," dedi feneri bana uzatarak. Alırken ellerimin titrediğini fark ettim.

Jackson girişe geri döndü, ben de hemen arkasından takip ettim. Kan damlaları koridorda birkaç adım ötesine götürdü bizi ve sonra damlalar sürüklenme lekelerine dönüştü. Biri düşmüş ve düştüğü yerden sürüklenmişti. Kanlı lekeler bizi mutfağa yönlendiriyordu. Mutfağı holden ayıran kapıya doğru sessizce ilerledik. Jackson dönüp bana baktı. Elindeki maşayı beyzbol sopası gibi tutuyordu. Başını eğdi, sonra kapıyı tekmeleyerek açtı. Kapı duvara çarparak cansız bir gök gürültüsü kadar ses çıkardı. Açılan boşluktan içeri girdi ama ben giremeden kapı geri kapanmış, sonunda durana dek çarpmaya devam etmişti.

"Aman Tanrım," dediğini duydum. Mutfağa girene kadar bir ömür geçmiş gibi gelmişti bana. "Tanrım," diye tekrarlamaya devam etti. Ses tonu gittikçe iniltiye dönüşüyor, panikle doluyordu. Kapının diğer tarafında ne olduğunu görmek istemiyordum ama ilerledim, istemeyerek kapıyı ittim ve ayaklarım beni eşiğin diğer tarafına taşıdı.

Beynim gözlerimin önündeki manzarayı algılamakta güçlük çekti. Oliver masanın üstünde bağlanmış, sırtüstü yatıyordu. Kolları ve bacakları masanın ayaklarına sıkıca bağlanmıştı. Kıyafetleri parçalanmıştı ve kalan parçalar kanlı paçavralar halinde aşağı sarkıyordu. Iris odanın köşesinde, bir gölgede kıvrılmıştı ve parmaklarının ucunda bir ustura tutuyordu.

"Iris," dedim. Sesim hem pürüzlüydü hem de titriyordu. "Ne yaptın sen?" Kıvrıldığı gölgeden fırlayıp azgın bir sıçrayışla odanın bir köşesinden diğerine gitti. Gözleri kırmızı parlıyordu ve dudakları köpekdişlerini ortaya çıkaracak şekilde kıvrılmıştı. Usturayı bana doğru salladı. Geriye sıçradım. O anda Iris'in kendi iradesiyle hareket etmediğini anlamıştım. Oliver'ın üzerine atlayıp göğsüne tünediğinde vücudu bir insan vücudunun bükülemeyeceği biçimde bükülmüştü. Oliver'dan gelen inilti hâlâ hayatta olduğunu gösteriyordu.

Jackson yanıma geldi. Onun orada olduğunu neredeyse tamamen unutmuştum. "Ne yapacağız?"

"Gideceksiniz!" diye kükredi Iris. "Ödemesi gerek. Bedelini ödeyecek. Acıya karşılık acı. Hayata karşılık hayat."

Öfkeli bir ruhla –hayalet, iblis ya da her neyse– karşı karşıya olduğumuzu söylemek hafif kalırdı. Öfkeliydi. Kendisine haksızlık edildiğini düşünüyordu. Kinini dile getirmesi için cesaretlendirmek Oliver'a daha fazla zarar vermesini engelleyebilirdi. Ama bütün bunları Oliver'a neden yaptığını sorarak mağdurluğunu hiçe saymış olacağımı fark ettim. Bunun yerine, "O sana ne yaptı?" diye sordum. Ses tonum, Oliver'ın, çektiği cezayı hak edecek bir suç işlediğini düşündüğümü anlatıyordu.

Bana baktı. Gözlerinde hâlâ vahşilik vardı ama kızıl parıltısı azalmıştı. Doğru sözcükleri bulduğumu biliyordum. "O bebeğimi öldürdü," dedi donuk bir sesle, sözler ağzından ilk defa çıkıyormuş gibi. Yüzümdeki şaşkınlık ve kuşkuyu okumuş olmalıydı. "Benim," kelimeyi vurgulayarak söylemişti, "bebeğimi öldürmeme sebep oldu. Kendime gelip ne yaptığımı fark ettiğimde ise..."

"Nehre yürüdün ve bir daha da çıkmadın," diyerek sözünü tamamladım. Parçaları aklımda bir araya getiriyordum. Grace ve çocuğu, Oliver ve Oliver'ın istediği bir şeyin arasına mı girmişti? Onun başkalarının iradesine müdahale ettiğine birçok kez şahit olmuştum. İstediğini alabilmek için ne kadar ileri gidebileceğini her zaman merak ederdim. Oliver'ın ahlaki pusulasının onun cinayet işlemesine izin verecek kadar hasar görmüş olabileceğine inanıp inanmadığımı sordum kendime. Cevabım, doğru koşullar –ya da yanlış koşullar– altında bunu yapabileceği olmuştu. "Sen Grace'sin, değil mi?"

İsmini duyunca durdu. "Evet," dedi ama derinden bir ulumayla usturayı Oliver'a doğru sallayıp gelişigüzel darbelerle onu kesmeye başladı. Kesiklerin kimi diğerlerinden daha derine iniyordu.

"Yardım edin, yardım edin, yardım edin," diye yardım diledim, kimden dilediğimi bile bilmeden. Belki dua ediyordum. Belki de cesaret toplamaya çalışıyordum. Hızla ileri doğru yürüdüm ve usturayı almaya çalıştım. Onu bana doğru salladı. Beni de kesebilirdi ama Jackson elindeki maşayla Iris'in eline öyle kuvvetli vurdu ki Iris'in kol kemiğinin kırıldığını duydum. Ustura yere düşüp odanın öbür ucuna doğru kaydı. Jackson, Iris'e saldırdı ama o kırılmamış koluyla Jackson'a vurdu. Jackson sırtüstü odanın diğer yanına düştü.

İkimiz de kendimizi daha toparlayamadan sağlam kolunu kaldırdı ve ustura havalanarak eline geri döndü. "Peki o zaman, izlemenize izin vereceğim," dedi, elini Oliver'ın boğazına dayayarak.

"Hayır!" dedim. Kelimenin ağzımdan bir emir olarak çıkması beni şaşırtmıştı. "Bunu yapmayacaksın. Usturayı bırakacaksın." Sözlerime katabildiğim kadar otorite katmıştım. Grace omzunun üstünden yırtıcı bir bakış attı. Iris'in yüzü Grace'in hiddetinin etkisiyle tanınmaz bir hale bürünmüştü. El fenerinin ışığını ona tuttum. Teni neredeyse morarmış, damarları şişmişti. Acı içinde kıvrılıp kasılıyor, hırıldayıp tükürüyor, gücünün her parçası Iris'in son vuruşu yapması için onu zorluyordu. Ama Iris'in eli, kardeşinin boğazından birkaç santimetre yukarıda kilitlenmiş halde duruyordu.

"Genç bayan bıçağı bırakmanı söyledi." Bu sözleri, havada aniden beliren, sonrasında goleme dönüşen parıltı takip etti. Şaşkınlıkla el fenerini düşürdüm. "Ve derhal Bayan Flynn'in vücudunu terk edeceksin." Iris birden Oliver'ın üstüne düştü.

Bir fren ve kapanan bir kapı sesini duydum ve saniyeler içinde Ellen yanıma geldi. Kardeşlerinin görüntüsüyle olduğu yerde donakaldı. Hayretle sonuna kadar açılmış gözleri bir süre benim gözlerime sabitlenmişti ama cevap beklemeden masaya doğru koştu. "Iris'i onun üstünden kaldır," diye emretti ve Jackson da emre uyarak Iris'in hareketsiz bedenini Oliver'ın üstünden kaldırdı. Iris'in baştan aşağı bulandığı kan Jackson'ı da kaplamıştı. Bunun verdiği hisle Jackson ürperdi.

"Ölüyor. Ambulans çağırın. Ona yardım edebileceğimi sanmıyorum. Ölmek üzere," dedi Ellen. Kelimeler ağzından tekdüze çıkıyordu. "Çok kan kaybetmiş, onu iyileştirmek için yeterli gücü kendimde görmüyorum." Ellerini Oliver'ın üstüne yerleştirdi ve gözlerini kapadı. "Ambulans çağırın dedim!" Bu sefer emrediyordu. Döndüm ve Connor'ın iptal etmememiz için ısrarcı olduğu eski sabit hatta koştum. Koşarken masanın etrafında oluşmuş kan havuzunda ayağım kaydı. Yere kapaklanmadan, Emmet'in eli uzandı ve düşmememem için beni tuttu.

"Gitme," dedi bana. "Gücün hâlâ sende, Ellen. Sadece aranızdaki bağı yenilememiz gerek." Emmet beni bıraktı ve elini Ellen'ın başına koydu. Ellen yerden birkaç santimetre havalandı, etrafı altın bir ışıkla kaplanmıştı. "Tıkanıklık kaldırıldı. Ginny'nin yaptığı birçok akılsızlıktan sadece biri."

Ellen'ın Ginny hakkındaki kuşkuları doğru çıkmıştı. Güç vücuduna akın ederken yüzü parıldamaya başladı. Dikkatini

Oliver'a çevirmeden önce söyleyebildiği tek şey, "Ah, o şıllık," oldu. Parmaklarının arasından, daha sonra tüm varlığından ışık sızmaya başladı. Tavandaki ampuller elektrikler gelmiş gibi ışıldamaya başlamış, odanın loşluğu, yerini yoğun bir parlaklığa bırakmıştı. Saniyeler içinde Oliver'ın göğsü nefes alışı normale dönmüş gibi kalkıp inmeye başladı. Yaraları kapandı, kabuk bağladı ve kısa süre sonra Oliver gözlerini açtı. Odaya göz gezdirdi. Bir şey söylemeye başlamıştı ki gözleri bana sabitlendi. Gözlerinde utanç dolu bir ifade vardı ama sessizliğini korudu. Fiziksel olarak iyileşmesi mucizevi bir şekilde çabuk olmuştu ama ruhsal olarak iyileşmesinin çok daha uzun zaman alacağının farkındaydım.

Iris kıpırdamaya başladı ve kendine geldiğinde yüzünde dehşete kapılmış bir ifade belirdi. "Ne yaptım ben? Ne yaptım?" diye feryat etti kardeşinin kanına bulanmış kıyafetlerine bakarak. Jackson'ın üstüne yıkılarak hıçkırıklara boğuldu ama Jackson geri çekildi ve onu itti. Mavi gözleri Ellen'dan Emmet'e, Emmet'ten bana bakarken sonuna kadar açılmış, yüzü griye dönmüş, hastalıklı bir hal almıştı. Üstüne bulaşmış kan yüzünden miydi yoksa etrafımızda cızırdayan sihirden miydi bilemiyordum ama başını eğdi ve beni iterek mutfaktan çıktı. Hızlı ve sert adımlarının koridorda yankılanışını, evin ön kapısının açıldığını duydum. Sonra gitti...

Emmet Ellen'ın yanına yürüdü ve ellerini Oliver'ın göğsünden ayırdı. "Artık kolayca iyileşecek. Ablanla ilgilenmelisin."

Ellen ona geri verilen enerjisiyle hâlâ kendinden geçmiş haldeydi ve ifadesi Azize Teresa'nınkine benziyordu. O anda o kadar güzel görünüyordu ki etrafımızı çeviren vahşeti neredeyse bize unutturmuştu. İyileştirici ışık dalgasıyla Ellen Iris'e doğru süzüldü. Ablasını kollarına alıp yavaşça salladı. "Kimseye bir şey olmadı. Kimseye bir şey olmadı," diye tekrar etti şarkı söyler gibi. Saniyeler içinde Iris de Ellen'ın ışığıyla kaplanmıştı.

"Kimseye bir şey olmadı tabii," dedi Emmet bana fısıldayarak. Usturayı alıp Oliver'ı masaya bağlayan ipleri kesti. "Haydi, seni yatağına yatıralım," dedi. Bir an Oliver önümde duruyordu, sonrasında kaybolmuştu. "Dayın için endişelenmene gerek yok. O dinlenirken ona göz kulak olacağız."

"Ama nereden bildin?" diye sordum ona. "Gelmen gerektiğini nereden bildin?"

"Çağrını duyduk ve aileni eve dönmesi için çağırdık," diye cevapladı Emmet. Daha fazla açıklama beklediğimi fark ederek sözlerine devam etti. "Ginny'nin seni korumak için kullandığı büyüyü yenileme ve güçlendirme sözü verdik. Başın gerçek bir belaya girerse yanına geleceğiz, en azından bu vücut bu şekli koruduğu sürece."

Bir şey aklımı kurcalamaya başlamıştı. "Ailemi çağırdığınızı söylediniz."

"Evet," diye karşılık verdi Emmet.

"O halde Connor nerede?" diye sordum. Iris soluğu kesilerek odadan hızla çıktı. Görünüşe göre kocasının adını duyduğunda telaşa kapılmıştı.

"Onun peşinden gitsen iyi olur," dedi Emmet Ellen'a ve Ellen kendine gelerek ablasının peşinden gitti.

İlk defa golemle yalnız kalmıştım. Koyu renkli gözleri beni süzdü ve işaretparmağını elimin tersinde gezdirdi. Dokunuşu sıcaktı. "İdareyi eline almak hoşuna gitti," dedi Emmet. "Ve güzel idare ettin. O ruhun dayının yaşamını sonlandırmasına engel oldun."

"Blöf yapıyordum. Onu durduran sendin."

"Hayır," dedi. "Biz değildik. Onun elinin havada kalmasını sağlayan sendin." Ben karşı çıkamadan devam etti. "Havada, Oliver'ın kanı ve ruhun öfkesinden gelen büyü vardı. Bu büyü senden gelmiyordu ama sen büyüyü kendine aldın. Bir parçası hâlâ içinde," dedi. "Ruhun Oliver'ı öldürmesinin önüne geçen senin iradendi. Bizi gördüğünde kontrolü elden bıraktın ama biz geldiğimizde güce hükmediyordun."

"Bu ne demek?" dedim.

"Yani güçle doğmayan biri olarak, güçle doğmuş biri kadar doğal yönlendirebiliyorsun onu. Bunu içgüdüsel bir şekilde yapıyorsun," dedi.

"O halde aferin bana," dedim. "Ama bugün yeteri kadar şey gördüm. Connor'ın iyi olduğundan emin olacağım ve iyiyse yatıp uyuyacağım. Dürüst olmak gerekirse, uzun bir süre yataktan çıkmayabilirim."

"O halde sana tatlı rüyalar, genç cadı," dedi Emmet asil bir tavırla başını eğerek.

"Evet, tabii," diye karşılık verdim ve sessizce koridordan geçtim. İkinci kata çıkıp çamaşır dolabını görünce, Jilo'ya ziyaretim Grace'in saldırısının zamanlamasıyla bir şekilde bağlantılı mıdır diye merak ettim. Ama bu olasılığı düşünmek için yarını beklemeliydim. Uyumam gerekiyordu.

YİRMİ BİR

Peter'ı görüyordum rüyamda –dokunuşunu, teninin sıcaklığı ve kokusunu–; ne olduğunu anlayamadığım bir ses beni uyandırmadan önce. Gözlerimi açmadan sesin nereden geldiğini anlamaya çalıştım. Dün gördüklerime benzer bir manzarayla karşılaşmayı kaldırabileceğimden emin değildim, bu nedenle örtünün altından çıkmamaya karar verdim. Ses biri ağaç kesiyormuş gibi ritmik vuruşlarla tekrarlıyordu. Sesin durmayacağı kanısına vararak yataktan güçlükle kalktım ve pencereye gittim. Pencereyi dışarı bakabileceğim kadar araladım. Oliver aşağıdaydı ve mutfak masamızdan artakalan parçalara balta sallayıp duruyor, masayı yakacak oduna çeviriyordu. Üstü çıplaktı ve terlemişti, güneşin altında parıldıyordu. Baltayı tekrar sallarken izledim onu; kasları sıkı ve kusursuz teninin altında hareket ediyordu; sadece birkaç saat önce vücudundan parça parça sıyrılmış olan teninin. Koşu ayakkabıları ve şortuyla, odunculuktan çok maraton için giyinmiş gibi görünüyordu ama kendi kanınızla kirlenmiş aile yadigârını parçalarken ne giyilirdi ki zaten? Doğruldum ve pencereyi kapadım.

Peter'ı aradım ama telefonu beni sesli mesaja yönlendirdi, bu da demek oluyordu ki inşaat sahasının denetçisi işinin başındaydı. Ona, "Seni seviyorum," yazarak mesaj gönderdim ve Jackson'la olanlardan dolayı hissettiğim suçluluğu geri ittim. Dişlerimi fırçalayıp üzerime eski bir tişört geçirdim ve altıma kısa bir eşofman giydim. Bu sabah Iris teyzemin temizlikte yardıma ihtiyacı olacağından emindim. Mutfakta göreceklerim hakkında daha fazla düşünmemeye çalışarak yatağa doğru sendeleyerek gittim. Manzaranın ürkütücü olacağını biliyordum. Mutfağa gittiğimde pencereler ve kapı sonuna kadar açılmıştı. Havada yanmış adaçayı kokusu vardı ama mutfak aydınlık ve tertemizdi. Ortalıkta tek bir damla kan yoktu. Tüm mobilyalar dışarı çıkarılmıştı, bu da sandalyelerin de masayla birlikte parçalanacağı anlamına geliyordu. Oliver'ın az önce masayı parçaladığı yere, evin arkasına gittim. Masanın parçalarını genişçe bir varilin içine attı, üstlerine çakmak gazı döktü ve yaktığı kibriti de varilin içine attı. Ahşap parçaları sanki kızgın bir Tanrı'ya verilen kurban gibi alev aldılar.

"On sekiz yaşındaydım," dedi varlığımın farkına vardığına dair herhangi bir işaret vermemiş olmasına rağmen. "Sen daha yeni doğmuştun ve anneni yeni kaybetmiştik. Bunu mazeret olarak söylemiyorum. Sadece ne kadar uzun süredir öfkeyle verilmiş aptalca bir kararın verdiği suçluluk duygusuyla yaşadığımı anlamanı istiyorum." Bir şey söylemedim ama gidip yere, yanına oturdum.

"O zamanlar dünya şimdiki gibi değildi," dedi. "Bir futbolcunun, erkek arkadaşını mezuniyet balosuna getirebileceği türden bir dünya değildi." Varile birkaç tahta daha attı. "Bunların hepsinin yakılması gerek," dedi bu yaşıma kadar her sabah oturup kahvaltımı yaptığım masadan artakalan yığına bakarak. Sandalyeler çoktan parçalara ayrılmış, yığının en altında duruyorlardı. "Kanım içlerine işledi ve yakılmazlarsa biri bunu beni kontrol etmek ya da gücümü benden çalmak için kullanabilir. Jackson'ın giydiği kıyafetleri de alıp yakmam gerekecek." Etrafındaki kırık eşyalara göz gezdirdi. "Jilo bu yığın için ruhunu satardı," dedi.

Jilo, ben olanlara tanık olmayayım diye Grace'in saldırısını geciktirmiş olabilir mi diye düşündüm tekrar. Fırtınayı ben eve geç gideyim diye mi çıkarmıştı? Bana verdiği ders, –tehlikenin farkında olma ve saldırıları savuşturma dersi– benim eve Grace işini bitirmeden önce varabileceğim ihtimalini düşündüyse, yerinde bir ders olmuştu. Jilo gerçekten de Grace'in Oliver'ı –ya da bütün ailemi– öldürmesine izin vermeye niyetli olabilir miydi?

"Adam eşcinsel olmaktan rahatsızlık duyardı." Oliver aniden konuyu değiştirmişti tekrar. "Hâlâ da duyuyor ama önceleri daha kötüydü. Orduya yazılmak, sonra da polis olmak istiyordu. Eşcinsel olmak planlarına uymuyordu hiç. Ama sonra bana âşık olmak gibi bir hataya düştü ve ben de ona âşık olmuştum."

"Kızma," dedim kendimi tutamadan. "Bunu söyleyerek seni kırmak istemiyorum ama belki de onu o kadar çok sevmiştin ki..."

"Onu eşcinsel yaptım, öyle mi?" Oliver'ın kahkahası acı doluydu. "Hayır, havuçlu çöreğim. Adam ben ona göz koymadan çok öncesinden beri eşcinseldi. Onun tavırlarının seni kandırmasına izin verme. Diz çökmek için en çok sabırsızlananlar asıl kabadayılardır." Bu söylediğine karşılık söyleyecek bir şey bulamamıştım. Oliver bana baktı ve ateşin içine birkaç tahta daha attı. "Uzun lafın kısası, Adam'ı sevmiştim. Aslına bakarsan o sevdiğim tek adamdı ama şu anda neden onu sevdiğimi sorsan hiçbir cevabım yok." Ateşi dürtmeyi bıraktı ve başını çevirerek bana baktı. "Gerçek şu ki mezara girene kadar onu seveceğim. Dün gece de buna epey yaklaştım." Ağzının sağ tarafı gülmeye çalışarak hafifçe oynamıştı ama gülemedi. "Ve şimdi," diye devam etti. "Hayatımın geri kalanını senin bana, onun baktığı gibi baktığını görerek geçireceğim."

Her şey, Grace'ten bana bahsettiğinde Jilo'nun umduğu gibi gerçekleşiyordu. "Neler olduğunu anlat bana," dedim Oliver'ı affedebilmeme izin verecek bir bahane bulacağımdan ümidi kesmeyerek.

"Zaten biliyorsun. Grace yalan söylemiyordu," dedi.

"Ama ben senden duymak istiyorum. Ne olursa olsun, sen anlat bana."

Varilden uzaklaştı ve yanıma oturdu. Sırtüstü uzanarak dirseklerine dayandı. Çıplak göğsündeki boncuk boncuk ter damlaları aşağı süzülüyordu. "Grace, Adam ve benim hasta olduğumuzu söylerdi. Erkekler bizim yaptığımız türden şeyleri yapmamalılardı ona göre. Erkekler birbirine âşık olamazlardı. Adam'ı istiyordu ve onda bozuk olan her neyse bunu tamir edebileceğine inanmıştı."

"Jilo Ana'nın, Adam'a büyü yapmasını mı sağladı?" diye sordum.

"Buna gerek yoktu. Adam ve ben bir yıldan fazla bir süredir beraberdik. O zamana kadar benden sıkılmıştı sanırım. Grace'in ona gösterdiği ilgi hoşuna gidiyor, gururunu okşuyordu. Ama çoğunlukla Grace'in inandığı şeye inanıyordu. Bizde bir yanlışlık olduğuna. Ve Grace onu iyileştirebileceği sözünü verdiğinde tıpkı şu varilin içindeki alevin tahtaların peşinden koşması gibi gitti Grace'in peşinden. Sorun şu ki, Grace'in tedavisi işe yaramadı." Mavi gökyüzüne baktı ve büyük bir bulut kümesinin yaklaşmasını izledi. "Birkaç ay sonra geri geldi, beni ne kadar sevdiğini, ne kadar özlediğini söyledi. Bir şekilde her zaman birlikte kalacağımıza yemin etti. Buna yemin etti! Ve birkaç gün sonra bir anda yok oldu.

"Evine gittim ama annesi gitmemi istedi. Grace hamileydi ve Adam'la evleneceklerdi. Oğlunun bizim 'küçük oyunlarımıza' daha fazla ayıracak vakti yoktu. O büyümüştü ve artık bir erkek olacaktı. Benim de aynısını yapma vaktim gelmişti. Kapıyı yüzüme kapadı ve Adam'ın penceresindeki perdenin hareket ettiğini gördüm. Orada olduğunu biliyordum. Kızgın olmalıydım. Oradan gitmeliydim ama..."

"Ama kalbin kırılmıştı," dedim o doğru ifadeyi bulamayınca.

"Hayır, daha da kötüsüydü. Kalbim kırılmıştı ama vicdanım da kırılmıştı. Basamaklara oturdum ve içimde bir karanlık büyüdü. Hareket edemiyordum ve her nefesimde daha ağırlaşıyor, yoğunlaşıyor gibi hissediyordum. Birkaç dakika sonra Adam'ın dedesi Henry dışarı gelip yanıma oturdu." Oliver dönerek tekrar baktı bana. "Henry dünyaya gelmiş en düzgün insandı. Kolunu boynuma attı ve kendi iyiliğim için daha güçlü olmam gerektiğini, bunları atlatacağımı söyledi. Sonra beni kendine çekti ve beni hak ettiğim gibi sevmediği için torununun ahmak olduğunu söyledi."

"Henry'yi bir kere görmüştüm, iyi biri," dedim.

"Ama Henry sen doğduktan hemen sonra öldü." Oliver başını iki yana sallamaya başladı, sonra iç çekerek, "Savannah," dedi.

Henry'nin ruh olduğunu düşünmemiştim. Elimi tutmuş, benim için araba kullanmıştı. Jilo, fiziksel olarak yetkin olabilmesi için onun ruhuna biraz mojo katmış olmalıydı. Buna şaşırmam gerekiyordu ama artık beni şaşırtmak gittikçe zorlaşıyordu. "Savannah," diye karşılık verdim.

"Her şey yolunda gidebilirdi," diye devam etti Oliver. "Tabii ki Adam Grace'le evlenirdi ama evliliğin uzun süreceğinden kuşkuluydum. Muhtemelen bir iki yıl içinde benden bıktığı gibi Grace'ten de bıkacaktı. En azından bir kereliğine bir kızı hamile bırakabilecek kadar erekte olabildiği için kendiyle gurur duyarak." Öfkesi iyice belli olmaya başlamıştı. "Bebek, Adam'ın gerçek kimliğini gizleyen bir unsur olacaktı."

"Bu yüzden mi sen?.." diye başladım.

"Hayır." Oliver sözümü kesti. "Adam'ı kazanmak Grace'e yetmedi. Olanları benim başıma kakmak için buraya geldi. Tartıştık ve ona, Adam'ın onunla evlenmesinin tek sebebinin onun hamile olması olduğunu söyledim, O da bana Adam'ın normal bir yaşam istediğini söyledi, sapkın bir yaşam değil. Tepem attı. Ona bundan çok eminse bebeği aldırması gerektiğini, böylece

Adam'ın yine de onunla evlenmek isteyip istemediğini görebileceğini söyledim. Onu etkim altına alarak bebeği aldırmasını sağladım."

"Kızgındın." Kendimi olanlara bahane bulmaya çalışırken bulmuştum. "Bunlar sadece sözlerdi."

"Evet, önceden planlanmamışlardı ama yine de cinayetti. Ne yaptığımın farkında değildim. Önemsememiştim. Belki de karnı büyümüş olsa bebeğin varlığını daha iyi hissedebilirdim. Belki de..." Duraksadı. Bütün bu yollardan birçok kez geçtiği açıktı. "Kendi bedeni hakkında kendisi karar veremedi, Mercy. Onun yerine ben karar verdim ve bu yaptığımı affettirecek bir yol yok."

"Evet," dedim. "Sanırım yok. Ama yaptığı şeye isteyerek sebep olduğuna inanmıyorum. Onu isteyerek etki altına aldığına inanmıyorum. Yastaydın ve kızgındın. Birini öldürdün ama bunu kasıtlı yaptığına inanmıyorum. Sen katil değilsin." Ayağa kalktım ve içinde tahtaların küle dönüştüğü varile gittim. Masadan kalan birkaç parçayı daha attım içine.

"Ben de senin, sevdiklerinin yaptığı yanlışlara göz yummaya fazla istekli olabileceğini düşünüyorum," dedi Oliver.

"Gel ve bana yardım et," dedim. "Ateş sönüyor." Kalkıp şortunu silkeledi. Birkaç parça daha tahta almak için eğildim. Elim geri kalan parçalardan çok daha küçük bir parçaya değdi; avucum büyüklüğünde bir tahta parçasına. Dayımın kanı içine işlemiş, diğer parçalardan daha fazla kan çekmiş gibi, rengi koyu kırmızı olmuştu. Parçayı elime aldım ve gözucuyla, bana arkasını dönmüş, masanın ayaklarından birini almak üzere uzanmış Oliver'a baktım. Nedenini bilmeden tahta parçasını cebime attım ve ateşe diğer parçaları atmaya devam ettim.

"Ginny'yi Grace mi öldürdü?" diye sordum Oliver masa ayağını ateşe attıktan sonra. Havaya kıvılcımlar yükseldi, ateşin sıcaklığı havanın sıcaklığıyla birleşerek varilden birkaç adım uzaklaşmamıza sebep oldu.

"Hayır. Iris elini Ginny'nin vücuduna değdirdiğinde diğer tarafa bir kapı açtı ve Grace de bu kapıdan dünyamıza girdi. Eve girebilmek için uygun zamanı bekliyordu sadece."

"Belki de Jilo Ginny'yi, Iris'in kapıyı açması için öldürmüştür," dedim. Bunun gerçekleşmesi için ben de alet edilmiş miydim merak ediyordum.

"Grace'in intiharının ucunda benim olduğumu Jilo ve Ginny'den başka kimse bilmiyordu," diyerek karşılık verdi Oliver. "Jilo torununun ölümünü pazarlık aracı olarak kullandı. Ginny ve Jilo aralarında bir anlaşma yaptı. Jilo ben Savannah'dan ayrılırsam intikam peşinde koşmayacağını söyledi. Her yıl eve sadece birkaç haftalığına gelmemin, çocukluğunun büyük kısmını kaçırmamın sebebi bu. Anlaşma sadece yılda dört hafta Savannah'da bulunmama izin veriyor. Ancak Jilo'nun öncelikli amacı benden kurtulmak değildi."

"Ne demek istiyorsun?"

"Jilo büyük bir miktarda gücü eline geçirme şansı yakalamıştı. Bunun nasıl yapıldığını bilmiyorum ama Ginny onun için bir kuvars taşına güç yüklemişti. Yumruğum kadar büyük bir taşa," dedi yumruğunu göstermek için elini kaldırarak. "Bir futbol sahasını aydınlatacak kadar parlaktı. Yemin ederim. Ona bakamamıştım bile. Ginny onu bulunamayacağı bir yere gömmesini ve dikkatle kullanmasını söylemişti Jilo'ya. Eminim ki o taş yirmi yılı aşkın süredir onun büyülerine güç sağlıyor." Masanın diğer ayağını aldı ve çatırdayan yığının içine attı. "Jilo Grace'ten çok güce önem veriyor. O şişman ve mutlu ve sahip olduğu rahat düzeni riske atacak bir şey yapmaz asla."

"Yani onun Ginny'nin ölümüyle bir ilgisi olmadığını düşünüyorsun, öyle mi?" diye sordum.

"Evet. Başta olabileceğini düşünmüştüm. Martell cinayet silahıyla yakalandığında. Ama düşündükçe içimden bir ses ilgisi olmadığını söylüyor bana." Başını iki yana salladı. "Daha elle tutulur bir kanıt yok elimde. Sadece içimdeki his bu."

Mavi gözlerinin derinlerine baktım, eski Oliver'ı görmeye çalıştım; Grace'in mutfak masasında kestiği Oliver'ı. Kendine güveni, hatta vurdumduymazlığı tamamen yok olmuştu. Oliver artık bildiğim, tanıdığım Oliver değildi ve bir yanım onu özleyecek olsa da bütün bu geçen yıllarda sakladığı sırrın açığa çıkmasıyla onun artık daha iyi bir insan olabileceğini düşünüyordum. "Artık Ginny öldüğüne göre Jilo senin burada kalmana izin verecek mi?"

"Boş ver Jilo'yu," dedi Oliver. "Ve Ginny'yle yaptığı anlaşmayı da boş ver. Suçlu olduğumu inkâr etmiyorum ama dün gece cezamı çektim." Baltayı aldı ve masadan artakalan büyük bir parçaya hızla vurarak sözünü noktaladı.

"Ateş kontrolün altında gibi görünüyor," dedim. "Gerisini sana bırakıyorum."

"Pekâlâ," dedi ama ben uzaklaşmaya başladığımda arkamdan seslendi. "Havuçlu çöreğim. Şu cebindeki tahta parçası..." dedi. Yanaklarıma kan hücum ettiğini hissettim; varilin içindeki alevler gibi yanıyorlardı. "Hayır," dedi. "Sorun değil. Dün geceden sonra sana en azından o kadarını borçluyum. Şimdilik onu odana götür. Daha sonra gelip onu nasıl doğru şekilde kullanabileceğini sana göstereceğim. Ben göstermeden denemeye kalkışma, olur mu?"

"Tamam," diye yanıtladım. Suçluluk içinde gözlerimi yere çevirdim. Onun gözlerine bakamamıştım. Arkama döndüm ve mutfak kapısına hızla yürüdüm. Oliver'ın varile birkaç parça daha tahta atarken kıkır kıkır güldüğünü duydum. Gülüşünde gerçek mutluluk vardı.

YİRMİ İKİ

Öğle yemeği zamanında Iris ve Connor eve geri dönmüştü. Yeni bir mutfak masası ve sandalyeler almışlardı ve aldıkları, öğleden sonra eve getirilecekti. Eve huzursuz edici bir sessizlik çökmüştü. Iris başı öne eğik, bir şeye çarpmaktan korkarcasına kollarını vücuduna kenetlemiş bir şekilde içeri girdi. Connor hâlâ kızgındı; kendi karısı tarafından elleri kolları bağlanmış olmasına içerlemişti. Iris bunları yaparken Grace'in kontrolü altında olduğu halde. Ellen onu dolapta ağzına çorap tıkılarak bantlanmış, çıplak bir halde bulmuştu.

Connor mutfak dolaplarından birini açıp bardak aldı ve dolabın kapağını çarparak kapadı. Dolaptaki diğer bardakların birbirine çarpma seslerini duydum. Buzdolabını açtı ve bardağına soğuk çay doldurdu. Buzdolabının kapısını da çarpmaya çalıştı ama kapının yalıtım bandı çıkarmak istediği sesi boğuklaştırdı. Tüm bunlar için Iris'i suçladığını gizlemeye çalışmıyordu. Çayını her yudumlayışından sonra Iris'e dik dik bakıyordu. Şüphesiz Iris de kendini suçluyordu; sessizdi, tezgâha yaslanmış, pencereden dışarı boş gözlerle bakıyordu. Yanına gidip ona sarıldım ama geri çekildi.

"Ginny'ye dokunduğumda aldığım riskin farkındaydım. Özellikle sonra sen..." Iris cümlesini tamamlamadı.

"Sonra ben ne?"

Connor'la birbirlerine baktılar. "Sen mi yanıtlarsın yoksa benim yanıtlamamı mı istersin?" diye sordu kocası bardağını tezgâha vurarak. Bardaktaki çay her yere sıçramıştı. Iris havluya uzanıp bize bakmadan çayı silmeye başladı.

Neredeyse cevap beklemekten vazgeçmiştim ki Iris bana döndü. "Ginny'yi bulduğunda verdiğin tepki çok şiddetliymiş. Yaşadığın üzüntü olanları okumam için ihtiyacım olan enerjinin dengesini bozmuştu ve bunu biliyordum. Ayrıca senin bana dayanak olman, diğer dünyadan herhangi bir şeyin bu tarafa geçmesini engellememe yardım etmen için yeterli güce sahip olmadığını da biliyordum." Durdu. "Bunların benim içime girmesini engellemen için yeterli güce sahip olmadığını biliyordum. Connor beni engellemeye çalıştı ama onu dinlemedim."

"Üzgünüm," dedim. "Bilmiyordum. Sadece tepki verdim."

"Kendini suçlama tatlım. Bunların hiçbiri senin suçun değil. Dün burada olanların hepsinin sorumlusu benim." Onu kollarıma almak, sarılmak istedim ama izin vermedi. "Senin tesellini hak etmiyorum," dedi kollarımdan kurtularak.

"Evet, kesinlikle hak etmiyorsun," diye karşılık verdi Connor. Tezgâhtan gazeteyi aldı ve mutfaktan paldır küldür yürüyerek çıktı. Çıkarken mutfak kapısını öyle sert itti ki kapı üç dört kere bir içeri bir dışarı sallanarak sonunda durdu.

"Tanrı hepimizi hak ettiğimizi almaktan korusun," dedim Connor'ın beni duyacağı bir sesle. Teyzeme sarıldım. Bugün vücudu daha farklı gibi gelmişti, sanki kemiklerine bir güçsüzlük yayılmıştı.

"Amin," dedi Emmet arka bahçeye açılan kapıdan içeri girerken.

"Teşekkürler canım," dedi Iris bana ve yanakları gözyaşlarıyla ıslanmaya başlarken mutfaktan hızla çıktı.

"O iyi olacak," dedi Emmet. "Bir hata yaptı, çok büyük bir hata ama düzeltemeyeceğimiz bir hata değildi bu. Ailen güçlerini kullanmada dikkatsiz ve fevri davranıyor. Zayıf ve duygusallar."

"Evet, bilgilendirdiğin için teşekkür ederim," dedim. Ailem nasıl olursa olsun, başımızdan çok şey geçmişti ve ihtiyacımız olan son şey sadece bir süre önce toprak yığınından başka bir şey olmayan birinin bizi eleştirmesiydi.

"Niyetimiz seni kızdırmak değil," dedi Emmet. "Suç sadece ailenin değil. Suç hepimizin. Bir bağlayıcı, etrafındaki cadıları geliştirmelidir. Zayıfların güçlenmesine, sorumlu davranmalarını öğrenmelerine yardımcı olmalıdır. Sizin yolunuza ışık tutması gerekirken Ginny karanlık bir hava yarattı hayatınızda. Ailenin zayıf, senin bilgisiz kalmana sebep oldu. Bunu yaparak hepinizi yüzüstü bıraktı ve biz de bunu daha önce fark edemediğimiz için sizi yüzüstü bıraktık. Bu hataları düzeltmek için buradayız."

"Peki ya Grace ne olacak?" diye sordum.

"Ruh geri gelemeyecek," dedi. "İsterse öteki dünyaya göçebilir ya da Savannah'da öfkeli bir ruh olarak kalabilir. Seçim onun. Ama tekrar saldıramayacak, Oliver ya da ailenden herhangi birine zarar veremeyecek." Emmet gözlerini kapadı ve anlaşılmaz bir iç konuşmaya daldı; yaşadığım süre boyunca bu tuhaf görüntüye alışamayacaktım. Birkaç sinir bozucu saniyeden sonra bana baktı. "Oliver'la konuştuk," dedi ve iri elini bana uzattı. "Aldığın tahta parçasını göster." Düşünmeden dediğini yaptım. Elimi şortumun cebine attım ve tahta parçasını çıkararak ona verdim. Bunu yapmam için beni etkisi altına almamıştı. Kendi irademle yapmıştım.

"Cazibe ve ikna," dedi tahta parçasını elinde çevirerek. Dokunduğunda tahta parçasının keskin kenarları düzeldi, parça tamamen pürüzsüz hale geldi. "Bunlar Oliver'ın güçlü noktaları ve kısa bir süre senin de güçlü noktaların olacaklar."

Sanki çağırılmış gibi Oliver belirdi açık kapıda. Tahta parçasını Emmet'in elinden aldı ve birkaç saniye sessizce elinde tuttuktan sonra avucuma koydu. Tahta sıcaktı ve karıncalanma hissi yayıyordu. Ben bakarken yüzeyinde üç sembol belirmişti.

"*Gebo* bu parçayı sana kendi isteğimle verdiğimi sembolize ediyor," diye açıklamaya başladı Oliver. "Güç çalmanın senin ödediğini görmek istemeyeceğim bir bedeli var. Bu *Uruz*," dedi ikinci sembolü parmağıyla göstererek, "bunun iki anlamı var, birincisi verdiğimin kendi gücüm olduğu, ikincisiyse bu gücü vermeye hakkım olduğu. En sonuncu sembol ise *Dagaz*. Bu sembol, gücün sana verilme süresini bir günle kısıtlıyor. Böylece gücümün bir kısmı senin artık. Arkadaşın Emmet geri kalanını sana açıklayacak," dedi. "Onunla, benim yaptığım hataları yapma," diye ekledi ve dışarı çıktı.

Karıncalanma elimden koluma yayıldı, sonra tüm vücudumdan geçerek yok oldu. Dizlerim titremeye başlamıştı, öne doğru düşecek gibi olmuştum ki Emmet hemen beni kolları arasına alarak tuttu. Doğruldum ve Emmet'ten geri çekildim. Hiç bu kadar güçlü ya da kendini kaybetmiş hissetmemiştim. Hayatım boyunca Maisie gibi olmanın nasıl bir şey olduğunu hissedebileceğim bir gün, sadece bir gün geçirmek istemiştim. Hayatı parmaklarımın ucunda tutmanın nasıl bir şey olduğunu hissedebileceğim bir gün. Şimdi burada, mutfakta, o güce sahip olduğum anda o güçle ne yapacağımı bilemeden tökezleyip duruyordum.

"Güç çok kuvvetli," dedim Emmet'ten ziyade kendime.

"Bu sana iyi gelecek Mercy," dedi. "Seni kuvvetiyle yoran bu güç, Oliver, Iris ve Ellen'ın içinde çalkalanan gücün sadece küçük bir kısmı. Hatta Connor'ın içindeki gücün bile. Ve bunu Maisie'nin gücüyle karşılaştırırsak, hiçbir şey. Hiçbir şey." Kelimeyi iyice vurgulamıştı. "Anlat Mercy, nasıl hissediyorsun? Güç seni korkutuyor mu?"

"Hayır," dedim. Durdum ve enerjinin vücuduma akışının gerçekten nasıl bir his olduğunu düşündüm. "Canlı hissediyorum. Netleşen bir resim gibi hissediyorum. İyi hissediyorum."

"Sen bizim için, hepimiz için bir muammasın, Mercy Taylor," dedi. "Güç içine diğer insanlarda görmeyi beklediğimiz kötü etkilerin hiçbirine sebep olmadan akıyor. Güç senin için biçilmiş kaftan gibi. İçini öyle güzel kaplıyor ki en baştan ona sahip olman gerekiyormuş ama..."

"Ama sahip olamamışım," diye sözlerini tamamladım.

"Ama bugün sahipsin," dedi. "Ve şimdi bu hediyeyi hak ettiğini göstermelisin. Bugün yapacağın büyülerin hepsini kendi başına yapmalısın. Vicdanının izin verdiği herhangi bir şeyin önüne geçmek ya da bu sezgisel süreçte dikkatini dağıtacak fikirler vermek istemiyoruz. Sen gücün doğal bir aracısısın ve sihir senin emrinde."

YİRMİ ÜÇ

Odamdaydım. Elimdeki tahta parçasının titreşimlerini hâlâ hissedebiliyordum. Başımı eğip baktığımda, görülebilir şekilde titrediğini ve soluk mavi kıvılcımlar saçtığını fark ettim. Her şey değişmiş gibiydi. Hayır, değişmiş gibi değildi; çoğalmış, yoğunlaşmıştı her şey. İçime aktığını hissettiğim gücü tahta parçasının ucunda bir delik açmak için kullanarak denedim, böylece onu boynuma kolye gibi asabilecektim. Tahtanın kendi kendine hücre hücre parçalanmasını, kusursuz bir yuvarlak delik oluşturmasını izledim. Deliğe bir ip geçirdim. Düşmeyeceğinden emin olmak için ipe birkaç kez düğüm attım ve boynuma astım. İp, tahta parçasının ucunun kalbimin hizasına sarkacağı uzunluktaydı. Kolye göğsümün ortasına kayarken titreşimlerin tüm vücuduma yayıldığını hissettim.

Sıvı alev dolaşıyordu damarlarımda. Elimi kolye ucuna götürdüm ve aynada kendime baktım. Karşımda bana bakan, kendinden emin yüzü görünce şaşırmıştım. Tüm hayatını bir şekilde karada geçirmiş ve hayatında ilk defa suyla buluşmuş bir balık gibi hissediyordum. Hayatım boyunca bu hissi tatmayı beklemiştim. İlk defa gerçekten nefes alabildiğimi hissediyordum.

Bunun sadece emanet bir güç olduğunu bilmek beni üzüyordu. Yarın yanı başımda nehir akmaya devam edecekti ama ben tekrar kıyıda bocalamaya başlayacaktım. Bir anlığına gücü kabul ettiğim için pişmanlık duydum ama sonra güce daima sahip olabilmek için fedakârlık etmem gereken şeyin ne olabileceğini düşünmeye başladım. Jilo'nun sözleri vicdanımı rahat bırakmıyordu. Kolyeyi boynumdan çıkarıp masanın üstüne fırlattım. Onu orada bırakıp gitmek istedim ama elim kendiliğinden ona uzandı; ona dokunmak, onu tutmak için yanıp tutuşan parmaklarım tahta parçasının üzerinde duruyordu. Bir günlüğüne de olsa içimi güç kaplamasına izin verirsem, dünyayı onun bana verdiği gözlerle görmeme izin verirsem beni ne şekilde değiştireceğini merak ediyordum.

"Buna ihtiyacın var," dediğini duydum Ellen'ın. Kapıdan beni izliyordu. Ne zamandır orada durup beni izlediğini bilmiyordum ama yeni izlemeye başlamadığından emindim. "Sihri hissetmelisin, bir kereliğine olsa da. Bunu uzun zamandır tecrübe etmek istediğini biliyorum ve diğer aileler bir daha böyle bir şeye izin vermeyebilir. Bu seferki çok özel bir istisna. Bu, senin kendini cadı gibi hissetmen için bir şans Mercy. Aileni anlamanı ve yaptığımız büyük hataları affedebilmeni kolaylaştıracak bir şans."

Beni gözetlediği için sinirlenebilirdim ama sinirli değildim. Bunu paylaşabileceğim, günah çıkarabileceğim biri olmasına mutluydum. "Korkuyorum," dedim. "Bir daha bunu yaşamayacağımı bildiğim için bu denli iyi, bu denli güçlü hissetmek istemiyorum. Bu uyuşturucudan daha kötü."

"Hayır, uyuşturucu değil bu. Bu, bir cadının içindeki doğal güç... ve sen de onun içinden akması gerektiğini seziyorsun."

Büyüye olan açlığımın, dayanabileceğimden çok daha fazla olduğunu anlamam için birkaç dakika yeterli olmuştu. "Ama bu çok güçlü," dedim yine de. "Yarın beni bırakacağını bilerek bugün içimi kaplamasına izin veremem. Onu bırakacak kadar güçlü olamam. Eski halime dönmeye gücüm yetmez, bir kere..."

"Bir kere Maisie'nin yerine geçmişsen," dedi ve dediklerinin doğruluğunu başımı sallayarak kabul ettim. Gözlerim dolmaya başladı ve konuşamadım.

Uzandı ve kolyeyi alıp ipi başımdan geçirdi. Saçlarımı ipin altından kurtarıp sırtıma saldı. Tahta parçası kalbime dokunmuştu ve bir kez daha ben sihrin bir parçası, sihir benim bir parçam olmuştu.

"Bunu geri verebileceğimden emin değilim," dedim tekrar ama karşı çıkma isteğim daha sözlerimi tamamlayamadan yok olmuştu. Gözlerimi Ellen'dan aynaya çevirdim. Baktığımda etrafımda tuhaf bir parıltının dans ettiğini fark ettim. Kalbimin etrafında yoğunlaşan parıltı, kırmızı ve arada siyah benekleri olan yeşil renklerdeydi. Sanki yaşayan renklerden oluşmuş bir alanla kaplanmış gibiydim.

"Bir şey dene, herhangi bir şey," dedi Ellen. "Sana nasıl karşılık vereceğini gör."

Maisie'yi görmek istiyordum. Onu çok özlüyordum ve çekilişte yaşananlar için onu affettiğimi söylemek istiyordum. Onu kendim görmeliydim; iyi olduğundan emin olmalıydım. Elimi uzattım ve aynaya dokundum. Bir süre dalgalandıktan sonra görüntü değişti. Maisie'nin tanımadığım koyu saçlı bir kadınla konuştuğunu görebiliyordum. Kadın anında beni fark etti ve elinin tek hareketiyle bağlantı koptu.

"İnanılmaz," diye fısıldadı Ellen. "Maisie'yle aranda bir portal oluşturamaman gerekiyordu. Bunu nasıl yaptın?"

"Sadece onu ve onu görmeyi ne kadar çok istediğimi düşündüm," dedim.

"Yani tek bir düşünce ve Oliver'ın gücünün sadece küçük bir parçasıyla başka bir dünyaya, başka bir boyuta ulaşabildin."

"Başka bir boyut mu?"

"Maisie'nin eğitimi boyunca çizgiyle bağlantısı olmayan bir yere gönderilmesinin en iyisi olacağına karar verildi."

"O kadın kimdi?"

"Kadın mı? O bir kadından çok doğal bir kuvvet," dedi Ellen somurtarak. "Maisie'nin eğitim aldığı bağlayıcı o. Bir daha dikkatini çekmezsen iyi olur tatlım." Gülümsedi ama zorlama bir gülümsemeydi. "Peki, bugün ne yapacaksın?" diye sordu hızla konuyu değiştirerek. "Bütün günü aynanın önünde geçirmeyeceksin herhalde."

Bu sorusu daha önce fark ettiğim kırmızı ve benekli yeşil haleye odaklanmama sebep olmuştu. Başta tereddüt ettim ama sonra, "Sanırım bir hata yaptım," dedim kalbimin etrafında dönen canlı renkleri işaret ederek.

"Evet," dedi yanıma gelerek. "Ne olduğunu pek anlayamıyorum ama üstünde seninkiyle uyuşmayan bir büyü olduğunu görebiliyorum." Ellen elini uzattı ve kolyeyi kenara kaydırarak parmaklarını yumuşak bir dokunuşla kalbime koydu. "Bu yapay sihir, cadı sihri değil."

İkimizin de Jilo'nun büyüsünü hissettiğimizi biliyordum. Ayrıca ona giderek yaptığım hatayı düzeltmek için bugünü kullanmam gerektiğini de biliyordum. Bana yaptığı büyüyü kaldırmanın bir yolunu bulmam gerekiyordu, bu, Peter'ın kalbinin kırılacağı anlamına gelse de. "Bu Jilo Ana'nın sihri," diye itiraf ettim.

"Evet," dedi Ellen. "Her yerinde Jilo'nun imzası var, güçlü ama amatörce. Aptalca oluşturulmuş, birçok olumsuz etkiye açık bir büyü. Kim ondan sana bu büyüyü yerleştirmesini istedi?"

Cevap veremedim ama Ellen gerçeği anlamış görünüyordu. "Anlıyorum," dedi. Yüzünden, aklında birçok soru olduğu anlaşılıyordu ama hiçbirini sormamayı tercih etti.

"Bu büyüyü bozabilir miyim?" diye sordum.

"Evet, büyü bozulabilir," dedi biraz düşündükten sonra. "Ama bu bir kan büyüsü. Bozmak için büyüyü yapan kişinin kanına ihtiyacın var."

"Ne kadarına?" diye sordum soğuk bir ürperti vücudumu titretirken. Jilo'yu dörtyolda görmeye gittiğimde taşıdığı çuval aklıma gelmişti; içindeki zavallı tavuk akşam yemeğinden daha karanlık bir şeye kurban gitmişti.

Ellen elini kaldırdı ve kolye yerine döndü. Tahta parçası göğsüme değdiğinde daha güçlenmiş, daha kendimden emin hissetmeye başlamıştım.

"Çok değil," dedi. "Sadece sana yaptığı büyüde kullandığı kadar."

"Yani tek yapmam gereken Jilo'nun peşine düşüp ondan kan bağışı yapmasını istemek," dedim. Nedense onu bulacağımdan çok emindim ama Oliver'ın etki altına alma gücüyle bile o yaşlı kadından kan alabileceğimden emin değildim.

"Büyüsünü kendisi bozması, sanki hiç yapmamış hale getirmesi en iyisi olur," diye karşılık verdi Ellen. "Ama bunu yapmakta isteksizse, büyüyü onun kanı ve büyünün yapılmasını isteyen kişinin kanını karıştırarak kendin de bozabilirsin."

"Ama nasıl?" diye sordum.

"Sezgilerine güven," dedi. "Bunun için benim yardımıma ihtiyacın yok. Kız kardeşini bulmak için bir dünyadan diğerine uzanabiliyorsan Jilo'yla da başa çıkabilirsin."

Ellen odadan çıktığında hâlâ aynadaki yeni görüntüme bakıyordum ama o haklıydı. Günümün bir dakikasını daha boşa harcamayacaktım. Elimi tahta parçanın üstüne koydum ve ateşin damarlarımda dolaşmasını hissettim tekrar. Onu tişörtümün altına koyduğumda şiddetli bir baş dönmesi başlamıştı. Dünya etrafımda dönüyordu ve tamamen her yanımı güç kaplamıştı. Sonunda içimdeki enerji sakinleşti ve tekrar sağlıklı düşünebilmeye başladım. Jilo'yla hesabımı görme vaktim gelmişti.

Koridordan geçerek çamaşır dolabına gittim. Dünkü gibi kendiliğinden açılıp aralıktan açık mavi ışık sızdırmasını bekliyordum. Kapı kapalıydı. Birkaç dakika önünde durup bekledim, sonra kapı kolunu tuttum. Kapıyı açtığımda, karşımda normal bir oda duruyordu; deniz yeşili rengiyle, bacağı olmayan kediyle karşılaşmamıştım. Jilo da orada değildi. İçeri adımımı attım ve arkamdan kapıyı kapadım. Jilo'nun sihrinin varlığını hissetmeye çalışarak odanın ortasına doğru yürüdüm ama herhangi bir şey hissetmiyordum. Odanın duvarları arasında tek hissettiğim sihir benimle gelen sihirdi. Ailemin, Jilo'nun evimizde bir portal oluşturduğunu hiç hissetmemiş olmasının sebebi buydu demek. Güce sahip olanlardan gizlenen bir kapıydı.

Odadan ayrıldım ve sezgilerimi dinleyerek merdivenlerden inip evden çıktım. Jilo, yalnızca işini zorlaştıran polisten ve onun için bundan daha da büyük bir tehdit oluşturan ailemden saklanıyordu. Grace'in dünyamıza girişine dikkatsizce izin veren Iris kadar ben de suçluydum. Jilo'ya, aileme saldırabileceği bir koz vermiştim. Yaptığı büyüyü bozması için onu ikna etmem, sonra onunla olan bütün bağımı koparmam gerekiyordu. Bilgi ve güce olan arzumu, ailemin iyiliğinin önüne koymam yanlıştı.

Bisikletimi almayı düşündüm ama Savannah'yı ayaklarımın altında hissetmek istiyordum. Birkaç adım attıktan sonra ayakkabılarımı çıkardım. Taşların, kumlu toprağın, güneşin kavurduğu betonun ve hareli kaldırım taşlarının bana yol göstermesine ihtiyacım vardı. Yer ayaklarımı kuvvetle çekiyordu; yerin enerjisi benimkiyle birleşiyor, molekülleri mantıkla açıklanamayacak şekilde benimkilerle temasa geçiyordu. Güneş neredeyse tepeye varmıştı ve ayaklarımın altındaki zeminin cehennem sıcaklığında olması gerektiğini biliyordum ama acı hissetmiyordum. Sadece beni hedefime götüren Savannah'nın çekimini hissediyordum.

Gücün verdiği gözlerle, şehri birçok yönden ilk defa görüyormuş gibi hissettim. Geçmişten gelen görüntüler geleceğin olasılıklarıyla ilk bakışta kafa karıştırıcı bir şekilde birbirine geçiyordu. Evler bir var olup bir yok oluyor, cadde bir asfaltlanıyor, bir toprak haline dönüyordu. Savannah'da görmeyi asla ummadığım kuleler bir yükseliyor bir iniyordu. Her şey gözümün önünde karmaşıklaşıyordu ama attığım her adımda şu ana daha net odaklanıyordum.

Attıkları adımları sorgulamadan ayaklarımın beni yönlendirmelerine izin verdim. Evimden genişleyen bir sarmalla uzaklaştığımı fark ettim. Sanki küçüklüğüme geri dönmüştüm ve körebe oynuyordum. Ben devam ettikçe Savannah bana "sıcak" ya da "soğuk" diyerek yol gösteriyordu. Whitfield Meydanı'na yaklaşmıştım. Meydandaki kameriye, bir ok gibi güneyi işaret ediyordu. Küçük likör dükkânının yanından Habersham'a doğru yoluma devam ederken iyice hızlanmıştım. Huntington'daki radyo kulesine yaklaşıyordum. İşte o anda anlamıştım. Sanki rüzgâr beni kendiliğinden Drayton'a, Forsyth Parkı'na geri götürüyormuş gibi Huntington'a yönelmiştim.

Onu yakınımda hissediyordum; titreşimlerini, toprak ve külle yoğrulmuş sihrinin kokusunu. Beni eski Candler Hastanesi'ne çekiyordu. Georgia'nın en eski hastanesi olan bu hastane, İç Savaş başlamadan yıllar önce açılmıştı. Geçmişin ıstırabı, asfalt yoldan yükselen bulanık nem dalgaları gibi yükseliyordu binadan. Sarıhumma salgınının kurbanları son ödüllerine bu hastanenin kapılarından geçerek –ya da bazen vücutlarını parçalayarak incelemek için ölmelerini bekleyen doktorlar tarafından aceleyle geçirilerek– ulaşmışlardı. Yoksul ve deliler de aceleyle içeri sokulmuştu, çok azı geri çıkabilmişti. İç Savaş sırasında kesilmiş uzuv yığınları neredeyse ikinci kata kadar yükselmişti. Bugün, binanın hastane olarak kullanıma kapatılmasının üstünden en az otuz yıl geçmişken bile Candler, yüzyıllar boyunca emdiği sefaletten boğulmuş ve tıkanmış görünüyordu. Binadan hem gerçek hem de hayali zehirler sızıyordu ve paslı, soyulmuş demirler onlara bakışınızla size tetanos bulaştırmakla tehdit eder gibi görünüyordu.

Hastanenin önüne doğru daireler çizerek yaklaşırken binayı etrafındakilerden ayıran bir bariyer olduğunu hissettim. Bu bariyeri sezinlememe sebep olan, görme ve dokunma duyularım gibiydi ama onlardan bağımsızdı. Bariyere odaklandığımda geçici bir görüntüsünü yakaladım; binanın etrafını saran soğuk mavi bir alevden oluşmuş bir duvardı.

Duvarın diğer tarafındaki bir ruh kendini tekrar tekrar duvara savuruyor, yalvarırcasına bana uzanmaya çalışıyordu. Orada çıplak ve kirli halde çömelmişti ve hissettiğim acıma, kendi korku ve tiksintimi bastırdı. Tekrar baktığımda oradaydı; dizleri üzerinde çömelmiş, kanlı ellerini yaslandığı duvara çarpıyordu. Sonra baktığımda adam ve duvar yok olmuş, bina her zamanki kuşluk vakti ışığıyla aydınlanmaya başlamıştı. Orada hayatını kaybeden akıl hastalarından birinin ruhu olmalıydı. Drayton Caddesi tarafına ulaşana kadar binanın etrafında döndüm. Forsyth Parkı'nda yürürken artık kullanılmayan bu hastaneyi birçok kere görmüştüm ama daha önce ona böyle dikkatli bakmamıştım. Belki de bakmıştım ama sıradan insan gözlerimle görmüştüm onu sadece.

Büyük Candler Meşesi, neredeyse üç yüz yıllık yosun kaplı dallarıyla binanın önünde nöbet tutuyordu. Yıllar boyu saklambaç oyunlarında bana yardım etmiş eski dostumdu bu ağaç. Ona dokunmak, gövdesine elimi sürmek, onu bir cadı olarak hissetmek zorundaydım. Parmağımı kabuğuna değdirdim tereddütle. Ağaç hoş geldin der gibi parıldamaya başlamıştı. Sanki dokunuşumu tanımış, beni davet ediyordu. Ona dokundum, avucumu muazzam gövdesinde gezdirdim. Birdenbire onlarca canlı görüntü geçti gözlerimin önünden. Gözlerimi kapadım. Eski meşe soğuk toprağın derinlerine inen köklerinin olmasının nasıl bir his olduğunu, sıcak güneş ışınlarının yapraklarına verdiği hissi, dünya üzerinde gezenlerin asla anlayamayacağı yoğun aitlik duygusunu benimle paylaşarak iletişim kurmaya çalışıyordu.

Gözlerimi açtım. Önümde, ağacın gövdesinde iki sembol yanıyordu. Oliver'ın şu anda kolye olarak taktığım tahta parçasına oyduğu sembollere benziyorlardı. Buraya bir büyü yerleştirilmişti ve içimdeki sihirle bu büyüyü görebiliyordum. İlk sembol sanki Y harfinin ortasına yatay bir çizgi çekilmiş gibi bir semboldü. *Savunma, korunma kaynağı, uyarı.* İkinci sembol kuyruğu üzerinde oturan bir balığa benziyordu. *Mülkiyet, arsa.* İsimlerini bilmiyordum ama içimdeki büyü bana ne olduklarını açıklıyordu. Bu runik harfler eski hastanenin delirmiş ve umutsuz enerjilerini zapt eden büyüyü güçlendiriyor, enerjilerin şehrin geri kalanına yayılmaması için onları bulundukları yerde kilit altında tutuyorlardı.

Burada tutsak kalmış ruhları serbest bırakmayı düşündüm. Bu yapabileceğim en akıllıca ve en güvenli şey değildi belki ama onların sonsuza kadar burada kalmalarına göz yumma düşüncesine katlanamamıştım. Belki de bu, bugün yapacağım en bencilce olmayan hareket olurdu. Zayıf noktaları bulmaya çalışarak büyülü sözleri aklımdan geçirdim ve o anda kulaklarımda tiz ve keskin bir ses yükseldi. Başladığı andan beri sağır edici olan ses gitgide yükseliyordu. Verdiği acıdan beni dizlerimin üzerine düşürene kadar devam etti. Uyarı açıktı, bu işe burnumu sokmamalıydım.

Bir çift kuvvetli elin beni omuzlarımdan tuttuğunu hissettiğimde hâlâ dizlerimin üstünde hastaneye bakıyordum. Kulaklarımda duyduğum telaşlı birkaç kelimeyle işitme duyum geri gelmişti.

"Mercy, iyi misin?" Başımı çevirdiğimde Jackson'ı gördüm. Açılmış gözleri Oliver'ın sihrinin üzerimdeki parıltısını gördüğünde kısıldı. Alnında öfkeli bir çizgi oluştu. "Gözlerine ne oldu? Sana ne yaptılar? Kendine ne yaptın böyle?" diye sordu üzüntülü bir sesle. "İçindeki sihri hissedebiliyorum."

Mavi gözlerinin sıcaklığını hissederek ona baktım. Ona sahip olmak istiyordum; Oliver'ın baştan çıkarma dürtüsünün gücü, Jilo'nun büyüsünü bir anlığına bastırmıştı. Yüzündeki nefret ifadesi vicdanımı tetikleyip bu dürtüye göre hareket etmememi sağlayan bir tokat gibiydi. Onda bir şeylerin değiştiğini fark ettim. Maisie'ye hayranlıkla baktığını çok kez görmüştüm ama benim içimdeki güç, Maisie'nin gücüne kıyasla çok daha küçük olmasına rağmen Jackson bana bakmaktan tiksiniyor gibiydi.

"Hiçbir şey," dedim. "Kalıcı bir şey değil bu." Elimi tişörtümün içine götürüp tahta tılsımı çıkardım. Kolyeyi boynumdan çıkarma isteğini kendimde bulmam zor olmuştu ama sonunda çıkarmayı başardım ve onu yere bıraktım. Dünya soldu, Oliver'ın sihriyle canlanmış renkler, keskinleşmiş çizgiler yok oldu.

"Yak onu," dedi Jackson kolyeyi almak için eğilerek.

"Hayır!" Onun kolyeyi ellemesini, güce sahip olmadığım zamanlarda asla kullanabileceğimi düşünmediğim bir kuvvetle engelledim. Sonra daha sakin bir şekilde, "Henüz değil. Onu yarın yok edeceğim," dedim.

Üzerimde güce ait bir iz kalıp kalmadığından emin olmak için beni süzerek birkaç adım uzaklaştı. "Bu sana göre bir şey değil, Mercy. Bu 'sihir,'" kelimeyi tiksinerek söylemişti, "doğal bir şey değil. Kötü bir şey. Artık onunla işim kalmadı."

"Onunla işin bitemez," dedim. "Maisie neyse sihir de o, Maisie sihirden var oldu."

"Bu yüzden seni arıyordum," dedi. "Sihirle işim kalmadı. Ve Maisie'yle de öyle. Nişanımızı bozmaya karar verdim." Karşı çıkmaya çalışmıştım ama beni susturmak için elini kaldırdı. "Ciddiyim ben. Artık uyandım. Çekiliş gecesi Maisie'nin neye dönüştüğünü gördüm. Olanlardan sonra onu gerçekten sevebilir miyim, kendime sorup duruyorum. Havada süzülürkenki görüntüsü, bize zarar vermekten aldığı keyif. Gözlerindeki ifade. Midemi bulandırdı. *Maisie* midemi bulandırdı."

"Orada olmamalıydın. Bunların hiçbirini görmemeliydin."

"Ama oradaydım. Ve hepsini gördüm. Gördüklerimle nasıl başa çıkacağımı ise bilmiyorum. Dün evinize gelmemin sebebi ailenle olan biteni konuşmaktı. Maisie'yle birlikte olmaya devam etmek isteyip istemediğimi anlayabilmeme yardımcı olacağını düşünmüştüm."

"Buna Maisie'den başka biriyle konuşarak karar veremezsin," dedim ama Jackson başını iki yana salladı.

"Hayır," dedi. "Sana baktığım anda cevabımı bulmuştum, sonra eve girdik... Hayatımda bunca tuhaflık olmasını kaldıramam. Maisie'yle olduğum sürece bu, hayatımın bir parçası olacak ve buna katlanamam. Uzun sürdü ama sonunda ailenin nasıl insanlar olduğunu kalınkafama sokabildim. Ve bu sihir doğal bir şey değil. Dün gördüğüm şeyleri asla unutmayacağım. Üzgünüm ama Maisie'ye olan duygularım kayboldu. Onu bir daha asla sevemem." İfadesi yumuşadı ve gözlerini gözlerime dikti. "Ama sen onlar gibi değilsin. En azından her zaman onlar gibi değilsin. Mercy, bunu söylemem gerekiyor. Keşke ilk seninle tanışmış olsaydım."

"Ciddi olamazsın," diye karşı çıktım, Maisie'ye olan bağlılığımdan. Yoksa kollarımı Jackson'a dolamama engel olan, Jilo'nun büyüsü müydü? Gizli ve suçluluk dolu rüyalarımda bu sözleri bana defalarca söylemişti Jackson. Ama rüyalarımda hiçbir zaman bu sözlerin gerçek sonuçlarıyla karşı karşıya kalmak zorunda değildim.

"Ciddiyim," dedi. "Sen gerçeksin. Sen insansın. Açıkçası Maisie'nin artık ne olduğunu bilmiyorum ama onu sevemeyeceğimi biliyorum. Onunla kendime bir hayat kuramam. Ve kesinlikle onun, çocuklarımın annesi olmasına izin veremem." Bir an tereddüt etti ve sonra, "Savannah'dan ayrılıyorum ve senin de benimle gelmeni istiyorum," dedi.

"Yapamam..."

"Hayır, cevabını hemen verme. Kendine biraz zaman tanı ve iyice düşün. Peter'a söz verdiğini biliyorum. O ve Maisie'den kendini sorumlu hissettiğini biliyorum ama kalbinin derinliklerinde bana hak verdiğini düşünüyorum. İkimiz bir arada olmalıyız ve bu yerden uzaklaştıkça bu gerçek sana daha net görünmeye başlayacak. Her yere gidebiliriz, yeter ki buradan uzak olsun. Seattle, Los Angeles, nereyi istersen." Sesi gittikçe yoğunlaşmıştı ama durdu ve eliyle sarı buklelerini geriye tarayarak bir süre sakinleşmeye çalıştı.

Söylediklerini kabullenememiştim. Jilo'nun büyüsü Peter'ı terk etmeyi düşünmemi imkânsız hale getirmişti. Maisie'ye olan sevgim ise onun kalbini kırmayı düşünmemi daha da imkânsız hale getiriyordu. Ama hayalimde, kısacık bir an için de olsa başka bir kıyıda, Jackson'la ikimizi bir sahilde el ele tutuşurken görebiliyordum. Bu görüntüyü geri ittim.

"Benimle gelmeyi tercih etmesen de," dedi Jackson, "buradan gitmelisin. Onların sihrinin seni zehirlemesine izin veremezsin. Onu burada bırak." Başıyla yerdeki kolyeyi işaret ediyordu. Yaklaşıp ve beni kollarına aldı. Beni öpmeye çalışmadı; sadece burnunu saçlarımda gezdirerek derin derin içine çekti nefesini. Sonra kulağıma fısıldadı. "Bu gece yat, uyu. Yarın gidiyorum. Benimle gelmek istersen, ki umarım istersin, gün ağarırken St. John'un önünde buluşalım. Savannah'da bir gün daha güneşin doğduğunu görmeyeceğim." Döndü ve GTO'suna atladı. Arkasında, asfaltta bir veda uzunluğunda lastik izi bırakmıştı.

Eğildim ve kolyemi alarak bir an bile düşünmeden boynuma taktım. Jackson'ın arkasında bıraktığı renkleri izlerken Connor'ın çekimini, beni arayan sarkacının gücünü hissettim. Her ne istiyorsa bekleyebilirdi. Enerjisini, sinir bozucu bir sineği kovar gibi elimle uzaklaştırdım.

YİRMİ DÖRT

Hastaneye doğru birkaç adım attım. Hastaneyi çevreleyen enerji ağı sanki örümcek ağı gibi yapışmıştı bana. Jilo'nun yakınlarda olduğunu hissediyordum ama binaya yaklaştıkça Jilo uzaklaşıyordu sanki. Kendimi otoparkta ileri geri zikzak çizerken buldum. Birkaç dakika daha bir şey bulamadan dolaştıktan sonra gözüme bir ışıltı takıldı; hastanenin dış cephesinden yansıyan deniz yeşili bir ışık dalgasıydı. Işık sönmeden kaynağını bulma umuduyla ona doğru hızla ilerledim.

Yaklaştıkça ışık yoğunlaşıyordu. Bunun beni Jilo'ya götüren bir işaret olduğunu sezdim. Aşağı bakınca ışığın girişten otoparkın alt tarafına inen basamaklardan yayıldığını fark ettim. Girişi kapatan ağır sac levha kenara çekilmişti. Jilo'nun, salgının boyutlarının halktan gizlenmesi için Savannah'nın altına kazılmış sarıhumma tünellerinden birine saklandığını düşündüm. Çocukken çok günümü hastaneyi ve Drayton Caddesi'nden Forsyth Parkı'na uzanan soğuk tüneli keşfetmekle geçirmiştim. Nedense bu girişin varlığını hiç fark etmemiştim. Gün ışığına son kez hevesle baktım ve Jilo'nun sihirli alacakaranlığına indim.

Tünel aşırı uzundu ve öyle aydınlatılmıştı ki tünelden çok, sonsuz karanlığa uzanan bir köprüye benziyordu. Ama bu karanlık boş bir karanlık değildi; ilk olarak Jilo'nun hayalet mavisi odasında gördüğüm hareketli gölgelerle örülmüştü. Sonsuz sayıda gölge olduğunu hissediyordum. Tek parça gibi bir araya gelmiş görünüyorlardı ama her biri kendine has bir açlıkla yaşıyordu. Sezgilerim bana gölgeler âleminin Candler Meşesi'ne kazınmış büyünün oluşturduğu koruma sınırlarının dışında kaldığını söylüyordu. Bu âlem daha derinde ve uzaktaydı. Yoluma devam ederken, karanlık beni siyah ve sonsuz gözleriyle izliyordu. Yavaşça ilerlerken beni hızlı bir ölümden koruyan tek şeyin Jilo'nun sihri olup olmadığını merak ediyordum.

Herhangi bir sınırdan ya da bir eşikten geçtiğimi hatırlamıyordum ama birdenbire kendimi Jilo'nun hayalet mavisi odasında buldum. Bir önceki adımımda tüneldeydim, bir sonrakindeyse Jilo'nun önünde duruyordum. Mantıklı, sihirle ilgisi olmayan yanım bu odanın Forsyth Parkı'na yakın bir yerlerde olduğuna karşı çıkıyordu. Jilo beni kaçırması için Cook'un dedesini etki altına aldığında, adam beni toprak yollardan geçirerek bu odaya getirmişti. Şu an sahip olduğum cadılık bilgisi bu odanın normal bir oda olmadığını söylüyordu; başka yerlere açılan bir merkezdi.

"Gelmen uzun sürdü," diyen Jilo'nun sesi odanın ortasından geliyordu; burası öyle bir yerdi ki aynı anda hem bir futbol sahası kadar büyük hem de çamaşır dolabımız kadar küçüktü. "Sanırım Jilo'yu arayamayacak kadar meşgulsün. Aşk hayatın nasıl?" Kıkırdadı. Deniz yeşili tahtında, canlı kırmızı kıyafetler içinde oturuyordu. "Yaklaş küçük kız," diye emretti. İleri bir adım attım ama etki altında değildim. Onun güç gösterisine karşın içimdeki gücün daha kuvvetli olduğunu sezebiliyordum. Bir daha bu üstünlüğe sahip olamayacağım için yarınki gündoğumuna dek hesap veren Jilo Ana olacaktı. "Taktığın kolye güzelmiş. Jilo'ya da bir tane alabilme şansın var mı?" Güldü.

"Sanmıyorum," diye cevapladım.

Uzanıp incelemek için tılsımı eline aldı ama tılsımdan ona elektrik çarpıp nefesini kesti. "Kahretsin, kızım, Jilo onu almaya çalışmıyor, sadece bakmak istedi. Jilo aptal değil. Jilo hiçbir zaman başka bir cadının büyüsünü çalmadı, hele ki bir Taylor cadısınınkini çalmaya asla kalkışmaz. Güç çalmanın cezası Jilo'nun yarım günlük jeton için ödemeye razı olduğundan çok daha yüksek." Bir şey söylemedim çünkü gücün tüm kontrolünün bende olmadığını anlamasını istemiyordum. Bir süre sonra Jilo kendini toparladı ve tahtına yaslandı. "Demek seni bir günlüğüne kraliçe ilan ettiler. Bu kimin fikriydi?"

"Uzun hikâye," dedim. "Ama güç Oliver'ın gücü."

Jilo manidar bir şekilde gülümsedi. "Yani o hâlâ bizimle,"

"Grace'in yapacaklarını *biliyordun*," dedim. "Neden beni uyarmadın?"

"Uyarmak mı? Kendi kanımdan birine karşı seni uyaracak mıydım? Jilo seni korumaya çalıştı ve sana kendini koruman için gerekli olan şeyi verdi. Ama Jilo ailenin geri kalanı için hiçbir şey yapmayacak. Grace'imin kanı dayının ellerinde. Grace'in ona yaptığı her şeyi hak etti o. Keşke o küçük havalı serseriyi öldürseydi," dedi ve hiç utanmadan yere tükürdü. "Ve Grace'e olanlar ailenin, Jilo'nun ailesine yaptıklarının sadece başlangıcı. Ailelerimizin bir geçmişi var kızım. Gerçek bir geçmiş. Jilo vaktini seninle harcamamalı bile. Ama sen diğerlerinden farklısın. Jilo bu yüzden sana yardım ediyor. Aslına bakarsan Jilo seni seviyor; bir Taylor'a hissedebileceğini hiç düşünmediği kadar seviyor. Ama Jilo'nun kendi kanından kişilere sadık olmadığını sanma sakın."

"Onlara ihanet etmekten çıkarın olmadığında. Oliver bana Grace öldükten sonra neler olduğunu anlattı. Kız kardeşin hakkında yalan söylediğini ve kullandığın gücün kaynağını sana Ginny'nin verdiğini biliyorum. Kendine çıkar sağlamak için Grace'i kullanmışsın."

Jilo'nun yüzü neşeyle aydınlandı. "Jilo'yu yakaladın, değil mi?" dedi ama sonra yüzündeki gülümseme uçup gitti. "Grace'im ölüp gitmişti. Jilo'nun yapabileceği bir şey yoktu."

"Ama kız kardeşini öldürmedin. Dörtyolda gömülü olan o değil."

"Jilo'nun üç kız kardeşi var. İkisi yaşıyor, biri beş yıl önce Detroit'te öldü. Jilo onların saçının teline zarar vermez."

"Ama beni, kız kardeşimi öldürmem için teşvik etmeye çalıştın!"

"Jilo sadece bunu yapıp yapamayacağını görmek istedi. Ve kısa bir an da olsa yapmayı düşündün. Bu nedenle hastalandın ve Jilo'dan uzaklaştın."

Söylediklerini düşündüm. Söylediklerinde haklı olabileceğini düşünüp tiksinerek kalbimi yokladım. Hayır, bu onun oyunlarından biriydi; beni başından atmaya çalışıyordu. "Hayır, Jilo. Bu düşüncenin aklımdan bile geçmediğini ikimiz de biliyoruz. Ama şunu düşün: Şimdi buradan ayrılsam ve senin dörtyoluna gitsem, Ginny'nin sana verdiği kristali yerin altından çıkarsam ve onu tuzla buz etsem, nasıl olur?"

Jilo'nun gözlerine öfke doldu ama sonra gülmekten neredeyse iki büklüm oldu. "Jilo gücün nereden geldiği hakkında yalan söyledi," dedi. "Ama gücü neredeyse tamamen tükettiğini söylediğinde yalan söylemiyordu. Haydi, git ve kaz orayı. Çok şey bulamayacaksın. Jilo seni bu yüzden buraya getirtti. Çünkü sana bir teklifi var."

"Seninle herhangi bir anlaşma yapmak gibi bir niyetim yok."

"Sadece bekle ve Jilo'nun söyleyeceklerini dinle." Yaşlı kadın oturduğu yerde öne doğru eğildi ve parmağını uyarırcasına salladı. "Bugün güç senin. Onu hissedebiliyorsun. Onu tadabiliyorsun. Ama ikimiz de biliyoruz ki yarın o yok olacak. Ama Jilo'ya yardım edersen o bize, ikimizin ömründen bile daha uzun süre geçerli olabilecek bir güç kaynağı bulabilir."

Onu durdurmam gerektiğini biliyordum; buraya bu şeytanla yaptığım anlaşmayı bozmaya gelmiştim, onunla iş yapmaya değil. Ama durdum ve dinledim. Güce sınırsız erişebilme fikrinin çekiciliğine karşı koymak kolay değildi.

"Şu eski Candler," dedi Jilo. "O, enerjiyle dolu. Ona dokundun, Jilo bunu biliyor. Jilo bunun kokusunu alıyor."

"Istırap dolu o ağaç. Biri bir şeyler yapmalı."

"Biri bir şey yaptı. Enerjileri orada tutan büyüyü yapan senin dedendi."

"Ama neden bunca acıyı Candler'da tutsak etmek istemiş ki?"

"Güzel şehrimizin sokaklarında dolaşmasına engel olmak için," dedi Jilo ve bir kobra gibi gülümsedi; dudaklarında gergin bir sırıtış vardı, gözleri sert, karanlık ve hipnotize ediciydi. "Ah, endişelenme küçükhanım. Dedenin niyeti kötü değildi. Hastane kapatıldıktan sonra kasaba halkı kaybolmaya başladı. Günbatımında yataklarında uyuyan bebekler gündoğumunda yok oluyordu. Deden onların izini Candler'da buldu. Burası kapatıldıktan sonra gölgeler aç kalmış, daha önce uzaklaşmadıkları kadar uzaklaşıp kendilerine av aramaya başlamışlardı. Deden de ağını örüp çekip gitti... emniyet vanası olmayan bir düdüklü tencere yarattığının farkına varmadan. Ve Jilo sana tencerenin patlayacağını söylüyor, hem de çok yakında. Buradaki basıncı yavaş yavaş salarak şehre iyilik yapmış olacağız. Bu yerin patlayıp tüm Savannah'yı yeryüzünden silmesine engel olarak herkese iyilik yapmış oluruz."

"Bana neden ihtiyacın var? Neden tüm enerjiyi kendine almıyorsun?"

"Bunu yapmayı deneyen diğer insanların hatalarından öğrendi Jilo. Büyük kulenin Candler'dan sadece birkaç sokak ötede inşa edilmesinin tesadüf olduğunu mu sanıyorsun? Kuleyi oraya kurdular ki Candler'ın enerjileri tüm dünyaya yayılabilsin. Ama yine de güce erişemediler çünkü güç Taylor'ların sihriyle mühürlenmiş.

Onun mührünü kaldırmak için gerçek bir cadı gerek. Sonuçta Jilo cadı değil. Bundan bahsetmiştik, yanlış hatırlamıyorsam."

Büyüyü kaldırmayı düşündüğüm zaman aldığım tepkiyi hatırladım. "Bunu denedim," dedim. Jilo'nun yüzünü telaş kaplamıştı.

"Ne yaptım dedin sen, ahmak kız?"

"Orada kapana kısılmış ruhları özgür bırakmak istedim ama yapamadım. Sihir bubi tuzağıyla falan korunuyor olmalı."

Jilo kendini sakinleştirmeye çalıştı. "Senin o tek günlük gücünle dedenin duvarını zerre kadar bile oynatman mümkün değil. Ama kız kardeşin eve döndüğünde ondan mührü sadece biraz gevşetmesini iste. Ona mührü sıkı tutmanın tehlikeli olduğunu, basıncın birazının dışarı çıkması gerektiğini göster. Onun vanayı oluşturmasını sağla, geri kalanı Jilo'ya bırak. O sana enerjiye, köklerini toprağa salan bir ağaç gibi nasıl erişebileceğini gösterecek. İkimize de yetecek kadar güç olacak. Jilo ve senin hayatınız boyunca kullanabileceği kadar enerji."

Buraya onun bana yaptığı büyüyü bozmak için gelmiştim ama şimdi pazarlık edebileceğim bir şey vardı elimde. Yaşlı kadının Candler'da tutsak ruhların sefaletinden faydalanmasına asla izin vermeyecektim tabii ki. Maisie'yle konuşacaktım ama sadece dedemizin dikkatsizlikle meydana getirdiği bu durumu düzeltmesini sağlamak için. Jilo bunu bilmek zorunda değildi.

"Büyüyü boz. Bana yaptığın büyüyü boz, ben de Maisie döndüğünde onunla konuşayım."

"Ah, kızım, aşk büyüsü bozmak hiç kolay iş değil," dedi. "Jilo bunu denemeden önce tam gücüne kavuşmasını beklememiz daha iyi olur."

"Yalan söylüyorsun," dedim. "Senin kanını alıp benimkiyle karıştırırsam büyüyü kendim bozabilirim."

Jilo yaralı bir dişi aslan gibi başı dik, dişleri meydanda ayağa kalktı. "Jilo'nun kanını almak mı? Gelip öylece Jilo'nun kanını alabileceğini mi sandın?" Tahtından uzaklaşarak bana yaklaşmaya başladı, neredeyse burun buruna gelene dek bana doğru yürüdü. "Ah, sen de tam bir Taylor'sın. Dayının tatlı gücüyle tıka basa dolduğun an gelip Jilo'yu tehdit etmeye kalkışıyorsun. Ama bir şeyi unutma, kızım. Yarın bu güç yok olacak ve Jilo tekrar ipleri eline alacak. O yüzden şimdi dur ve Jilo'dan herhangi bir şey almak hakkında daha fazla konuşmadan önce iyice düşün."

Onun haklı olduğunu biliyordum. Buraya Jilo benimle işbirliği yapmazsa Oliver'ın gücünü kullanarak onu bunu yapmaya zorlama niyetiyle gelmiştim. Gerçek Mercy, yarın uyanacak Mercy, bunun yanlış olduğunu biliyordu. Jilo'nun gözlerinin derinliklerine baktım ve "Özür dilerim. Yarın güçlü olan sen olacağın için değil. Seni tehdit ettiğim için özür diliyorum. Sadece şu anda bunu yapmaya gücüm olduğu için sana isteğin dışında bir şey yaptırmayı aklımdan geçirdiğim için özür diliyorum," dedim.

Jilo sanki duyduklarına inanamıyor gibi bana baktı. Birkaç adım geri çekildi. "Tanrı bu yaşlı kadına yardım etsin ama Jilo seni gerekenden çok daha fazla seviyor." Sağ elini kaldırdı ve elinde uzun ve tehlikeli bir keskinliği olan bir bıçak belirdi. "Jilo'nun, yaptığı şeyi senin iyiliğin için yaptığını bil." Bıçağı hızla ama ustaca aşağı doğru salladı ve sol avucunda bir kesik meydana geldi. Sonra bıçağı, sapı bana dönük şekilde uzattı. "Haydi, sıra sende."

Bıçağı sapından tuttum ve ucunu sol avucuma götürdüm. Bıçak havada kaldı; keskin ucunu tenime değdirememiştim. "Kanını Jilo'nunkiyle karıştırman gerektiğini söyledin. Jilo'yla yüzleşecek kadar cesursan küçük bir kesikten de korkmamalısın." Bıçağı indirdim ve avucumu kestim. Verdiği acı yakıcı ve şiddetliydi. Acıyla irkilmiştim ama kısa süre sonra acı geçti ve avucumu Jilo'ya uzattım. Elimi sıkıca tuttu ve kanlarımız birbirine karışarak büyük damlalar halinde toprağa dökülmeye başladı. "Haydi, boz büyüyü."

Yeşil ve kırmızı halenin hâlâ görülebilir olduğu kalbime baktım. Büyünün son bulmasını istedim ama değişen bir şey olmadı. Renkler kalbimi çevrelemeye devam ettiler; tersine daha parlak hale geldiler. Jilo'nun elini daha da yaklaştırdım. Birbirine tutunmuş ellerimizi göğsüme bastırarak tişörtüme kan izi bulaştırdım ve kolyeyi ikimizin kanıyla ıslattım.

Ellen sezgilerime güvenmemi söylemişti. Ben de onun dediğini yapıyordum. Ellerimizi kalbime koydum ve renklerin solduğunu, büyünün üzerimdeki hâkimiyetini kaybedip buharlaştığını gözümde canlandırdım. Ancak doğru şekilde yaptığımı sezinlememe rağmen renkler her zamanki canlılıklarını koruyordu. Söylemem gereken bir kelime, yapmaya çalıştığım şeyin etkisini güçlendirecek bir büyülü söz var mıydı, merak ediyordum. Jilo sabırla, tek kelime bile söylemeden bekliyordu. Tişörtüm artık silemeyeceğim kadar kana bulanmıştı ve ellerimizdeki kesiklerin pıhtılaşmaya, yaraların kapanmaya başladığını fark etmiştim.

"Anlayamıyorum," dedim sonunda. "Bunun işe yaraması gerektiğini seziyorum. Büyüyü, onu yaptıran kişinin kanını, büyüyü yapan kişinin kanıyla birleştirerek bozabilmeliydim."

Jilo sakince elini çekip gevşek bir yumruk yaptı. Yumruğunu açtığında avucundaki yara yok olmuştu. "İşte bu yüzden Jilo denemene izin verdi çünkü kendin denemeden ona inanmayacağını biliyordu."

"Neye inanmayacağımı?" diye sordum elim hâlâ zonklarken.

"Sen Jilo'nun dörtyoluna gelmeden haftalar önce, onu Sömürge Mezarlığı'nda bir başkası ziyaret etti. Şu senin kızıl saçlı çocuk."

"Peter mı?" diye sordum.

"Evet. O Jilo'ya geldi. Güzel sevgilisini kaybetmeye başladığını, onu kaybetmemek için her şeyi yapabileceğini söyledi. Sen Normandy Caddesi'ne adımını atmadan önce, hatta Jilo'ya gelmeye karar bile vermeden önce bu büyü yapılmıştı."

Orada öylece, bıçak avucumu kesmemiş de tam kalbime saplanmış gibi hissederek durdum. Jilo yaklaştı ve elimi göğsüme koydu. Gözlerini kapadı ve dudakları sessizce dua okuyorcasına hareket etmeye başladı. Ben onu izlerken, üstümde dolaşan renkler Jilo'nun eline doğru akmaya başladı. Parmaklarını kapadı ve tekrar açtığında büyü tıpkı elindeki kesiğin yok olduğu gibi kaybolduğu. "İşte, büyü kaldırıldı," dedi ve hayalet mavisi tahtına ağır ağır geri çekildi.

Jilo'ya teşekkür etmeliydim ama ağzımı açtığımda çıkan sözler, "Bana ihanet etti," olmuştu. Beni onun yatağına götüren şeyin, Jilo'nun büyüsü olduğunu bilerek sevişmişti benimle. Büyüyü yapmak kendi seçimimken Jilo'nun müdahalesini kabullenebilmiştim. Ancak büyüyü yapanın Peter olduğunu bilmek, taciz gibi hissettiriyordu.

"Aç gözlerini, evladım! Sana ihanet eden tek kişi sevgilin değil. Herkes ama herkes, sevdiğin, seni sevdiğini sandığın herkes o ya da bu şekilde sana ihanet etti. Gerçek şu ki, bu hayatta belki de güvenebileceğin tek kişi Jilo."

"Buna inanmıyorum," dedim.

"İnan ya da inanma. Jilo için fark etmez. Ama er ya da geç buna inanacaksın ve o zaman kendine ait bir güce sahip olmayı dileyeceksin, sadece kendini koruyabilmen için. Aklını kullan. Kız kardeşin Savannah'ya döndüğünde, ortalık durulduğunda, onunla konuş ve geri kalanını Jilo'ya bırak."

Hiçbir şey söylemedim. Sadece boynumdaki kolye hayatımı kurtarabilecek sihirli bir kolyeymiş gibi sıkıca tutundum ona. Güç yenilenmiş kuvvetiyle içime akmaya, ona olan açlığım giderek güçlenmeye başladı ve öfkem hâlâ sürmesine rağmen Peter'ın yaptıklarından dolayı hissettiğim acı anında silikleşti. Sonuçta Peter sadece bir insandı.

YİRMİ BEŞ

Jilo'nun dünyasını Candler'a bağlayan karanlık köprüyü geçerken, yaşayan gölgeler üzerime gelmeye başladılar. Soğuk, ipeksi dokunuşları, hem baştan çıkarıcı hem de korkutucuydu. Bu gölgelerin, dedemin hastanenin dünyevi sınırları içine hapsettiği çocuk katili iblisle bağlantılı olmadıklarını seziyordum ama bu varlıklar da şüphesiz onun kadar kötü huyluydu. Onları acıktıran şeyin kan kokusu olduğunu anlayabiliyordum. Bir an dursam kendimi onlara teslim edeceğimi bilerek yoluma devam ettim. Yukarıdan sızan, karanlığı delip geçen bir güneş ışınına vardığımda aniden durdular. Yavaşça yoluma devam etmeye zorladım kendimi; ani bir hareket yaparsam, gölgenin –gölgelerin– güneş ışınlarına aldırış etmeyip beni kovalamaya başlamalarından korkuyordum.

Sonunda tünelin girişini aydınlatan dar ışık demetine ulaştım. Basamaklardan çıktım ve kendimi tekrar eski hastanenin yakınlarında buldum. Elimin bir hareketiyle ağır sac levhayı yerine koyarak tünelin girişini kapadım. Levhanın üzerinde insan gözüne görünmeyen cadı işaretleri belirmişti. Belki bu işaretler de dedem tarafından kazınmıştı oraya ama içimden bir his işaretlerin dedem dünyaya gelmeden çok uzun yıllar öncesinden beri orada olduklarını söylüyordu.

Jilo'nun dünyasında zaman farklı işliyordu. Beni karanlıktan kurtaran ışık, oraya erişebilen son güneş ışığıydı. Yarım saat kadar daha karanlıkta kalsam yolumu kaybedebilirdim. Ürpermeye başladığımı hissediyordum ama bu hissi bastırdım. Döndüğümde Connor'ın hemen arkamda durduğunu gördüm.

"Yaralandın mı?" diye sordu tişörtümdeki kan izlerini incelerken. Neredeyse beni takip ettiği için ona çıkışacaktım ama sesinde samimi bir endişe, insan kulaklarımın hiç fark edemediği sahici bir önemseme vardı. Ona ilk defa bir cadı gözüyle bakıyordum. Her zamanki kendini beğenmiş ve huysuz diktatör yerine, yalnızca bir insan görmüştüm karşımda. Gençliğinde oldukça yakışıklı olan –bunu fotoğraflardan biliyordum– ve otuz kilo kadar zayıfken çarpıcı bir fiziğe sahip bir adamdı bu. Yorgun ve yenik düşmüş bir adam. En çok istediği şeyi hiçbir zaman elde edememiş bir adam.

"Hayır, iyiyim," dedim. "Önemsiz bir şey."

"Buradan önemsiz bir şeye benzemiyor," dedi ve yaralı elime uzandı. Hızla geri çekildim ama o benden hızlı davranmıştı. Elimi yakaladı ve yarayı incelemek için avucumu çevirdi. "Ben Ellen değilim," dedi iç çekerek, "ama sanırım bunun icabına bakabilirim."

Onda görmeyi hiç ummadığım bir kibarlıkla parmaklarını kesiğin üstünde gezdirdi. Kesiğin parmaklarının altında kapanışını izledim. Etkilenmiştim. Maalesef onun sarkacıyla yaptığı iz sürme numaralarına aşinaydım ve telekineziyle küçük objeleri hareket ettirmede oldukça başarılı olduğunu da biliyordum ama daha önce böyle bir şey yaptığını hiç görmemiştim. Bunun için harcadığı çaba onu yormuştu. Terlemiş ve rengi biraz solmuştu. "İşte. Neler peşinde olduğunu söylemek ister misin?"

"Hayır, istemiyorum," dedim ama kalbimin ona daha önce beslediği kinle söylememiştim bunu. "Elimi iyileştirdiğin için teşekkür ederim."

"Muhtemelen bugün bunu kendin de yapabilirdin," dedi. "Golem, Oliver'ın sihrinin bugünlüğüne sana verildiğini söyledi." Duraksadı ve söyleyeceklerini tartarcasına bana baktı.

"Belli ki bir şey söylemeye çalışıyorsun. Haydi, söyle."

Yüzünü ekşitti. "Evet, haklısın. Sana çok önemli bir şey söylemeliyim. Aslına bakarsan söylemem gereken birçok önemli şey var ama seni kızdırmadan nasıl söyleyeceğimi bulmaya çalışıyorum." Tekrar konuşmaya başlamıştı ama yine duraksadı. Omuzları düştü ve başını iki yana salladı. "Beni her zaman düşman olarak görüyorsun Mercy ama ben düşmanın değilim. O yüzden beni birkaç dakika sinirlenmeden dinle, olur mu?"

Bir yanım eniştemin öğütlerini dinlemek yerine yaşayan gölgelerle daha fazla vakit geçirmeyi tercih ederdi ama yine de evet der gibi başımı salladım.

"Güzel," dedi ve ondan beklenmeyecek bir şekilde teşekkür etti. "Sıradan hastaneler cadı doğumlarıyla başa çıkabilecek kadar donanımlı değillerdir. Siz ikiniz evde doğdunuz ve annen erken doğum yaptı. Annen doğuma başladığında evde sadece Iris ve Ellen vardı. Siz doğarken ben orada değildim," dedi. "Şehir dışındaydım. Ama Iris bana Maisie'nin hayat ve güç dolu doğduğunu söylemişti. Hepimiz annenin tek çocuk beklediğini sanıyorduk. Senin varlığından haberimiz bile yoktu. Emily Maisie doğduğunda onun kız olduğunu gördüğü anda ona Maisie ismini vermişti." Connor bir süre suskun kaldı ve kendi kendine kıkırdadı. "Dünyada Sarah ve Dianna adında çok fazla cadı olduğunu söylemişti. Sen hepimiz için sürpriz oldun. Doğduğunda cılız ve maviydin; annenin karnında neredeyse açlıktan ölmek üzereydin.

"Annen ölüyordu," dedi ve yanağından büyük bir gözyaşı süzüldü. Gözyaşını fark etmemiş gibi sildi hemen. "Ginny güçlerini sınırlamadan önce Ellen yetenekli bir cadıydı ama onun da yeteneğinin bir sınırı vardı. Doğa sadece belli bir miktar güç verebilir. Bir seçim yapılması gerekiyordu ve seçimi annen yaptı. Gücünün son kalıntılarını Ellen'a, bebeğini kurtarması için yalvararak harcadı ve Ellen'ın ona yardım etmesini reddetti. Seni kurtarmak için."

Benim de gözlerim yaşlarla dolmuştu; görmezden gelemeyeceğim kadar çok ve sayısız yaşla. Connor bir sihirbaz gibi elini salladı ve elinde bir mendil belirdi. Mendili bana uzattı, ben de aldım.

"Ellen seni kollarında sıkıca tuttu ve küçük ciğerlerine kendi nefesini üfledi. Uzun sürdü ama sonunda vücudunu ısıtmayı başarabildi. Yanaklarına biraz renk geldiği zaman annen çoktan hayatını kaybetmişti. Ellen sana Mercy ismini verdi çünkü senin gibi zavallı bir çocuğun hayatında merhamete ihtiyacı olacağını düşündü. Ancak ben farklı bir yol izlemeye karar verdim. Senin güçsüz olduğundan emin olduğumuzda fırsat bulduğum her an seni azarlama sorumluluğunu üzerime almıştım. Sana zorbalık ediyordum. Sana kötü şeyler söylüyordum. Bulduğum her fırsatta hatalarını yüzüne vuruyordum. Bunların hepsini seni sevdiğim için yaptım. Senin arkandan hakkında çok daha kötü sözler söyleyen diğer cadılarla başa çıkabilmen için dayanıklı olmanı istedim. Dayanıklı olmalıydın çünkü... "

"Ginny'yle başa çıkabilmem gerekiyordu," diye sözünü kestim. Başını onaylarcasına salladı ve bir anda bana sarıldı. Karşı koydum, hatta kollarından sıyrılmak için Oliver'dan aldığım cadı gücünün birazını kullandım. Bir ömürlük zararı affetmeye hazır değildim, en azından şimdilik. Onu reddedişimin acısını gözlerinde gördüm.

"En baştan beri seni dert edinmişti," dedi. "Annenin ölümü için seni suçluyordu. Senin güç sahibi olmadığını anladığında senden 'Hüsran' diye bahsetmeye başladı." Bu kelime kalbimi delip geçti. "Bu nedenle ben de sana bu şekilde seslenmeye başladım, daha güçlenmen için. Ama bilmelisin ki Mercy, sen hiçbir zaman benim için bir hüsran olmadın. Hiçbirimiz için bir hüsran değildin, Ginny dışında."

Gitmeme engel olmak için etrafımda dolandı. O an ondan uzaklaşmaya, onun açıkyürekliliğinin verdiği acıdan kaçmaya çalıştığımı fark ettim. "Dinle," dedi. "Nasıl bir şey olduğunu biliyorum. Ginny beni de küçük görürdü. Iris'in benimle evlenmekle hata yaptığını, benim onun eşi olmam için yeterli güce sahip olmadığımı düşünürdü. Yaşlı cadı bulduğu her fırsatta beni yerin dibine sokar, yeteneklerim hakkında beni mahcup duruma düşürürdü. Aile arasında benimle alay ederdi. Ama sen," dedi. Bunu derken yüzündeki ifade söyleyeceği şeyin nedenini hiçbir zaman anlayamadığını gösteriyordu. "O senden nefret ediyordu, Mercy. Bunu söylediğim için çok üzgünüm ama doğru olduğunu hepimiz biliyoruz."

"Bunun her zaman farkındaydım," dedim. "Ama benden bu kadar nefret ediyorsa neden bana koruma büyüsü yapma zahmetine girdi?"

"Gurur," dedi Connor. "Yaşlı cadı, ailesinin zayıf halkası olmana izin vermedi. Biri sana zarar verseydi, bu onun itibarına leke sürerdi." Tekrar bana doğru uzandı ve elini omzuma koydu. Bu sefer ona izin verdim. Çenemden tutup gözlerine bakmam için başımı kaldırarak şaşırttı beni. "Seninle paylaşmam gereken şeyler var. Bazılarını yeni çözdüm, bazılarınıysa en başından biliyordum ve seninle yıllar önce paylaşmam gerekiyordu. Ama bunları anlatmakla olmaz. Sana göstermem gerek. Benimle gelmen gerek," dedi yalvaran gözlerle.

"Nereye," diye sordum vereceği cevabı bilerek.

"Ginny'nin evine," dedi düşündüğüm şeyi onaylayarak. "Benimle gelirsen sana her şeyi açıklayabilirim."

"Geleceğim," dedim göreceklerimin ödediğim giriş ücretine değmesini umarak. Bir daha Ginny'nin evine adımımı atmamaya karar vermiştim.

"Teşekkür ederim," dedi tekrar. Yüzündeki rahatlamayı görebiliyordum. "Ama öncelikle, seni biraz temizleyelim." Kana bulanmış tişörtüme parmağını uzattı. Sihrini yapmaya başladı ama onu durdurmak için elimi kaldırdım. Sağ elimi tişörtüme sürdüm ve başka türlü hiç çıkmayacak kadar kurumuş kan lekesi anında kendi kendine yok oldu. Sonra Drayton Caddesi'ni geçtik ve Forsyth Parkı'na yürüdük. Parkın ortasındaki yürüyüş yolundan yolumuza devam ederek üstünde dört isyankâr meleğiyle İttifak Anıtı'nın yanından geçtik. Karanlık çökmeye başlamıştı, kalan son ailenin de Forsyth'tan ayrılışını izlemiştim. Onların parktan ayrılışı, parkın gece, ziyaretçi bürosunun broşürlerinde hiç adı geçmeyen uyuşturucu satıcıları ve serserilere ait olduğunu bildiriyordu.

İki yanı ağaçlıklı Park Caddesi'ne, parkın aşağı tarafındaki sınıra yaklaştığımızda dikkatimi İspanyol-Amerikan Savaşı'nda savaşanları anmak için inşa edilmiş anıt çekti. Güneyli bir yüze sahip askerin suratına baktığımda olduğum yerde kaldım. Bu askeri daha önce milyonlarca kez görmüştüm ama bugün, batan güneşin değdiği yüzüyle onun çok belirgin bir şekilde Jackson'a benzediğini fark etmiştim. Ona karşı hissettiklerim gelgit dalgaları gibi ruhumu doldurdu, Peter'a olan öfkemi ve Maisie'nin mutlu bir evlilik yapma hayallerinin suya düşmesindeki payım için hissettiğim suçluluğu artırdı. Jackson'la kaçıp gitme fikri baştan çıkarıcıydı ama bunu yaparsam ikimizin de bir gün bundan pişmanlık duyacağımızdan emindim.

"Sen iyi misin?" diye sordu Connor. Hiçbir şey söylemedim; sadece evet anlamında başımı salladım ve karşıya geçtim. Sola, Barnard Sokağı'na döndük ve Duffy Sokağı'na doğru ilerledik. İstemediğim kadar kısa bir süre içinde Ginny'nin evine varmıştık. Cinayet gününden beri ev boş duruyordu, büyük olasılıkla böyle de kalacaktı: Virginia Francis Taylor'ın yaşamı ve ölümünün müzesi. Son zamanlarda Connor ve Iris'in burada çok vakit geçirdiğini biliyordum. Ginny'nin az sayıdaki eşyalarını ayıklıyor, sayısız büyülerini listeliyorlardı. Ona ilginç bir şey bulup bulmadıklarını soracaktım ki elini kaldırarak beni susturdu. "İçeri," dedi ve bana kapıyı açtı.

Fark ettiğim ilk şey Ginny'nin saatindeki pilin muhtemelen Connor tarafından çıkarılmış olduğuydu; sinir bozucu tiktak sesi durmuştu. Cadı sezgilerimle, etrafımda gördüğüm şeylerin sırlarını toplamaya çalıştım.

Connor yapmaya çalıştığım şeyi anlamış gibi görünüyordu. "Burada hiçbir şey yok," dedi. "Ginny önemli şeyleri üst katta tutardı." Beni merdivenin başında bırakarak yukarı çıkmaya başladı.

Tuhaf bir şüphe kaplanmıştı içimi. Ginny üst kata çıkmama hiç izin vermezdi. Hiç. Ayağımı ilk basamağa koydum, bir bubi tuzağıyla karşılaşmayı beklercesine hafifçe bastırdım. Ağırlığıma karşı gelen bir güç yoktu. Bir sonraki basamak beni çağırıyordu. Attığım her adım, onlarla aynı yeteneklere sahip olmadığımdan beni ailemden soyutlamak için elinden geleni ardına koymamış yaşlı kadından aldığım birer intikam adımıydı sanki.

Koridorun sonunda açık bir kapı vardı. Buranın Ginny'nin odası olduğunu sezerek eşikten geçtim ve artakalan bir titreşim varsa yakalamaya çalışmak için ellerimi makyaj masasında, yatağında, komodininde gezdirdim. Hissedebildiğim tek şey Ginny'nin yokluğuydu. Cesaretlenerek odanın ışığını açtım ve gördüğüm şey Maisie'nin farklı yaşlarda çekilmiş fotoğrafları oldu. Fotoğraflardan biri aslında Maisie ve benim fotoğrafımızdı ancak Ginny resmi ortadan kesmiş, resimde kalan ufak bir parçamı da kalın bantla kapamıştı. Bunun canımı yakmadığına, önemsemediğime kendimi ikna etmeye çalıştım. Ginny ölmüştü. Ama gerçeği söylemek gerekirse canım çok yanmıştı.

Connor'ın sesi başka bir odadan seslendi bana. Işığı söndürdüm ve koridora çıktım. Maisie'nin evden uzak evi olarak kullandığı pembe odasının kapısında duruyordu. İçeri girmem için kenara çekildi.

Odanın bir duvarı, baştan aşağı yeni görünümlü günlükler ve tarihi metinlerle dolu, gömülü bir kitaplığa ayrılmıştı. En yeni görünen defterlerden birini açtım ve içinde Maisie'nin, Ginny'nin dizinin dibinde gördüğü derslerden birinde aldığı notları buldum. Ginny'nin beni aşağıda boş bir duvara bakmaya zorlayıp kız kardeşime mutlulukla ders verdiği düşüncesi beni öfkelendirmişti. Defteri yere fırlattım ve kitaplıktan rastgele bir tane daha aldım. Bundaki elyazısı daha düzgün, büyüler daha karmaşıktı. Defterin kenarları boyunca, anlamaya bile kalkışmayacağım, Öklid'in en gerçek dışı hayallerine bile meydan okuyacak geometrik şekiller ve daha önce hiç görmediğim, bazıları görünüşe göre astrolojiyle alakalı garip sembollerden oluşan grafikler çizilmişti. Defteri rafa geri koyacaktım ki sinirlenerek onu da yere fırlattım.

Connor Maisie'nin yatağının ucuna oturdu ve elinin bir hareketiyle şifonyerin sandalyesi yanıma gelip durdu. "Birazdan duyacakların için oturman gerekebilir," dedi sesi gergin bir hal alarak. Karşı çıkmadan dediğini yaptım. "Bu kitapları, içlerindeki bilgileri senden saklamak istememiştim. Hem de hiç. Ama dizginler Ginny'nin elinde olduğu sürece hiçbirimiz, hatta Maisie bile, ona karşı koymaya cüret edemedik. Ginny'nin ölümüyle ailelerin senin eğitimine destek vermeye başlamalarına çok memnunum. Seni hiçbir zaman karanlıkta bırakmak istememiştim. Bana inanıyor musun? Şu ana kadar söylediğim her şeye inandın mı?" Evet demem için duyduğu istek neon ışıklar gibi yanıp sönüyordu adeta.

"Evet, sanırım inanıyorum," dedim, neden bunun onun için bu kadar önemli olduğunu merak ederek.

Tekrar gülümsedi. Söylemek istediğini kelimelere dökmekte güçlük çeker gibi görünüyordu. "Hayatımda birçok hata yaptım Mercy. Sana karşı çok hata yaptım elbette ama bunun dışında da çok hatam oldu." Bir an duraksadı, sonra konuya girdi. "Teyzen Iris'le, ailem istediği için evlendim. Onu hiçbir zaman sevmedim," dedi tepkimi görmek için yüzümü inceleyerek. Tepki vermemiştim ama ihanete uğramış hissediyordum, sadece Iris adına değil, kendi adıma da. Yalanına hepimizi karıştırmış olması tepemi attırmıştı. Sessiz kaldım ve bir süre sonra konuşmaya devam etti. "Ailem bir Taylor benimle evlenmeyi kabul ettiği için benimle gurur duydu. Kendimden üstün biriyle evleneceğim için benimle gurur duyuyorlardı. Iris güzel ve zengindi ve benden çok daha güçlü bir cadıydı. Ayrıca beni seviyordu. Bunun yeterli olacağını düşünmüştüm."

Yataktan kalktı ve küçük odayı koca cüssesiyle doldurarak gezinmeye başladı. "Iris'le evlendiğimizde Ellen teyzen on yaşına yeni girmişti. Annense daha, kızıl saçlı küçük bir kızdı. Çalı fasulyesi gibi cılız ve çok inatçıydı, tıpkı bir..." Duraksadı ve bana baktı. "Her neyse işte."

Yatağın ucuna geri döndü. "Iris ve benim uzun yıllar Savannah'dan uzakta yaşadığımızı biliyorsun. Sıkça ziyarete gelirdik ama büyükanne ve babanla ya da Iris'in kardeşleriyle pek bağımız yoktu. Iris en son hamileliğinde düşük yaptıktan sonra büyükanne ve baban Savannah'ya gelmemizde ısrarcı oldular. Bebek yapmak için en son denememizde Iris neredeyse ölüyordu ve ailesi kızlarını evlerinde istediğine karar vermişti. Güç onlarda, kesenin ağzı da Iris'teydi, bu nedenle buraya geri döndük."

Pembe yatak örtüsünü bir kırıştırıp bir düzelten elini izledim. "O zamana kadar annen büyümüş ve gerçek şu ki dünya hakkında birçok açıdan benden çok daha bilgili hale gelmişti. Hayatımda tatminsiz olduğumu fark etmişti. Savannah'da bir tür kulübe katılmıştı," dedi.

Birazdan duyacağım sözlerin ne olduğunu sezerek beklerken midem çalkalanmaya başladı. Onu durdurmak istiyordum ama tek yapabildiğim dinlemek oldu.

"Tillandsia'ya ilk katılan Emily'ydi ve beni de bu kulübe o sokmuştu; Iris'in izniyle girmiştim kulübe, bu senin için önemliyse tabii. Son bebeğini düşürdükten sonra, Iris evliliğimizle pek ilgilenmiyordu. Ama ben, hayatının en güzel döneminde, normal bir erkektim. Normal bir erkeğin duyacağı ihtiyaçları ben de duyuyordum ve Iris bunu kabullenmişti." Göbeğine hafifçe vurdu. "Şu anda bunu göremediğini biliyorum ama yirmi yıl kadar önce, benimle birlikte olmak isteyen çok kadın vardı."

"Bu umurumda değil," dedim hızla. Çok utanmıştım. Şu anda düşünmek istediğim son şey Connor'ın cinselliğiydi ve kesinlikle onun annem onu iş başındayken izlerkenki halini düşünmek istemiyordum.

"Özür dilerim," dedi. "Asıl önemli konuya dönsem iyi olacak."

"Nedir bu önemli konu?" diye sordum sabrım gittikçe azalarak.

"Önemli konu, anneni sevmiş olmam. Emily'yi sevmiştim. Onu sonuna kadar, her şeyimle sevmiştim."

"Anlıyorum," dedim. "Peki onun seni sevdiğini düşünüyor musun?"

"O, benim çocuklarımı doğurmak için hayatını feda etti," dedi ve dünya o anda durdu.

Tüm vücudum buz kesmişti ama aynı anda terlemeye başlamıştım. Sözleri beni soluksuz bırakmıştı. "Ne yaptı dedin?" diye sordum tekrar nefes alabildiğim zaman.

"Siz. Sen ve Maisie. Siz benim kızlarımsınız," dedi.

"Ah, hayır. Bu imkânsız." Bana yaklaşmaya kalkışmaması için uyarı olarak elimi kaldırdım. "Bu doğru değil," dedim, bu kelimeleri duyup onlara inanmaya çalışmak için.

"Mercy, bana bak. Şu anda sende cadı gücü var. Bana bakarsan yalan söyleyip söylemediğimi anlarsın."

Onu dikkatle inceledim, yüzündeki her kırışığı, ruhundaki her kara lekeyi inceledim ve her ne kadar bu düşünceden nefret de etsem yalan söylemediğini şüphesiz biliyordum. O benim babamdı, bizim babamızdı. Bu düşünce bana komik gelmişti ve çıldırmış gibi kahkaha atarken oturduğum sandalyeden öyle bir güçle kalktım ki sandalye yere devrildi.

"Teyzenler bunu size söylemek için yirmi bir yaşını doldurmanızı, gerçeklerle başa çıkabilecek olgunluğa gelmenizi beklemem için bana söz verdirdiler. Birkaç saat erken davrandığımı biliyorum ama daha fazla bekleyemedim," dedi. "Yalan söylemediğimden emin olmanı istedim. Oliver'ın gücü olmasaydı, gerçekleri söylediğimden emin olamazdın ve bir yanın hep benden şüphe ederdi. Sana DNA testi sonuçlarıyla, imzalı doğum belgesiyle bile gelsem bana inanmak istemeyecektin."

"Maisie biliyor mu?" diye sordum. Çığlık atmak, ağlamak istiyordum. Şimdi Iris'in neden anneme benzeyip başka kadınların erkeklerine zaafım olacağından endişe ettiğini anlamıştım.

"Hayır," diye cevapladı. "En azından bildiğini düşünmüyorum ama onun erişebildiği güçle neler öğrenmiş olduğunu kim bilir. İkinize birden söylemeyi umuyordum. İkinize de aynı anda. Ama Ginny'nin öldürüleceği aklıma gelmemişti hiç."

"Bu hiçbirimizin aklına gelmemişti," dedim kapıya yönelerek.

Connor hızla kolunu uzattı ve beni kolumdan yakaladı. "Orada yanılıyorsun işte. Sanırım aramızdan birinin bundan haberi vardı."

"Pekâlâ, seni dinliyorum," dedim. Kolumu bıraktı ve cebine uzanarak büyük bir kâğıt çıkardı. Kâğıt sihirliydi, kırışıklıkları kendi kendine açılmıştı. "Bunu Ginny'nin eşyaları arasında buldum."

Kâğıdı ondan alıp inceledim. Ödünç alınmış cadı gücüm olmasa kâğıt gözlerime boş görünecekti ama gücü kullanarak kâğıda odaklandığımda kelimeler oluştu; normalde anlayamayacağım, eski zamanlardan kalma kelimeler. Ama şu anda onları anlayabiliyordum. "Bu bir yok etme büyüsü," dedim kâğıdı ışığa tutarak. Şu anda karalamaları çözümleyecek sabrım olmadığından kâğıdı katlayıp daha sonra incelemek üzere cebime koydum.

"Bunu yapacaktı," dedi Connor. "Ginny Wren'i sonsuza dek ortadan kaldıracaktı ve ikimiz de Ellen'ın buna izin vermeyeceğini biliyoruz."

"Ellen, Ginny'yi öldürmüş olamaz!"

"Emin misin?" diye sordu. "Ben değilim. On yıldır pamuk ipliğinde yaşadığını ikimiz de biliyoruz. Viski ve Wren olmasaydı çok uzun süre önce çabalamaktan vazgeçerdi."

Haklı olup olmadığını merak ediyordum. Parçalar bir araya geliyordu ama bunu kabullenmek istemiyordum. Connor'ın babam olması yeteri kadar kötüydü zaten... Sevgili teyzemin cinayet işleyebilecek olmasına inanmak istemiyordum. "Hayır. Yanlışın var. Buna inanamam."

"İstersen inanma," dedi. "Doğrusu, Ellen'ın hepimize büyük iyilik ettiğini düşünüyorum. Onu ailelere ihbar etmeyeceğim elbette. Arkasında iz bırakmadığı sürece yapmış olduğu şeye itirazım yok."

Connor bu akşam yüz yıl içinde bile sindirip kabullenemeyeceğim kadar çok bilgi vermişti. "Pekâlâ," dedim. "Söylemek istediğini söyledin. Şimdi gidebilirim."

"Daha gidemezsin," dedi. "Seni buraya getirmemin bir sebebi var. Seninle paylaşmak istediğim bir şey daha var ama bunu burada yapmalıyım." Döndü ve kitaplığa doğru yürüyüp yeni görünen günlüklerden birini aldı. Defteri bana uzattı. Kapağına karalanmış Maisie yazısını görebiliyordum. Yazının çocuksuluğu günlüğün göründüğünden eski olduğunu gösteriyordu. "Defteri evden çıkarmaya çalıştım ama yapamadım. Buna izin vermedi. Bunu sana göstermek için seni buraya getirmem gerekiyordu." Defteri bana verdi.

Defterin bağını açmaya çalıştım ama ne kadar çabalasam da açamadım. Sihirle mühürlenmişti. Kapağına elimi sürttüm ve açılmasa da mühründen birkaç bilgi sızdı. Günlüğün kitaplıktaki tüm Büyücülüğe Giriş kitaplarından çok daha değerli bilgiler içerdiğini anlamıştım. Çizgiyle ilgili sırlar içerdiği için mühürlenmişti. Bu bilgisizliğimle bile Ginny'nin bu sırları Maisie'yle paylaşmamış olması gerektiğini biliyordum; bu sırlar sadece bir bağlayıcıdan diğerine aktarılmalıydı.

"İçinde ne olduğunu biliyorsun, değil mi? Bunu sezebiliyorsun," diye sordu Connor yüzü sevinçle dolarak. "Ona dokunduğum gibi anladım."

"Çizgiyle ilgili. Bu günlük onun sırlarıyla dolu; sadece bir bağlayıcının bilmesi gereken bilgilerle."

"Aileler Ginny'nin bunları Maisie'yle paylaştığını bilseydi Ginny'yi görevinden alırlardı."

"Kapaktaki yazıya bak! Maisie neye bulaştığını anlayamayacak kadar küçükmüş."

"Evet, öyle görüyoruz ve aileler bilseydi büyük olasılıkla bizimle aynı fikirde olurlardı. Ama Ginny farklı bir mesele. Yaşlı kadına hiç merhamet göstermezlerdi. Görevinden uzaklaştırılır, çizgiye asla erişemeyeceği kadar uzak bir yere gönderilirdi."

"Tamam," dedim. "Ama o öldü ve şimdi Maisie bağlayıcı olacak. Bana bunu göstermenin anlamı nedir?"

Devirdiğim sandalyeyi kaldırıp oturdu. "Çünkü bu, bizim ana çizgiye erişebilmemiz için bir fırsat, hem senin hem de benim için. Oliver'ın gücünü tattın. Kendine ait güce sahip olmak istemeyeceğini mi söylüyorsun? Hem de küçük bir parçasıyla yetinmek değil, gücün kaynağına bağlanmak istemez misin? Ben istiyorum Mercy. Ailenin gölgesinde, ucuz numaralara yetecek kadar bir güçle yaşamaktan bıktım. Daha fazlasını istiyorum."

"O halde al. Neden benimle paylaşıyorsun?"

"İki sebebi var," dedi. "Birincisi, sen benim güzel kızımsın. Her zaman istediğin kadar güce sahip olmanı istiyorum. Küçüklüğünden beri seni izledim. Maisie'yi kıskanmamak için hep elinden geleni yaptın ama kalbinin derinliklerinde küçük bir parçanın Maisie'nin yeteneklerine imrendiğini biliyorum."

"Peki ya ikinci sebep ne?" diye sordum beni bu gezintiye çıkarmasının asıl sebebini merak ederek.

"Günlük. Onu evden çıkaramıyorum ve..." Duraksadı. "Onu açamıyorum."

Güldüm ve günlüğü yelpaze gibi salladım. "Ve benim açabileceğimi mi sanıyorsun?"

"Hayır," dedi temkinli bir şekilde; konuya çok hızlı girdiği için hevesimi kırdığını düşünerek endişelenmiş gibi görünüyordu. "Yani normal şartlar altında açamazsın. Ama belki Maisie'nin ikizi olduğun için..."

"Ayrı yumurta ikizi," diye araya girdim ona bu gerçeği hatırlatmak için.

"Bu doğru ama yine de ikizisin. Ve şu anda Oliver'ın gücüyle dolusun. Belki bu iki şey günlüğü açılmaya ikna etmen için yeterli olur. Ve şunu unutma, çekilişte bağlayıcı olarak seçilen Maisie değildi... sendin."

"Bunun bir hata olduğunu söylemiştin."

"O zaman öyle düşünmüştüm ama şimdi bundan pek emin değilim. Hâlâ şansımız varken günlüğü açmayı denemelisin." Ellerini birbirine öyle sıkı kenetlemişti ki eklemleri beyaza dönmüştü. Gözleri mukavvaya iğnelenmiş bir kelebek gibi olduğum yere sabitlemişti beni. Bunun işe yaramasını ne kadar çok istediğini görebiliyordum.

"Açılırsa ne olacak?"

"İçindeki tüm sırları kopyalayacağız. Ve Oliver'ın gücü yarın sabah seni bıraktığında, kendi gücünü toplayabileceğin dipsiz bir kuyun olacak."

"Hayır, Connor. Bu çok cezbedici bir şey. Çok cazip ama diğer yandan çok tehlikeli. Ginny'nin bunları Maisie'yle paylaşma sebeplerinin ne olduğunu umursamıyorum. Biz bağlayıcı değiliz ve çizgiyi kurcalamamalıyız. İstemeden de olsa kim bilir ne zararlar verebiliriz."

"O halde gücü bırakmaya isteklisin. Yoksa Jilo'nun bugün yaptığınız küçük anlaşmaya uyacağını mı sanıyorsun? Evet, gizlice içinden çıktığın o tünelde kimin saklandığını biliyorum. İkiniz bir tür anlaşma yaptınız ama kendi deneyimlerimden, Jilo'nun verdiği sözleri tutmadığını söyleyebilirim."

"Ben Jilo'yla anlaşma falan yapmadım," dedim sakin kalmaya çalışarak.

"O halde bu fırsatı kullan! Kendini kurtar! Babanı kurtar! Annen sana inanıyordu. Senin en iyi şekilde yaşamanı isterdi. Onun ölümünün boşa gitmesine izin verme. Sadece dene. Yalvarırım."

Bir süre oda sessiz kaldı ve Connor dizüstü çöküp ağlamaya başlayınca şaşırdım. Bu görüntüyle duygulanmış mıydım yoksa sadece utanmış mıydım, emin değildim. Ama sadece onu yerden kaldırmak için de olsa denemek zorundaydım. Bunun yanlış olduğunu biliyordum. Tehlikeli olduğunu da biliyordum. Ancak içten içe işe yarayacağına inanmıyordum. "Tanı beni," diye emrettim ve parmaklarımdan bir elektrik akımı, günlüğün kapağına ulaştı. Günlük kendiliğinden açıldı, bense şaşkınlıktan ağzım açık, olduğum yerde kaldım. Arkama dönerek ayağa kalkıp defterin başında duran Connor'a baktım. Ama daha ilk cümleyi bile okuyamadan Connor ellerimden defteri, boynumdan kolyeyi çekip aldı. Kolyenin kenevirden ipi koptuğu anda gücüm yok oldu.

Connor'ın dudaklarında kötücül bir gülümseme belirdi; tılsımı gözlerimin önüne tuttu ve büyüyle onu toza çevirdi. "Her zaman zayıf olan sendin," dedi ve elini sallayarak beni arkamdaki duvara fırlattı. Başım duvara çarptı. Sonrasında sadece karanlık vardı.

YİRMİ ALTI

Acı içinde gözlerimi aydınlığa açtım. Tam düştüğüm yerde, tıpkı bir oyuncak bebek gibi duvara yaslanmış haldeydim. Kıpırdayamıyordum ama bunun sebebinin büyülenmiş olmam olmadığını biliyordum. Duvara çarptığımda duyduğum ses omurlarımdan birinin kırılma sesiydi.

Connor kendime geldiğimi fark etti. "Gerçekten senin babanım," dedi gözlerini insan gözünün asla anlayamayacağı kısaltmalarla hızla kopyalamaya devam ettiği defterden ayırmadan. "Ama gerçek şu ki sen gerçek bir hayal kırıklığısın. Seni doğurmak için Emily'nin değerli yaşamına son vermiş olması bu dünyanın en büyük trajedilerinden biri. Ah, hatta tarihteki savaşlar, veba salgınları ve kıtlıklar da dahil en büyük trajedilerden biri senin doğumun. En azından onlar nüfusu azaltmaya yaramıştı. Emin ol, o işe yaramaz varlığınla dünyaya geldiğin gün evde olsaydım, annen hâlâ hayatta olurdu, sen de Bonaventure'da, bir ayakkabı kutusunun içinde şimdiye kadar çoktan çürümüş, yok olmuş olurdun."

"Ginny'yi sen öldürdün," dedim zorla.

"Hayır, tatlım. Onu kesinlikle ben öldürmedim. Sadece başkasının yaptıklarından kendim faydalanıyorum. Öyle değil mi, Wren?"

Olanlardan sonra şaşırma yetimi kaybetmiş olmam gerekiyordu ama yine de Connor, Wren'in adını söyleyip küçük çocuk tam önümde belirince şaşkınlık içinde kalmıştım. Belli ki en baştan beri orada duruyordu.

"Ginny beni öldürecekti," diye açıkladı Wren sakince. "Onun bana zarar vermesine izin veremezdim."

"Ama şimdi bir anlaşma yaptık, değil mi Wren?" diye neşe içinde sordu Connor not almaya devam ederken.

"Üzgünüm Mercy ama Connor, ona yardım edersem, Ginny'ye yaptıklarımı kimseye söylemeyeceğine söz verdi."

"Ne için yardım edersen?" Tekrar hareket etmeye çalıştım ama kıpırdayamadım bile.

Connor başını defterden kaldırdı ve bana bakarak gülümsedi. "Bir saat içinde, bir yardım müzayedesinde Savannah'nın kaymak tabakasıyla kadeh tokuşturuyor olacağım. Kolumda güzel karım Iris'le birçok fotoğrafım çekilecek. Bir saat on beş dakika sonra da Wren tıpkı Ginny'ninki gibi senin kafanı da yaracak. Birkaç gün içinde cesedini burada bulacağım ve o zaman, Iris'in olay yerinde olanlara dair bir iz bulması için çok geç olmuş olacak."

Günlüğe kafasını geri çevirdi ve kopyalamaya devam etti. "Cep telefonumun kamerasıyla tüm defterin fotoğrafını çektim," dedi. "Ama sihrin teknolojiye nasıl etki ettiğini biliyorsun. Sadece birkaç sayfam kaldı, sonra ikinizi baş başa bırakacağım."

Bir şey söylemek için yeterli soluğum ya da isteğim kalmamıştı artık. Connor arada bir okuduğu cümleleri kendi kendine tekrar ederek, yazdığı şeylerin doğruluğunu tekrar tekrar kontrol ederek defteri kopyalamaya devam etti. Fethettiği her harfle giderek tatmin oluyordu. Sonunda en son sayfaya ulaştı ve hoşnut bir iç çekişle defteri kapadı.

Bir anda günlük kızgın bir alevle kaplandı. Connor çığlık atmaya başladı; bu çığlıklar dehşetten daha öte, acıdan daha keskin bir hissin çığlıklarıydı. Connor günlüğü ellerinden fırlatmasına rağmen alevler ellerine yapışmıştı. Günlük, içindeki sırların bu evden dışarı çıkmaması için bubi tuzaklı olmalıydı.

Bir süre sonra Connor inleyerek yere düştü. Çığlıklarının arasında alevlere sönmelerini emretti ama alevler açık günlüğün sayfalarından dökülerek hızla Connor'ı yutmaya devam ediyordu. Connor dizlerinin üzerinde durabilmeyi başardı. Yüzünü bana dönüp ona yardım edebilecekmişim gibi kollarını uzattı. Yüzünden geri kalanlar korku ve acı dolu bir ifadeyle buruşmuştu; gözleri, ateşin onu bırakmayacağı, yakıp yok edeceği gerçeğinin farkında olan bir ifadeyle bakıyordu. Hâlâ kıpırdayamıyor, sadece saçlarının için için yanışını, teninin kararışını izliyordum. Ayağa kalktı ve bana doğru bir adım atmaya çalıştı, tıpkı canlı bir mum gibi. Ancak sonra yere düştü. Vücudu acı içinde kıvranırken alevler etrafa yayılmaya başlamıştı ve Connor dört bir yana yayılmaya başlayan bir yangının merkezi olmuştu. Yangının sıcaklığını yüzümde hissedebiliyordum ama ondan kaçamıyordum.

Çaresizce Oliver'ın gücünün birazına erişebilmeyi umarak alevlere durmalarını emretmeye çalıştım ama gitgide hızlanıp mobilyalara ve kitaplığa sıçrayarak, kitapların önce mühürlerini eritip sonra alev almalarına sebep olarak tüm gücüyle yakmaya devam ettiler. Oda dumanla kaplanmıştı ve etrafımda olanları görebilmemin tek sebebi başımın yere çok yakın olmasıydı.

Odanın kapısı sertçe kapanırken, "Üzgünüm Mercy," diye bağırdığını duydum Wren'in. Ateş anında kapıyı sardı, kapı koluna dokunmayı denemem bile mümkün değildi. Uzaktan gelen siren seslerini duyabiliyordum ama onların zamanında gelemeyeceğini biliyordum. Alevler kapıyı tamamen kapladı, sonra bir yerde toplanıp bir küme oluşturdular. Birdenbire alev tüm gücüyle bana doğru gelmeye başladı.

Aniden durdu. Sıcaklığıyla tenimi kızartacak, dumanıyla nefesimi kesecek kadar yakınıma gelmişti ama zarar vermiyordu. Alevler daha önce gördüğüm alevlere benzemiyordu. Cadı görüşü olmadan bile onların gerçek biçimlerini görebiliyordum. Yüzlerce küçük, semendere benzeyen yaratık. Bir anda bunların gerçek alevler olmadıklarını fark ettim; bunlar ateşin ruhlarıydı. Bıçak keskinliğinde seslerden oluşan bir koro öfkeli ve şaşkın bir çığlık attı. Daha sonra ise tek bir iç çekiş duyuldu. Yaratıklar etrafımı sardı ve her biri dilleriyle ayaklarımı yalamaya başladı. Ama her nedense onlara temas ettiğimde bir serinlik hissetmiş, zarar görmemiştim. Yaratıkların her birinden, dünya yüzeyinde uzun yıllardır konuşulmamış bir dilde mırıltılar çıkıyordu.

Alevler bir araya gelip etrafımı sardı. Hayatımın sonunun geldiğinden emindim ama alevler beni yakmak yerine etrafımı sıkıca sarmış, ayağa kalkmamı sağlamışlardı. Duyularımın vücuduma geri döndüğünü hissediyordum ve sonunda uzuvlarım emirlerime itaat etmeye başladı. Birleşen alevler beni kaldırıp cama doğru götürdü. Cam ben yaklaşırken parçalandı. Aşağıda itfaiye arabalarını görebiliyordum. İtfaiye hortumları asıl yangına değil, Ginny'nin yanmış ve bükülmüş evinden artakalanların etrafındaki diğer evlere su fışkırtıyordu. Aralarından kimse beni fark etmeden geçirildim, sonra alevler beni bir ya da iki sokak ileri, is kokusu ve acil durum araçlarının kırmızı beyaz ışıklarının ötesine bıraktı. Bir kedi gibi kendimden emin, ayaklarımın üzerinde durdum ve ateşin ruhları varlıklarına dair hiçbir iz bırakmadan toprağa karıştılar.

YİRMİ YEDİ

Eve girer girmez Peter yanıma koştu. Yüzüne bir rahatlama gelmişti ve ona hissettiğim kızgınlığın, yaşadığım heyecan ve dehşetin yanında geri planda kaldığını fark ettim. Yanından geçerek kendimi Ellen'ın kollarına attım.

"Tanrı'ya şükür buradasın. Tanrı'ya şükür iyisin," dedi tekrar tekrar, beni sarsarak.

Oliver arkamdan geldi ve başımın üstüne bir öpücük kondurdu. "İs kokuyorsun," dedi. "Ginny'nin evinde miydin?"

"Yangın çıktığını biliyor musunuz?" diye sordum, sonra itfaiyenin onlara çoktan haber vermiş olacağını akıl ettim.

"Neler oldu?" diye soruma kendi sorusuyla karşılık verdi Peter.

Gözlerinin içine baktım ve "Burada olmamalısın," dedim ona.

"Ama senin için endişelendim, sevgilim." Beni Ellen'ın kollarından alıp kendine çekmeye çalıştı. "Sana destek olmak istiyorum."

"Burada olmamalısın," diye tekrarladım.

Oliver'ın, sesimde, anlamadığı ama hoşuna gitmeyen bir tını duyduğunu görebiliyordum. "Git buradan," diye emretti ve Peter o an geri çekilip kapıya yöneldi.

Ellen'ın kollarından ayrıldım. "Connor öldü," dedim ve vereceği tepkiyi merakla bekledim.

"Biliyoruz tatlım," dedi.

"Ama nereden biliyorsunuz?" diye sordum. Korkum, gerçeği Wren'den öğrenip öğrenmediklerini merak etmeme sebep olmuştu. İtfaiye henüz kalıntıları incelemeye fırsat bulmuş olamazdı ve yangının doğaüstü bir sebeple çıktığını düşününce yangından geriye herhangi bir şey kalacağından da şüpheliydim.

Ellen sorumu cevaplamadı; sadece elimi tutup beni kütüphaneye götürdü. Kütüphaneye yaklaştığımızda ahşap sandukası çok yer kaplamasına rağmen Connor'ın atmamakta ısrarcı olduğu antika stereo pikapta Ray Charles çaldığını duydum. Connor, vinil plakların diğer kayıtların sahip olmadığı bir sıcaklığa ve derinliğe sahip olduklarını iddia ederdi.

Ellen uzandı ve kapıyı açtı. İçeri girdiğimde Iris'in kontrollü bir hava dalgasıyla odanın ortasında, havada süzüldüğünü gördüm. Yardım müzayedesi için giyeceği elbise de onun etrafında dalgalanarak havada süzülüyordu. Iris teyzemin uçabildiğini ya da havaya hükmedebildiğini hiç bilmiyordum ama işte orada, havada duruyordu. Normalde saçını sıkıca toplardı ama bu gece açık bırakmıştı ve onu havada tutan rüzgâr, saç tellerini de dağınık bir biçimde havalandırıyordu. Tuhaf ve güzel bir görüntüydü. Gözyaşları yanaklarından süzülüyordu ama Iris tam bir sessizlik içindeydi. Hâlâ bizimle olduğuna dair tek işaret, pikap iğnesi plağın sonuna geldiğinde tekrar Ray Charles'ı başlatmasıydı.

Oliver peşimizden kütüphaneye geldi. "Mutfakta çay içiyorduk. Her şey normaldi," dedi. "Sonra ayağa kalktı ve inlemeye başladı. Connor'la, yangınla ilgili bir şeyler söyleyip durdu ve bana Connor'ın öldüğünü söyledi. Buraya geldi. Son yarım saattir bu kaydı tekrar tekrar çalarak havada süzülüyor."

"İtfaiyeden aradılar," diye ekledi Ellen. "Ginny'nin evinin alev aldığını söylediler. Etrafa yayılmasını engellemekten başka bir şey yapamamışlar. Yangına neyin sebep olduğundan emin değiller ama elektriksel bir sorun gibi göründüğünü söylediler."

Gerçekte ne olduğunu onlara anlatmak için doğru sözleri bulmaya çalıştım. "O beni öldürmeye çalıştı," diyebildim sonunda; bu sözler dünyanın en komik fıkrasının can alıcı cümlesiymiş gibi. Aniden öfke doldu içim. Pikaba doğru gittim, iğneyi plaktan kaldırdım ve pikabı alıp karşı duvara fırlattım. "Beni öldürmeye çalıştığını söyledim!" Iris gürültülü bir şekilde ayaklarının üzerine indi ve buz gibi bir sessizlik doldurdu odayı.

"Connor'ın istediği bir defter vardı," diye devam ettim kimse sormamasına rağmen. "Defteri açmam için beni kandırdı. Sonra kolyemi çaldı. Beni öldürecekti," diye tekrarladım vücuduma yeni bir adrenalin akımı hücum ederken. "Wren'e beni öldürtecekti," dedim. Bir açıdan Ellen'ın yüzüne yayılan şaşkınlığı görmekten memnundum. O anda Ellen'ın Wren'in suçlarıyla alakası olmadığını anlamıştım.

"Wren kocamı mı öldürdü?" diye sordu Iris. Neredeyse istekli bir şekilde yanlış anlamıştı dediklerimi.

"Hayır, Iris. Defter ya da defterin içindeki her ne ise kocanı ateşe verdi. Ve onun beni öldürmesini engelledi. Ama Wren Ginny'yi öldürmüş," dedim tekrar Ellen'a bakmak için kafamı çevirerek. "Ginny onu yok etmeye karar vermiş, hatta kendi kendine bunu yapmaya çalışmış bile olabilir. Büyü Ginny'nin elindeymiş; çok eski ve güçlü bir büyü. Ama başaramamış, Wren de onu öldürmüş. Connor büyüyü bulmuş ve neler olduğunu anlamış. Wren'e bu gece Iris ve kendisi müzayededeyken beni öldürürse kimseye bir şey söylemeyeceğine söz vermiş. Yangın yayılmaya başlayınca Wren beni orada yanmaya bıraktı. Ama yangın normal bir yangın değildi. Alevler canlıydı."

"Ateşin ruhları mı?" diye sordu Oliver.

"Evet. Beni yakmadılar ve ateşten uzaklaştırdılar. Connor beni yaralamıştı. Çok kötü yaralamıştı. Onlar beni iyileştirdi."

"Ama Connor neden sana zarar vermek istesin ki?" diye sordu Iris.

"Üzgünüm Iris teyze," dedim. "Şu an daha kötü hissetmeni istemiyorum. Acı içinde olduğunu biliyorum. Ama bana inanmak zorundasın. İstediği şey defterdi; Maisie'nin günlüğü. Ginny paylaşmaması gereken şeyleri Maisie'yle paylaşmış ve günlük çizgiyle ilgili sırlar içeriyormuş. Connor sahip olduğu güçle yetinemediği için günlüğü okuyarak daha çok güce sahip olacağını düşündü." Kelimeler ağzımdan yuvarlanarak, düzensiz şekilde çıkıyordu ama ailemin beni anlayabildiğini biliyordum.

"Ve senin yaşamana izin verirse neler peşinde olduğunu anlayacağımızı biliyordu," diye tamamladı Oliver sözlerimi.

"Ama o seni büyütmemize yardımcı oldu," dedi Iris güçlükle. Yüzündeki boyun eğmiş ifade benden şüphe etmediğini anlatıyordu. Sadece Connor'ın gerçek yüzünü şu ana kadar göremediği için şaşkınlık içindeydi. "O sana babalık yapmıştı,"

"Hayır, Iris," dedim üzerime bir sakinlik çökerken. Bu Oliver'ın etkisi olmalıydı. "O babammış. Öyle söyledi."

Iris'le Ellen bir an bakıştı. Gerçeği biliyorlardı. Oliver'ın yüzündeki şok ifadesi sahte olamazdı. "Ah, haydi ama!" dedi başını sallayarak.

Ellen iç çekti ve "Artık ikisi de öldü, gerçeği saklamanın hiçbir anlamı yok," dedi.

"O halde söyle ona," diye karşılık verdi Iris uysal bir sesle. "Bu gece olanlardan sonra bunları nasıl söyleyeceğimi bilemiyorum."

Ellen uzandı ve elimi tuttu. "Connor baban değildi," dedi yumuşak bir sesle ve sakin bir rahatlama dalgası kapladı benliğimi. "Ama o öyle düşünüyordu. Buna inanmasına izin verdik."

"Neden?" diye sordum aklım gerçekten karışmış halde.

"Çünkü sizin bir babaya ihtiyacınız vardı. Ben de kocamı yanımda tutmaya çalışıyordum," dedi Iris. "Babanız olduğuna inanmasını sağladım, böylece yanımızda kalıp sizi yetiştirmemize yardımcı olacaktı... ama burada kalması için ona bir sebep de vermek istemiştim."

Dilimin ucunda sert sözler dizilmeye başlamıştı ama ben söyleyemeden Ellen konuşmaya başladı. "Bir sebep daha var. Daha önemli bir sebep," dedi. Devam etmeden önce Iris'le tekrar bakıştı.

"İkiniz hakkındaki gerçeği öğrenirse Ginny'nin yapabileceklerinden korktuk," dedi. "Babanızın kim olduğuna dair gerçeği."

Biraz uzunca duraksamıştı bu sefer. "Haydi, söylesene!" diye emretti Oliver. Yüzü kızarmış, onda daha önce hiç görmediğim bir endişeyle kırışmıştı.

"Sana anlatmıştım Mercy," diye söze başladı Ellen. "Ginny'nin, soyların birleşiminden on üç aileyi birleştirecek büyük bir cadı doğacağını söyleyen bir kehanet yüzünden Paul'ü kurtarmama engel olduğunu anlatmıştım."

"Evet, ayrıca Ginny'nin ailelerin birleşmesine ne kadar karşı olduğunu da söylemiştin," dedim.

"Paul, Ginny kehaneti öğrenmeden önce doğdu. Sonrasında Ginny bizim çocuk yapmamıza engel oldu. Tıpkı iyileştirme güçlerimi sınırladığı gibi çocuk yapma yeteneğimle de oynadı. Doğrusu, kehanette bahsedilen cadı, kadın olmasaydı Paul'ü kendi elleriyle bile öldürebilirdi."

"Maisie," dedim. Parçalar bir araya geliyordu.

"Ona dokunduğum an Maisie'nin Erik'in kızı olduğunu anlamıştım; ikiniz de Erik'in kızıydınız," dedi Iris. Annem söylememiş olsa bile Iris'in psikometrik güçlerinin ona babamızın kim olduğunu bildirebileceği neden hiç aklıma gelmemişti, bilmiyordum.

"Evet," dedi Ellen. "Sen ve Maisie'nin babası, kocam Erik'ti. Ginny'nin bunu öğrenmesine izin veremedik. Yapamadık."

"Tanrım, bizden nefret ediyor olmalısın," dedim hayretle.

"Ah, hayır sevgili kızım," dedi Ellen gözlerinde sadece sevgiyle bana gülümseyerek. "Sizden asla nefret edemem. Siz Ginny'nin benden aldığı kızlarımsınız," dedi şefkatli bir bakışla.

"Ve benim asla sahip olamayacağım kızlarım," diye ekledi Iris neredeyse çekingen bir şekilde yanımıza gelerek. Ellen'la bir araya geldiler ve beni kollarına aldılar.

"Anneni yıllar önce affettik," dedi Ellen. "O zayıf ve inatçı bir kadındı. İkimizin de kocalarının peşinden koştu, sırf onları elimizden alabileceğini göstermek için. Ama sonunda bize seni ve Maisie'yi verdi." Annemin verdiği zararların tekrar farkına varmak beni çok incitmişti ve hemen orada, asla onun gibi olmayacağıma dair kendime söz verdim.

"Ve şimdi," dedi Iris titreyen bir sesle, "sahip olduğum tek şey siz ikinizsiniz." Bir an tereddüt etti ve yaşlarla dolu gözlerle bana baktı. "Connor o şekilde öldüğü için üzgünüm." Rüzgâr tekrar etrafında toplaşmaya başlayıp üçümüzü birden hafifçe havaya kaldırdı. "Çünkü o aşağılık herifi kendi ellerimle öldürmek isterdim."

Ellen'la beni bıraktı ve yavaşça ayaklarımızın üzerine indik. Elini kaldırdı ve çalışma masasından bir kâğıt uçarak eline geldi. Az önce boş olan kâğıtta harfler ve çizgiler belirmeye başladı ve kâğıt dolduğunda Iris kafasını çevirerek bize baktı. Ne yazdığını göremiyordum ama sayfanın en altındaki Connor'ın imzasını tanımıştım. Iris onun adına bir intihar mektubu yazmıştı.

"Oliver," dedi Iris. "Dedektif Cook'u ara. Connor'ın mektubunu buldum. Ginny'ye yaptıklarından dolayı hissettiği suçlulukla bir dakika daha yaşayamayacağını söylüyor."

"Şimdi de Wren'in icabına bakmalıyız," dedi Ellen. Sesindeki kararlılık büyüleyici sanrıya hissettiği tüm sevginin sonsuza dek yok olduğunun kesin kanıtıydı.

"Biraz yavaşlayalım ve önce bütün bu olanları gözden geçirelim," dedi Emmet bir anda belirip. "Aileniz her zaman tutkularına yenik düşüyor. Düşünmeden, anlık hareket ediyorsunuz."

Düşünmeden Emmet'in yanına gittim ve ona bir tokat atarak yüzündeki kendini beğenmiş ifadeyi sildim. "Eleştireceğin zaman bir anda çıkageliyorsun; peki sana ihtiyacım olduğunda neredeydin?" Tüm dokuz parçası da şaşırıp kalmıştı. "Kes sesini!" diye uyardım onu ağzı tekrar hareket etmeye başladığı an.

Iris'in yüzü beton gibi sert bir ifadeyle bakıyordu. "Cook'u ara," diye tekrarladı Oliver'a.

YİRMİ SEKİZ

Polis gelmeden üzerimdeki is kokusundan kurtulmak için yukarıya, duş almaya gönderildim. Emmet, Wren'in ortaya çıkma ihtimaline karşı banyo kapısında beni bekliyordu. Saçımı kurutarak Cook'un yıkandığımı fark etmesine sebep olacak bir iz kalmamasını sağladım. Ben duş alırken Oliver ve Ellen evi ve bahçeyi araştırdılar ama ikisi de Wren'den herhangi bir iz bulamamışlardı. Wren saklanıyordu.

Dedektif Cook evden ayrıldığında gece yarısını geçmişti. Connor'ın intihar notu özenle bir kanıt poşetine konulmuştu. Iris'in dedektifin önünde döktüğü gözyaşları gerçekti. Connor'ın ölümüne değil, aklında bıraktığı iyi izlenimin yok olmasına ağlıyordu. Cook evden ayrılırken gözleri benimkilere takılmıştı. İfadesi bir anda "Sana söylemiştim" diyen bir ifadeden "Başınız sağ olsun" diyen bir ifadeye dönüşmüştü.

Cook gittiğinde sıra Wren'le ilgilenmeye gelmişti. Iris, Oliver, Ellen ve ben kütüphanede toplandık ve sessizce Emmet'in Wren'i yakalayıp getirmesini bekledik. Olanlar çok tuhaftı çünkü bu akşama kadar Wren'in ailemizden bağımsız var olabileceğini düşünmemiştim. Evden uzaklaşıp özgürce dış dünyada dolaşabileceği hiç aklıma gelmemişti.

Ellen, Iris'in yanına oturdu ve kolunu ablasının omuzlarına doladı. Iris gözlerini karşıya dikmişti; yüzündeki ifade, ne olursa olsun güçlü kalmaya kararlı olduğunu gösteriyordu. Ellen'ın yüzü ise karışık duygularla kaplıydı: suçluluk, üzüntü, öfke ve daha fazla suçluluk.

Oliver sessizliği böldü. "Mercy, tatlım, çok yorucu bir akşam geçirdiğimizi biliyorum," dedi. "Ancak yok etme büyüsüne dair herhangi bir şey hatırlayabiliyor musun? Ne yapmamız gerektiğinden emin değilim. Wren benim altı yaşındaki aklımın ürünü. O ortaya çıktığında ne hissettiğimi bırak altı yaşımı bile zor hatırlıyorum."

"Hatırlasan bile," dedi Ellen, "o anı tekrar yaratamazsın."

"Belki de onu görmezden gelip yavaşça açlıktan ölmesini beklemeliyiz," diye önerdi Iris ama bunu Ellen'ı, Wren'in yok edilişinde rol olmasının vereceği acıdan korumaya çalıştığı için söylediğini biliyordum.

Ellen da Iris'in bunu söyleme sebebini anlamıştı. "Hayır," dedi. "Bu işi bu gece halletmeliyiz. Bu şekilde devam etmesine izin veremeyiz. Ayrıca enerjisini bizden alıp almadığından bile emin değiliz."

"Bunu senin yaptığını sanıyordum," dedim şaşkınlıkla. "Ona enerjisini senin verdiğini sanıyordum."

"Hayır," dedi Ellen. "Yıllardır onun solup gitmesini bekliyordum. Dinle, biliyorum ki..." Duraksadı ve güçlükle yutkundu. "Wren'i, Paul'un ölümüyle başa çıkabilmek için kullandığımı biliyorum. Ama o hiçbir zaman onun yerine geçemedi; kimse oğlumun yerini tutamaz."

"Enerjisini her nereden alıyorsa alsın, onu yok etmeliyiz," dedi Oliver. "Hiçbir şey hatırlıyor musun?" diye sordu bana.

Bir anda büyünün yazılı olduğu kâğıdı Connor'a vermediğimi hatırladım. Kirli çamaşırların arasına attığım şortumun cebine koymuştum. "O bende!" dedim. "Connor büyüyü bana verdi, ben de cebime koydum. Hâlâ orada olmalı."

Yukarı, banyoya koştum. Çamaşır sepetini karıştırmaya başladım ve Ginny'nin evindeyken giydiğim is kokulu kıyafetleri sepetten çıkardım. Elimi şortun sağ cebine soktum... cep boştu. Sonra sol cebe baktım. İşte buradaydı. Derin bir oh çekerek kâğıdı çıkardım. Tıpkı kıyafetlerim gibi is kokmasına rağmen, kâğıt salladığım gibi açıldı ve kırışıklık izleri anında kayboldu. Artık cadı görüşüm olmadığı için kâğıdı boş bir sayfa olarak görüyordum ama teyzelerim ve dayımın okuyabileceğini biliyordum. Bu kâğıt sayesinde el ele verip Wren'i geldiği yere geri gönderebileceklerdi.

Koridora çıktığımda, Jilo'nun dünyasının duvarlara yansıyan deniz mavisi ışığını gördüm. Çamaşır dolabına, Jilo'nun kendi odasına çıkan kapı sonuna kadar açık duruyordu. Gıcırdayan yer döşemelerinin izin verdiği kadar sessiz bir şekilde kapıya doğru yürüdüm. Kapı boşluğuna yaklaşıp gizlice içeri baktım. Jilo hayalet mavisi odasındaki tahtında, gözleri korku dolu bir şekilde oturuyordu. Boğazına bir bıçak dayalıydı. Wren ortalıkta görünmüyordu ama bıçağı tutanın o olduğunu biliyordum. Bir zamanlar kurşun işlemez gibi göründüğünü düşündüğüm birini bu denli yaşlı ve zayıf görmek beni şaşırtmıştı. Bir şekilde Wren onu hazırlıksız yakalamış, savunmasını aşmayı başarabilmişti. Hayalet mavisi odasını, bu odanın evime nasıl bağlandığını biliyordum. Ama o benim bunu bilmemi *istemişti.* Beni oraya kendisi davet etmişti. Wren'in buraya nasıl geldiğine dair şüphelerim vardı. Jilo daha önce onu da buraya davet etmiş olmalıydı. Bir yanım uzaklaşmayı düşündü; büyüyü teyzelerim ve dayıma vermeyi, kendimi bu işten kurtarmayı. Ama bu gece daha fazla vahşete tanık olmak istemiyordum. Kapıdan içeri girdim ve ardımdan kapı hızla kapanarak evdekilerin bana yardım edebilme ihtimalini tamamen yok etti.

"Bıçağı indir Wren," dedim sakince.

"Onun dediğini yap," diye bağırdı Jilo ama bıçak boynuna daha çok bastırdı.

Wren Jilo'nun arkasında belirdi. Bir eli Jilo'nun saçlarındaydı, diğer eliyle bıçağı tutarak Jilo'nun arkasında süzülüyordu. "Connor'ın sana verdiği büyü beni öldürecek Mercy," dedi çocuk sesi yalvarırcasına. "Ölmek istemiyorum." Gözleri sonuna kadar açılmış ve yavaşça gözyaşlarıyla dolmaya başlamışlardı.

"Ginny de ölmek istemiyordu," diye söze başladım.

"Ben sadece kendimi koruyordum. O canımı yakacaktı." Wren hıçkırıklara boğuldu. Kendini sanki kız kardeşine neden yumruk attığını açıklamaya çalışan altı yaşındaki bir çocuk gibi savunuyordu.

Ona saldırmak istiyordum ama Jilo'nun iyiliği için sakinliğimi korudum. "Ama sana hiç zarar verecek bir şey yapmamama rağmen beni de öldürmeye hazırdın."

"Başka seçeneğim yoktu. Connor bana yemin ettirdi," diye karşılık verdi.

"Ama şu anda bir seçeneğin var. Jilo sana hiçbir kötülük yapmadı. Ona zarar vermen için bir sebep yok."

"Ben ondan yardım almaya geldim," dedi. "Ama o bana yardım etmedi. Yıllardır onun için aileni gözetliyorum, bilmek istediği her şeyi ona söylüyorum ama Ginny'ye yaptığımı öğrendiğin için artık bana yardım etmiyor."

"Seni besleyen o muydu?"

"Evet," dedi çocuk.

Jilo Wren'i, ailemi gözetlemek için kullanmıştı. Hızla bunun ne anlama geldiğini düşündüm ve ona haddini bildirmemiz gerekse de ailemi gözetlemesinin idamlık bir ceza olmadığına karar verdim. "Jilo'yu serbest bırak," dedim, "ben de büyüyü sana vereyim. Kâğıdı yok edebilirsin."

"Artık çok geç. Ginny'ye yaptığımı herkese anlatacaksın," dedi.

"Hayır," diye yalan söyledim. "Tek bir kelime bile etmeyeceğim. Jilo da öyle. Değil mi Jilo?"

"Evet," dedi bir nefeste.

"Kimse öğrenmek zorunda değil. Her şey eskisi gibi olabilir. Ellen senin için endişeleniyor. Seni görüp görmediğimi sordu bana. Jilo'yu bırakırsan sana büyüyü vereceğim." Kâğıdı ona uzattım. "Her şeye baştan başlayacağız," dedim.

Tedbirli bir ifadeyle bana baktı. "Söz mü?" diye sordu.

"Söz," dedim ve kâğıdı elimden çekip alamayacağı kadar yaklaştım yanlarına. "Bıçağı bana ver, ben de sana kâğıdı vereceğim." Sessizce başını salladı. Gözlerine umudun geri döndüğünü görebiliyordum. "Bir," deyip daha da yakınlaştım. "İki," deyip sol elimi bıçağı almak için uzattım. "Üç," deyip kâğıdı ona verdim.

Bıçağın sapı avucuma düştü ve Wren'in yüzünün sevinçle aydınlanmasını izledim. Minik elinde büyünün yazdığı kâğıtla yüzüme bakıp gülümsüyordu. Tereddüt bile etmeden bıçağı havaya kaldırdım ve sağ avucumda derin bir kesik açtım. Elimi uzatıp tek harekette kanımı Wren'in alnına bulaştırıp onu geri ittim.

Jilo hemen sandalyeden kalkıp şu anda bulunduğumuz yerle Candler arasında bir yerde bulunan aç gölgelerin âlemine bir kapı açtı. İkimiz de Wren'in insan kanıyla karışmış korkusunun kokusunun onu karşı konulmaz bir av haline getireceğinin farkındaydık. Wren tökezledi, tekrar dengesini bulur gibi oldu ama arkaya doğru sendeleyerek yaşayan gölgelerin âlemine düştü. Sadece bir anlığına yüzünü görebildim, sonrasında bir karartı bedenini kapladı ve onu havaya kaldırdı. Çığlıklarını sadece bir süre daha duyduk, sonrasında da çiğneme seslerinin mide bulandırıcı kütürtüsünü. Jilo portalı hızla kapadı.

"Jilo'nun ailenin tüm sırlarını nasıl öğrendiğini sanıyordun?" Kendini savunmaya çalıştığı için bu kadar sert bir çıkış yaptığını anladım. Ona kızmamı beklemişti ama rahatlıktan başka bir şey hissetmiyordum.

"Seninle daha sonra ilgileneceğim," dedim onun güvende olduğuna, ikimizin de güvende olduğuna hiç beklemediğim kadar sevinerek. "Şimdi kapıyı aç ve eve gitmeme izin ver."

Jilo oturduğu yerde öne doğru eğilip bana baktı. "Az önce Jilo'nun o ufaklığı geceye yem ettiğini izledin. Jilo'nun açtığı kapının seni evine götüreceğine güveniyor musun?"

"Aslına bakarsan onu gölgelere yem olarak veren bendim. Ayrıca," dedim, "senin gerçekten güvenebileceğim tek kişi olduğunu düşünmeye başlıyorum."

YİRMİ DOKUZ

Eve döndüğümde bizim dünyamızda saatler geçmişti. Ev kargaşa içindeydi. Ailem hem fiziksel hem de psişik yöntemlerle bana ne olduğuna dair bir kanıt arayarak evin altını üstüne getirmişti. İlk olarak Oliver'ı gördüm. Dolap kapısının öbür tarafında, elinde keçeli bir kalemle duruyordu. Koridorun her yerine Maisie'nin defterlerinde gördüklerime benzer semboller ve çizgiler yazılmıştı. Garip biçimde, ilk düşüncem bu izleri kapamak için ne kadar astar boya gerekeceğiydi.

Kalemi elinden düşürdü ve bana sarıldı. "Tanrım, Mercy! Ne oldu sana?"

"Uzun hikâye," dedim. "Iris ve Ellen'ı bulalım, hepsini anlatacağım."

Öyle de yaptım. Oliver, Iris, Ellen ve bize katılmakta ısrarcı olan Emmet'le mutfak masasının etrafında toplandık ve en başından başlayarak onlara her şeyi anlattım. Jackson'a olan hislerimi anlattım. Jilo'nun dörtyolunu ziyaret ettiğimi itiraf ettim, yapmasını istediğim aşk büyüsünden ve Peter'ın ondan satın aldığı, daha sonra Jilo'nun bozduğu aşk büyüsünden bahsettim. Candler'daki rahatsız ruhları ve bizim dünyamızdan çok uzak olmayan bir dünyadaki, yaşayan geceyi anlattım. Daha iyi anlamaları için Connor'ın beni nasıl kullandığını ve kendi ahmakça davranışlarımı, o anları tekrar yaşayarak gösterdim onlara. Wren'in Jilo için ailemizi gözetlediğini ve sonunun ne olduğunu anlattım. Hepsi sessizce beni dinledi. Hepsinden durgun olan, her zaman az konuşan ve yargılamayacak kadar akıllı olan Emmet'ti.

Ayağa kalkıp onları orada bıraktığımda saat altıya gelmek üzereydi. Kimse oradan ayrılmama itiraz etmemiş, nereye gittiğimi sormamıştı. Hepsi onlara anlattıklarımı kabullenmekle meşguldü.

Bahçeye çıktım ve garaja yaslı duran vefalı bisikletime doğru yürüdüm. Savannah'nın havası değişmişti; yoğun ama ferah bir havaydı, sanki gece fırtına gelip geçmiş gibi. Bisikletime atlayıp Abercorn ve Lafayette Meydanı'na doğru pedal çevirdim. Çan kulesinin tepesi göğe uzanan St. John kilisesi karşımda bir karaltı halinde belirmişti. Yukarı bakıp bu geceyi atlatmama yardım eden her kimse ona teşekkür ettim ve yarını da atlatabilmek için güç istedim.

Bisikletten indim, birkaç adım atarak parkı geride bıraktım ve taş döşeli caddeyi geçerek Jackson'ın tam kilisenin önüne park ettiği GTO'suna doğru yürüdüm. Jackson arabanın kaputuna yaslanmış, kâğıt bardakta kahve içiyordu. Batıya dönüktü yüzü, sanki Savannah'da güneşin doğduğunu bir daha görmeyeceğine dair sözünü tutmaya niyetli gibiydi. Beni görmeden önce ona son kez uzun uzun baktım, belki de bir daha hiç göremeyeceğimi bilerek. Ufkun doğusundaki ışık altın rengi buklelerini aydınlatmaya başlamıştı ama yüzü gölgede kalıyordu. Bakışımın kuvvetini hissetmiş gibi kafasını çevirip baktı. Gözlerinin altı morarmıştı ve tüm geceyi dışarıda, muhtemelen birileriyle kavga ederek ve şüphesiz içerek geçirdiğini anlamıştım. Elindeki bardağı kaldırarak selamladı beni.

Ona yaklaştığımda sağ yanağında derin bir kesik, şakağında da yara olduğunu gördüm. Elini kaldırıp yarasına dokundu. "Bu son gecem. Bu küçük bataklıktan gitme sebeplerimi anlattım ama buranın yerlileri fikirlerimi pek hoş karşılamadı."

"Seninle gelmiyorum," dedim onu duymazdan gelerek. "En azından bugün değil. Ve sen de bugün gidemezsin."

"Hayır," dedi bir süre sonra eli hâlâ yarasındayken. Şişmiş yüzünü gördüğümde kalbim sızladı. "Artık kendi yoluma gitme vaktim geldi. Her şeyimi toparladım ve dün tersaneden ayrıldım. Beni burada tutan bir şey yok artık."

"Maisie'yle yüzleşmeden onu bırakamazsın. Burada kalmalı, onunla konuşmalısın. Ona her şeyi açıklamalısın."

"Evet. Sonra da beni kurbağaya dönüştürmesine izin vermeliyim," dedi şaka yapar gibi ama Maisie'yle yüzleşmekten korktuğunu anlayabiliyordum.

"Böyle bir şey yapmaz. Sana bağırır. Hatta belki suratına bir şey fırlatır. Ama onun kalbini kıracaksan birkaç çığlıkla karşılaşmayı hak ediyorsun demektir. Burada kalmalısın ve cesurca onunla yüzleşmelisin. Ve seninle aramızda bir şey olacaksa benim de onla yüzleşebilmem için bana zaman vermen gerek."

"Senden nefret edecek," dedi Jackson.

"Biz kardeşiz, büyük bir yanı zaten benden nefret ediyor," dedim ve gülümsedim. "Ama büyük bir yanı da beni seviyor. Onun arkasından seninle kaçıp gidemem. Bu şekilde asla mutlu olamayız."

"Sana söylemiştim, Mercy. Burada kalamam. Senin için bile kalamam. Ailenin tuhaflıklarıyla, bu sihir saçmalıklarıyla yaşayamam. Benim normal bir yaşama ihtiyacım var." Duraksadı. "Bu yaşamı seninle kurmayı umuyordum ama sanırım böyle bir şey olmayacak."

Bardağını yere fırlattı ve kahvenin kalanı yola akmaya başladı. Son bir kez bana baktı, arabasına atladı, motoru çalıştırdı ve tekerlekler izin verdiği kadar hızlı, batıya doğru yola koyuldu.

Stop lambalarının Harris Caddesi'ne doğru ilerleyişini izledim. Bull Caddesi'ni geçip gözden kayboldu. Veda bile etmeden kız kardeşimi terk eden bir adamı asla sevemeyeceğimi biliyordum ve korkak bir adamı da kesinlikle sevemeyeceğimden emindim. Jackson'ın Savannah'ya ettiği son hakaret olan bardağı yerden alıp parktaki çöp kutusuna attım. Bisikletimi eve kadar yanımda taşıdım ve yolda Jackson'a olan sevgimin ne kadarının gerçek, ne kadarının kendi hayalim olduğunu düşünerek geçirdim zamanı. Benim âşık olduğum Jackson az önce burayı terk eden kişi değildi. En iyi ihtimalle aklımda yarattığım bir adamdı, tıpkı Wren'in gerçek bir çocuk olmadığı gibi o da gerçek değildi.

Eve vardım ve bisikletimi tekrar garaj kapısına yasladım. Gündoğumu beni bahçemizde karşılamıştı ve bir anda bugünün doğum günüm olduğunu fark ettim. *Doğum günümüz*, diye düzelttim kendimi ve Maisie'ye sevgilerimi gönderdim. Zamanla Jackson'la yaşadığımız her şey için beni affetmesini umuyordum. Onun gerçek yüzünü benim bir anda görmeye başladığım gibi görmesini umuyordum.

Ben gittikten sonra kimsenin mutfak kapısını kilitlememesine sevinmiştim. İçeri girdiğimde Ellen mutfak masasında tek başına beni bekliyordu. "Hey, sen," dedi, "gel buraya ve elini bana ver."

Yirmi dört saat içinde ikinci defa biri elimi tutup elimdeki yarayı yok ediyordu. Connor'ın elimi iyileştirmesinin üzerinden bir ömür geçmiş gibi geliyordu. "Biliyorum, yorgunsun ama biraz benimle oturmanı istiyorum," dedi Ellen.

"Üzgünüm," diye karşılık verdim. "Yatmak istiyorum. Biraz uyumak sana da iyi gelir eminim."

Yüzü bitkin görünüyordu ve pencereden gelen altın rengi ışıkta daha önce onu hiç görmediğim kadar yaşlı görünüyordu. "Hayır," dedi kesin bir tavırla. "Önce sana birkaç şey söylemem gerek, sonrasında ikimiz de uyuyabiliriz."

"Tamam," diyerek teslim olarak yanına oturdum.

"Öncelikle," dedi Ellen, "doğum günün kutlu olsun." Gülümsedi. "Hayır, unutmadım. Hiçbirimiz unutmadık ama bugün pek kutlama yapabileceğimizi sanmıyorum."

"Sorun değil," dedim ve esnedim, Ellen'ın uykumun geldiğini anlamasını umarak.

Uzandı ve elimi eline aldı. "Ayrıca bir şeyden emin olmanı istiyorum," dedi. "Ben her zaman yanında olacağım. Erik'i, senin babanı, seviyordum ve Emily'yle arasında geçenlere rağmen onun da beni sevdiğine inanıyorum. Sizi de seviyordu, bunu biliyorum. Bir keresinde bana size sahip çıkamamanın hayatının en zor şeyi olduğunu söylemişti. Ama Ginny'nin, onun babanız olduğunu öğrenmemesinin en iyisi olduğunda o da hemfikirdi."

"Ama kız kardeşinden çocuk yaptığı gerçeğini nasıl görmezden gelebildin?" diye sordum.

Bir süre ne cevap vereceğini düşündü. "O özel bir adamdı," dedi sonunda. "Onu hayatın kendisinden daha çok seviyordum ve o oğlumun babasıydı. Bir şekilde onu affetmeyi başarabildim. Çocuk sahibi olmayı hak ediyordu ve Paul doğduktan sonra Ginny çocuk doğurmama izin vermemişti. Siz doğduğunuz için çok mutluyum. Erik ailesine karşı geldiğinde ailesi onu evlatlıktan reddetti. Sen, ben, Maisie ve Paul onun her şeyiydik. Sanırım bu, Emily'yle kaçamağını affetmemi kolaylaştırdı."

Aşağı uzanıp eski bir fotoğraf çıkardı. "Biz evlenmeden önceki hayatına dair seninle paylaşabileceğim çok şey yok ama bu var. Bu, Erik'in büyükannesinin yani senin büyük büyükannenin fotoğrafı. Adı Maria'ydı."

Belirgin, kusursuz gözleri, kavisli kaşları, kalp şeklinde dudakları vardı. Fotoğraf siyah beyazdı ama kadının güzel, uzun saçlarının Maisie'nin bal rengi bukleleriyle aynı renkte olduğundan emindim. "Tıpkı Maisie'ye benziyor," dedim fotoğrafı daha yakından incelemek için elime alarak.

"Evet, benziyor," diye karşılık verdi. "Ama sen daha çok annene benzesen de içinde az da olsa Maria'yı görebiliyorum."

"Bu bende kalabilir mi?" diye sordum bana bakan yüzden neredeyse büyülenmiş halde.

"Tabii ki. O senin," diye cevapladı Ellen.

"Teşekkür ederim," dedim ayağa kalkarken ama Ellen bana uzanıp durdurdu beni.

"Tatlım, söylemem gereken bir şey daha var."

"Tamam," dedim. Ses tonu endişelendirmişti beni.

"Dün gece yangından eve döndüğünde, sana sarılınca bir şey hissettim. Ama dün gece bu hislerimi doğrulayamayacağım kadar karmaşık bir geceydi. Sakıncası yoksa bu hislerimi şimdi doğrulamak istiyorum."

"Ellen teyze, beni korkutuyorsun."

"Özür dilerim," dedi ayağa kalkıp bana uzanarak. "Korkulacak bir şey değil." Elini karnıma koydu. "Tıpkı düşündüğüm gibi, tatlım. Hamilesin."

OTUZ

Son Yalancının Turu'ndan bu yana neredeyse üç hafta geçmişti. Banliyöde yaşayan babalardan oluşan müşterilerimin futbol maçları, satış toplantıları ve rapor teslim tarihleri arasında beni çoktan unuttuğundan emindim. Onları Korsan Evi'nde bıraktığım günden beri karılarıyla kavga edip barışmışlar, çimlerini biçmişler ve birkaç kez golf oynamışlardı. Büyük olasılıkla bir daha hiç akıllarından geçmeyecektim. Ama ben onları asla unutmayacağımdan emindim çünkü onlarla geçirdiğim saatler, normal hayatımın son saatleriydi. Jilo'yu Sömürge Mezarlığı'nda gördüğüm andan, onu ziyaret etmeyi aklıma koyduğumdan beri dünyam tersine dönmüştü.

Ginny'nin ölümü ve çekiliş. Maisie'nin kıskançlık krizi ve hayatımdan geçici de olsa yok oluşu. Jilo'nun beni karanlık dünyasına çeken, sonra da Peter'ın kollarına sürükleyen büyüleri. Grace'in intikamı ve Oliver'ın gücünü ödünç alışım. Connor ve Wren. Onları yem olarak yiyen ateş ve karanlık ruhlar. Jackson ve onun gidişi. Karnımdaki mikroskobik boyuttaki bebek.

Kendimi nehir kenarındaki Selamlayan Kız heykelinin altında oturup nehre bakarken ve önceki basit hayatımın geri gelmesini isterken buldum. Bir anda Florence'ı, neden kırk yıl boyunca buraya gelip önlüğünü salladığını anladığımı fark ettim. O bir adamı beklemiyordu. Hayatı altüst olmadan önceki kızın geri dönmesini ümit ediyordu. Onunla ilgili tekrar yalan söyleyebileceğimden emin değildim.

Ellen'ın söylediğine göre bir oğlum olacaktı, tabii doğurmayı seçersem. Taşımayı seçersem bebeğin sağlıklı olacağına garanti vermişti. Embriyo sadece birkaç günlüktü ve spermle yumurtayı birbirinden ayırmak için çok küçük miktarda cadı sihri yeterliydi. İstediğim buysa, hiç var olmamış gibi yok olup gidebilirdi.

Nehrin yüzeyinde parıldayan ışıkları izledim ve elim içgüdüsel olarak, orada olduğunu bildiğim minik yaşamı korumak için karnıma gitti... varlığına dair işaretlerin görünmesine daha çok zaman olmasına rağmen. Başka bir kadını, hamileliğini sonlandırdığı için asla yargılamazdım ama kürtaj bana göre değildi. Başka bir yolu yoktu. Hayatımı tıpkı annem gibi riske atmam anlamına gelse de bu çocuğu doğuracaktım. Hayatımın sonuna kadar Peter'la bir bağım olacağı anlamına gelse bile. Onu affetmenin bir yolunu bulabilirdim çünkü bebeğim babasız büyümemeliydi. Onun karısı olacağım anlamına gelmiyordu. Ona güvenebileceğimden emin değildim ve güvenemediğim bir insanla asla evlenmezdim. Dürüst olmak gerekirse artık kimseye güvenebileceğimden emin değildim.

Bir grup turist gelip Selamlayan Kız'ın yanında fotoğraf çektirmeye başladı. Fotoğraflarındaki gölge olmak istemediğim için heykelin altından ayrıldım ve yıllar içinde yaptığım turları aklımdan geçirerek River Caddesi'ne yöneldim. *Kaldırım taşlarına dikkat edin ve uyduruk yalanlara aldırmayın. Parmaklıklar tam önünüzde! Rehberinize bahşiş bırakmayı unutmayın.*

Peter'la konuşmalıydım. Ne kadar çabuk konuşursam o kadar iyiydi. Bir karmaşa daha başlamadan her şeyi kararlaştırmamız gerekiyordu. Bağlayıcılık enerjisinin, yaşamının sonuna dek Maisie'ye verileceği yetkilendirme törenine bir haftadan az bir süre kalmıştı ve çok yakında Taylor evi, diğer dokuz ailenin törene katılacak temsilcileriyle tıka basa dolacaktı. Emmet'i sevmek için bir neden daha bulmuştum; bir seferde dokuz kişiyi ağırlamanın çok daha az yer kaplayan bir yöntemiydi.

Maisie törenden önceki gün gelecekti. Başımızdan geçenlerin ne kadarını ona anlatmam gerekeceğini, ne kadarını çoktan öğrendiğini merak ediyordum. O gittiğinden beri sadece bir hafta geçtiğine inanmak çok zordu.

Ginny'nin evindeki yangın ve Connor'ın intiharı, Savannah'nın kapı önlerini süsleyen gazetelere ve yerel televizyon kanallarına haber olmuştu. Tanıdık birine rastlamamak için elimden geleni yaparak East Broad Caddesi'ne döndüm. Olanlar hakkında konuşmak isteyeceklerdi ve ben de konuşacak havada değildim. Savannah'lılar istediklerini düşünebilirdi, düşündüklerini kendilerine sakladıkları sürece.

Yürürken sırt çantamdan telefonumu çıkardım ve açtım. Çoğu Peter'dan otuz mesaj vardı. Ellen ve Oliver'dan ise bir iki sesli mesaj vardı. Peter'ın son mesajını açtım ve okumaya bile gerek görmeden "Evde buluşalım," yazarak cevapladım.

Eve gittiğimde beni dışarıda, kamyonetinde bekliyordu. Kamyonetten inmeye yeltendi ama yolcu koltuğuna geçtim. "Jilo'ya gittiğini biliyorum," dedim. "Bana büyü yaptırdığını biliyorum."

Yüzü utançla saçlarından daha kırmızı bir renge büründü. "Mercy," diye söze başladı.

"Sonra beni yatağa attın," diyerek sözünü kestim. "Jilo'nun büyüsü altında olduğumu bile bile."

Yumruğunu direksiyona vurdu ve gözlerinden yaşlar akmaya başladı. Hissettiği suçluluk yüzüme bakmasına izin vermiyordu. "Seni kaybedeceğimi sandım. Seni ona kaptıracağımı sandım."

"Evet, aslına bakarsan 'o' gitti ve ben hâlâ buradayım. Ama beni yine de kaybettin," dedim kızgınlıktan çok kabullenerek.

Peter yüzünü elleriyle kapadı. Geniş omuzları hıçkırıklarıyla inip kalkıyordu. "Çok üzgünüm Mercy. Özür dilerim." Ellerini yüzünden çekti ve bana baktı. "Senden beni affetmeni istemeyeceğim. Bunu hak etmediğimi biliyorum. Ama emin ol büyüyü geri alabilseydim alacaktım. Denedim de. Onunla görüştükten birkaç gün sonra Jilo'ya geri gittim. Büyüyü geri almak için çok geç olduğunu söyledi. Büyüyü yapmayı başaramayacağını ümit ediyordum, senin kim olduğunu bildiğim için."

"Peki, ben kimim?" diye sordum. Benden başka sırlar da mı saklıyordu? O da diğer herkes gibi gerçek babamın kim olduğunu biliyor muydu? Bunlar belki de mantıksız sorulardı ama artık kimseye güvenemiyordum.

"Sen bir Taylor'sın," dedi telaşlanarak. "Düşündüm de belki..."

"Yaptığını bana söylemeliydin," dedim.

"Biliyorum, söylemeliydim ama çok korkmuştum," dedi. "Bu bir bahane değil, korkaklık ettim."

"Hem de nasıl," dedim ve ona dik dik baktım. "Sen benim hayatımda, sadece olduğunu iddia ettiğin kişi olduğun için güvenebileceğim tek insandın. Kandırmaca yoktu. Yalan yoktu. Büyü yoktu. Ama sen ne yaptın? Bana büyü yaptırdın." Kelimeler ağzımdan çıkınca aldatılmış hissetmemin sebebinin ne olduğunu anladım. Sebep, Peter'ın bana aşk büyüsü yaptırması değildi. Sebep, büyünün onun asla bana karşı kullanmayacağı –kullanamayacağı– tek silah olduğuna inanmamdı. Ama yine de gidip büyüyü kullanmıştı.

Öte yandan, benim de Jilo'dan aynı büyüyü istediğim gerçeğinden kaçamazdım. Jilo'nun sihrini kendimi ve dolayısıyla Peter'ı kandırmak için kullanmak istemiştim. Ona kızmakta haklı olduğumu düşünmüştüm ama haksızlık ediyormuşum gibi hissetmeye başlamıştım.

"Söyleyebildiğim tek şey, çok üzgün olduğum," dedi. "Seni her zaman seveceğim, Mercy. Ve mezarıma bu yaptıklarım için pişmanlık duyarak gideceğim." Kesik kesik bir nefes alıp koltuğa çöktü. "Artık hayatının parçası olmamı istemezsen bunu anlayışla karşılarım."

Oğlan çocuk gibi giyindiğim, ağaçlara tırmandığım zamanlardan beri hayatımın bir parçası olmuş bu yüzdeki pişmanlık, onunla evlenmesem bile her zaman yanımda olmasını isteyeceğime ikna etti beni. Sahtekârlık Peter'ın doğasında yoktu. "Ancak bunun için çok geç çünkü bir bebeğimiz olacak."

"Anlayamadım," dedi. "Ne dedin?"

"Bebeğimiz olacak, Peter. Ellen hissetti ve bu konularda asla yanılmaz."

Yüzü, daha bir dakika önce baktığım kırmızı suçluluk maskesinden önce korku dolu kül beyazına, sonra da neşeyle parlayan bir yüze dönüştü. "Ah, Mercy. Bunu hak etmiyorum," dedi kollarını uzatıp beni öpmek için çekmeye çalışarak.

Eline vurdum ve gözleri korku ve pişmanlıkla sonuna kadar açıldı. "Bebeğimiz olacak," dedim düz bir şekilde. "Bu birlikte olduğumuz ya da olacağımız anlamına gelmiyor."

"Özür dilerim," dedi ve kamyonetin en uzak köşesine çekildi.

"Seni henüz affetmedim," dedim. "Affedeceğim. Affetmek zorundayım. Çocuğum babasız büyümeyecek. Bu arada, Ellen onun oğlan olduğunu söyledi. Ona Colin ismini, babanın ismini vereceğiz ve her özel günü, her doğum gününü birlikte kutlayacağız. Ama," dedim, "bu senin eşin olacağım anlamına gelmiyor. Duydun mu beni?"

"Evet, duydum," dedi uysalca. "Bu isteyebileceğimden çok daha fazlası."

Söylemem gerekenleri söylemiştim ve içimdeki öfkenin hepsi yok olup gitmişti. Güzel yüzüne baktım. "Bunları aşmam için zaman gerekiyor ama deneyeceğim. Colin'in iyiliği için."

"Tamam," dedi sadece, yüzünde rahatlamış bir ifade vardı.

"Şimdilik ikimiz hakkında söyleyeceklerim bu kadar," dedim. "Katılmamız gereken bir aile meselesi var."

"O halde buradan gidip seni ailenle yalnız bıraksam iyi olur," dedi ve gülümsemeye çalıştı.

"Üzgünüm, dostum," diye karşılık verdim kamyonetten inerken. "Artık kesinlikle aileden birisin. Gel haydi."

Eve girdiğimizde Ellen'ı kütüphanede, Connor'ın plaklarını kolilerken bulduk. "Yarın tüm bunları almak için bir bağış kamyonu gelecek. Çok yazık," dedi. "Onun gibi aşağılık birine göre iyi bir müzik zevki vardı."

"Biraz acele etmiyor muyuz?" diye sordum.

"Iris böyle istiyor." İşine ara verip koltuğa oturdu. "Demek konuyu konuştunuz."

"Evet," diye yanıtladı Peter.

Ellen gaf yapma ihtimaline karşı Peter'a bebeğimiz olacağını gerçekten söylediğimden emin olmak için uzun uzun bana baktı. Başımı evet anlamında salladım. "Güzel," dedi. "Peki, ne yapmaya karar verdiğinizi sorabilir miyim?"

"Bebeği doğuracağım," diye cevap verdim ve Ellen sevinçle kalkıp beni kolları arasına aldı ve etrafında döndürdü.

"Ah, çok mutluyum," dedi. "Bu eve çocuk girmeyeli –gerçek bir çocuk girmeyeli– çok uzun zaman oldu," dedi Wren'i düşünerek. "Son zamanlarda ailemizi vuran ölümlerden sonra sabırsızlıkla bekleyeceğimiz bir bebek ailemize çok iyi gelecek."

İlk defa, içimde büyüyen bir çocuk olmasının sevincini hissetmeye bırakmıştım kendimi. "Evet. Bu hepimize çok iyi gelecek," dedim. Ellen ve ben koltuğa otururken Peter'a da oturması için işaret ettim. "Bana hamile olduğumu söylediğinden beri başka bir şeye odaklanamadım ama şimdi sormalıyım. Iris nasıl?"

Ellen dudaklarını ıslattı ve yere baktı. Söylemesi gerekenleri nasıl söyleyeceğini düşündüğünü anlamıştım. "Iris yıkılmış halde," diye başladı en sonunda. "Sevdiği adamın –onu neden sevdiğini Tanrı bilir– bir canavar, bir katil olduğunu görmek zorunda kaldı. Ona karşı karanlık bir öfke var içinde ve sana yaptıklarının cezasını çekmesini istiyor. Ama Connor –ya da Connor *sandığı* kişi– tek sevdiği erkekti. Ve Connor'ın sana yaptıklarına öfkeliyken henüz ona yaptıkları için öfkelenmeye bile başlamadı. Kabullenmesi gereken, aşması gereken çok şey var."

"Gidip ona hamile olduğumu söylemeli miyim?" diye sordum.

"Bebeğin olacağını öğrenince çok mutlu olacak, tatlım. Onu bu karmaşanın içinden çekebilecek tek şey bile olabilir bu bebek. Ama şu an evde değil. Oliver'la karakoldalar."

"Neden?" diye sordum.

"Birkaç soruya cevap vermeleri gerekiyordu. Iris cinayet günü Connor'ın kendisiyle olduğunu söylemişti. Sahte intihar mektubunu verdiğinde, Cook neden kocası için yalan söylediğini öğrenmek istedi."

"Onu herhangi bir şeyle suçlamayacaklar, değil mi?" diye sordu Peter.

Ellen neredeyse kahkaha attı. "Oliver bu yüzden onunla gitti. Onu bu işten kurtaracak ve muhtemelen bunu yaparken kendisine geceyi birlikte geçireceği birini de bulacak. Ama korkarım, can sıkıcı bir haberim var. Bugün bazı ailelerin, temsilcilerini Maisie'nin yetkilendirme töreni için erken gönderdiği haberini aldık. Connor ve Wren'le olanları öğrenmişler –yani gerçeği öğrenmişler, polise anlattığımız zırvalıkları değil– ve 'yas' tuttuğumuz için erkenden gelip bize 'yardım etmek' gerektiğine karar vermişler."

"Bu da demek oluyor ki vakit kaybetmeden onların gelişlerine hazırlanmalıyız," dedim ayağa kalkarken.

"Evet, öyle," diye yanıtladı Ellen. "Ve Iris onlar gelmeden Connor'ın tüm eşyalarının buradan gitmesini istiyor. Connor'ın kıyafetlerini toplamama ve diğer etkilerini odalarından temizlememe yardım edebilirsin," dedi ve durdu. "Etkileri," diye tekrarladı. "Bu kelime, Connor gibi bir adamdan bahsederken ilginç geldi." Başını salladı. "Neden bahsettiğimi biliyorsun."

"Evet, biliyorum," dedim. Connor'ın hayatlarımızda yarattığı dalgalanmaların dinmesi uzun zaman alacaktı.

"Ve sen, Peter, bu ağır plak kolilerini garaja taşıyabilirsin. Iris'e Connor'ı hatırlatan ne kadar az şey olursa o kadar iyi."

"Beni yanlış anlamayın," dedi Peter. "Elimden geldiğince yardım etmek isterim ama..." Tereddüt etti. "Ama tüm bunları taşımak için bir büyü kullanamaz mısınız?"

Ellen güldü. "Evet. Kullanabilirim. Ama şu anda odaklanacak daha somut bir şeye ihtiyacım var. Ayrıca bu işleri büyüsüz yapmanın karakteri geliştirdiğini söylerler."

"Pekâlâ," dedi Peter. Bana döndü. "Sen sakın ağır bir şey kaldırayım deme."

"Ah, demek başladınız," dedi Ellen ve gülümsedi.

Doğumumun çok öncesinden beri Iris ve Connor'ın odası olan odaya birkaç boş koli çıkardım. Connor'ın dolabını açtım ve kravat askısı ile üç takım elbisesini çıkardım; iki koyu renk ve bir taba rengi, Savannah'nın en sıcak aylarında giydiği takım elbise. Bunları ilk kutuya koydum. Daha sonra askılardaki gömleklerin hepsini kollarıma aldım. Gömlekleri yatağa koymak için dönerken Connor'ın kokusu örtü gibi sarmalamıştı etrafımı. Gömlekleri yatağa atıp askılarını çıkarmaya başladım. Hepsini olabildiğince hızlı katlayıp diğer açık koliye yerleştirdim. Bu odada iki karton koliye sığdırabileceğimden çok daha fazla eşya vardı. Üzerime bir ağırlık çökmüş, beni bunaltmaya başlamıştı. Kütüphaneden birkaç koli daha almaya gittim.

Ellen ve Peter kütüphanede değildi. Hâlâ yassı olan karton kolilerden birkaçını alıp tekrar yukarı çıktım. Odanın kapısı arkamdan kapanınca bir yandan kolileri tutmaya çalışarak kapıyı açmaya çalıştım. Odaya girdiğimde içimdeki tüm umudun beni terk ettiğini hissettim. Yatağın kenarına oturdum ve hissettiğim kederin ağırlığıyla ezilerek başımı ellerime yasladım. Odada bir şeyin hareket ettiğini hissettim ve bakmak için başımı kaldırdığımda aynada Connor'ın yüzünü görür gibi oldum. Hissettiğim mutsuzluk ondan yayılıyordu. O anda Savannah'nın onu huzura erdirmediğini, onun günahlarını bağışlamadığını anlamıştım.

OTUZ BİR

Cadılardan üçü yetkilendirme töreni için evi ve etrafını hazırlamak üzere erken geldi. Tören dışarıda gerçekleştirilecekti, bu nedenle kütüphanedeki berjerlerden birinde oturarak onlardan kaçabiliyordum. Ama çabalarıma rağmen kısa bir süreliğine de olsa kendimi faaliyetlerin tam ortasında buldum. New York'lu bir kasırga olan Rivkah Levi, peşinde Emmet'le hızla yanımdan geçti. İkili enerji sızıntılarına karşı özenle evi tarıyordu. Bağlayıcılık enerjisi Maisie'ye yüklenmeden önce tüm psişik enerjilerin dengeli ve hazır olması önemliydi. "Emmet'i kolundan çekiştirirken, Pesah bayramı temizliğinden bile kötü," dedi Rivkah neşeyle bana.

Üstü bir takı dükkânını dolduracak kadar çok gümüş ve turkuaz takılarla dolu olan Bodaway Jones, büyülü sözler söyleyerek ve elindeki tütsünün dumanını bir kuş tüyüyle etrafa yayarak yanımdan geçti. Odada olduğumu fark edince büyülü sözlerine ara vermeden başıyla selamladı beni. Evdeki tüm kötü etkileri uzaklaştırmaya çalışıyordu. Onu Connor hakkında uyarmayı düşündüm ama Iris'i bir kez daha üzmeye gönlüm el vermedi. İşini iyi yapıyorsa Iris'in öğrenmesine gerek kalmadan Connor adamın ağına takılırdı.

Ekala Maringar diğer iki cadıyla gelmişti ama kısa süre sonra misafir odasına girmiş ve ne yemek ne su, ne de herhangi başka bir sebeple odadan çıkmıştı. Ara sıra kapalı kapının ardından gelen sesini duyar gibi oluyordum. Ekala rüya zamanında yaşıyor, atalarıyla Maisie'yi çizgiye bağlayacak gümüş bağı örüyordu ya da en azından Bodaway bana öyle söylemişti. Kimsenin onu rahatsız etmemesi son derece önemliydi bu nedenle kapının önünden geçerken bile olabildiğince uzak durmaya çalışıyordum.

İşin gerçeği, bütün bu hazırlık süreci bana anlamsız gelmişti. Sonuçta, tüm tören büyük olasılıkla ancak bir resmi nikâh töreni kadar büyüleyici olacaktı ama herkes töreni gerçek bir taç giydirme törenine dönüştürmeye uğraşıyordu. Resmi törenleri hiç sevmemiştim, bu nedenle beni oturtup törene sadece güçle doğanların katılabileceğini söylediklerinde zerre kadar gücenmemiştim. Rivkah nazikçe tören sırasında başka bir yerde olmamı rica etmişti ve ben de bu ricaya uymaktan mutluluk duymuştum. "Biz bunların hepsinden uzak duracağız, değil mi tatlım?" diye sordum bebeğime, orada bana cevap verecek bir ruh var mı yok mu bilmeden. Yoksa bile Colin'in karnımda büyüdüğünü bilmek bana huzur veriyordu.

"Kiminle konuşuyorsun?" diye sordu Oliver alnımı öpmek için eğilerek.

"Colin'le konuşuyorum," dedim gururla. "Ve ikimiz de bir süreliğine cadıların yolundan çekilmemiz gerektiğini düşünüyoruz."

"Colin Bey," dedi Oliver, "bu kadar güzel ve anlayışlı bir annen olduğu için yakında dünyaya gelecek en şanslı çocuksun. Seni burada istemedikleri için üzgünüm," dedi gözlerime bakarak. "Ama çekiliş günü olanları gördün. Her şey planlanmış gibi davranmayı çok seviyoruz ama on güçlü cadı bir nükleer bombayla voleybol oynarken işler bir anda ters gidebilir."

"Maisie nasıl güvende olacak?" diye sordum. "İki haftadan az süren bir eğitime gönderildi ve şimdi geri dönüp bağlayıcı olacak."

Oliver gülümsedi. "Bu sana tuhaf gelebilir ama Maisie bizim zamanımıza göre birkaç günlüğüne gitmiş olsa da gittiği yerin zamanına göre yıllardır orada. Uzun bir eğitim aldı ve bu eğitimi işin ehli bir bağlayıcıdan aldı. Maisie özel bir muamele gördü. Gudrun herkesi kolayca yanına almaz."

Zamanın değişkenliğiyle tanışıklığımdan ona bahsetme havamda değildim. Bir anda Ginny'nin ucuzluk mağazasından aldığı saatin gürültülü tiktak sesinin bir amaç için evde olduğunu fark etmiştim. Sürekli tekrarlayan tiktak sesi, Ginny'nin çizgiyi bizim boyutumuzla eşzamanlı tutmasını sağlayan bir bilinçaltı metronomu gibiydi. *Böyle bir saat Maisie'nin de işine yarar mı, ona da bir saat almalı mıyım*, diye düşündüm. Belki diğer bağlayıcılar hoş geldin paketi olarak bir saat vereceklerdi ona. Bağlayıcı olduğun için tebrikler ve dünyanın yükünü üstlenmekte başarılar!

"Gudrun yetkilendirme törenine katılacak mı?" diye sordum.

"Hayır, o artık bizim düzlemimizde yaşamıyor," dedi Oliver. Bana söylemediği çok şey olduğunu anlamıştım.

"Onu bir kere gördüm," dedim.

Oliver'ın beti benzi attı. "Bu olamaz," dedi.

"Ama gördüm. Senin gücünü aldığım gün o ve Maisie'yi aynadan gördüm."

"O seni gördü mü?" diye sordu Oliver alnı kırışarak.

"Evet, ama sadece bir anlığına. Elini sallayarak bağlantıyı kopardı."

"Anlıyorum," dedi. "Dinle Mercy, bir daha Gudrun'u aklına bile getirmesen iyi olur."

"Evet, evet," dedim umursamaz bir tavırla. "Ellen uyardı. Doğal bir kuvvet olması falan."

"Hayır, tatlım, dinle beni. Gudrun'un dikkatini çekecek hiçbir şey yapma." Eliyle saçlarını geri attı. "Dinle, Gudrun kendi isteğiyle değil, ceza olarak şu anda olduğu boyutta. Yetkilendirme törenine katılmayacak çünkü dünyamıza geri gelmesi yasak. Maisie'yle çalışmasının sebebi iyi niyetinden değil, ödediği bir kefaret. Ve," diye ekledi. "Maisie için ise bir uyarı. Kendi iyiliğin ve Colin'in iyiliği için ondan uzak dur."

"Tamam," dedim, dersimi almıştım. "Bir daha tedbirsiz davranmayacağım."

"Güzel," dedi ve rahatlayınca yüzü tekrar gençleşti. "Uzak durman gereken insanlar konusuna gelmişken, bir daha Jilo'yla takıldığını duymak bile istemiyorum." Üst katı işaret etti. "Çamaşır dolabıyla kurduğu bağlantıyı kopardık. Bunu bizden hiç saklamalıydın."

"Biliyorum," dedim. "Özür dilerim."

Gözlerini kısarak baktı. "Onun hiçbir yanı gerçek değil, biliyorsun, değil mi? Hepsi bir şov," dedi. "Ve sadece gücü ödünç alması gerektiğinden bahsetmiyorum. Onun torununu tanıyordum, hatırlıyorsun, değil mi? Onun hakkında çok şey biliyorum. Birinci şahıs zamiri kullanamayan bir taşra hudu rahibesi gibi davranarak gezinebilir ama hepsi oyun. Yaptığı iş için bu önemli. İnsanların beklediği şey bu. Fakat aslında Spelman Üniversitesi mezunu. Kimya diploması var. Yirmi yıl sonra doğsaydı büyük ihtimalle tıp doktoru olurdu, kök doktoru değil." Yüzümdeki şaşkınlığı gördü. "Evet, hepsi doğru. Ondan uzak durmazsan başına açacağı dertler dışında Jilo'yla ilgili hiçbir şey gerçek değil."

"Uzak duracağım," dedim bir şekilde bu dediğimin yalan olduğunu bilerek. Artık yaşlı kadına bağlıydım. Ona dair her şey yalan olsa da aramızda tanımlanamaz bir bağ vardı ve bu bağı bir gün koparabileceğimden ya da koparmak istediğimden emin değildim.

"Güzel," diye yanıtladı. Dikkati, düşündüklerimi okuyamayacak kadar dağılmıştı. "Kız kardeşin bir saate geliyor. Hazır mısın?"

"Evet, sanırım hazırım."

"Seninle konuşmak isteyecek ama korkarım, çok vaktiniz olmayacak. Diğer ailelerin temsilcileri de o gelmeden varmış olur ve Maisie'yi meşgul etmeleri kaçınılmaz."

"Connor'a olanları biliyor mu?" diye sordum.

"Evet, yaptıklarından haberdar. Wren'e olanları da biliyor. Seninle görüşmeyi, iyi olduğunu kendi gözleriyle görmeyi sabırsızlıkla beklediğini biliyorum." Duraksadı. "Ona bebekten bahsetmedik. Kendin söylemek isteyeceğini düşündük."

"Peki ya Jackson?"

"Onun gittiğini biliyor," dedi Oliver. "Unutma havuçlu çöreğim, onun bakış açısından, Maisie diğer boyuta gideli çok uzun zaman oldu. Connor'ın ölümünün yasını tutmak için –nasıl bir yas tuttuğunu kim bilir– çok zamanı oldu. Jackson'ın gidişiyle başa çıkması için de çok zamanı oldu. Sanırım artık ikiniz de Jackson'ın güzel görüntüsünün altında çok iyi bir insan olmadığını anlamışsınızdır. Olsaydı en azından Maisie'ye yüz yüze veda etmek için beklerdi."

Onunla aynı fikirde olduğumu belirtmek için başımı salladım.

"Pekâlâ, tatlım. İşlerime geri dönmem gerek," dedi ve yürümeye başladı. Bir anda durup arkasına döndü. "Bekle!" dedi. "Sana bir sürprizim var." Temkinle yüzüne baktım. Güldü. "Hayır, bu seferki güzel bir sürpriz. Teyzenlerle ben, yarın için sana Mansion Oteli'nde rezervasyon yaptırdık. Biz ailelerle işimizi görürken sen, gününü kaplıcada geçireceksin ve geceyi de park manzaralı süit odanda geçireceksin," dedi yarışma programı sunucusu taklidi yaparak.

"Kulağa çok hoş geliyor," dedim. "Teşekkür ederim."

Göz kırptı. "En sevdiğim yeğenim için her şeyi yaparım," dedi neşeyle. Uzun süre durdu ve tekrar konuşmaya başladığında sesi daha ciddiydi. "Gerçekten böyle düşündüğümü bil. Maisie her zaman herkesin gözbebeğiydi. Beni yanlış anlama. Maisie'yi dünyalar kadar seviyorum ama sen benim havuçlu çöreğimsin, duydun mu beni?

O ailenin yüz karasıydı, ben de etkisiz elemanı. Aslında en sevdiği yeğeni olduğumun her zaman farkındaydım ama duymak hoşuma gitmişti. Gülümsedim. "Evet, duydum," dedim. "Şimdi ikimiz de küçük kızlar gibi ağlamaya başlamadan git buradan." Kahkahayla güldü ve odadan çıktı. Birkaç dakika sonra ben de yan verandada oturmak üzere dışarı çıktım. Son birkaç haftanın ağırlığı aniden üzerime çökmüştü ve ehliyetimde yazan yaştan bin yıl daha yaşlı hissetmeye başlamıştım. Sessizce oturdum ve nefesimi düzenlemeye çalıştım. Ağustosböcekleri evden gelen sesleri bastırmakta iyi iş çıkarıyorlardı ve güneşin sıcaklığı beni uyuşturmuş, merhametli davranıp rüyasız bir uykuya daldırmıştı.

Hafif bir dokunuşun saçlarımı alnımdan çekmesiyle uyandım. "Merhaba." Maisie'nin sesi anında çekip aldı beni uykumdan. En son karşılaşmamızın ürkütücülüğünü hatırlayamadan, Jackson'ı hayatından çıkarmama katkımın suçluluğunu hissedemeden önce, bir sevgi hissettim içimde; sadece ikiz olanların anlayabileceği bir sevgi. Bu dünyaya birlikte geldiğim kişi bana geri dönmüştü. Onu sıkıca sardım. Varlığının verdiği rahatlıktan başka her şey önemsizdi.

Bir süre sonra, yüzüne iyice bakabilmek için kollarımı gevşettim. O benim kız kardeşimdi, evet, ama değişmişti. Onda daha önce hiç görmediğim bir sakinlik ve olgunluk görüyordum.

"Senden özür dilemem gerek, Mercy," dedi.

"Hayır, benim senden özür dilemem gerekiyor!" diye karşılık verdim.

"Ne için? Jackson için mi?" dedi ve güldü. "Bu senin için hâlâ yeni bir olay ama Jackson'la olanların üstesinden gelmek için çok zamanım oldu."

"O gitti," dedim sesindeki kabullenmişliği duyarak ancak duygusal olarak idrak edemeyerek.

"Şimdilik gitti ama bunun onu son görüşümüz olmadığından eminim. O kaçıp gitti ama olanları enine boyuna düşünecek kadar vakit geçtiği zaman bana geri dönecek."

Nasıl cevap vereceğimi bilemedim. Jackson'ın benden son isteğinin ne olduğunu ona söylemeye dilim varmamıştı; onunla birlikte gitmemi istediğini söylemeye. Tek yapabildiğim Maisie'nin iyiliği için, Jackson'ın bir daha geri dönmeyeceğini ve yerini daha iyi birisinin dolduracağını ummaktı.

"Birazdan beni aramaya başlarlar," dedi Maisie. "Tören sonrasına kadar seninle tekrar konuşmaya vaktim olmayacak bu nedenle lütfen beni dinle." Tüm dikkatimi ona verdiğimi göstermek için gözlerine baktım. "Çekiliş gecesi sana yaptıklarım için özür dilemeliyim. Aklımı yitirmiş gibiydim. Koşarak gittiğinde seni ne kadar korkutup canını yaktığımı anladım. Seni geri çağırmak istedim ama..."

"Önemli değil," dedim.

"Hayır, önemli. Sen benim kardeşimsin. En yakın arkadaşımsın. Bazen tek arkadaşım olduğunu düşünüyorum. Sana davranışım, tüm aileye davranışım bağışlanamaz davranışlardı."

"Ailenin geri kalanı için bir şey söyleyemem ama kendi adıma konuşmam gerekirse bağışlandın."

"İsminin anlamına göre yaşıyorsun, değil mi?" dedi yanağımı öpmek için eğilerek. "Bağışlanmanın benim için ne kadar önemli olduğunu bilemezsin." Duraksadı. "Biliyorsun, ailenin bazı üyeleri çizginin bağlayıcı olarak seni seçtiğini ve benim bu gücü senden çaldığımı düşünüyorlar."

Güldüm. "Çizginin beni bağlayıcı olarak seçmek istemediğine adım gibi eminim. Açıkçası seçtiyse bile ikimiz de senin daha iyi bir seçim olacağını biliyoruz. Ginny'nin seninle paylaşmaması gereken şeyler paylaştığını biliyorum ama belki de böylesi en iyisi. Hayatın boyunca bunun için çalıştın ve şimdi de çizginin tanıdığı en iyi bağlayıcı sen olacaksın."

"Yani seçilen sen olsan da gücün bana verilmesine karşı çıkmayacağını mı söylüyorsun? Diğerlerinin ne düşündüğü umurumda değil ama senden gücü çaldığımı düşünüp düşünmediğini bilmeliyim."

"Sen," dedim, "benden hiçbir şey çalmıyorsun. Başka türlü düşünen herkes, sen bağlayıcı olduktan sonra ne kadar yanıldığını görecek. Çok iyi bir bağlayıcı olacaksın."

"Teşekkürler," dedi Maisie ve tekrar öptü beni. "Diğerlerinin beni çağırdığını hissedebiliyorum," dedi. "Onlara katılmalıyım ama hepsi bittiğinde Connor'la olanları konuşmak için bir iki gün uzaklaşmalıyız," dedi ve söylediklerine karşı çıkmama engel olmak için elini kaldırdı. "Yaptıkları için ondan ne kadar nefret ettiğini birine söylemeliyim ve Iris bunları duymak istemeyecektir. Olaylara Wren de karıştığı için Ellen ve Oliver'ı da işin içine katmasak iyi olur. Bir katil yaratıp onu beslediler. Kötü hissetmiyormuş gibi davranabilirler ama sadece senin canının daha fazla yanmaması için uğraşıyorlar. Şimdi, gitmem gerek."

"Bekle!" dedim uzanıp onu küçük bir çocuk gibi eteğinden tutarak. Yüzünde neşeli bir ifadeyle bana baktı. "Sana söylemem gereken bir şey var."

"Pekâlâ, ama çabuk söyle."

"Hayır," dedim onu bırakarak. "Sen git, söyleyeceğim şey bekleyebilir." Ona gülümsedim. Pırıldadı ve gözlerimin önünde yok oldu.

Çok yakında yetkilendirme töreni bitecek ve konuşacak çok vaktimiz olacaktı. "Senden ona bahsetmek için bekleyebiliriz, değil mi dostum?" diye sordum elimi karnıma koyarak. "Sen beklemeye değersin."

OTUZ İKİ

Çekiliş Ginny'nin ölümünden on üç gün sonra yapılmıştı ve yetkilendirme töreni bugün, çekilişten on üç gün sonra yapılacaktı. Oliver yerinde bir tahmin yapmıştı; Maisie geldikten sonra geçirdiğimiz birkaç dakika dışında aileler adeta ona el koymuştu. Söylediği şey beni şaşırtmıştı. Aile üyelerinden bazılarının çizginin gerçekten de bağlayıcı olarak beni seçtiğine inanması saçmaydı. Mansion Oteli'nde geçireceğim gün için götüreceğim küçük valizi doldurmayı bitirdiğim sırada güldüm. Eski ve çirkin sırt çantamı götürmüyordum, Ellen'ın şık valizlerinden birini alacaktım. Sırt çantamı götüreceğimi söylediğimde beti benzi atmış, valizi neredeyse üstüme fırlatmıştı. Ve otelden sadece birkaç sokak ötede oturmamıza rağmen Oliver beni alması için lüks bir otomobil ayarlamıştı.

Kapım tıklatıldı. "Arabanız sizi bekliyor Külkedisi," diye seslendi Oliver.

"Şoföre hemen ineceğimi söyle." Valizimi alıp kapıya dönerken aynadaki yansımam gözüme takılınca şaşırdım. Aynadaki kadın mutlu görünüyordu. Son birkaç günde olan şeylere rağmen gerçekten de her şeyin düzeleceğini hissediyordum. Tören bittiğinde Maisie'yle vakit geçirecektim. Ayrı geçirdiğimiz günlerde neler olduğu hakkında konuşacak, her şeyi yoluna koyacaktık.

Ve sonra Iris'i bir süreliğine buradan uzaklaştıracaktım. Emanet hesabından aldığım ilk taksit doğum günümde hesabıma geçmiş ve miktarın büyüklüğü beni hayretler içinde bırakmıştı. Bizi Paris'e ya da Floransa'ya götürecek kadar çok para vardı. Bu ikimize de iyi gelirdi.

Oliver dayım işini Savannah'ya taşımaya karar vermişti. Bu sefer temelli dönecekti. Bu hepimiz için, özellikle de Ellen için çok iyi olacaktı. Oliver biraz bencil olabilirdi ama Ellen dengesini sağlayana kadar onun arkasını kollayabilirdi. Peter'a gelince, aramızdaki sorunları çözecektik. Tekrar birlikte olmaya karar vermesek de oğlumuzu iyi yetiştirecektik. Colin Taylor Tierney, ailesine bir lütuf olacaktı; hepimizin çok ihtiyaç duyduğu bir baştan başlama fırsatı verecekti. Aynadaki yansımama gülümsedim ve arabaya binmek için aşağıya indim. Çıkarken Oliver'ın yanağına küçük bir öpücük kondurdum, sonra elimden valizimi alan ve kapımı açan şoföre göz kırptım.

"Sadece birkaç sokak ötede," dedim. "Ne kadar da abartılı."

"Arada sırada biraz abartmanın sakıncası yok. Keyfini çıkarın." Ardımdan kapıyı kapadıktan ve valizimi bagaja koyduktan sonra şoför koltuğuna oturdu ve normal bir sürücüden çok daha özenle arabayı sürerek caddeye çıktı. "Manzaralı yoldan gitmek ister misiniz?" diye sordu dikiz aynasından bana bakarak.

"Evet, lütfen," dedim. Arabayı Mansion Oteli'nin ters yönüne çevirdi ve altı en yakın meydandan geçmek üzere zikzaklar çizmeye başladı.

Pulaski Meydanı'na yaklaştığımızda aynadan tekrar bana baktı. "Ah, neredeyse unutuyordum," dedi koltuğun üstünden küçük ama güzel paketlenmiş bir kutu uzatarak. "Kız kardeşiniz bunu size vermemi istedi."

"Teşekkürler," dedim ve kutuyu ondan aldım. Kutu gece mavisi, kadifemsi bir kâğıtla kaplanmış ve gümüş bir fiyonkla bağlanmıştı. Fiyongu çözüp kutuyu açtım. Üstte Maisie'den bir not vardı. Notu açtım ve okudum. "Benimle olamasan da bunu takarsan varlığını hissedebileceğim."

"Her şey yolunda mı?" diye sordu şoför.

"Evet, Her şey mükemmel," diyerek gülümsedim, sonra kutudan kolyeyi çıkarıp azurit olduğunu bildiğim güzel taşı öptüm. Yuvarlak şekil verilmiş ve cilalanmış biçimiyle küçük bir küreye benziyordu. Zinciri boynuma geçirdim. Gözlerimi kapadım ve taşı elimde sıkıca tutup Maisie'yi düşünerek tüm sevgimi ona yolladım.

Gözlerimi açtığımda şoför hâlâ dikiz aynasından bana bakıyordu ama kahverengi gözleri safir mavisine dönüşmüştü. Şoför şapkasının altındaki yüz tamamen farklı bir yüz olmuştu. Bu gözleri nerede görsem tanırdım. Bu yüz... "Jackson," dedim nefesim kesilerek.

"Sana döneceğimi söylemişti," dedi omzunun üstünden sırıtarak. Gözleri sinsi, delirmiş ve nefret doluydu. Kapıyı açmaya çalıştım ama kilitliydi.

"Anlayamıyorum," dedim. Arabayı Barnard Caddesi'ne döndürdü ve gaza sonuna kadar basarak Liberty Caddesi'ne doğru hızlandı. Üzerimize gelen arabalara doğru arabayı sürerken çığlık atmaya başlamıştım.

Arabalar bizim arabanın –ve bizim– tam içimizden, hiçbir şey hissettirmeden geçerken kahkahalarla güldü. "Evet, sana birkaç şeyi açıklamaktan mutluluk duyarım. Şu anda içinde bulunduğumuz dünyanın senin dünyanla nasıl eşzamanlı olmadığından başlayalım. Arkadaşın golemin sana yaptığı koruma büyüsü burada işe yaramayacak. İstersen benden kaçmaya çalışabilirsin ama ben olmadan asla eve dönemezsin. Burayı seviyorum. Diğer dünyada neler olup bittiğini görebiliyoruz ama oradaki hiçbir şey ve hiç kimse bize dokunamıyor. Az önce boynuna taktığın kolyenin eşini takmıyorsa tabii. Kimin o kolyeyi taktığını tahmin etmek ister misin?"

"Maisie," dedim bir kez daha aptallığım ve kandırılmaya olan istekliliğime şaşırarak.

"Doğru bildin, güzelim," dedi araba sürmeye devam ederek. Yanından geçtiğimiz tanıdık yerler beni şaşırtıyordu; geldiğimiz yöne gidiyorduk. "Kız kardeşin sana tuzak kurdu."

"Ama neden?" diye sordum.

"Biraz uzun bir hikâye ama sanırım vaktimiz var. Jilo'yla birlikte bana yaptığınız gibi, başına kan sürüp seni gölgelere atmamı istemiyorsan tabii." Tekrar omzunun üstünden bana baktı.

"Tek yaptığım seni sevmekti, Jackson. Dediklerini sana değil, Wren'e yaptık... onu durdurmak zorundaydık," dedim.

"Hâlâ anlamadın, değil mi?" diye sordu. "*Ben* Wren'im."

"Sen Wren misin?" diye sordum afallayarak.

"Bu doğru," diye cıvıldadı Wren'in tiz sesiyle, ama sonra sesi Jackson'ınki oldu. "Kız kardeşin sayesinde o bana dar gelen kalıptan çıkabildim. Maisie büyümemi sağladı." Bana göz kırptı. "Tabii her erkek, bir kadın sayesinde büyür ama ben gerçek anlamda büyümekten bahsediyorum."

Şaşkınlıkla arkama yaslandığımda evimin önüne vardık. Ev önden bakınca sessiz görünüyordu ama içerinin çok hareketli olduğunu biliyordum. Arabayı durdurup indi. "İçeri girip ailene merhaba diyelim mi?" diye sordu. Kapımı açıp canımı acıtmaya çalışarak sertçe dışarı çekti beni. Ona karşı koymadım; mücadele etmek yerine kendimi bırakarak beni hareket ettirmesine izin verdim.

Kapıyı açmaya gerek duymadan içeri girdik. Jilo'nun çamaşır dolabıyla bağlı dünyasını aileme hiç söylememiş olmayı dilerken buldum kendimi. Portal hâlâ orada olsaydı oradan kaçabilirdim. Jilo'nun dünyasından değil de onun dünyasına kaçma fikri komik gelmişti ve korkmama rağmen, belki de korktuğum için gülmeye başladım.

Jackson beni bez bebek gibi salladı. "Bu sana komik mi geliyor? Senin için neler planladığımızı gördüğünde gülmeyi bırakacaksın."

Nefret dolu bakışları altında gülüşüm solup gitti. Iris ve Oliver önümüzden geçti. Öyle yakındalardı ki uzanıp dokunabilirdim. Onlara seslenmeye çalıştım ama Jackson kolumu o kadar sıkı tutuyordu ki bağırmamamın daha iyi olacağını düşündüm. Gülme sırası ondaydı. "Haydi," dedi beni iterek. "Çığlık at! Kimse seni duymayacak."

Oliver'ın önüne atladı. "Hey, pislik! Yeğenine yardım edebilir misin acaba?" Oliver onun içinden geçti ve Jackson iki büklüm olup kahkaha atmaya başladı. "Sanırım bunu 'hayır' olarak algılamalıyız." Antre duvarından kütüphaneye doğru itti beni ve ikili koltuğun önüne düştüm. "İlginç, değil mi? Duvarlardan geçebiliyorsun ama yine de yer seni üzerinde tutuyor. Çünkü sihir kullanıyorsun, Mercy. Yerin seni üstünde tutabileceğine o kadar inanıyorsun ki bu gerçek oluyor. Seni yerin üstünde tutan şey sihrin." Uzanıp beni kaldırdı. "İstersen otur. Sihrinin buna izin vereceğinden eminim. Ayrıca daha az gülünç görünürsün."

Altımda koltuğu hissedene kadar çömeldim. Koltuk somut ve gerçek gibiydi ve ağırlığımı taşıyordu. "Yanılıyorsun," dedim, yanılmadığına dair tüm kanıtlara rağmen. "Benim gücüm yok. Ben büyü yapamıyorum."

"Ah, bırak şu üzücü hikâyeyi," diye bağırdı. "Bana küçük bir hikâye anlatayım." Önüme bir sandalye çekti ve bacaklarını açarak oturdu, neredeyse benimle burun burunaydı. Gözleri insan gözü değildi, içlerindeki mavi renk soğuk alevlerden oluşuyordu.

"Bir zamanlar," diye söze başladı, "Ginny adında çok kötü bir cadı ve Emily adında bir fahişe varmış. Fahişe birçok adamla yatıyormuş. Fakat içlerinden sadece biri onun için özelmiş. Ama maalesef bu adam kız kardeşine aitmiş. Söyleyeceklerimin sana tanıdık geleceğini biliyorum ama sadece dinle beni." Göz kırptı.

"Fahişe, kız kardeşinin kocasının çocuk istediğini biliyormuş ve her nedense kız kardeşi adama sadece bir çocuk verebilmiş. Tabii ikimiz de biliyoruz ki kötü cadı onun bebek sahibi olmasını engellemiş çünkü bu soyların birleşiminden doğacak çocukların ondan güçlü olacağından, on üç aileyi birleştireceğinden ve onu da hiç konumuna sokacağından korkuyormuş. Kötü cadı fahişenin hamile kaldığını öğrendiğinde uygun zamanı beklemiş. Gayrimeşru çocukların babasının, fahişenin diğer kardeşinin kocasının çocukları olduğuna inanıyor gibi yapmış ama gerçeği başından beri biliyormuş.

"Meşru erkek çocuğunun güçlü olduğunu ama gerçek bir tehdit oluşturmadığını biliyormuş. Kehanetteki cadı bir kadınmış. Heyecanlı hikâye, değil mi? Cadı, fahişenin iki kız bebek doğuracağını öğrendiğinde durumla ilgilenmeye başlamış. İlk doğan çocuğun çok büyük bir sorun yaratmayacağını sezmiş. Gücü varmış ama ortalığı sarsacak kadar değil. Ancak ikinci çocuk özelmiş, bir Taylor cadısı için bile... Ginny bu çocuğun kehanetteki çocuk olduğunu anlayınca onun yaşamasına izin vermeyecekti.

"Hamileliği bitirmek için elinden geleni yaptı ama ikinci çocuk çok güçlüydü. Hem kendini hem de kız kardeşini hayatta tutmuş, onlara herhangi bir zarar gelmesini engellemişti. Ginny de bebeğin gücünün her geçen gün arttığını hissedebiliyordu. Bu nedenle gücü ondan çaldı. Bunu adım adım yapması gerekti; başta enerjiyi güçlü bebekten daha az gücü olan bebeğe vermeye başladı, sonra enerjinin sahibinden akıp gitmesini başarabildiğinde enerjisini başka yere yolladı. Onu başka bir boyuta, kendisinin ulaşabileceği kadar yakın ama başka bir Taylor cadısının hissetmeden içinden geçebileceği kadar uzak bir yere gönderdi. Aslına bakarsan o güç şu an etrafımızda. Ginny senin gücünü buraya gönderdi. Seni açlıktan öldürmek için elinden geleni yaptı ve Ellen teyzen, doğumdan sonra hayatta kalman için gerekli desteği vermeseydi ölmüş olacaktın."

Ginny gücümü çalmış, beni öldürmeye çalışmıştı. Annemin bizi doğururken ölmesine şaşırmamalıydım. Üzüntüye kapılmak için yeni birçok sebebim vardı ama annemin ölümüne sebep olmadığımı öğrenmek, bir aklanma dalgasıyla kendimi bildim bileli taşıdığım suçluluk duygusundan kurtardı beni. Tuhaf bir şekilde bu, hayatımın en mutlu anlarından biriydi.

Birdenbire odanın boyutlarında değişiklik oldu ve Maisie tam önümde belirdi. Jackson birkaç metre ötede, imkânsız olması gereken ama olmayan bir açıda asılı gibi duruyordu.

"Beni avucunun içine aldı," diye devam etti Maisie Jackson'ın hikâyesine. "Ben müthiş bir güce sahip olduğum için değil, beni saatli bomba olarak gördüğü için. Geçen sene eski günlüklerine rastladığımda yaşadığım şaşkınlığı hayal et. Hakkımda özenle not tutmuş. Onları saklamak için daha fazla özen göstermeliydi. Üzerlerindeki büyüleri bozmak çocuk oyuncağıydı. Seninle benim arama kurduğu güç hortumunu bozamazdı. Bana pompaladığı gücü geri alamaz ya da başka bir yere yönlendiremezdi. Farkında olmadan beni senin gücünün bağlayıcısı haline getirmişti. Güç sana geri akmaya başlasaydı, kurduğu baraj kırılıp patlardı ve bunun olmasını engellemek için her şeyi yapmaya hazırdı. Senden ne kadar nefret ettiğini bilsen hayret ederdin. Zamanı bükmenin bir yolunu bulmak hakkında bile yazmıştı günlüğüne. Geri dönüp senin doğumunu engellemek için."

"O deliydi. Ama sen bunu bana nasıl yapabilirsin Maisie? Buna bir son vermelisin. Beni bırakman gerekiyor."

"Hayır, aslında gerekmiyor. Bu şekilde sonunda Ginny'den intikam alabileceğim. Ve senden."

"Benden mi? Benden ne için intikam alıyorsun?"

"Hayatımı çaldığın için! Ginny senin gücünü bana verdi. Beni bir ucubeye dönüştürdü."

"En azından seni seviyordu," dedim. Bu söylediğime artık inanıyor muydum, bilmiyordum. Ginny Maisie'yi o şekilde kullanarak onu gerçekten sevmiş olabilir miydi?

"Kendi sapkın kişiliğinin bir yansıması olarak sevmiş olabilir, başka bir nedenden değil. Beni gözünün önünden ayırmadı ama sen dışarıda, özgürce dolaşıyor, arkadaşlar ediniyor, erkeklerle buluşuyor, âşık oluyordun." Suratını buruşturarak bana baktı. "Sevebileceğim tek adamın kalbini kazanmanı izledim."

Jackson'ın gerçek olmadığını, sadece Wren'in sapkın ve büyümüş hali olduğunu söyleyerek ona karşı çıkmaya çalışacaktım ki parçalar yavaş yavaş bir araya geldi. "Peter," dedim.

"Evet, Peter!" diye yanıtladı Maisie sesi öfkeyle dolarken. "Fark etmedin mi Mercy? Çoğu sıradan insan yanımıza bile gelmez. Ve Ginny'nin beni dönüştürdüğü kişi yüzünden cadılar bile benden korkuyor. Nedenini hiç anlamadım ama Peter sihirden korkmuyor. O beni sevebilirdi... sen olmasaydın severdi de. Onu senden almaya çalıştım ve işin tuhafı, o çabaladığımın farkına bile varmadı. Artık yalnız olmak istemiyordum."

"Bu yüzden Wren'i aldın ve onu Jackson'a dönüştürmeye başladın."

"Evet," diye itiraf etti Maisie başını sallayarak. "Ama bunu yapmak için benim sahip olduğumdan çok daha fazla enerji gerekiyordu. *Senin* gücün gerekiyordu. Bir parçan onda kendi enerjini hissetti, sen de bu hissi aşk olarak yorumladın."

"İşte bu çok ironik, değil mi?" diye sordu Jackson. Aramızdaki uzaklık yok oldu. Hemen yanımda duruyordu. Öne eğildi, yanağımı öptü, sonra dudaklarımı öpmeye çalıştı. Tiksinerek geri çekildim.

"Bir süreliğine her şey çok iyi gidiyordu ama Ginny yaptığım şeyi fark etti," dedi Maisie. "Aileye söyleyemeyeceği için Wren'i kendisi yok etmeye karar verdi."

"Beni kontrol edebileceğini düşünerek evine çağırdı," dedi Jackson. "Ancak kontrol edemedi. Onu öldürmekten gerçekten keyif aldım."

"Senin çıkarın ne ki?" diye sordum Jackson'a.

"Yaşama şansı. Senin dünyanda yaşama şansım oldu ve istediğim tek şey buydu."

"Bağlayıcılık enerjisi –daha dün kendi isteğinle vereceğini söylediğin güç– bana yüklendiğinde, Ginny'nin yaptığını geri almak için yeterli güce sahip olacağım. Onun senden çaldığı gücü serbest bırakacağım ve Jackson'ın dünyada gerçekten var olmasını sağlayacağım. Sonra çizgiye sadece bağlayıcılık yapmayacağım, onu kontrol edeceğim. On üç aileyi bir araya getireceğim ama hepsi avucumun içinde olacak. Ve gerçekliğimizin kontrolünü tamamen elime aldığımda Peter'ın bana âşık olmasını sağlayacağım."

"Benim gücümü serbest bırakırsan bana dönmesini ne engelleyecek?" diye sordum. Kız kardeşimin yüzündeki ifadeden ürkmüştüm. İnanamıyordu.

"Anlamıyorsun, değil mi? Senin gücünü serbest bıraktığımda, onun akacağı bir *sen* olmayacak artık." Konuşamayacak kadar sersemledim. "Burada zamanım doldu," dedi Jackson'a. "Onu hazırla ve tam doğru yerde durduğundan emin ol."

Bana bir santimetre bile kıpırdamamışım gibi gelmişti ama birdenbire kendimi çırılçıplak bir şekilde, evimin bahçesindeki ağaçlardan birine bağlı buldum. Ellerim başımın üzerinde bağlanmıştı, ikinci ip belimden geçiyordu. Üçüncü ip ise dizlerimin üzerinden bağlanmıştı. Sert ağacın kabuğu sırtıma batıyordu. Beni olduğum yere sıkıca bağlayan iplerin sertliğiyse canımı daha da yakıyordu.

Jackson yanımda duruyor, keyifli bir şekilde gülümsüyordu. "Çok güzel bir kurban olacaksın," dedi.

Cadılar etrafımızda dolanıyor, orada olduğumuzu fark etmeden Jackson'ın içinden geçiyorlardı. Sadece birkaç metre ötede Emmet'in Ellen'la konuştuğunu görebiliyordum. Maisie onlara katılmak için yanlarına gitti ve Ellen eğilip kulağına bir şey söyleyince Maisie bir an şaşkınlık dolu bir öfkeyle baktı fakat hemen gülümseyerek ve teyzeme sarılarak gizledi.

Jackson işaretparmağını kullanarak ılık, yapışkan bir sıvıyla vücuduma semboller ve motifler çizerken şehvetli bakışlarla beni izliyordu. Kör bile olsam, bu sıvının kan olduğunu kokusundan anlardım. Kendimi kurban edilen zavallı yaratığın ruhu için dua ederken buldum. "Kız kardeşin çok farklı biri, değil mi?" diye sordu. "Connor'la başa çıkma yöntemi çok şaşırtıcıydı doğrusu. Connor, Ginny'nin sırlarını paylaştığını öğrendiğinde her şeyi mahvedecekti neredeyse. Maisie kimsenin ruhu bile duymadan, başka bir boyuttan onun icabına baktı."

"Yangın," dedim.

"Aynen öyle," diyerek gülümsedi Jackson. "Yangın çıkmak zorundaydı çünkü yangının sana zarar vermeden Connor'ı etkisiz hale getireceğini biliyorduk. Bugünkü tören için hayatta kalman gerekiyordu."

"Ateş ruhlarının bana zarar vermeyeceğini nereden biliyordunuz?" diye sordum.

"Golemin sana yaptığı koruma büyüleri seni doğal ya da sihirli her tür ateşten koruyordu. Bana sorarsan o büyü gereksizdi. Sen de dahil içinizden birinin, senin gerçekte ne olduğuna, neyden yapıldığına dair en ufak fikri olsaydı seni ateşten korumaya gerek olmadığını fark ederlerdi. Şu kadarını söyleyeyim; ateş seni kendisinden biri olarak gördü. Açıkçası seni Ellen'dan bile iyi iyileştirdi. Yerde o halde yattığını gördüğümde bir daha asla yürüyemeyeceğini düşünmüştüm."

"Maisie'nin bunu yaptığına inanamıyorum," dedim kendi kendime ama Jackson yine de bana cevap verdi.

"Ah, inansan iyi olur," dedi. "Ama endişelenme. Maisie beklediği sonucu alamayacak aslında. Bu nedenle son gülen sen olacaksın. Yani, tekrar düşündüm de son gülen sen olamayacaksın çünkü sen gülmeye başlayamadan ben seni öldürmüş olacağım ama şu ana kadar çok iyi bir kız oldun ve ben de bugün kendimi cömert hissediyorum.

"Yalan söylemek epey kolay. Asıl çetrefilli olan, gerçekler. Soğan gibi, soydukça başka katmanları olduğunu anlıyorsun." Vücuduma işaretler çizmeye devam ederken güldü. Aniden durdu. "Burada ne varmış?" diye sordu bir an sonra. "Görünüşe göre bu sefer iki kişiyi öldüreceğim."

Colin'in varlığını sezdiğini anlamıştım. Asla doğamayacak çocuğum için kalbimin derinliklerinden gelen bir keder hissettim. Yanaklarımdan gözyaşları süzülmeye başladı. Kanlı elleriyle sildi gözyaşlarımı.

"Ah, ağlama," dedi. "Bu çocuğu doğuramayacaksın ama ölümünle binlercesinin annesi olacaksın. Çocuklarını gördün Mercy –erkek kardeşlerimi, kız kardeşlerimi–; Jilo'ya giderken geçtiğin âlemde gördün hepsini."

"Sen... sen o gölgelerden birisin," diyebildim hıçkırıklarım arasında.

"Evet," dedi ve dudaklarıma minik bir öpücük kondurdu. "Kendi cinsin tarafından neredeyse yok edilmenin nasıl bir his olduğunu hayal et. Başıma sürdüğün tatlı kan. Onları heyecanlandırdı, akıllarını karıştırdı. O kadar aç olmasalar, ben de bu kadar iyi beslenmiş olmasam ne yaptıklarını idrak bile edemeden beni parçalara ayırabilirlerdi. Kız kardeşinden çok daha akıllısın. Benim, dayının oluşturduğu küçük hayalden başka bir şey olabileceğim onun aklına bile gelmedi." Başparmağını kaldırıp düzgün beyaz dişlerini ortaya çıkararak gülümsedi. "Açıkçası bin yıldır bugünü bekliyoruz. Senin doğumunu, Ginny'nin müdahalesini. Bunlar mucizevi olaylardı. Senin dünyanda yaşamak istiyoruz Mercy, hem de çok. Ama aynı anda sadece birkaçımızın dışarı çıkmasına yetecek kadar güç var. Cadılar çizgiyi yarattıklarında dünyalar arasında hapsolduk. Ne cadıların yarattığı dünyadaydık ne de geride bıraktıkları dünyada. Candler Hastanesi yakınlarındaki tüneller kazıldığında, tüneller öyle tatlı bir çaresizlik ve sefaletle doldu ki onlara çekildik ama o enfes ıstırapla beslenmemiz bile üzerimizdeki örtüyü delip geçecek gücü vermedi. Sayımız çok fazlaydı ve çizgi çok güçlüydü.

"Bu nedenle uygun zamanı bekledik. Bir seferde sadece çok azımız serbest kalabiliyordu ve sadece kısa bir süreliğine serbest kalıyorduk. Uyuyan insanların rüyalarından güç çekebileceğimizi fark ettik ve sonunda küçük iyilikler karşılığında bize yardım eden büyücülerle görüşmeye başladık. Bize senin dünyanda kullanabileceğimiz maskeler veriyorlardı ama bu maskeleri uzun süre kullanamıyorduk."

"Gölgeler umacı mı?" diye sordum bana leprikon olduklarını söylemiş gibi şaşırarak.

"Evet, bizi bu isimle anıyorlar ama birçok farklı ismimiz de oldu. Gerçek ismimizi söylesem telaffuz bile edemezsin. İşte, bitti," dedi ve parmağını tekrar kana batırıp yaladı. Kanlı kutuyu yere fırlattı. "Bir gün şansım yaver gitti ve açıkgöz bir kök doktoru olan Jilo Wills Ana'yla tanıştım. Taylor'ları gözetleyip ona bilgi verirsem bana kendi bedenimi oluşturmayı öğreteceğini söyledi. O arada kalmış dünyaya geri dönmemem için gerekli enerjiyi verecekti.

"Planı Taylor soyundan Oliver adındaki çocuğa, onun özel arkadaşı olduğunu inandırmakla başladı. Çocuğun, yanında kalmamı istemesi, dünyanızda kalmam için yeterliydi. Ah, büyükannen ve büyükbaban Wren'in varlığından nasıl da gurur duyuyorlardı. Benim varlığımı Oliver'ın en parlak, en güçlü cadı olduğuna dair kanıt olarak görüyorlardı. Bir süre daha rahatça yaşamama izin verecek enerjiyi küçük çocuktan kendime alabilmiştim," dedi geri çekilip vücuduma çizdiği şekilleri hayranlıkla izleyerek. "Ama küçük çocukların büyümesi gerekir. Kısa süre sonra Oliver bana olan ilgisini kaybetti. Jilo'nun yardımıyla kurak zamanları atlatabildim ama bu, yıllarca etle beslendikten sonra çimenle yaşamını sürdürmeye çalışmak gibiydi. Kuzenin doğduğunda, sonra da annen sizi doğurduğunda işler iyiye gitmeye başladı. Ginny senin gücünü burada tutmak için elinden geleni yaptı ama açıkçası biraz özensizce yapmıştı. Orada burada sızıntılar vardı. Senin gücünle beslenerek güçlenebildim. Sen dünyaya geldiğinden beri benim varlığımı mümkün kılan sensin anlayacağın. Gurur duymalısın çünkü ben de en az rahmindeki o küçük et parçası kadar senin çocuğunum. Yakında diğer çocukların da hapishanelerinden kurtulup etrafa dağılacak. Ve hepsi senin ve o sefil ailenin sayesinde."

Gözlerimin önüne bir hançer kaldırdı. "Hayatına son verecek bıçak işte bu. Endişelenme, keskin bir bıçak. Hayatına olabildiğince çabuk ve acısız son vereceğime söz veriyorum. Senin ölümün kız kardeşinin planının da büyük finali olacak. Yetkilendirme töreni bittiği, bağlayıcılık enerjisi ona yüklendiği gibi bana işaret verecek, ben de bu bıçağı kalbine saplayacağım. Tam o anda, senin sihrini serbest bırakacak ve sihir senin kanına en yakın kişide toplanacak. Sonuçta her şey kana bağlı, değil mi?" diye sordu.

"Maisie, senin kanına en yakın kana kendisinin sahip olduğunu düşünüyor ama... işte planımın senin için en tatsız kısmına geldik." Hançeri alıp ucunu göğsümün tam üstüne batırdı. Önce acıyla, sonra tiksintiyle çığlık atmaya başladım, dudaklarını yaraya bastırıp kanımı içmeye başladığında.

"Diğer noktaların her birinden kanını emmem gerek," dedi vücudumda işaretlediği yerlerin bazılarına dokunarak. Sonra her birine hızla kesikler attı, ağzını bastırarak derin derin emdi kanımı. Zevkle inliyordu. "Ah, tadın çok güzel," dedi. Kanlı dudaklarının ardından kırmızı dişleri görünüyordu. "Kanın içimde yanıyor," dedi kendinden geçercesine. Dudaklarını tekrar tekrar kesiklere bastırdı. Acıdan ve kan kaybından bulanık görmeye başlamıştım. Sonra aniden geri çekildi.

Diğer boyuttan gelen sesleri tam duyamıyordum ve görebildiğim görüntülerle eşzamanlı değillerdi ama gücüm tükenmiş, duyularım zayıflamış olsa da törenin başladığını anlamıştım. Jackson'ın hançerinin keskin ucunun kalbimin tam üzerine battığını hissettim.

Maisie'nin, "Dur," dediğini duydum. Bir kere, iki kere ve üçüncü kere. Sonra her şey alev aldı.

Çizginin gücünün Maisie'yi reddettiğini hissettim. Çizginin enerjisi Maisie'nin etrafında ışıldamaya başlayıp tıpkı bir serap gibi titremesine sebep olurken iki dünyanın yüzeyi sarsılmaya başladı. Sonra göz açıp kapayıncaya kadar Maisie yok oldu.

Etrafında çember oluşturan cadılar şaşkınlık ve korku içindeydi ama duruşlarını bozmayıp el ele tutuşmaya devam ettiler. Cadıların oluşturduğu çemberin ortasından, hayatımda gördüğüm en güzel ışık topu yükseldi. Sadece üç boyutlu olan bir dünyada mümkün olmayacak bir açıda yükseldi ve kendini onların gerçekliğinden çıkardı. Işık topu Emmet'e hafifçe değip yanından geçerek cadıların dünyasında kayboldu ve daha da büyüyüp parlaklaşarak benim bulunduğum dünyaya girdi.

Jackson'ın bastırdığı bıçağın ucunu hâlâ hissedebiliyordum, son bir çaresizlikle beni bıçaklamaya çalıştı. Ama ışık küresi etrafımızda iyice genişledi ve Jackson kılığına girmiş gölgeyi yakmaya başladı. Alevlerin gürültüsü onu küle çevirirken öfke, acı, sıkıntı dolu çığlık seslerini boğdu. Elinde tuttuğu hançer düşerek keskin ucu yere saplandı.

Parlak bir ışık patlaması oldu. Vücudumu dolduran bir parıltı. Çizginin gücünün içime girdiğini hissettim ama güç tüm vücudumu kaplamadan ikinci bir güç dalgası vurdu bedenime... bu kendi gücümdü. Zevk ve eve dönüş hisleri arasında kalan bir duyguya boğulmuştum.

Işık söndüğünde, coşkunluğum dindiğinde, artık ağaca bağlı değildim. Afallamış cadılardan oluşan bir çemberin ortasında, bir daha asla üzerinde ot bitmeyecek yanık bir toprak parçasının üzerinde duruyordum.

OTUZ ÜÇ

"Bu sabah Peter'la karşılaştım," dedi Ellen pazardan aldığı meyve sebze dolu poşeti masaya boşaltırken. "Mutluluktan havalara uçmuştu. Bebeğin ilk ultrason görüntülemesine onun da gelmesine izin verdiğin için çok mutlu."

"O Colin'in babası. Tabii ki o da gelecek," dedim.

Iris de elinde bir alışveriş poşetiyle mutfağa girdi ve poşeti tezgâha koydu. "Bana eski kafalı diyebilirsiniz ama onunla evleneceksen bunu kesinlikle Colin doğmadan önce yapmanı isterim. Doğum belgesinde ebeveynlerinin soyadlarının aynı olması daha iyi olur."

"Üstüne gitmeyin," dedi Oliver Iris'in peşinden mutfağa girerken. "Diğer dokuz aile, bağlayıcılık görevlerini yerine getirmesi için yeteri kadar üzerine gidiyor zaten. Bizim de ona yüklenmemize hiç gerek yok."

"Teşekkürler, Oliver dayı," dedim ve parmağımın tek hareketiyle mutfağa taşıdıkları bütün eşyaları yerlerine yerleştirdim.

"İşte şimdi gösteriş yapıyorsun," dedi Iris gülmemeye çalışarak.

"Emmet küçük şeylerle başlamanın iyi bir alıştırma olduğunu söyledi," diye karşılık verdim kollarımı kavuşturup dil çıkararak.

"Böyle alıştırma yapmaya devam edersen büyüyen şey popon olacak, yeteneklerin değil," dedi Iris ve elindeki mutfak havlusunu bana doğru salladı şakacı bir tavırla.

"Emmet demişken," dedi Oliver ciddi bir sesle. "Onunla yalnız zaman geçirmek istediğinden emin misin? Demek istediğim, sana biraz tuhaf gelmiyor mu?"

Çizginin gücü bana doğru gelirken Emmet'e değdiğinde, Emmet'i içindeki dokuz bilinç kaynağından koparmış, onları bir şekilde tek bir bilincin altında toplamıştı. Emmet artık sadece bir golem değildi. Gerçek bir insan da değildi ama bütün niyeti ve amaçlarıyla bir insana çok yakındı. Ruhu olup olmadığından emin değildim ama ben kimdim ki onu yargılayacaktım?

"Hayır," diye yanıtladım. "Önceleri tuhaf geliyordu ama şu anda normal biri gibi. Ve sahip olabileceğim en iyi öğretmen," dedim. Sonuçta, dokuz yaratıcısının her birinin ilmine sahipti.

Yetkilendirme töreninden sonra teyzelerim, dayım ve ben aramızda bir anlaşma yapmıştık: Artık yalan ve sır olmayacaktı hayatımızda, iyi niyetli yalanlar olsalar da. Şu anın verdiğim sözü tutmak için uygun bir an olduğunu düşündüm. "Dinleyin. Bir şey yapmayı düşünüyorum. Hatta düşünmekle kalmayıp bir süredir Emmet'le bunun üzerinde çalışıyorum."

"Neymiş bu 'şey?'" diye sordu Iris kollarını kavuşturup tezgâha yaslanarak.

"Maisie'yi bulmalıyım," diyebildim sadece, diğerleri söze atlamadan önce.

"Aileler buna asla izin vermez," dedi Ellen bu beni durdurabilecekmiş gibi.

"Aileleri boş verin," diye karşılık verdim. "Gerçekten. Ne istedikleri, neye izin verecekleri umurumda değil."

"Havuçlu çöreğim," dedi Oliver. "Senin ve bebeğin için en iyisinin ne olduğunu düşünmek zorundasın. Hepimiz Maisie'yi seviyorduk ama onun büyük ihtimalle öldüğünü anlaman gerek.

Ölmediyse bile ondan geri kalan her neyse, onu Maisie olarak kabul edebileceğimizden emin değilim."

"Söz konusu bile olamaz," dedi Iris. "O seni kurban edecekti. O bu ailedeki yerini ve bu dünyada bulunma hakkını kaybetti."

"Yetkilendirmeyi son anda durdurmaya çalıştığını söylediniz," dedim. "Onun hepinizden töreni durdurmanızı istediğini duydum. Planlarını uygulayabilecek durumda olduğuna inanmıyorum. Ona bir şey söylemiştin, Ellen. Törenden hemen önce. Fikrini değiştiren bir şey. Ona ne dedin?"

Ellen bana baktı. Konuşmaya başlarken ağzının kenarı seğirmeye başlamıştı. "Sen ve Peter'ın bir bebeği olacağını söyledim."

"Bize anlattıklarına göre," dedi Oliver, "töreni seni kurtarmak için durdurmuş olmayabilir. Belki de Peter'ın çocuğuna zarar vermek istemedi."

"Anlıyorum," dedim sandalyemi geri iterek. "Şimdi izin verirseniz, bir süre yalnız kalmak istiyorum."

"Tabii ki, tatlım," dedi Iris. "Bir şeye ihtiyacın olursa seslen, tamam mı? Hemen gelirim."

Oliver kendini odamın karşısındaki odayı toparlama, temizleme ve boyamaya adamıştı. Colin'in odasını hazırlıyordu. Peter'ın önceki hafta monte ettiği rafta oyuncaklar duruyordu; kimisi eski kimisi yeniydi. Peter'ın eski itfaiye aracı oyuncağı rafın en güzel köşesinde duruyordu. Oyuncağın yanına bana ait bir şey koymak istedim.

Koridoru geçerek odama gittim ve çocukluğumdan beri sakladığım oyuncaklarla dolu kutuyu çıkardım. Kutuyu karıştırırken Maisie'nin doğum günümüz için verdiği kavanoz ilişti gözüme. Kavanozu çıkardım. İçinde Maisie'nin kura çekiminden önce, bencilliğime rağmen beni yine de sevdiğine inandığım zamanlarda yakaladığı on dokuz anının mavi alevleri dans ediyordu. Kapağı açtım ve alevlerin kavanozdan dışarı uçuşunu izledim. Korkuyla karışık bir heyecanla en yakındaki aleve dokundum.

Kendimi aynı odada çok küçük bir masada otururken buldum. Maisie'yle birlikte Erik "eniştem" ve Ellen teyzemin Avrupa seyahatinden getirdikleri yeni oyuncak bebeklerle çay partisi yapıyorduk. Anı solarak gözden kayboldu.

Bu sefer daha kararlı bir şekilde tekrar uzandım ve benden kaçmaya çalışır gibi görünen bir kıvılcıma dokundum. İçime bir sıcaklık doldu, kız kardeşimle ilk dans gösterimizi tekrar yaşamaya başladım. Performanslarımız gülünçtü ama ikimiz de büyüdüğümüzde balerin olacağımızdan emindik. Bu kaderimizdi. Sonra hevesimiz yok olmuştu.

Geriye kalan diğer alevlere baktım ve iç çektim. Tek sıra olup benden uzaklaşmaya başlamalarını hayal etmediğimi anlamam uzun sürdü. Sadece benden uzaklaşmıyorlar, beni Maisie'ye ulaştırmaya çalışıyorlardı. Bunu anladığımda alevler geri dönüp etrafımda dans etmeye başladı. "Pekâlâ," dedim. "Ama şimdilik beklemek zorundayım." Alevler itaatkâr bir şekilde kavanoza geri döndüler. Kapağı kapadım, kavanozu oyuncakların arasına geri koydum ve kutuyu dolabın derinliklerine ittim.

Ona gidecek ve onu buraya geri getirmek için bir yol bulacaktım. Nasıl bu hale geldiğimizi bilmiyordum ama her şeye rağmen onu hâlâ seviyordum ve her şeyi yoluna koymak için bir yol bulacaktım. Ancak öncelikle sadece kendi gücümü değil, çizginin gücünü nasıl idare edeceğimi öğrenmeliydim. Kız kardeşimi bulacaksam diğer dokuz aileyi, hatta belki de kendi ailemi bile zorlamalıydım.

OTUZ DÖRT

"Jilo da ne zaman geleceğini merak ediyordu," dedi yaşlı kadın Bonaventure'a girdiğimi görünce.

"Sana gelirken çiçek getireceğimi de tahmin etmiştin," dedim yanımda getirdiğim çiçek buketini görmesi için kaldırarak. Bisikletimden indim ve yanımda götürmeye başladım.

"Hayır, çiçek getireceğini düşünmemiştim," dedi yanımda yürümeye başlayarak. Yürümekte zorlanmaması için yavaşladım. Birkaç adım sonra derin bir nefes aldı ve "Kız kardeşinin neler peşinde olduğunu bilmiyordum. Jackson'ın gerçek olduğunu sanıyordum. Jilo o işe yaramaz umacıyla bir ilgisi olduğunu bilmiyordu," dedi.

"Bunu biliyorum," dedim ve yürümeye devam ettim.

"Ve Ginny'nin bana verdiği taştaki gücün senin gücün olduğunu da bilmiyordum. Gücü birinden çaldığımın farkında değildim, özellikle de senden."

"Bilseydin gücü yine de kabul eder miydin?" diye sordum.

"Kabul edeceğimi biliyorsun, kızım," dedi ve ikimiz de olduğumuz yerde durup gülmeye başladık. Gülüşü kesikli bir öksürüğe dönüştü ve kendini toparlaması biraz zaman aldı. "Bu dünyada çok vaktim kalmadı, Mercy. Geri kalan vaktimi senden korkarak geçirtme bana. Bu yaşlı kadınla hesaplaşmak istiyorsan bunu hemen burada yap. Hemen."

Buketten bir gül çıkarıp ona verdim. "İntikama ihtiyacım yok. Son zamanlarda etrafımda gereğinden fazla can yandı zaten."

"O halde sen söyle. Yanlışımı düzeltmek için ne yapabilirim sen söyle."

"Pekâlâ," dedim. "Öncelikle, Candler'daki zavallı ruhları rahat bırak. Binanın hukuk fakültesi olarak kullanılmak üzere satın alındığını duydum. Ruhlar bu felaketi yaşamadan onları serbest bırakmak için elimden geleni yapacağım."

"Tamam, bu Jilo Ana'yı sihirsiz bırakacağın anlamına gelse de senin için yapacağım bunu."

"Ama bunun olmasına izin veremeyiz," dedim ve avucumu açıp elimi ona uzattım. Avucumda bir enerji incisi oluşmaya başladı ve ona vermeden önce bir golf topu kadar büyümesini bekledim. "Dörtyolun için küçük bir hediye," dedim ama uzattığı titrek elinden tekrar geri çektim topu. "Birkaç şartım var."

Yüzünü buruşturup ekşi bir ifadeyle bana baktı. "Pekâlâ. Nedir bu şartlar?"

"Birincisi," dedim topu açtığı avucuna bırakırken, "öldürmek yok."

"Bu mesleğimin yarısı ediyor ama hiç yoktan iyidir. İkincisi nedir?"

"İkincisi, biri sana geri gelip fikrini değiştirdiğini söylerse, isteği yerine getirsen iyi olur, duydun mu beni?"

"Duydum," diye yanıtladı elindeki parlak topa bakan gözleri parıldayarak.

"Güzel. Şimdi buradan git, beni ve ailemi rahat bırak," dedim gülümsememi saklamaya çalışarak. Jilo arkasını dönüp mezarlığın girişine doğru topallayarak ilerledi.

"Haydi, Martell," diye seslendiğini duydum boşluğa. "Artık ninen insanların seni görebilmesini sağlayabilecek."

Arkamı dönüp nehre doğru ilerlemeye devam ettim. Ailemden vefat edenler mezarlığın K bölümünde, Evergreen çemberinin arka tarafında gömülüydü. Bonaventure yoluna döndüm ve meşe ağaçlarını izleyip çimleri biçmekle meşgul makinelerin seslerini duymamaya çalışarak Tattnall Sokağı'nı takip ettim.

Beni bugün buraya getiren şeyin ne olduğundan emin değildim ama içimde daha doğmamış oğlumu hiç tanışmadığım büyük büyükanne ve babasıyla tanıştırmak için çok kuvvetli bir istek vardı. Kendi anneme de yakın olmak istiyordum. Tüm hataları ve günahlarına karşın onun mezarına gitmek ve ona Maisie'den bahsetmek, Peter hakkında tavsiye almak ve ona Colin'i görme fırsatı tanımak istiyordum... hayır, istemekten öte, buna ihtiyacım vardı. Bir yanım aptalca davrandığımı söylüyordu. Onun ruhunu hiç yanımda hissetmemiştim, bu nedenle onun Savannah tarafından alıkonan ruhlardan olmadığını biliyordum.

Mezarlarını buldum ve bisikletimi ayaklığına yasladım. Buketi üç demete ayırdım. Birkaç çiçek büyükbabam, birkaç çiçek büyükannem, en büyük demetse annem içindi.

"Anne," dedim mezarının yanında yere oturarak. "Torunun Colin'le tanışmanı istiyorum." Elimi karnıma koyarak gülümsedim. "Henüz çok büyük değil ama varlığını biraz belli etmeye başladı." Rüzgâr meşe ağaçlarının arasından süzülürken oluşan ışık ve gölge oyununu izlemek için sözlerime ara verdim ve bilinçsizce kollarımı kendi etrafıma dolayarak kendime, oğluma sarıldım.

"Bunu nasıl yapacağımı pek bilmiyorum ama bu dünyayı onun için daha iyi bir yer haline getireceğim, anne," dedim. "Peter'la bir yolunu bulacağız. O iyi bir adam. Bunu biliyorum. Yanlış bir karar vererek çok büyük bir hata yaptı ama bunu görmezden gelmeyi öğreneceğim. Onu affedeceğim ve her şeyi unutacağım." Mezar taşına bakarak gülümsedim. "O senin torununun babası, bu nedenle bunu yapmanın bir yolunu bulmak zorundayım."

Sakin yalnızlığımdan yararlanarak Peter'a hislerimi tekrar gözden geçirdim. Ve o anda cevabımı buldum. "Onu sevmem işi kolaylaştırıyor," dedim. "Colin bir babası olmasını hak ediyor ve ben de Peter'dan başka biriyle evlendiğimi düşünemiyorum doğrusu." Gerçek artık ortadaydı. Dizlerimi göğsüme doğru çektim ve bu aydınlanmanın verdiği huzur dolu anın tadını çıkararak orada oturdum.

Sonra Maisie geldi aklıma. Eğildim ve elimi annemin mezar taşına koydum. Bu, yaşamım boyunca annemle tek fiziksel temasımdı. Bu sefer bu hareket hem bir kucaklama, hem çocukların annelerinin eteğini çekiştirmesi gibi çocuksu bir ilgi bekleyiş hem de kötü bir rüyadan uyanırken atılan bir çığlık gibiydi. Kâbus sona ermek üzereydi. "Bütün bu karmaşıklığı düzeltmenin bir yolunu bulacağım. Maisie'yi bulacağım." Onun adını andığımda sesim beni ele verdi. "Söz veriyorum," dedim daha kararlı bir şekilde. "Ve ona göz kulak olacağım. Aramızda işlerin ters gittiğini biliyorum," dedim ve güldüm. "Doğrusu ters gitmek lafı biraz hafif kalıyor. Ama endişelenme. Her şeyi düzelteceğim."

Nehrin kokusu esintiyle burnuma geldi ve düşüncelerim Maisie'den ailemin diğer üyelerine döndü. "Iris'e de göz kulak olacağım. Ellen'a da." İkisi de acılarını benden gizlemek için ellerinden geleni yapıyor, tüm enerjilerini Colin'in doğumuna hazırlanmaya harcıyorlardı. "İkisi de bu dünyada en sevdikleri insanları kaybettiler. Onlar için ne yapabileceğimi henüz bilmiyorum ama hayatlarını yoluna koymaları için bir yol bulacağım. Oliver dayım için de. Pek belli etmiyor ama o da en az diğerleri kadar yitik durumda."

Bir şekilde hem bu söylediklerimin hepsini gerçekleştirecek hem de çizginin enerjisi bana geçtiğinden beri peşimi bırakmayan diğer cadı aileleriyle çalışmanın bir yolunu bulacaktım. "Bağlayıcılık görevimi üstlenmeye hazır sayılırım. Sanırım artık büyüme vaktim geldi. Artık Yalancının Turu yok," dedim. "Hatta artık yalan yok. Benden gurur duymanı sağlayacağım anne. Bana söylenen her şeyi yapacağım anlamına gelmiyor bu. Her şeyi kendi yöntemlerimle yapacağım. Çizginin beni bir şeylerin değişmesi gerektiğini düşündüğü için seçtiğine inanmalıyım. Bir şeylerin aynı kalmasını istese seçeceği başka birçok kişi vardı. Ginny'nin bıraktığı yerden devam etmeyeceğim."

Büyükteyzemin düşüncesi içimde birbirleriyle çatışan duygular, ortaya çıkarmıştı. Bu duyguların çoğu kötüydü. Öfke, intikam arzusu. Bu duyguları içimde barındırdığımı inkâr etmiyordum; onların varlığını kabul ediyordum ama onlara teslim olmayacaktım. Evet, haksızlığa uğramıştım ama enerjimi bu duygular için harcayarak ailem ya da kendim için mutluluğu hiçbir zaman bulamazdım. Bunun ne anlama geldiğini biliyordum... her ne kadar bu gerçekten hoşlanmasam da.

"Ginny'yi de affedeceğim," dedim. Maisie'yle olanlardan sonra affetmenin tek seferlik bir durum olmadığını anlamıştım. Af, bir insanın yaptıklarının verdiği zarar her seferinde aklınıza gelmesine rağmen o insanın iyi özelliklerini görmeyi ve bu zararı unutmayı seçmekti. Ginny ise görmeyi seçebileceğim çok iyi yan bırakmamıştı. "Bu uzun sürecek ama zehrinin benimle yaşamasına izin vermeyeceğim," diyerek temin ettim annemi. "Bir şekilde bana yaptıklarını, bize yaptıklarını unutacağım," dedim ve bir anda farkına vararak, "ve bugün buna başlamak için iyi bir gün olabilir," dedim.

Ayağa kalktım ve eteğime bulaşan toprağı silkeledim. "Şimdilik hoşça kal, anne. Ama çok yakında tekrar geleceğim," dedim. Uzandım ve annemin mezarının üstüne koyduğum çiçeklerden bir tane gül aldım elime. "Şimdi gidip Ginny'yle biraz vakit geçireceğim. Gülleri çok severdi." Elimde gülle bisikletime atladım. Nehre doğru pedal çevirmeye başladım ve sola dönüp Greenwich Mezarlığı'na doğru yola koyuldum.

Teşekkür

Temsilcim Fine Literary'den Susan Finesman'a ve 47North'taki inanılmaz ekibe, özellikle de David Pomerico ve Angela Polidoro'ya teşekkür ederim. Ayrıca bu hikâyenin birçok örneğini okuyarak bana yardımcı olan edebi ebem Kristen Weber ve yeğenim Tara Rockey'e teşekkür ederim. Son olarak, tüylü yardımcı yazarlarım Quentin Comfort, Duke ve Sugar'a sonsuz sevgilerimi sunarım.